黑暗地母的礼物

上

残雪 著

图书在版编目（CIP）数据

黑暗地母的礼物.上 / 残雪著.—长沙：湖南文艺出版社，2015.12（2020.9重印）
ISBN 978-7-5404-7342-6

Ⅰ.①黑… Ⅱ.①残… Ⅲ.①长篇小说－中国－当代
Ⅳ.①I247.5

中国版本图书馆CIP数据核字（2015）第231082号

黑暗地母的礼物.上
HEI'AN DIMU DE LIWU.SHANG

残雪 著

出 版 人：陈新文
责任编辑：陈小真
特约编辑：曾 军
装帧设计：弘毅麦田
湖南文艺出版社出版、发行
（湖南省长沙市东二环一段508号 邮编：410014）
网址：www.hnwy.net
湖南省新华书店经销
长沙超峰印刷有限公司印刷

2015年12月第1版　2020年9月第3次印刷
开本：970 mm×680 mm　1/16
印张：21.5
字数：320 千字
书号：ISBN 978-7-5404-7342-6
定价：38.00元

本社邮购电话：0731-85983015
若有印装质量问题，请直接与本社出版科联系调换

目录

第一章	煤永老师	001
第二章	张丹织女士	024
第三章	雨田和小蔓	045
第四章	许校长	068
第五章	煤永老师和古平老师	091
第六章	朱闪同学	118
第七章	小煤老师的雄心	136
第八章	农的园林世界	157
第九章	少年谢密密	176
第十章	云医老师	189
第十一章	张丹织女士另找出路	203
第十二章	小蔓和云医	222
第十三章	鸦和洪鸣老师	237
第十四章	沙门女士	254
第十五章	煤永老师和农	273
第十六章	猎人阿迅	291
第十七章	云伯	307
第十八章	谢密密和孤儿团	323

第一章　煤永老师

　　煤永老师今天满五十八岁，一向对个人生活不讲究的他想起来要把女儿小蔓叫回家同他一块庆祝一下。以前他有时庆祝有时不庆祝，不庆祝的那年默默地就过去了，他不提起的话小蔓也不会提起。倒是女儿的生日，他总是牢记心中的，每年必庆祝。女儿已经成家另过，她二十八岁了，有自己的生活。煤永老师同女儿的关系有点微妙，到底微妙在哪里，他也说不上来。大概他这辈人同儿女的关系都这样吧。小蔓没有固定工作，有时接点教具业务搞搞，没事就在家画画。她的手气很灵，她属于"游手好闲"的那类青年。煤永老师对女儿比较满意，对女婿的印象也不错。女婿是小蔓的大学同学，现在在一家珠宝行工作，钱赚得不多，工作也不累。

　　煤永老师之所以要庆祝生日，还有个原因就是女婿出差去了，他可以同小蔓单独待一晚上。他早早地将他教的两个班的学生都放了学，就回到宿舍忙乎开了。煤永老师一直住在这栋旧宿舍楼里，住了三十一年了。他的家是在四楼，朝南的两室一厅。

　　这顿饭让他忙乎了三个小时，一共做了七个菜一个汤，有清蒸鲫鱼、姜炒仔鸡、珍珠丸子等，都是小蔓最爱吃的。他做饭期间发生了一个小插曲：

有一位楼下的邻居来敲门,进来之后他又不说话,只是一个劲地打量煤永老师,幸亏煤永老师不是容易害羞的那种人。

"老从,你有事找我?"煤永老师问。

"不,没有事。"他坚决地摇了摇头,"你下班后是独自上楼来的?你能确定吗?我怎么看见乐明老师跟在你身后上来了?当时我还想跑过来问一问呢。"

煤永老师一言不发地看着老从,他在等这位校工出去。

现在是老从不好意思了,他低下头,嘴里咕噜着什么出去了。煤永老师轻轻地关上了门。老从说的乐明老师就是他过世的妻子。她是生小蔓时因为医疗事故去世的。

小蔓没有按时来,菜放在桌上渐渐凉了。他打电话到女儿家里也没人接。过了两个小时她还是没来。煤永老师只好独自胡乱吃了点,他没有动那一桌菜。天早就黑了,楼道里有各式各样的脚步声,但都不是小蔓,煤永老师听得出来。有一个人的脚步有点像,但比小蔓的拖沓,那是住在三楼西头的读高中的女孩。

小蔓出其不意的举动击垮了煤永老师。他感到背上有凉森森的水一样的东西流下来。绝望中他突然想起了邻居老从的话。也许他所说的竟是真的?他被自己的念头吓着了,他从来都不信鬼神的。

因为无聊,煤永老师就躺在沙发上听收音机,听了一会儿就睡着了,他居然睡得很死。

当他醒来时,看见自己身上盖着厚毛毯,小蔓若无其事地在旁边看电视。

"小蔓,你吃了吗?"他的声音有点激动。

"当然吃了,都已经十点多了。清蒸鲫鱼很好吃,我把它又蒸了一下。您要吃吗?我去热……"

他摇了摇头。他心里轻松了,但他不想问小蔓晚到的原因,他觉得那是一个很深奥的原因,贯穿着他同她二十多年的父女关系。想到女儿今夜要睡在家里,煤永老师的心情明朗起来。

小蔓放下手中的电视机遥控器，走过来同他坐在一起。

"爹爹，您一个人独住可要注意安全啊。"

"你听到什么风声了吗？"煤永老师心里一紧。

"没有。这楼道里这么黑，您的眼睛又不太好，一定要将前前后后看个清楚啊。如今世道不太平。"

"我眼睛好得很。"煤永老师气恼地说。他想不出女儿为什么要说他眼睛不好，她一贯爱信口开河。

"可能我说错了，心里存点戒心总是好事。前些天有人无意中告诉我，说二楼校工，姓从的，杀过人，我听了就担心起来了。这个人以前不住在这里，我从没见过他。"

"小蔓，不说这些乱七八糟的事了吧。我在古旧书店给你买了一本明朝的画册呢。"

煤永老师拿出画册，父女俩一起翻看。煤永老师看见小蔓翻动画册的手在微微发抖，她激动起来总是这样。

夜深了，外面有不知名的鸟儿发出古怪的叫声。煤永老师记得那只鸟儿来了三天了。学校位于郊区，离大山不远，所以总有些少见的鸟儿飞过来。小蔓并不关注鸟儿，她的全部注意力都在那些画上面。可是她把画册合上了，说舍不得一下子看完，要留着回去慢慢看。

小蔓望着爹爹开玩笑地说：

"怎么就五十八岁了呢？有什么感想？"

"什么感想，老了嘛。"

"我看爹爹还很有魅力啊，比我家雨田强多了。"她说的雨田就是她丈夫。

"雨田很不错。"煤永老师责备地说。

"我知道。我不是那种'人心不足蛇吞象'的类型。他大概也不是。"

"你这么肯定？"

"嘿嘿。爹爹，我好久没来学校了，我想同您下去走一走。"

于是父女俩穿好衣服，戴上风帽下楼了。

走到二楼时，煤永老师注意到老从家的门发出一声响，大概是关上了。他不由得在心里感叹这老头真有耐心。

五里渠小学有三十个班，操场很大，兼做足球场。父女俩一直来到了操场。虽然已是深夜，却还有两个人影站在操场的中央。他们发现父女俩之后立刻就离开了操场。

"我觉得那人是校长。"小蔓说。

"对。另一位是他的女友。"

"两人年纪都不小了。"

天上只有一点星光，到处都很暗，小蔓似乎看到前方有一个地道正大张着口。她握住了父亲的手。她从小就觉得这双手很干燥，很安全。然而从她记事以来，她又老觉得父亲身上有种朦朦胧胧看不清的东西。三年前她结婚时，那种看不清的东西似乎消失了。可是近一年来，它们又出现了。比如有一次，父亲在厨房里洗菜，她闯进去，看见父亲背后有个人影，一闪就消失了。当然是她眼花了，房里什么人也没有。为什么只有父亲一个人身上有这种现象，别人都没有呢？比如雨田，就清清爽爽的，既没有影子附身，也没有模糊之处。她还感到自从她成年之后，父亲同她谈话时就变得很保留了，这令她有点气恼。有时，她故意颠三倒四地说些刺激他的话，然而他总是不太做出反应。

两人围着操场走到第三圈时，煤永老师忽然说：

"我带你去一家人家。"

"深更半夜的，怎么好去别人家里？"小蔓充满了疑虑。

他们走出操场，来到学校围墙外的一条小路上，沿那条小路走了三四百米。小蔓什么都看不清，只是在父亲身后紧跟着他。

那家人家居然还亮着灯，虽然是一盏很小的灯，隐藏在竹林后面几乎看不出来。门没关，煤永老师一推开门就进去了，小蔓也跟了进去。

这是两个房间的平房，一前一后。那男人从后面房里走出来，怕光似的眯缝着眼。

"这是你家小姐吧？好，好！我正在孵小鸡，刚才又有三只出壳了。要吃点什么？有自制的酸奶。"

小蔓注意到男人头发凌乱，衣服的一边领子窝在颈窝里。

他端来了酸奶。小蔓感到那酸奶的味道很好。她希望爹爹提出来去后面房里参观这人的小鸡，但爹爹坐在木沙发上一动不动，表情很严肃。那人也很严肃。

"这是古平老师，他教数学。"煤永老师似乎刚想起来向小蔓介绍。

"差不多没怎么教，瞎混。教数学该怎么教？"古平老师茫然地说。

小蔓心里掀起了波涛，她被夜间的奇遇深深地吸引住了，她庆幸自己今夜来了父亲家，本来她还打算不来了呢。

"小蔓，你爹爹常说起你。你对养鸡有兴趣吗？"古平老师和蔼地问。

"我最喜欢养鸡！我可以看看您的小鸡吗？"小蔓激动地说。

"不，不行。我正在用灯泡孵小鸡，生人去了就孵不出来了。"

"多么可爱啊！"小蔓噙着泪叹道。

"我觉得又有雏鸡出来了。"古平老师说，"对不起，不能陪你们了。"

古平老师到后面房里去了。煤永老师压低了声音问小蔓：

"你对他印象如何？"

"我小的时候他带我玩过吧？"小蔓反问道。

"带过。可能你忘了。"

"我没有忘！他是一位奇人！"小蔓提高了嗓门。

煤永老师站了起来，示意小蔓该离开了。两人一齐出了门，古平老师没有出来送他们。

小路上站着一位穿黑衣的妇人，挡着他们的路。煤永老师立刻对她说：

"荣姑，快回家吧。我们刚见到他了，他好得很。"

"我要他死。"妇人呆板地说。

"你快去杀他呀，他一个人在家里。"

"不，我还不如自己死。"

她转过身就跑得看不见了。

"古平老师不爱她。已经二十多年了，她还在等。"煤永老师说。

父女俩回到操场。小蔓觉得有人看见他们来了就躲起来了，很像是校长和女友。已经是下半夜了。

"五里渠小学真是爱情之乡啊。"小蔓叹道，"我在这里走，听到地下有很多雏鸡在叽叽叫，要从地缝里钻出来。爹爹，您住了个好地方。您眼下爱的人是谁？"

"我？小蔓你是说我？我还没有决定呢。"

"那就慢慢想吧。不过不要像古平老师那样让人等二十多年啊。"

"古平老师不爱荣姑。"

"啊，我倒忘了这一点。"

回到家里后，小蔓坐在沙发上，心里的激情还没平息下去。她告诉煤永老师，她今天之所以没有及时赶来为爹爹庆祝，是因为自己忽然产生了不好的情绪，担心自己在虚度年华。当时她坐在自己家里，有种灰头土脸的感觉。幸亏她后来又改主意来了爹爹这里。经过这场夜游，看到了这么多别样的场景，她感到自己又有了生活的信心。

煤永老师做出似听非听的样子在房里走来走去，他知道女儿是不好对付的，他有点怕小蔓。

"什么场景？"他故意问。

"就是生活场景嘛，爱呀，情趣呀，死亡呀之类的。您又不是不知道！爹爹真了不起。我想摆脱您的影响，我这样做恐怕是错误的。"

"难说。"

下半夜，睡在熟悉的小房间里，小蔓没多久就醒来一次，总睡不安。其中一次听到有个人在大风中喊出好听的声音，那个人像是古平老师。小蔓忍不住起床打开窗户听，但什么都听不到了。在她的想象中，古平老师成了那本明朝画册里的一只猴子，那猴子有一张亲切的、老于世故的脸，美极了。

后来她的念头又转到爹爹身上，爹爹太熟悉了，引不起她的美感，可是他身上那种朦胧的东西更朦胧了，小蔓依然捉摸不透爹爹。以前她去过爹爹的课堂上，纪律有点乱，但并不是真乱，那些小孩都很喜欢爹爹。爹爹讲课特别放松，他教语文和地理。一直到天快亮时小蔓才进入深沉的睡眠。

煤永老师一开始也睡不好。虽然他心情很舒畅，感到同女儿又拉近了距离，可那种习惯性的担忧又占了上风。也许他是过分地宠着小蔓了吧，可一个没有母亲的女孩，他又怎能不宠她？二十八年已经过去了，他差不多已经把妻子忘记了，可见要忘记一个人并不那么难。开始那些年是因为没有勇气去想她，后来呢，就有意识地回避，最后终于达到了遗忘的目的。对，遗忘是他的目的。煤永老师想着楼下邻居老从的古怪态度，一下子就从床上坐起来了。他一点睡意都没有了。他穿好衣服，轻手轻脚地出了房门，下了楼。

他又一次来到了操场。

这一次，站在那里的不是校长和女友，却是古平老师。

"睡不着吧？"古平老师递给他一支烟。

"为什么要睡呢？这么好的夜晚，可惜了。"

"是啊。"

"我女儿说，我们这里是爱情之乡。"

"你女儿真可爱。可是我爱的那位却不爱我。"

"大概时候还没到。"

"嗯，我愿意这样想。"

煤永老师看不见古平老师的脸，但他感觉得到那张脸上的憧憬。多少年都过去了，一谈起这事古平老师还是那种表情。

"我和小蔓刚才见到了荣姑。"

"啊！她不会出事吧？"

"不会的。你不是也好好的，没出事吗？"煤永老师在微笑。

"你说得对，现在的人都不会出事了。"

煤永老师听到了雏鸡的叫声，就在附近。

"你把小鸡们带来了？"

"是啊，我太寂寞了。"

他走过去蹲在地上，小鸡们立刻安静了。

煤永老师也同他一块蹲下。煤永老师不时看看天空中那越来越明亮的星星，他想起了他和古平老师的青年时代。古平老师比他小好几岁，但他性格沉静，显得很老成。他先于煤永老师恋爱了，那一年他二十一岁。他自己说是恋爱，煤永老师总觉得有点像单相思。对方已年近四十岁，住在邻近的县城里。每到星期六，古平老师就匆匆坐班车赶往那里。"她是离婚的，有个女儿。"古平老师对他说。这也是煤永老师从他口里得到的关于那位女士的唯一信息。他从不谈论她。煤永老师想象不出那位女士的容貌，他问过古平老师，古平老师说："很一般。"每当煤永老师想到这个事，他脑海中就会出现黑色的天鹅绒。那是什么样的寓意呢？

煤永老师自己一贯追求一种激情的生活，他的日子过得飞快，一眨眼就五十八岁了。他相信古平老师对时光的消逝感觉会不同。

"太快了。我总是很紧张。"古平老师这样回答。

煤永老师有点吃惊，这位沉静的男子为什么事紧张。

"比如现在，带着这些小鸡，地底有寒气升上来，要夺去它们的性命，我的责任重大……昨天在课堂上，我还鼓励我的学生们养小鸭，鸭子更容易成活。"

他还说了些什么，声音很小，可能是自言自语。

古平老师身材很好，很瘦削，也很有精神，同事们都叫他"隐士"。他虽不修边幅，但一点都不萎靡，两眼总是那么清亮。煤永老师感到这位同事身上充满了活力。比如现在就是这样，他甚至听到了他的心脏在有力地跳动。

"我担心我很快就要老了。"古平老师突然大声说。

"你是什么意思？"煤永老师差点笑了出来。

"我知道你是在想她的年纪比我大很多，你没见过她，所以才会这样想。

这世界上有些事不是我们能理解的。"

听他这么一说，煤永老师的笑意立刻消失了。他有点后悔。

但古平老师并不见怪，他沉静地站起来，手里拿着鸡笼子。

"你不必担心。你是永远不会老的。"煤永老师说。

"谢谢你。"

回到家里，煤永老师立刻就入睡了。

他醒来时快到中午了。小蔓已经回家去了。煤永老师回想起昨夜的美好，心里想，有个女儿还是很不错的。

他匆匆地吃了饭就出门了。校长交了个任务给他，让他去面试一位女教师，她是来应聘的，她的名字叫张丹织，应试体育教师。

当他赶到办公室时，张丹织已经站在走廊里了。是位身材修长的女郎。她的年轻让煤永老师有点吃惊。

"对学校印象如何？"煤永老师问她。

"印象不错。我来过好多次了。不瞒你说，是校长请我来的。我觉得这就是我一直想找的那种学校。"

她的样子有点轻浮。煤永老师毫不掩饰地皱了皱眉头，心里想，校长真不像话，给他出这种难题。

他随便问了她两三个问题就说面试结束了。

"你不要担心我，"张丹织露出微笑，"我以前是省队的运动员。还有，我喜欢小孩。"

她骑一辆很旧的自行车，像燕子一样飞走了。她的做派又让煤永老师吃了一惊。他不知道校长葫芦里卖的什么药，难道是想考验他煤永对学校的忠诚？也不像。他当然不会不同意这位女郎来学校当老师，说不定她同校长有一腿呢。

面试的事影响了煤永老师的情绪，他变得忧郁了。他决定去城里散散心。他没有想好要去哪里就上了一辆公共汽车。一会儿工夫，他已经坐在一家常去的茶馆里了。

茶馆里什么人都有，社会中下层的顾客居多，他们高声大气地说话，抽烟，弄得大堂里烟雾腾腾。煤永老师半闭着眼坐在那里喝茶，他很喜欢茶馆里这种沸腾的活力。这里的每一个人都想向别的人倾诉什么，而且都不遮遮掩掩，这是在别处很少有的情况。那些听的人也显出对自己所听到的消息极感兴趣的样子。每次都这样。煤永老师只在儿童当中见过这种场景，是不是人们到了茶馆就都变成孩子了呢？他身边那位大胖子突然对他说起话来。

"您是兽医吧？我们动物园的鳄鱼生病了，她很痛苦，您能不能同我一块去看看？"

"您怎么知道我是兽医？我不是兽医。谁对您说的？"

"还会有谁，是张丹织女士告诉我的，她是我的女朋友。您太谦虚了。我是饲养员。我姓连，连小火，大小的小，小小火把。"

"我真的不是兽医，张丹织女士记错了。"

"啊！"他失望地说，"她还特地向我指点您的座位，我是为了鳄鱼来找您的。今天啊，您一定得跟我走！"

他不由分说紧紧地抓住煤永老师的手臂，拉他出了门。煤永老师反复说还没付款呢，他也不管，一把将他推上了公共汽车。

车上有座位，连小火紧挨煤永老师坐下了。连小火告诉煤永老师说，动物园在西边，是最近新建的，要坐四十分钟车。说完他就大声叹了一口气，那样子好像完成了一项重大任务一样。

煤永老师对这大胖子产生了兴趣。他想象不出张丹织同他在一块的样子，两个人太不相称了。他感觉这人已经年近五十岁了，而张丹织还是一位年轻的小姐。

胖子沉默了。汽车很快驶出了闹市，来到郊外。煤永老师注意到外面很荒凉，他不由得警惕起来，会不会是骗局。可他又想，他一个老头，有什么好骗的，再说这个人至少知道张丹织嘛。

马路不宽，两旁是很大的梧桐树，枝叶搭在一起。由于没出太阳，给人的感觉阴沉沉的。车上连他俩一共有八个乘客,车外呢,看不到一个人影。煤永老师终于忍不住说话了。

"张丹织女士去我们学校应聘体育老师了。我是学校的语文和地理老师。这事您该知道吧?"

"知道啊。"连小火满不在乎地说。

"可您为什么说我是兽医?"

"是张丹织女士告诉我的嘛。"

连小火不愿多说话,煤永老师只好就此打住。他的思路总在校长、张丹织和这个胖子之间转,可又转不出什么名堂来。他隔一会儿偷看一眼胖子,见他很镇定地坐在位子上。

就在煤永老师昏昏欲睡之际,那车猛地一下刹住了,煤永老师差一点从座位上摔下来。

"下车下车!"五大三粗的司机吼道。

连小火拽着煤永老师的胳膊站起来,八位乘客轮流从前门下去。司机还在一旁催促着。

煤永老师最后下,他的脚刚一着地那车就发动了,差点轧着他。

"在这边工作的人都很朴实。"连小火说。

煤永老师朝四周望去,只看到农田和稀稀拉拉的一些农舍。同他们一块下车的那一行人正顺着田间小路往南走。连小火说这些人也是去动物园。煤永老师就问:"动物园不是在西边吗?"

连小火搔了搔他的光头,说:

"往南走也一样。不管往哪边走都走得到。我们选东边的那条小路吧。不过去动物园之前,我先请你在附近吃野兔。"

他俩进了低矮的农舍,坐在一个黑房间里。大白天的,房里居然需要点油灯。农家饭馆的老板像影子似的钻进来钻出去。等了没多久就闻到了香味,伙计端进来一大盆野兔肉,煤永老师突然就感到了饥饿。

两人闷头吃了起来。煤永老师也不想说话,嘴巴顾不过来。他觉得太过瘾了，米酒配野兔，还有柴火焖的米饭。

直到吃饱了，再也吃不下了，煤永老师才恋恋不舍地放下了筷子。他在心里断定这个胖子是美食家。连小火把剩下的兔肉吃光了，又喝了一大碗米酒，吃了一小碗焖饭。这时他才去隔壁房里付了款，然后挽着煤永老师向外走。

外面太阳已经落山了，马上就要天黑了。连小火匆匆地走在前面，也不回头，也许他知道煤永老师不会离开他。

走完一大片水田后，出现了一些山丘。有一栋两层楼的土里土气的房子挨着小山，他俩朝那房子走去。

"那就是我们的宿舍，宿舍后面是动物园。"连小火说。

"宿舍后面不是一座小山吗？你们的动物园在山上？"

"不要猜测。您先同我去宿舍休息。"

煤永老师同连小火上了二楼，进了208号房间。房子虽旧，里面却很舒适。有一张宽床，还有垫子很厚的矮沙发。拉开窗帘就看见山，不过太阳已落下去了，那小山有点阴气。柜子里有很多古书，甚至还有线装古书，煤永老师一眼就看见了那本明朝画册。

连小火邀请煤永老师在沙发上躺一会儿。他自己一躺下去就打鼾了。煤永老师也困得厉害，他想，会不会那米酒里头下了迷药？他没来得及细想就睡着了。

他俩是被捶门的声音吵醒的。

一位农家小伙子站在外面。

"场长，二分场已经巡视过了，抓了一个小偷。"他向连小火报告。

"好，你去休息。"连小火手一挥。

连小火走进厨房去烧茶，煤永老师也跟了过去。

"你这家伙，骗了我吧？"煤永老师说。

"就算是吧。我太寂寞了。不过在茶馆里，确实是张丹织女士将您指给我看的。她对您印象好极了。"

"对我印象好？你不是来贿赂我的吧？"

"用得着贿赂吗？您已经答应她了嘛。"

"我没答应她。她是怎么知道我同意了这事的？"

"她是张丹织呀，还能有她不知道的事！"

连小火喝着茶，脸上忽然布满了阴云。

"我同张丹织女士分手两年多了。"他沮丧地说。

"哦？"煤永老师说，"你怀念她？我看她很不错。"

"是我要分手的。我昏了头。"

煤永老师等待他的下文，但他话锋一转，说起他的茶场来了。他说他六年前继承了一笔遗产，就买了这个茶场，一共有两座小山。茶场并不赚钱，只能维持，但让他找到了生活的意义。煤永老师问他在这之前做什么工作。他说他是个赌徒，他老是赢钱，靠赌博为生。他同张丹织就是在赌场相识的，她那一天是因为闲得无聊才去赌场的，那时她特别年轻。煤永老师以为他会讲他俩的事了，但他又不说了。他告诉煤永老师说，他现在的爱好只有两个，就是茶树栽培和读书。"我今年五十一岁了，还不算晚吧？"他认真地问煤永老师。

"当然不算晚。不过您应当培养几个年轻人。"煤永老师说。

煤永老师站在窗户那里，他将窗户全部打开，想让茶树的香味飘进房内。他似乎闻到了，又似乎没闻到，他越来越喜欢这个胖子了。如果他不是在教书，说不定愿意来同他经营茶场呢。可是他喜欢胖子的同时，是不是也在喜欢张丹织呢？想到这里他就吓了一跳。

"我正在物色。年轻人很少愿意在茶场干的，因为太寂寞嘛。"

"嗯。"

"煤永老师，您愿意同我保持联系吗？"

"非常愿意。不过您是不是为了张小姐？"

"不不，不完全是为她，我同她的关系早结束了。我只是愿意偶尔听到关于她的消息罢了。我是那种喜欢享受的人。"

连小火坚持要煤永老师睡那张床。他自己睡在沙发上。

半夜里，黑咕隆咚的，煤永老师听到胖子在同门外的人说话。

"难为你跑这么远过来。你完全可以打电话嘛。"连小火说。

"我不爱打电话。再说我喜欢走夜路。那种感觉就好像全世界只有你一个人。你们离开后几个小时，我想起一件事，一时兴起就往你这里走来了。"

"那是什么事？"

"不记得了，也可能什么事都没有。"

煤永老师突然明白过来，门外那人就是张丹织！他怀疑自己待在房里会让这一对不方便。但是他还没来得及想清楚，张丹织就在门外告辞了，听她的声音似乎是很愉快。

"您不要误会，"连小火一边在沙发上躺下一边说，"我同她早没关系了。我觉得她是来看您的。"

"看我？胡说八道。"

连小火哧哧地笑了几声。

他俩在黑暗中很久没有睡着，但也没有交谈。

对于煤永老师来说，这个山间的夜晚充满了宁静和幸福。美好的餐饮，令人心旷神怡的风景，淳朴的友谊，甚至还有猎奇的念头……他感到自己在那些小山里头转来转去的，走完一座山又一座山，有一位穿制服的女郎总在他前面出现。于是几天来第一次，他想起了他的女友。最近她回东边探望她母亲去了。

因为山里的鸟叫，煤永老师很早就醒了。他并没睡多久，却感到神清气爽。连小火还在酣睡，煤永老师看着这大胖子，觉得他真有福气。他从前居然是个赌徒，他怎么转过弯来的呢？煤永老师穿好衣，尽量悄悄地出了门。

穿过大片的田野，他看见在那边公路上，早班车已经等在那里了。

有一个人从田埂那边斜插过来追上了他，高声对他讲话：

"先生，您是连小火的哥哥吗？我看你们俩长得很像啊。"

煤永老师记起来这个人是农家饭馆的老板。他送给煤永老师一包豆腐干，让他带回家吃。

"我不是。不过谁知道？也许真的是？您看呢？"煤永老师迷惑了。

"一定是！一定是！"

这位老板大笑着走开去了。

又是那同一辆车，车上的乘客也相同，少了连小火，只有七个人了。

煤永老师看见他们都表情严肃地坐在座位上。煤永老师想，这些人昨夜去了什么地方？他们也像自己一样经历了美好的事吗？正当他想到这里时，他就听到了一位乘客的哭声。是坐在他后面的青年男子。青年男子用双手蒙着脸，痛不欲生的样子。他的同伴在旁边安慰他。

"反正你也要死的……即算你再活五十年吧，五十年有多久呢？啊？没有多久！我看你不必伤心了，你再伤心，那一位也不知道啊。"

煤永老师觉得这位同伴的劝慰别具一格。他猜想这些人都是一起的，昨夜发生了什么不好的事了。他再转过身去看后面，发现同伴奇特的劝慰居然使青年男子平静下来了，他仍然用手蒙着脸，但已经不再哭了。唉，多么大的反差啊！昨夜他过得那么美妙，悲剧却就发生在附近！

煤永老师回到家时，看见小蔓在客厅里的沙发上睡着了。他放下背包，到卫生间洗了个澡出来。这时小蔓已经坐起来了。

"我昨天画了一天水墨画。"她说。

"常回家看看吧，这里有灵感。"煤永老师擦着头发，兴致很高。

"我也这样想。好像是，哪里有爹爹，哪里就有灵感。这个五里渠小学，以前我也没觉得就怎么样，现在变成了我想不到的样子了。"

外面有人敲门，小蔓开了门，看见邻居老从，她不认识他。

"你好，老从，有事吗？"煤永老师高声说。

"你们都不在的时候，有个人站在门口等你们回来。那个人你是认识的，穿了一件棕色的风衣。"

"谢谢你，老从。你不坐一下？再见！"

关上门后，煤永老师看见小蔓的脸色变得苍白了。

"真可怕啊。"她的声音在发抖。

"小蔓怎么变得软弱了呢?"

"爹爹,我比您年轻这么多,可我却老气横秋。"

她收拾自己的东西要回去了。难道是刚才那人给了她打击?煤永老师问她,当她独自在这里时,老头来敲过门没有。

"没有。他是特地等到您回来才来敲门的。"小蔓肯定地说,"我一看见他就感到这张脸很熟悉,他应该是从一个地方走出来的。"

煤永老师送女儿到楼下,看着她出了校门才回来。

他走进小蔓的房间,看见书桌上摆了几张她小时候的照片。旁边有一张照片是一位老人的背影,那背影看起来太像老从了。如果是他,小蔓为什么要把他拍下来?小蔓不是根本不认识他吗?

小蔓床边的床头柜上有一只螃蟹在挣扎,它被用线牢牢地系住了,挣不脱。煤永老师感到迷惑:小蔓怎么变得这么残忍了呢?从前她连一只小鸡死了都要伤心。他剪断了那根线,将螃蟹放进盛了水的桶里,打算下午去将它放生。也许,小蔓是用这只螃蟹做她绘画的模特?女儿心里有些阴沉的东西,很久很久以前他就感到了。也许,那是来自他自己的遗传,他妻子乐明以前是个乐天派。螃蟹,老从背影照,她小时的照片,还有老从刚才来家里。这几件事可能有什么联系?煤永老师想不出。他突然又想起了张丹织,那女子是什么样的人?

煤永老师简单地下了一碗面吃了,就坐下来备课。

一会儿工夫课就备好了,于是他开始胡思乱想。他觉得自己的这个周末过得太丰富了,不断地产生幸福感。也可能是因为年轻时吃了太多的苦,同现在形成了对照吧,反正煤永老师觉得自己过得很幸福。他也希望小蔓幸福,但小蔓显然不如他幸福,应该是因为年轻的缘故吧。

他将头伸出窗外,看着蓝得很温柔的天。有一个儿童正往这边走,他认出来是他班上的学生,他有个好听的名字叫谢密密。过了一会儿,他就在外面敲门了。

他进来后站在房中间,满脸通红,忸怩不安地说话。

"煤老师,您看我会出问题吗?"

"怎么回事,谢密密?"煤永老师严肃地反问他。

"我什么功课都学不会,再费力气也记不住。"

"那没关系。"

"那我就放心了。有人说我会出问题呢。"

"那是胡说八道。等一等,你把这螃蟹带下去,放进水沟里。"

谢密密高兴地提着桶子下楼去了。

煤永老师沉思地看着男孩在下面一蹦一跳地走路。这个男孩家里可算得是赤贫,他的母亲患重病,父亲在城里收破烂维持一家的生活。这个十二岁的小孩怎么会对自己的前途如此忧虑?煤永老师心中的幸福感顿时消失了。也许这个男孩是他的良心,他的良心来提醒他了。

明天下午他有两节地理课,他打算给同学们讲讲新疆的戈壁滩。他注意到每次上地理课,谢密密总是一动不动地坐在位子上,张着一张大嘴很吃惊的样子。可是一考试起来呢,他又是不及格。他觉得这男孩很有天分,非同一般。煤永老师一般不叫他回答问题,因为以前他叫过他两次,两次都站在那里一言不发,不知道他在想什么。他去过他家好多次。那是两间近似窝棚的土屋,家里有三个未成年的小孩。他们的父亲一看就是那种很努力的男人,但谋生技巧大概很差,并且已经有些年纪了。煤永老师觉得他的年龄同自己差不多。有一回,这位父亲还送给煤永老师一个乌木鞋拔子,可能是他捡破烂捡来的。

"谢密密不好好听课吧?您帮我狠狠地揍!"

他这样说,说完就笑了。煤永老师估计这位男子是不会揍小孩的。

煤永老师喜欢这一家的氛围。患病的慈爱的母亲,乐观的父亲,活泼的小孩。倒是谢密密显得有点同家人不同,他注意力不集中,煤永老师猜不透他的心思。煤永老师受到这家人的爱戴,谢密密的弟弟和妹妹每次都缠着他要他讲地理故事。当他讲故事时,谢密密就离得远远地站在那里,似乎在为家人抱歉一样。煤永老师从心底觉得这个小男孩不应该有这么重的心思。但他又想，这种性情应该是天生的吧。

谢密密这个小孩时常神出鬼没。煤永老师在学校围墙外的水沟里看见过他。他躺在水沟边，一边脸浸在水里，煤永老师还以为他发了疾病呢。听到煤永老师叫他，他立刻就起来了，衣服裤子上糊着湿泥巴。那水沟的确可爱，里面长着水草，还有小虾。当时煤永老师想问他什么，可又忍住了，他估计自己得不到回答。谢密密从来没有像今天这样主动来找他，还主动同他说话。他生活中大概发生了很不愉快的事。那会同什么有关呢？煤永老师看见他躺在水沟边时，曾有过冲动，就是同他一块躺下去，将脸埋到水中。从那以后，煤永老师只要胡思乱想，这个小孩的形象冷不防就跳出来了。有段时间他甚至想收养他，可转念一想，又觉得他自己家才是最适合他成长的处所。煤永老师是乡下的亲戚带大的，见过许多世态炎凉，所以他觉得谢密密的家庭是很幸福的，这个幸福的家庭培育了他的个性。煤永老师想到这里时感到有什么东西正从他脚背上爬过去。他低头一看，居然又是一只螃蟹，还是那种山螃蟹，不过是另一只，更小。是小蔓搞的鬼。

他拿起了电话，给小蔓讲螃蟹的事。小蔓在电话那头答非所问，说"爹爹运气真好啊"。他放下电话，发了一会儿呆，明白了女儿的苦心。小螃蟹被他放到了一个水盆里。

生日那天夜里，他牵着小蔓的手在操场走时，分明感到女儿的手变得有力量了。可她小时候的样子还历历在目呢。她是乐明送给他的礼物，一份他承受不起的礼物。虽是承受不起，不也还是承受了吗？生活总是这样的，那种看得透的千里眼从来没有过。在那段漫长黑暗的日子里，他哪里料得到会有今天这种平和满足？

操场上有人在吹哨子，声音一阵阵传来。像是在带学生上体育课。今天是休假，不会有学生来。煤永老师脑海中一亮，是张丹织？那哨子吹得很有激情。他决定去操场看一看。

当他来到操场时，却发现只有许校长一个人抱着头坐在草地上。根本没人吹哨子。煤永老师悄悄地回去了。可是他没走多远又听到哨子声,于是他快步回到操场。这一次,还是只有校长一个人坐在草地上。煤永老师立刻离开,生怕校长看见自己。

煤永老师回忆起星期五深夜的事。当时那么黑,小蔓是怎么看清那女人的模样的?因为她当时说:"两人年纪都不小了。"或者先前她就在外面碰见过这两个人?校长有点像老花花公子,不过他在工作上是非常严肃的。他喜欢各个年龄段的女人。他感到小蔓对校长的印象不好。他有点怀疑是校长在吹哨子,可他没必要啊。只有体育老师才会像这样吹哨子。他进了屋,关好门,又一次听到操场那边在吹,那架势就好像带了一大群学生在跑步一样。不知怎么的,才过了一天他对张丹织的印象就变好了,尤其是想到她居然是连小火的女友时。

他刚一坐下小蔓又来电话了。

"爹爹,我打算去读教师培训班。"

"好啊。想当老师了?"

"先上上再说,还没打定主意。"

煤永老师心潮起伏。

他将小蔓的旧照片一张一张地收进相册。小蔓小时候的照片有点苦人儿的味道,煤永老师每次看到这些照片心里都发紧。他尽量不去想那个时期的事情。他一边做饭一边听那哨声,可还是忍不住停下来问自己:如果是一个儿子,而不是女儿,痛苦就会少得多吗?

收好照片后,煤永老师听见操场里的哨子声已经停息了。他从窗口伸出头往外看,看见眼前这一大片校园静悄悄的,一个人影都见不到。

"我来谈一谈校园里的新气象。"老从在煤永老师背后发出声音。

煤永老师吃惊地转过身来,心里连连懊悔忘了闩上门。

"学生们的学习兴趣越来越高了。"他一边说,眼珠一边滴溜溜地乱转,似乎想发现屋里藏着什么人。

"哦?"煤永老师心不在焉地回应了一下。

"我们都要加油，您说是吗？"

"有道理。你有什么打算吗？"煤永老师回过神来了。

"打算？这种事怎么能预先做打算！一个人爱不爱自己的工作，只能从心底的愿望出发。比如我，我爱这校园，总想把它收拾得干净一点，好看一点，这同我心里有什么打算一点关系都没有。"

煤永老师请老从坐下，他的话吸引了他的注意力。现在他终于隐隐地感到了，这老头同他在日常生活中的关注点有某些相似。

老从硬邦邦地在椅子上坐下了，腰挺得笔直，一点都没有受宠若惊的样子，反倒显得很警惕，似乎在防备煤永老师的袭击。

"那么你认为我，爱不爱自己的工作？"煤永老师问。

"您在努力。对不起，我只能说这么多了。"

煤永老师感到这老头脸上掠过一丝冷笑，心里更吃惊了。

"你认识我女儿吗？"

"不，不认识，您有女儿？"

他脸上变得毫无表情了。

"是啊，我女儿叫小蔓，不常回家来。"

"祝贺您。"

"为了什么呢？"

他没回答，站起来往外走。

煤永老师回想老从刚才的表现，突然想到，这名校工已经挤进了他的内心世界。现在他必须要认真地对待他了。他刚才问他认为他煤永爱不爱自己的工作，这可是十分尖锐的问题。老从没有正面回答。如果他正面回答，会给他一个什么评价？

煤永老师在学校旁边的小饭馆吃过了晚饭，就沿着围墙散步。天快黑下来时，有一个人迎面朝他走来，是古平老师。古平老师很悲伤，他请煤永老师去他家坐一坐。

"今天没做酸奶，我心情太不好了。"

"没必要悲伤。难道你不爱她了？失去信心了？"

"是啊，煤永，你说得对。每次你一开口，我就看到了自己的弱点。为什么我就不能像你这样思考？"

"每个人都有自己的弱点。"煤永老师一本正经地说。

古平老师邀煤永老师到后面房里去看小鸡。

有两只刚孵出来的，闭着眼睛在休息。旁边一个鸡笼里大概有十来只，发出好听的悄悄私语。

古平老师凑到煤永老师耳边悄悄地说：

"我就是因为爱听小鸡们夜间发出的声音才自己来孵小鸡的，那是多么甜美的梦境，你偎依着我，我偎依着你……我从来不吃鸡，我让它们在后院活到最后。"

"你真会享受啊，你这种情趣是她培养的吧？"

"也许是？可我怎么觉得自己一贯如此呢？"

他俩回到前面房里坐下，古平老师说他已经好多了，还说他为自己刚才的情绪感到羞愧。他提出要吹笛子给煤永老师听。煤永老师从来不知道他会吹笛子，不由得起了好奇心。

古平老师让煤永老师坐着别动，他将门敞开，自己走到后院的竹林里去了。一会儿工夫，悠扬的笛子声就响起来了。煤永老师不熟悉那曲子，但听得出是民歌风味，那奔放的激情让煤永老师全身的血都往头上涌。他深深地感到古平老师欺骗了他，因为他从来没有发觉他是这样一个人！他的思绪马上又转到县城里的那位女士身上。煤永老师感到那位女士是一个符号，一块黑天鹅绒。听着那曲子，煤永老师心目中的女士变得更神秘了，也许她既不是符号也不是黑天鹅绒，而是他这平庸的脑力意料不到的事物。

终于吹完了一曲，煤永老师绷紧的神经松下来了，他叹了一口气。

古平老师站在门口，显得孤零零的。

"她是在等你吗？"煤永老师问。

"应该是吧。夜晚真美啊。下个周末你来好吗？我要准备酸奶和甜酒。"

"我一定来。"

煤永老师沿着围墙慢慢走回家。他老觉得耳边时断时续地响起笛子声，他知道那是自己的幻觉。古平老师是他交往时间最长的朋友，他将他看作自己心里的深渊。他心里有好几个这样的深渊，女儿小蔓也是其中一个。

有人从围墙边的水沟里站起来对他说话。

"煤永老师显得真年轻啊。"

说话的是谢密密的爹爹。煤永老师想，原来这父子俩有相同的爱好。这样一想，心里就感动起来。

"到了冬天下大雪的日子，我要送给您一样东西。"他又说。

"那我先谢谢您了。我时常觉得，谢密密才是我的老师呢。"

"您过奖了。"

慢慢走回家，开了灯，坐在沙发上，煤永老师回想起晚上发生的这两个插曲，又一次从心底感到幸福。刚才在水沟边，煤永老师注意到老谢的身后还有人，那是不是谢密密？

煤永老师熄了灯，躺在那里打开收音机，短波正在播报地中海的气象分析。他在异国的鸟语花香中沉睡过去，然后又惊醒过来。有人在楼底下叫他，叫的是他童年时代的小名。煤永老师侧耳细听，使劲回忆那个熟悉的声音。

他完全清醒过来了，也许因为睡得太早了吧。他下了床，站在窗户那里。白天里响过的哨子声又响起来了，尖利而急迫。吹口哨的人具有什么样的个性？要传达什么样的信息？有人在操场上大吼了一声，哨子声戛然而止。煤永老师听出那吼声是许校长发出来的。然而只有一声，再没有第二声。口哨还在吹，这哨声是真有呢还是他的幻觉？煤永老师没有把握。他轻轻地叹息道：

"五里渠小学啊。"

他一贯认为校长是最最热爱自己事业的人，他煤永在这方面同校长没法比。他们这所小学虽然在外界不怎么起眼，但熟悉内情的煤永老师知道，这个学校里的师生拥有一种高尚的精神。对，就是高尚，他找到了这个词来形容他们。在他年轻的时候，许校长有一次对他说："我愿意为学生去坐牢。"当时他不以为然，认为校长在夸大其词。时间一年一年地过去，煤永老师明白了校长的话是真心话。可为什么非要提到坐牢？他至今没弄明白。那个时候，他们的学校只有十来间破旧的木板房，教职员工们都当过油漆工和修理工，还到远处去挑沙子来建沙坑，自己搞绿化，做教具。这一切都是在校长的带领下完成的。校长由于一心扑在工作上，连自己结婚的事都耽误了。他没有家庭，但是为了解决性饥渴，他找过一些女人，煤永老师知道这事。在小学里，这种事的困难是很大的，所以校长总是在半夜同他的情人会面，一清早又把情人送走。煤永老师看在眼里，非常同情校长。别的老师大约也持这种看法，所以大家从不谈论校长的男女关系问题。

煤永老师在黑暗中思忖：校长为什么吼叫？他想，校长的烦闷也许同新来的体育老师有关。但他马上又嘲弄自己捕风捉影，他之所以这样想，是因为幻想中的口哨声把他的思路引到了那上面。也可能真的有人吹口哨，却同体育课一点关系都没有。

夜渐渐深了。煤永老师愿意在深夜想一些美好的事。他不急于入睡。他脑海中出现了匪夷所思的设想——身着黑天鹅绒的女人与古平老师一道在竹林里吹笛子。这应该是一件真实发生过的事，古平老师今晚在旧戏重演。但这一次，他耳边响起的不是笛声，仍然是那亢奋的哨子声，就好像真的有人在操场上给学生上体育课一样。这暧昧的哨子声一直伴随煤永老师进入到他的梦境里。梦里的体育老师是个像铁塔一样的青年男子。

第二章　张丹织女士

张丹织三十岁，属于容貌秀丽、四肢修长的那种类型。她当过省队的击剑运动员。可以想象她是很有内力的女性。好多年以来，张丹织女士一直在心神不定地谈恋爱，还没来得及打定主意嫁人，就已经快三十岁了。她交往得最长久的男朋友就是大胖子连小火，他俩断断续续同居了五年，其间张丹织也曾被别的男性吸引过去，但最后又回到了胖子的怀抱。连小火比张丹织大很多，所以他觉得自己有责任来决定两人关系的前途。于是有一天，他郑重地向张丹织提出分手。张丹织已经习惯了同他的关系，对于他的提议很吃惊。她一共思考了四十秒钟，看着他的眼睛点了点头。

"小火哥，你是不是后悔了？"张丹织问道。

"瞎说，瞎说！我现在只不过是对自己有把握了。经营茶场是很辛苦的，你完全清楚。丹织啊，我这条命是你给的。"

"那你还要分手？"

"我就是要同你分手。也是为了看看我自己是不是对自己真有把握。"

张丹织从省队退出来后去一个俱乐部当过教练。她衣食不愁，工作起来像玩儿似的，身边总是围着几位男子。有一位和她同年的男子特别中她的意，两人差一点儿要谈婚论嫁了，不过很快就吹了。那时连小火还是她的男朋友，连小火认为自己耽误了她的婚姻，但张丹织告诉他说一点都不是这个原因。还说与其嫁那位F男士，还不如嫁连小火呢。说得连小火心惊肉跳的。

与同年男子分手后的当年，也就是前年，张丹织经历了一场死去活来、却没有结果的爱情。从那以后，张丹织变得很冷静了，也不那么容易被男人吸引过去了。她开始思考这个问题：她到底要不要嫁人或建立家庭？她并不是那么新潮的女子，只是比较随性罢了。她认识的人也不算少，可就是没遇到过自己真正想同他一起过一辈子的人。当然她对"一起过一辈子"的概念也是很模糊的。说到大胖子连小火，她一直喜欢他，可她同他的关系中缺少了那种不顾一切的激情，所以她以前一直犹犹豫豫的，不知道自己到底要不要嫁给他。

张丹织满三十岁那天跑到公园的湖边哭了一场。她到湖边时已是傍晚，周围一个人都没有，血红的太阳正要从湖的尽头那里落下去。一些黑色的水鸟在乱飞，风景里头显露出某种凶相。张丹织立刻被眼前的风景感染了，她意识到自己一直在虚度年华，生活没有目标，她已成了自己从前唾弃的那种人。哭完之后，她扪心自问：一个连自己都不爱的人，怎么会全心全意地爱上别人？她发现了自己生活中的症结。

第二天她就去找了她父亲的老朋友许校长。这位校长看上去相当年轻，虽然自称已过了六十岁。他吸引张丹织的地方在于他那种笃定清明的心态。于是在校长家中发生了搂搂抱抱的暧昧场面。中途校长突然抽风般挣脱出来，而张丹织则落荒而逃。

张丹织骑在自行车上仍脸红心跳，但她很快在内心断定自己不爱这位校长，只是对他充满了好奇心。

她一回到她住的公寓，校长就给她来了电话，让她去学校面试。校长在电话里头的声音显得公事公办，张丹织松了一口气——他也不爱她。这是一件大好事。她高兴地做了几个击剑动作，然后又给连小火打电话。连小火在电话那头激动得哭了起来，他祝贺张丹织有了人生目标，一连祝贺了三次。

"可是你干吗哭呢，小火哥？我要去教孩子们了，我要走正路了……我知道你是高兴。我担心自己干不好这个工作。你认为我一定会干得好？谢谢你。"

她坐在桌边，想象着连小火的幽静的茶园，总觉得那茶园同她即将去的小学有某种联系。刚才从许校长身上，她已经体会到了这所小学中隐藏的活力，那正是她本人正在渐渐失去的活力。她有点觉悟得太晚了。校长的样子并不好看，但从他的脸上，张丹织感到有种她不太熟悉的强大的吸引力。那种吸引力并不是来自性，也不知自己怎么回事，张丹织稀里糊涂地就同他缠到一起去了。现在回想起来，她觉得羞愧，不过也就羞愧了十来分钟，她不是那种爱在小事上纠缠的人。"啊，这位校长！"她自言自语道。

她在笔记本上将校长画成了美男子，她是按自己那种独特的记忆来画的。看着自己的钢笔画，她就忍不住要笑。这位老单身汉是如何解决自己的性问题的？也许对他来说，根本不存在这个问题？他不是一般的人，她远远追不上他的境界。她以前听父亲介绍过他的小学。今天她去拜访他时，他把她让进房里，说些毫不相干的话，就是不提学校的工作。不过张丹织觉得，校长无论说什么，他的表情都很迷人。而且他的头发也很厚，那是多么虎虎有生气的头发！说着话，两人越靠越近，就发生了那件事。发生了什么？当然，什么也没有发生！明天她得去学校面试，这事差不多已经定了。她现在已经将自己想象为一位教师了，她激动得微微发抖。奇怪，从前在赌场上她都没有发过抖。

因为明天要去面试，张丹织决定早点睡觉。

张丹织去五里渠小学之前是经过了仔细打扮的。她要让自己看上去朴素，洒脱，有朝气。尽管出门时对自己比较有信心，在教师办公室见到煤永老师时，她还是有点紧张。在她眼里，煤永老师属于那种很难看透的人，比起许校长来复杂多了。

当时她不安地坐在那里，为了掩饰自己的紧张还故意向对方抛了几个媚眼。她的表现完全偏离了自己的计划，因为她从未接触过像煤永老师这样的人，不知道要如何表现才是最好。对方显然是位我行我素，不会为任何情况所动的老派人物。但也不一定是老派，说不定思想还很新潮呢。但张丹织马上就知道了，煤永老师根本不打算为难她，只想要她马上过关。他只不过对她有点冷淡罢了。这样一想，她又微微有点失望。不过总的来说，她还是高兴的。她的心底对这位煤永老师比对校长的兴趣更大。

她骑着车把校园参观了一遍，觉得这所郊区小学很美，每一处都花了心思，哪怕小小的一丛灌木都是经过了精心设计的。而且宣传栏里那些学生的小作品也让她由衷地感动，早已淡忘的童年记忆在心底慢慢地复活。如果不是休息日，在操场上碰见几个学生该有多好！

"张丹织小姐！"

马路上有人在叫她。啊，是连小火，太好了！

他俩一块去了书店，买了几本外国版的影集。出来后他们沿着街边走，想找一家咖啡店。张丹织突然在一家茶馆的大玻璃窗外面站住不动了，皱着眉，眼睛瞪得老大。她问连小火能不能帮她一个忙。

"坐在后边桌旁的那一位，就是刚刚面试我的煤永老师。你看见了吧？你能不能同他交个朋友？"

"我也觉得这人看上去有意思。这事包在我身上了。"

张丹织躲在一旁观察。她看见连小火同煤永老师搭讪起来后，她就赶紧离开了，一路上心脏怦怦地跳个不停，好像犯了罪一样。她觉得自己刚才冒出那个念头完全是鬼使神差，有好多年了，她总做些这类任性的事。可能就因为自己的这种性格，所以同那些男友都处不好。煤永老师即将成为她的同事，而且又是一位年长者，一位严肃的、真正的教师，她怎么能同他开这种玩笑？幸亏去干这事的是懂得人心的连小火，大概还不至于坏事。

她后来去了她的一个朋友开的书店。朋友是很勤劳的女性，有着惊人的美貌，是那种原始之美。她还在书店里卖咖啡。张丹织一坐下就不想动了，一连喝了三杯咖啡，仍然沉浸在遐想之中。

"来杯酒吗？"名叫沙门的朋友问她。

"不。"

"你是不是恋爱了？"

"啊，没有的事。"

下午四点钟，她居然伏在书店的桌上睡着了。她太激动了。醒来时已是六点多，天快黑了。沙门小姐给她吃了一个汉堡包。

"去跳舞吗？"

"不。我要走了，坐末班车去郊区。谢谢你，沙门，我以后就会来得少了，我在你这里度过了最快乐的时光。"

沙门小姐忧郁地望着张丹织，她觉得她的这位朋友全身都在燃烧，热浪一阵阵地向她袭来。

"祝你好运。"她意味深长地说，点了点头。

张丹织在郊区下车时，到处都很黑，她不害怕，她沿着那条马路走，心中涌动着豪情。她走了很久，路上一个人都没有，自从出生以来，她还从未遇到过这种情况呢。这条路她经过不止一次，都是坐车。即使从前在车上，也还能见到稀稀拉拉的路人，而今天并不算很晚，怎么会一个人都没有？她猛然记起分手时沙门说的那句费解的话："各人走各人的，最后就只有你一个人了。"沙门说这话时还撇了撇嘴，好像在嘲弄什么。

她就在没有一个人影出现的马路上一直走着，一点都不感到疲倦。她认为自己的亢奋是来自对新生活的期待，她一下子就获得了力量！路的两旁后来现出了少量矮屋的轮廓，还有几点微弱的灯火，好像在说明这世界上不是空无一人。不过张丹织不在乎，空无一人又怎么样，她可是豁出去了。她体内就好像装上了一个发动机，她的脚步如此轻快。

当她见到熟悉的门楼时，终于醒悟过来自己在干什么了，于是心中隐隐地有点不安。不过她并不想认输，仍然胸怀坦荡地朝那目的地走去。她上了那栋楼。

后来就发生了她同连小火之间半夜的那几句对话。

天快亮的时候,张丹织也走进了农家饭店。其实是饭店的老板在路边张望时看见了她。

"您怎么知道我会路过?"张丹织问。

"当然是连兄打电话来了。这一带就这么几个人,目标明显。"

张丹织惬意地在桌边坐下,喝了一大碗甜酒糟,吃了几个刚烤出来的葱盐烧饼。她在心里揣测:这是不是煤永老师坐过的椅子呢?此刻她为自己的计策感到高兴起来了。

"张小姐今天看上去比谁都漂亮。"老板由衷地说。

"小火哥昨天在这里吃过饭吧?"

"是啊。他还带来一位美男子呢。"

张丹织会心地一笑,起身告辞了。

张丹织回到她的公寓小套房里,一觉睡下去,到第二天早上才醒。那是多么酣畅淋漓的睡眠啊,而且一个梦都没做!她醒来之后,有种脱胎换骨的感觉,这种感觉好极了。

沙门来过一次电话,问她一个人独处的感觉如何。她回答说,那感觉就像自己变成了巨人一样。沙门说她为她高兴。

再过几天她就要去五里渠小学上课了。她向许校长询问过应该如何备课,她还记得他们之间的谈话。

"您,张丹织女士,您是没有必要备课的。为什么皱眉头,不相信我吗?您需要做的是放松,再放松。您会同学生打成一片的。"

"可是总要教他们一些技艺吧?"

"不,不用教,不要抱着教别人的念头去上课。我们学校的老师全是一流的,您来了之后就会熟悉我们的理念。"

"您的意思莫非是,我往学生当中一站,就什么都明白了?"

"正是如此,看来您是天才。"

校长的话音一落,他俩就抱成了一团。这位校长太令张丹织激动了,张丹织此刻感到自己的爹爹很有眼力。也许爹爹作为旁观者，很久以来就知道了她自己会追求什么，只是在等待而已。他是剧院乐队里拉大提琴的，有着世界上最和蔼的表情。

张丹织上午去了父母家。

她的父母住在剧团的老式宿舍楼里，是那种采光不好的老楼，她就是在那里面长大的。两位老人都已经退休了，她母亲先前的工作是图书管理员。他们对女儿的个人生活一般采取不闻不问的态度，这令张丹织在父母家中感到很惬意。

她一推开门就看到母亲正在面壁练气功。她向爹爹吐了吐舌头，轻手轻脚地走到里面房里去。

"怎么样了？丹丹要加入许校长的团伙了吗？"

爹爹问这话时朝她挤了挤眼，她立刻就脸红了，幸亏屋里光线暗。她想了一想，一本正经地问爹爹：

"您看我能胜任教师工作吗？"

"丹丹天生就是当教师的料，尤其是去许校长领导的学校。"

"那么，许校长的学校有什么特点呢？"

"特点？让我想一下。特点？没有什么特点。我的感觉是，那学校里的人都很好。这算不算特点？"

张丹织兴奋地笑了起来。她觉得爹爹什么都没说，又什么全说了。她的爹爹总是这样说话的。

"算！算！谢谢爹爹给我介绍了这么好的校长！要不是他对我不感兴趣，我真想嫁给他呢！"

"嫁给他？"爹爹有点迷惑，"可是辈分不对啊。他是我们这一辈的。"

爹爹又一次回忆起他去五里渠小学的情形，不停地重复说："那真是个美丽的学校！"这话他以前在家里讲过好多次，可是那时张丹织并没在意。今天又一次听到，她才有了强烈的共鸣。

说话间母亲练完气功走进了房间，张丹织看见妈妈的两眼炯炯发光，不知道是不是气功的效果。

"丹丹要去许校长的学校教书了，好！许校长是个男子汉。"妈妈说。

两位老人笑眯眯地坐在那里看着张丹织，他们总是对女儿看不厌，但总是话很少。张丹织今天很希望父母问她一点什么，可他们什么都不问，只是共享着女儿的兴奋。

中午三人一块包了一顿饺子吃。吃完饺子，有一个人来拜访爹爹。这个人张丹织从未见过，爹爹好像也不愿向她介绍。他俩匆匆去了书房里，就在那里待着了。

"他也是你们学校的老师呢。"妈妈这样说。

"啊！"

"他来同你爹爹学笛子，学了两年多了。"

张丹织记起这两年里头自己确实很少回来看父母。也许于不知不觉中，父母已经同那五里渠小学建立了不少联系？难怪他俩什么都不向她打听！张丹织猛地一下悟道：既然自己拥有如此不同凡响的父母，她这个大俗人迟早都会走到正路上去。

笛子声响起来了，如同五月的阳光。

"他真是一位心境明丽的小伙子！"妈妈说。

张丹织咻咻地笑，因为那人早过了"小伙子"的年龄。但妈妈形容得太准确了。爹爹为什么不愿把"小伙子"介绍给自己？张丹织没有细想这事，她还沉浸在这几天的狂喜之中。

张丹织选了几本妈妈借回的书，准备带回公寓去读。她想同爹爹告辞，但爹爹同客人把书房的门关着，老在里面不出来。

"这两个人啊，就像在做地下党的工作一样！"妈妈笑着说。

张丹织走在大街上，面带微笑。她在心里说：我还不算老，一切都来得及。路过那家书店时，她忍住了去看沙门的冲动，免得让她看出自己的脆弱。

"丹织女士！"

她回过头，看见了从前的男友和舞伴清汇。他在速递局工作，属于这座大城市里的忧郁青年一族。不过他并不合群，时常独来独往。张丹织不知他从前看上了自己哪个方面，也许这正是他吸引她的地方——她想弄清楚。但直到最后分手她也没有弄清楚。当她提出分手时清汇并不感到吃惊，他马上就同意了。他说他也觉得应该分手，因为他还没有成熟。当时她哈哈一笑，觉得好玩，三十二岁的男子说自己还没成熟！现在看起来清汇说得对，他的直觉很准确。

"我到分局去办点事。你一脸灿烂，必定是走运了。"

"没错，我是快要走运了。你怎么样？"

"我？我的事快要有点眉目了。"他脸上浮出罕见的开朗表情。

"你的什么事？"

"不知道，我觉得我有很多事，这些事慢慢聚集，一件跟一件，它们好像要……你瞧，分局到了。见到你真好。"

张丹织同他握手告别。她目送他走进那栋楼里，她感到他的步态比以前沉稳了好多。张丹织回忆他刚说过的话，她没有太明白他的意思，但她心里同他产生了共鸣。他俩曾糊里糊涂地要好，又糊里糊涂地分手，张丹织至今仍不太了解他。那时在舞厅里，他俩是般配的一对，张丹织在音乐声中很陶醉。她同清汇分手的时间离现在并不太久，可她觉得那件事已经过了好多个年头了。也许外人看来，她属于那种没心没肺的女孩。

由于见到旧情人，张丹织的情绪有了一些转变。她感到他的含糊态度后面包藏了一些什么，她一直认为他不是个简单的人。他看到了她的未来的某个方面吗？张丹织心里升起了疑惑。

那天晚上，回到公寓的张丹织坐在落地窗前，面对灯火辉煌的城市，心里升起了一股恐慌。她在心里对自己说，这一次一定要万分谨慎，一定不能再像从前那样不用脑子想事，否则她的生活很可能又变成一场虚浮的白日梦。她坐了很久，因为无法平静下来，脑子里一片空白。午夜时分，在淅淅沥沥的雨滴声中，她居然含情脉脉地想起了清汇。她并不爱他，早就不爱了，为什么还要含情脉脉呢？也许她在掩盖另一股情绪。她想到这里就中止了自己的思路。

她将思路转向父母。她记起爹爹在书房里的诡秘活动,还有那位五里渠小学的教师,居然在两年多时间里总往她家跑!世事变化真大!她去小学任职一事是受了爹爹的暗示吗?不,没有的事。她这两年很少回去,回去时也是匆匆忙忙,根本没和爹爹好好交谈过嘛。以前她将自己这种派头称作"忙于生活"。从种种迹象看来,她去小学工作一事可说是"水到渠成"。她不想睡觉,忍不住又乘电梯下了楼。

在公寓门口,她见到值班的年轻保安。

"小韶,我过两天就要去一所小学上班了。"

"您是去五里渠小学吧。"

"你怎么知道的?"

"五里渠小学的校长向我打听过您。"

"我的天!简直像做特务工作!"她惊呼。

她不想同这个小孩说话,转身急匆匆地上楼了。

她有种五雷轰顶的感觉。她在床上辗转。一个念头老缠着她:究竟校长是阴谋家呢,还是她爹爹是阴谋家?她想来想去想不清,终于疲倦了,就睡着了。

第二天上午醒来后,张丹织的情绪平静下来了。兴奋已经过去,她不再外出,坐在家中开始了沉思。校长的到访打消了她的轻佻,她决心努力脱胎换骨了。在沉思中,她把自己想成一个小孩,但不是天真无邪的小孩,而是诚惶诚恐的那种。现在,她开始担心自己会同新的环境不协调。不过她又想,自己身上虽有太多的毛病,但她确实对这份工作有热情,她的热情一定会战胜一切。不是连校长也说了她不用备课吗?别的不知道,他肯定是相信她有热情的。至于他为什么来调查自己,她也不打算去弄清了。她早已不是小女孩,干吗这么敏感?也许校长就是有那么一点怪脾气,那算不了什么。

张丹织开始自己下厨做饭了。她不想再动不动就去外面吃饭,她已是一名成年妇女,应该学会这个基本功。其实她也不用学,从前同父母在一起时就做过饭,只是在多年的放荡生活中,她就不习惯做饭了。

她为自己焖了泰国米饭,煎了糖醋鱼,煲了萝卜排骨汤。她要当老师了,体育老师是一份体力活,她要保证自己吃得饱,吃得好。她一板一眼地做菜,心里升起一股满足感。

吃完饭收拾好,她又开始深思。她看了看镜子里那张有点陌生的脸,撇了撇嘴——她心里的感觉太复杂。

张丹织认为自己是在朦胧中成长起来的。她的生活中没有发生过什么惊天动地的事,她也很少有意识地去总结自己的生活。像她这样一个比较散漫的女孩,居然老老实实地在省队练了三年花剑,一想到这事她就笑逐颜开。当然后来她不干了,不是因为没出成绩,而是她想自在一些。在省队训练的生活已不符合她当时的理想了。不管她做什么决定,她的父母都支持她,这好像已经成了惯例。

她喜欢美的事物。当初刻苦地训练是为了追求美,后来离队也是为了追求美。只不过从前她对美的看法不那么清晰,最近半年来才似乎慢慢有点清晰了。她在心中将自己这几天的体验称之为"美的狂欢"。也许她直到最近才开始接近那种事物?她也有小小的疑问:这一切会不会是场误会?她又一次回想清汇说过的关于一些事物在慢慢集结的话,觉得很可能她自己遇到的是和他同一类的问题。

接下来她阅读了妈妈从图书馆借回的一本小说。小说的开头讲的是一件模糊的事——一名男子总是忍不住去乡间的一个村子旅行,每年都去同一个村子。村头有一栋空屋,他走进去,看到了灶台、饭桌、雕花木靠椅、空空的废弃的卧室——一共有三间。他在每一间卧室里停留,体验令他汗毛倒竖的恐惧。张丹织感到这个故事好极了,她舍不得一下子看完,就放下了书本。她打算将这本厚厚的、书名为《晚霞》的小说带到学校为她分配的宿舍里去,一天读一章。表面上,她读书没有系统,但她的分辨力极强,知道自己适合读什么书。也许她这种能力来自母亲的遗传。

阅读给她带来了好心情,她给好友沙门打了个电话。

"《晚霞》?我这里有个老顾客也在读这本书。"沙门一边为顾客拿书一边说,"那是本好书!你问这位读者的情况?等一等……我认为,他属于那类不安分的……他说他今年七十六岁。"

"啊,多美的老大爷!麻烦你去同他说,我将来想同他讨论这本奇书。我刚开始读。"

张丹织想象着沙门小姐书店里那位老人坐在桌旁读书的情景,她想象中的场景很熟悉,仿佛是她年幼时经常看到的一幕。沙门小姐的工作有点像魔术师的工作,重要的是,她热爱她的工作。她的书店里总有一些张丹织喜欢的书,那些灯光的效果有点古堡的意味。不知为什么,虽然沙门美貌惊人,但她的顾客大都是些上了年纪的人,其中又以回头客最多。她已经在这个大都市里建立了书店的读者群。

"不能介绍给你,因为他已发誓效忠于我。"过了一会沙门才回答。

张丹织在这个静静的夜晚沉入了大地母亲的怀抱。有多少年了,她这个流浪女一直在外?……前方的黑暗中有一些鸵鸟的影子,她很想追上它们,但她跑不动,地上太滑了。她不再跑,在原地停了下来,这时天反而渐渐亮了,原始风景向她逼近。

明天就要去小学了,今天是最后一天。张丹织一早就去买好了菜,打算待在公寓里不外出。她的行李已经清理好了,就放在客厅里。

夜里的梦不太吉利,一条不知名的凶猛的鱼在海里追她,她的右脚流着血,像一条红色的带子。张丹织不信梦,也不愿去猜梦的寓意。她起来之后稍稍有点疲倦。后来她在大门口见到了保安小韶。她记起了昨天的事,镇定地朝他点了点头。她觉得少年脸上有一丝讥笑,不过也许是她自己神经过敏。少年转背同别人谈话去了。张丹织立刻脸红了,她觉察到自己老毛病又复发了。

可是她刚一进房间小韶就来敲门了。

"小张姐,您走了后我们会寂寞的。"他说。

他的目光扫过那些要搬走的行李,他似乎在找什么东西。张丹织又一次感到事情变得诡异了,但她努力地克制了自己。

"今后不能常见到小韶,我也会寂寞啊。"

"您不会,只有我们这些保安才会。只有我们才会惦记着您,您怎么会反过来惦记我们呢?我想不会的。"

张丹织注意到小保安说这些话的时候很严肃,这大大出乎她的意料。校长是如何同他联系上的呢?他们之间很久以前就有联系吗?张丹织在心里提醒自己千万不要自以为是。

"小韶,你多么会关心别人啊!"她诚恳地说。

"我们在这里没有家。"

"我明白了。我一定会惦记你的,尽管你不相信我也会。"

"您惦记我对我来说是好事吗?我要回去想一想。今天我不值班,我可以专门来想这事。自从校长同我谈话以后我脑子就乱了。你们学校的这个校长真风趣啊。现在我要走了,再见!"

张丹织的目光凝结在空中。一瞬间,她的人生变成了复杂的蛛网。不过那只是一瞬间,然后蛛网又消失了,她听到了河水流动的声音。她的前途美而单纯,同那小学一样。她想起了爹爹看她时的目光,怎么能不信赖世上最慈祥的目光?

她在厨房里洗碗时,搬家公司来电话了。她委托的是一家收费较高的小型公司。电话里头,女职员态度有点怪怪的。

"一共十二件?您不怕丢失吗?"

"我当然怕,你们公司不是有保价吗?"张丹织愤怒地反问。

"嗯。保价嘛只保得了钱财,保不了前途。"

"我不需要保前途,这生意您做不做?"

"做!就凭您这句话都要做!我傍晚来取行李。"

张丹织挂上电话时心里想,真是见鬼,难道整个世界都在关注她生活中的转折?从前她当混世魔王时,可是谁也不关心她啊!当她再想想刚才的对话时，脸上就浮起了笑容。这就是妈妈借回的那本书的开头所描写的情节嘛。一切都将重新开始了，她是不是做好了准备呢？

五里渠小学里的一切，还有同这小学有关的一切，都是那么的看不透。但是说看不透呢也不全然正确。还不如说一切都触动着她心底的一根弦，在某种程度上她是看透了一些事的，只是目前，她还不能清晰地讲出来而已。比如刚才那女职员的态度，就同那些事有关联。老天爷，这世界现在变得多么亲密了啊！

灯光里头，丝一般的台湾草皮正从墙上长出来，它们从沙发的上方垂下来，触摸着她的脸，好像在说："张丹织小姐，张丹织小姐……"张丹织忍不住咯咯地笑起来，轻声地回应道："别逗我，别逗我，我可要哈哈大笑了啊！停止，嘘，停止……"

她问自己："你也变成风趣的人了吗？"

当然还没有，还差得远呢。啊，那些事，多么久远，又多么逼近！比如说她的前男友清汇，是不是他一直在对她讲同一类的话语，而她以前没能领悟他的意思？真可怕，那个黑社会的女孩傍晚要来取行李，她准备好了吗？

然而她却没有来。

七点钟过去了，八点钟又过去了，快九点半了。张丹织的好奇心正在慢慢地消退。她安慰自己说，没什么要紧的，她明天一早提上一个小皮箱就可以出发了，她的随身用品都在那里面。她可以到了学校之后再让校长派人来取她的行李。也许那位小姐根本不想做生意，不过是在开她的玩笑罢了。如今这世界上这种人也很多，你永远弄不清他们是在说正经话呢还是在开玩笑。这样一想，张丹织就释然了。

她来到阳台上，打量黑暗的天空，感觉它给她的压力。今夜小区公寓的人似乎都外出了，那些窗口黑洞洞的。难道今天是什么节日？但并不是。从她的阳台可以看到楼下的大门，小韶站在大门那里，今天他不值班，所以没穿制服。他神情忧伤而困惑。十七岁的少年怎么会是这副神情呢？张丹织想回忆自己十七岁时的情景，但回忆不起来了。

"您在同我们告别吗？"

一个声音从黑暗处响了起来，张丹织吓得浑身颤抖。

却原来那声音是从隔壁阳台上传出来的。那是中年男人老朱，他正在抽烟，烟头的红光一闪一闪的。

"啊，你也得知我要离开了吗？"张丹织激动地问。

"很多人都知道了，您真了不起啊！"

"有什么了不起的？"

"因为您是去实现自己的愿望嘛。我们只好留在这里。我们有一天也会像您一样，但还不到时候。"

"您说的这个'我们'，包括保安小韶吗？"

"哈，您真敏感！对，包括小韶。"

两人同时沉默了。张丹织将自己的脸朝着那个方向，她几乎看不见老朱。她感到他们之间有点像永别。楼下的大门那里，小韶的身影已经消失了。她怔怔地站在那里，忽然听到黑暗中响起一声"再见"。

这时已经快十点半了，由于第二天要早些起床，张丹织打算上床了。她突然注意到自己已闩上的房门正在一点一点地被打开。张丹织在心里想，这就像妈妈借的那本书里头写的一样。她装出若无其事的样子上了床，半躺在那里观察眼前的这一幕。

戴黑面纱的女人（女孩？）进来了，悄无声息地将她的行李一件一件地挪到外面走廊上，也许那里有辆推车。她的动作很慢，慢得不像真实的动作。其间张丹织又听到她在门外同老朱交谈，他俩好像是在协商什么事，达不成一致的意见。张丹织只听清了女人的一句话，她对老朱说："还没轮到您呢，要有耐心。"莫非这位老朱也要离开公寓搬到别的地方去？女人的口气就好像是她在掌握老朱和张丹织的命运似的。张丹织认为老朱并不是那种想改变自己生活的人。她以前同他打过些交道，觉得他是那种酷爱物质享受的类型，他喜欢吃口感好的美食，穿质地好的服装，抽高档香烟。他身上散发出的香水味会令某些女人立刻发情。

不知为什么,张丹织感到昏昏欲睡,一下子就睡着了。不知过了多久她又醒来了,此时应该已是半夜。她看到自己的行李还有一半在房里,门还开着,过了一会儿,女人又进来了,还是戴着黑面纱,她又搬了一样行李出去。

"怎么老搬不完?"张丹织问。

"您想一下子抹掉您三十年生活的痕迹?"她冷笑了一声。

张丹织用力睁眼看着门那里,看了好久,女人还没进来。她在外面干什么呢?外面走廊上的灯是黑的,她是摸黑将行李从电梯搬下楼呢,还是在同隔壁的老朱搞什么秘密活动?她在门外一点响声都没有弄出来,真是很怪。张丹织懒得起来,她愿意就这样半躺着观察眼前发生的事。她感到这位女士正在打开她生活中通往未来的通道。她为什么老停留在外面,让她的房门敞开着呢?

她的瞌睡又压倒了她,她干脆躺下,不管不顾地入睡了。

她醒得很晚,心里想,糟了,第一天就迟到了。这样想过后,她反倒镇定下来,也许是昨天夜里搬家公司的女士给她的暗示起了作用。所有的行李都搬走了,房里空空的。不对,并不完全是空空的,还有一个箱子留在地板上,箱子里头是她少女时代照的一些照片,那时她焕发着青春的美,连自己看了也觉得美。为什么那位女士不要她带走这些相集?张丹织头脑里灵光一闪,她领悟了女士的用心。

她梳洗完毕,吃了点早点,提着几个小包出门了。她把那口箱子留在房里了,她觉得或是老朱,或是别的什么人会来将它拿走。她决定抛弃那些过去时代的记录了。这个念头令她感到轻松。

她从容地下楼,坐公交车,然后下公交车,去赶郊区的班车。她坐在班车上时,看见那条隐蔽的小路延伸到远方的荒漠之中,那地方一片朦胧,什么都看不清。

"张丹织女士,您是去五里渠小学吧?"旁边那人说话了。

"啊,真巧,您是我爹爹的朋友!"

"我姓古,古平。"

"您的笛子吹得真好。可我没有继承爹爹的音乐天分。"

当古平老师沉默时，张丹织就有点着急了，她希望想出一个话题来将谈话继续下去。她想来想去也想不出来。古平老师不时用疑问的目光看她一眼，仿佛有点猜出了她的心思一般。

"请问您参加过学校的绿化工作吗？"她终于鼓起勇气问。

"那是多年前的事了。"古平老师回答时眼里流露出憧憬，"操场边上的那些大樟树都是我们种的。我觉得您会是最合适的体育教师。"

"您这样看吗？谢谢您！可您的理由是什么？"

"就因为您能提出地道的问题啊。您刚才问我绿化的问题，这同建校的历史有关啊。我们有过激情的青春。"

"你们是指学校的老师吗？"

"一部分老师，比如煤永老师和我，当年都是年轻人。"

"煤——煤永老师，我认识他，他当年也是激情满怀？"

"我猜应该是。不过表面上看不出来。他是个冷静的人。"

现在轮到张丹织沉默了。她突然感到自己这些天来的忙忙碌碌当中有一个旋涡的中心。会不会这个中心就是深不可测的煤永老师？应该不是。张丹织打消了自己的胡思乱想，可是她再也平静不下来了。她的脑海里不断出现绿荫丛中的学校，那些大树的树冠里都隐藏着过去时代的许多人影。

她在想，这位老师也属于那种特别灵敏的类型，自己离家这两三年里头，说不定他已将自己的底细全弄清了。奇怪的是她并不讨厌这件事，反而还有点高兴呢。当然这同煤永老师无关，只要是与小学有关的人来关注自己，她都会激动。张丹织脸上露出微笑。

"我们的学生喜欢美丽的教师。"他说。

"可我并不美。"

"也许吧。我估计您会一天比一天美丽。"

"谢谢您，您的心真好。"

"煤永老师才称得上心好呢。"

又是煤永老师。张丹织爱听这话。她想,在今后的日子里,这位古平老师也许会时常向她提起煤永老师,啊……

在古平老师的指引下,张丹织很快弄清了她的宿舍的方位。她的单元房在三楼,古平老师居然掏出钥匙打开了房门,又将钥匙交给了她。他笑着说,是校长让他在汽车站那里等她的。

"校长怎么知道我什么时候去汽车站?"张丹织问。

"他总是知道。他这个人神机妙算。您待久了就会习惯他的,我们都习惯他了。他也是个好人,差不多同煤永老师一样好。您休息吧,我走了,再见!"

眼前这套单元房很简陋,一间卧室,一间厨房,一间卫生间。前厅很小,放着三个简易书架,她的行李都挤放在厅里面,可见那搬家公司真是高效率。同她租住的公寓比起来,这里差远了。不过她早有心理准备,她不是来享受的。她并没有参加学校的创建,当然没有资格一来学校就获得享受。她在心里盘算要将这套房好好地装饰一下。书架要贴些装饰纸,摆满她心爱的书籍,墙上要挂一个木雕骷髅头,还要挂一幅放大的海涛的照片;卧室里面则要把父母的照片挂在床头,这样就等于每天同两位老人见面了。

张丹织从卧室的窗户望出去,看到了长长的一段学校的围墙,围墙砌得既结实又精致,很有些年头了。不知为什么,她对自己今后一开窗就可以看见学校的围墙这件事感到很激动。她简单地梳洗了一下,就去教员办公室报到。

然而当她惴惴不安地来到那间很大的、放了许多办公桌的教员办公室时,那里却一个人都没有。门开着,里面空空荡荡的。张丹织想,校长明明跟她约好了,今天上午这个时候要在这里向她介绍其他教员的,难道他忘记了?

她无聊地在办公桌之间转来转去的。后来她又站到窗前去往下面看。一些学生在下面搞课间活动。她看到的景象令她有点忧虑。那里有两队学生排成两长排,中间隔开两百米。口哨一吹,两排学生发了疯一般向自己对面的学生冲,他们纠成一团,有的鼻孔里还流出了血,有的则摔倒在地爬不起来了。那些爬起来的学生站到旁边空地上去,又在列队进行第二次冲刺。张丹织看了这景象有点头晕，她万万没有想到这里会有这么野蛮的活动。她怀疑起自己来——或许她先前看到的全是假象？还是她太幼稚，判断力有问题？那么校长对她讲的那些话又是什么含义？

她等了又等，还是没有人到办公室来。有两次她听到楼梯口那里有脚步声，她以为有人来了，但那脚步上楼到半途，停了一停，又下去了。她感到无聊至极，又很疲劳，就伏在一张办公桌上睡着了。

她睡了好一阵才醒来，看见一个清洁工在擦桌子。

"请问老师们什么时候来？"她问清洁工。

"这个时候不会有人来，他们都回家了，现在是午间休息。"

张丹织羞愧地站起来向外走。楼里一个人都没有，外面也如此。张丹织回到了自己的单元房。这时她感到饿了，连忙拿出东西给自己做饭。

饭却吃得很香，她变得精神饱满了。她的脑海中闪现出一些灵感。她忽然有些理解她先前观察到的那些孩子的活动了。一个声音在她心里说：不要去管任何人的事，管好你自己的事。

张丹织穿上休闲的衣服，做出懒懒散散的样子下楼了。

学生们陆陆续续从附近的家中返回来了，他们大部分都是农家子弟，也有些学生的父母是在城里做零工。这些孩子都穿得很差，张丹织有种感觉，那就是他们也许在家中很受压抑，来学校对他们来说意味着放纵自己一番。

她在臂弯里夹个足球，往操场走去。

她还没走到操场边，足球就被一名牛高马大的女孩抢走了。这是她意料中的，所以她站在原地，看着一群少年在发了疯似的奔跑。她从来没有像现在这样感动过，即使从前在省队训练时也没有。他们沉浸在疯狂的运动中，对她不理不睬，可她的心同他们一起跳动。她的双颊变得绯红了。

"老师，您为什么不早些来呢？"男孩问她。

"哈，你早就知道我会来！你叫什么名字？"

"谢密密。我不爱激烈运动，可是我理解我的同学。"

张丹织对他一本正经的样子感到好笑。

"你的名字真好听。说说看,你们怎么知道我会来?"

"因为所有的同学都看见您了嘛。我们想让您出来同我们玩,有的人冲到了楼梯口那里,要不是校长禁止我们去办公室——"

"不过此刻你的同学对我并不感兴趣啊。"

"您弄错了。是您使我的同学们疯狂。瞧那男孩!"

一名小个子男孩像一条鱼一样跃到半空,抱着足球飞进了球门,然后重重地摔在地上。一大群男孩和女孩欢腾起来,他们各自跑开,到另外的地方活动去了。这种完全不按规则踢球的风格令张丹织目瞪口呆。她凑近那个孩子,发现他的一条腿不能动,估计是骨折了。张丹织正要去叫校医来,校医却已经来了,后面跟着担架,还有谢密密。张丹织对谢密密心里充满了感激。

张丹织倚着球门,阴沉着一副脸。

"是我的错,我太自以为是了。"她说。

谢密密激动起来,脸涨得通红。

"多么好!我希望我是雨乐(那男孩)!我胆小,我练过好多次,从来没有飞得像他那么高!雨乐真是个人物。老师,您不要生气。我们不怕受伤,不管谁受了伤,医生都会最快赶到。因为大家踢球时就像一个人,受伤的那个人会使每个人身上疼,所以大家都去找医生。"

张丹织从地上捡起球往宿舍走,心情仍很沉重。

"张老师,刚才他们要我带口信给您,他们喜欢您。"

谢密密说完这句话就像弹子一样弹出去,跑得看不见了。

深夜里,整个校园里一片寂静,好像入睡了一样。但是张丹织知道它没有。这里面一定有各式各样的活动,她说不出那是什么样的活动,但她心里感到了。她想,是不是人只要进入到这个校园里来,就都会感到这种莫名的悸动?这悸动有规律,带着微微的恐惧,但更多的是渴望。比运动员比赛前的那种情绪要淡一点,但又绝没有丝毫的放松。她没有睡意,坐在窗前看着那段黑黝黝的围墙出神。她想,或许有很多小孩藏在围墙下的灌木丛中呢。

电话铃突然响起来,给她一种更恐怖的感觉。是爹爹的声音,忽高忽低,像被乱风送过来的一样。爹爹说起歌剧院宿舍区花园里的一棵老罗汉松,问她还记不记得。她当然记得。当年树叶间那些深紫色的罗汉果不但解馋,还引发了她的遐想。好长一段时间里,每天入睡前,她都把这棵树当作她一个人的家。成年之后,因为不常回家,她差不多把罗汉松忘掉了。爹爹一说起这事,她就微微颤抖起来。世上的事该有多么奇怪,她和爹爹的记忆竟是相通的!小时候,她认为那树属于她,没想到爹爹,也许还有妈妈,早就潜伏在她一个人的家里。

"……有很多小孩子注意到了它。我真高兴,丹丹,今夜在刮风。在许校长的校园里会有很多故事,他是个有奇思异想的人……"

张丹织沉默着,爹爹的声音变得含糊起来,听不清了。但张丹织完全知道他在讲什么,她为此而激动。她拿着话筒一边听一边反复问自己:"这是怎么回事?这是怎么回事?"她同爹爹之间的这种奇怪的交流以前从来不曾有过。爹爹讲话时,他房间里有人在拉大提琴,是熟悉的音乐,也许是他自己在拉。过了好一会,爹爹突然清晰地说:"晚安,丹丹。"然后就挂了电话。

她看见围墙外边有手电筒的光在闪亮,白天里她注意到那下面是一条从山里流下来的小溪。居然还真有人在黑暗中活动!五里渠小学到底是一所什么样的学校?现在恐惧感完全消失了,有种轻灵的东西在她体内升腾起来,她仿佛看到什么人正从远方向她走来,那人对她抱一种赞许的态度。也许他真的赞许她?

第三章　雨田和小蔓

　　雨田个子小皮肤黑，一双大眼睛总显得空空洞洞，看上去似乎是那种很难集中注意力的青年。他同小蔓走在一起时很协调，两人都有类似的眼神。

　　小蔓有时会对他这样说：

　　"嘘，雨田，你不要盯着我，也不要管我的事，你要永远关注你自己的目标。"

　　雨田于是回答道：

　　"你不盯我，怎么会知道我在盯你？其实啊，我根本没盯你，我的眼睛是高度散光的。你以为我在看你，我呢，却看到从前老家的阳台上去了。那老宅的破阳台上晾着我父母的衣服。"

　　小蔓笑眯眯地拍拍丈夫的背，对他的回答很满意。

　　可是雨田对自己很不满。说来奇怪，当初他加入珠宝行居然是为了这个行当里有冒险的机会。这个私下里深藏的念头他从未向任何人透露过，包括小蔓。在大学里他就知道小蔓不是一个轻信别人的女孩，他觉得在这一点上她与自己旗鼓相当，她的性格强烈地吸引着他。小蔓有种不动声色的美，有些人误将她的不动声色看作老成，但雨田知道那不是。那究竟是什么呢？雨田琢磨了这么多年还在琢磨。正因为捉摸不清小蔓的性情，所以雨田对自己不满。

他还有一桩对自己不满的事，那就是他的愿望屡屡受挫。上级部门不思进取，只是小打小闹地做些国内的加工业务。雨田盼望自己被派到缅甸、南非、南美这些地方去收购钻石和别的珠宝，他等了又等，却一次也没等到这种机会。上级交给他的工作都是加工业务，而且全部是在国内。有两个去尼泊尔或非洲的机会，可又被他的竞争者捞去了。他只能纸上谈兵，在家整理各种珠宝的资料。

雨田很爱小蔓，他从心底欣赏小蔓那种不动声色的美，他将那种美比喻成小蔓画的水墨画中的那只猴子。很多人都认为小蔓外貌很一般，雨田发现这一点后，便在心中窃喜，觉得自己的运气好。如果大家都认为小蔓美，小蔓也许就不会倾情于他了。

但是他又并不因爱小蔓就放弃探险的愿望，甘愿守着妻子过一种无所事事的生活。他的隐藏的热情近年来随小蔓画风的变化而高涨起来了。他终于获得了去非洲的机会。非洲南部最近动荡不安，为了不让小蔓担心自己，他就说他是去新疆出差。小蔓相信了。

"我去一趟新疆，对自己的不满就会大大减轻。"他说。

"那太好了，你会发现些什么的。其实啊，对自己不满的人应该是我。"

雨田悄悄地打量小蔓，在心里惊叹道：她多么酷似那只水墨猴！他看到了那个黑洞洞的诱惑人的入口，他想，这个入口很可能也是小蔓内心的入口，她的全部的美都保存在那个黑暗处。

他不让小蔓去送自己，这是他俩多年前订下的规矩，因为两人都不约而同地认为送别有种不吉利的意味。由于担心再也见不到妻子，他在去机场的出租车上流了泪。碰巧那天是大雨天，老天也一直在哭，没人注意雨田的伤感。

坐在那架飞机上，雨田一直闭着眼，他在想象酋长的样子。他将前往一个部落去购买钻石。部落所在的国家却是模糊的，他所在的珠宝行的上级说："没必要弄清。"他会在博茨瓦纳降落，但一到那里就会有车来把他接走，他的目的地是另一个国家，那是一个影子般的国家，上级不便向他透露。

"这不正是你一直在盼望的那种旅行吗？"上级似乎在嘲笑他。

雨田虽然对上级的取笑很生气，可又觉得他说得对。他暗暗揣测，上级也许是在考验他的应变能力？他一贯对自己的应变能力有信心，要不然小蔓这样的女孩怎么会看上外貌毫不起眼的他？

坐在那辆越野车里头时，他预感到考验降临了。那人说的好像是法语，他一个字都听不懂，但他镇静地点了点头，似乎是允诺了那人提出的要求。最后他终于听懂了一个词，是对方用法语说的"再见"。他又点了点头，那人似乎很满意。明明两个人坐在一辆车里头，他为什么要说"再见"？

这是一次长途跋涉，幸亏他早有预料，带了一大壶水和几包压缩饼干。他一上车就睡着了，蒙 中他似乎在同小蔓回老家。走到半途他又改了主意，对小蔓说还是去黄山吧，老家所在的大城市太嘈杂了。再说老家已经没有人了，只有两间楼房，他拥有一半产权，另一半归他哥哥。他要是赶了去，哥哥会以为他是来争产权的。这时小蔓就说了一句奇怪的话："那就去黄山吧，也许你在黄山可以揽些珠宝业务呢。"她这句话让他吓出一身冷汗，他立刻醒来了。他醒来之后努力回想，却又想不出小蔓的话有什么可怕的。

车窗上蒙着厚厚的一层灰，还有泥巴，雨田看不到外面，只是听到雷声不断，好像在下暴雨。他记得下飞机时博茨瓦纳也在下雨，莫非全世界都在下雨？刚才在梦里头小蔓还说："雨田，雨田，你的名字取得真好啊。你怎么什么也不说就离开了呢？"雨田提高了嗓门用英语问那人道："我们是去哪里？"

那人猛地一下刹车，倒在方向盘上。

雨田看见他额头上中了一箭。奇怪，车窗关得死死的，箭是怎么射进来的呢？他用目光检查车窗挡风玻璃，发现全都完好。雨田想，必须马上离开车子，往相反的方向逃走。

他拿着行李下了车。外面并没有下雨。一条河横在他面前，河对岸是一望无际的大草原，草原上影影绰绰的有些动物群，像是马，又像是长颈鹿，离得太远，看不清。他有点犹豫，要不要过河？他下车的地方是一条公路，他感到有人在追击那辆车，他要是不迅速离开就会大祸临头。正在这时他的手机响了，小蔓带哭腔地说：

"雨田，你赶快跑啊……"

于是他上了那独木舟。船主问也不问就往对岸划去。

接着小蔓又打来电话了：

"雨田，你好自为之啊。"

每次他刚要讲话，小蔓就把电话挂了。

雨田问这位白人船主：

"要多久才能到对岸？"

"一个星期左右吧。"他说。

这条河并不特别宽，怎么会要一个星期？太荒唐了！可他不敢表示愤怒，只是说了一句：

"啊，要这么久！"

船主正色道：

"当然要这么久，这里是非洲腹地。"

"我是到了哪个国家啊？您能告诉我吗？"

"不能。这里的人从不问这种没有意义的问题。不是连您妻子也不谈论这种事吗？"他露出恶作剧的笑容。

"看来您和我妻子什么都知道，只有我像个盲人。"

"这不是很妙吗？"他干巴巴地说。

尽管一点也不觉得有什么妙，雨田还是在心里期待着转折发生。

水壶里的水喝光了，他又灌了一壶河水。虽然那河水又苦又涩，雨田却觉得味道不错。莫非连他的味觉都改变了？他吃了两块饼干，背靠背包平躺着，欣赏那美丽的天空。他刚要睡着，忽然听到船主命令他去接替他划船。

雨田划船的技术还不错，可不知怎么回事，这独木舟一点都不听他的指挥。无论他怎么努力，小船都只是在河里转圈子，转得他脑袋发晕，快要呕吐了。而那白人趁这个机会睡着了。雨田在精疲力竭中放弃了努力。他刚一停止划船，小船就变得平静了。可它没有顺水漂流，它在慢慢地、稳妥地横渡那条河。雨田诧异地注视着小船的运动，心想，是他刚才的努力给它注入了能量吗？

"雨田，你尽力了吗？尽力了就好。"小蔓在电话里说。

"这就是那种不动声色的美。小蔓啊小蔓。"雨田对自己说。他只能对自己说，因为小蔓每次只说一句话就挂了电话。

突然之间，雨田注意到船主多毛的手臂旁有奇异的光芒在闪烁。

雨田全身的血都涌到了头部。那个敞开口的皮袋子里头装着他多年的梦。他必须沉住气。船主说要一星期才能到对岸，也许是真话，也许对岸有强盗埋伏。

这条奇怪的小船的船头仍然向着对岸行驶，雨田发现它的速度确实慢得不像话——他们离岸最多两百米。既然上了船，又发现了他的目标，雨田就安下心来。不是他放弃了努力，而是他的思路改变了方向。他现在密切注视着周围的动向。可是周围什么动静也没有，河里风平浪静，船主躺在他旁边大声打呼噜。

天黑下来了，雨田的小船终于驶到了河中央。他听到什么地方有狮子在吼。那人总是不醒，他身边那一皮袋钻石被他于睡梦中推到了雨田的脚边。雨田悄悄地伸手摸了摸那些硬东西，发现它们像冰一样冷。这是不是钻石？浓重的倦意袭来，他也躺下入睡了。

他醒来时已是上午。那人在划船，他们的船还在河中央，朝两岸望去似乎都是同样远。

"您在打这些东西的主意吧？"船主笑着对他说，"如果我们两人都平安到达的话，我就将它们卖给您。在我们这里，这些东西并不值钱。"

"旅途会有危险吗？"雨田问道。

"不知道。要是有危险才好呢。您不是一直在盼望吗？哈哈！"

"不——我并不……"

"您不要抵赖了，我早看出来了。您的上级，那个无赖，他一直在对您许愿。您觉得非洲如何？"

"美极了。"

"您愿死在此地吗？"

"我不愿意死，为什么非要死？我有妻子，我爱她。"

"我是随便问问的。"他的表情变冷淡了。

他甚至显出厌烦的样子,一边缓缓地划船一边将皮袋里的钻石踢得哗啦作响,就像在试探雨田一样。

"要我来划吗?"

"不,我不忍心,您躺下吧。"

雨田使劲琢磨船主的这句话,心里想,是不是死到临头了?那会是什么样的惨祸?他对自己一点都不害怕感到不解。

中午下起了瓢泼大雨,两人都被淋得像落汤鸡。看上去船主一点儿也不在乎,他大概早已习惯了这里的气候环境,常年过着风雨无阻的野外生活。雨田重点保护着他的手机和那些电池,他将那个防水的小袋子放在胸口,任凭小蔓的手机不停地呼他也不解开袋子,因为他担心手机一进水就完蛋了。船主停止了划船,那船又在自动地向对岸移动,虽然走得缓慢却坚定,仿佛具有一种意志。

"真的要走一个星期吗?"雨田问船主道。

"看运气吧。"

"您好像并不急于到达。"

"干吗要急于到达?您不是只关心您的手机吗?我忘了,您还关心我的皮袋子。这是个好兆头。"

雨终于停了,除了手机,雨田的东西全湿透了。小蔓却不再呼他,是不是产生误解了呢?船主在吃东西,他面前摆着一大包肉类。雨田的神情有点恍惚,有点想吐,他感到自己要生病了。船主拿起一根火腿肠劝他吃下去,说可以给身体增加能量。雨田吃下去了,想吐的感觉立刻消失了。他回味了一下,觉得这火腿肠酸酸辣辣的,不像普通火腿肠。船主告诉他说,他吃的是非洲食品。

"您已经进入到了非洲腹地。"他再次强调。

他说完就将一只手伸进皮袋抓出一把钻石,用力朝水中一扔。

"这些还没加工,加过工之后价值连城。我扔掉一些,免得负担太重了。我的一个同乡就是被这种东西压死的。"

"真可怕。"雨田打了一个冷噤,但他身体里一点生病的兆头也没有了。

船主一共扔了三次,被他抛在空中的钻石好像燃烧起来了一样。

他俩又熬到了夜晚降临,一夜无事。

后来雨田都记不起自己在河里待了几天了,可能是他的记忆停滞了。那小船你划它也好,不划它也好,它总是缓慢地向着对岸挺进。根据雨田的目测,他们现在离起程的岸边已经有大约一千米了,但离对岸还有两千米以上。船主总让他同他一道吃那种非洲食品,他说吃了能战胜抑郁症。"在这条河里,因这个病而出事的人太多了。"

雨田并不觉得抑郁,他只是很想念小蔓。他有点后悔出门的时候对她撒了谎。看来她早已知道他去了哪里。她是打听到的,还是猜出来的?小蔓从来不向人打听他的事。那么,是她猜出来的。小蔓有这个能力。他忍不住拿出手机来,拨了小蔓的手机号码,从她那边传来忙音,后来又什么声音都没有了。这时雨田记起他的岳父开玩笑时说过的一句话:"小蔓天生是个流浪者。"由于忽然想起这句话,雨田的脑子里一下子空了。夕阳中,雨田看见那人在吃一只活蜻蜓。

"您什么都能吃吗?"

"那得看需要。"船主笑嘻嘻地说,"您不要拨弄手机了,没有用的。她比您还要清楚您的事。"

"您从什么地方看出这一点的?"

"当然是从您身上看出来的,我们不是都没离开船吗?"

一瞬间,雨田对船主佩服得五体投地。他暗想,跟着他,自己就会进入到小蔓的内心了。多么蹊跷的巧合啊!他摸了摸脚边的皮袋,钻石只剩下了一小半。

"多么美丽啊。"雨田叹了口气。

"非洲的美是杀戮的美。"那人也叹了口气。

雨田感到那人正在做一个决定。他是偶然到他船上来的,当时他的小船停泊在岸边,他就上来了。但也许他是在等他,他不是对自己的上级非常熟悉吗?回想这次冒险的来龙去脉,雨田发抖了。当然,他要做的决定同自己直接有关。雨田偷窥那人,看见他放在膝头上的双手也在发抖,那双巨大的手上血管突起。

"您打算在珠宝行长久干下去吧?"他问雨田。

"是啊。可是这很困难。"

"年轻时都会有这种感觉。"

雨田闭上眼,竭力想象自己老年时的情景。到那时他会不会像这个人一样,仍然每天做决定?或许只有在非洲这种地方人才会每天面临做决定?"小蔓啊小蔓。"他在心里用空洞的声音说道,仿佛向她求助似的。

食物已经吃完了,他们还在水上漂。雨田大半时间都半躺着,为的是保存体力。他用微弱的声音对那人说:

"为什么不说说您自己?您要把您的谜带到坟墓里去吗?您就没有想过我俩会进同一座坟墓?"

有一只兀鹰在他们上面飞。雨田向那兀鹰微笑着,努力同它交流。

非洲的天空令人流泪,雨田的眼角湿了。

当他几乎饿得说不出话来了时,手机的铃声突然大响。

"我快死了,我爱你,小蔓。"

"胡说。你看看你已经到了什么地方?"

他听出是小蔓的声音,但那声音又有点陌生。他来不及想清楚就晕过去了。他晕过去之前感到兀鹰正在有力地掏他的脑髓,那种掏挖给他带来快感。

那人猛烈地摇晃着他,说:"现在可不是生病的时候啊!"

他们已经在大草原上,那人搭起了帐篷,还让雨田吃了一条烤鱼。雨田看见他将那皮袋放在一张小方桌上,皮袋的口张着,有寒光从里头射出来。雨田对自己说:"我死不了。"船主递给他一杯河水,轻轻地说:"您明天就可以离开了,要不要带钻石?"

雨田喝着有苦味的河水,犹豫不决地问:

"您将这些货卖给我?"

"不,是无偿赠予。您要不要带?您的下一站是苏丹,那个国家内乱不止。"他边说边朝他挤眼。

"我的天！"雨田的脸一下子变得惨白。

"我要带着它们。"他说，"谢谢您的赠予。"

"您的妻子一定会很高兴。"

"我现在同您的看法一致了。请您告诉我，您一直在等我吗？"

"是的。我等过很多人，我们的人遍布全世界。"

那一天，雨田度过了他一生中最为壮美的黄昏。先是小蔓打来一个沉默的电话，她在电话那头一言不发，持续了五分钟后才挂。接着狮子们就来了，它们是去河边喝水的。船主将狮子们称为"老朋友"。

"我多想死在老朋友的口中啊！"

他说这句话时蓝眼睛里射出神往的光芒。奇怪的是雨田一点也不感到胆怯了，他甚至想跑到狮群当中去。可是他还太虚弱，行动困难。他对船主的崇拜之情油然升起。

油灯下那张刚毅的脸令雨田想起好几个人。他到底是谁？

"您是从什么时候起开始等我的呢？"雨田问道。

"从您出生的那一刻起。非洲的大门向所有的人敞开。"

"看来我一点弯路都没走啊。"

"当然。我看见您一直就朝我的船走过来了。"

草原的夜晚并不黑，只是天空有些发暗而已。四周那些让人战栗的美景都能看得清清楚楚。明天一大早会有人来接雨田，他已经做好了准备。所谓准备，就是船主的钻石已经装进了他的背包，还有几条烤鱼也装进去了。水壶里也盛满了河水。雨田感到，他现在已经有把握在这块土地上存活下来。他对离别有点依依不舍。他问船主什么时候能再见，船主干脆地回答他说："那是不可能的。"

半夜里他醒来时，船主已经不见了。雨田立刻紧张起来。

他点燃了油灯，看见几只狮子的脚爪从帐篷下面伸进来了。狮子令他感到欣慰。他拨通了小蔓的电话，轻轻地说："亲爱的小蔓，我在非洲腹地。"他仿佛听到了她的呼吸声。他感到自己以前从未像现在这样理解小蔓。此刻她是不是正在画黄山？如果小蔓问他非洲是什么样子，他打算回答她说："到处都有狮子为你站岗,你被它们小心地保护着。"可惜小蔓不问他。

第二天他等了一上午,根本就没人来接他。

他想,他这个目标也许不太显眼。帐篷里有一副弓箭,他从前练过射箭。他拿起弓箭来到外面,想去射斑马。他选好了位置,开弓,射出。他射出的箭都落在近处,那距离简直荒唐。有人迎着风向他跑过来,是一个野人。他跑到雨田跟前,冲着他比比画画,发出含糊的尖叫。他似乎为什么事很着急,痛苦地撕扯着身上的长毛。

"您是想要我离开吗?"雨田禁不住问他。

野人拼命点头。

他收拾好了行李同野人走。

不知走了多久。雨田只记得经过了安静的斑马群,也经过了躺在河边的那些狮子。它们离得那么近,可是它们毫不关注这个文明人和这个野人。雨田感到野人想要尽快地到达目的地。

走着走着,雨田忽然感觉出野人的背影很熟悉,很像一个人。像船主?不,一点都不像。像他的上司?不,也不像。像那位书店老板?不,也不像。他想呀想,突然一下内心敞亮了,对,像岳父!简直像极了!这是怎么回事?!看看他那沉稳的样子吧。

在河边的一个土洞旁,野人停下了,他打着手势让雨田先进去。

雨田犹豫了一下,鼓起勇气进去了。洞很浅,里面有一块当床用的大石头。雨田转过身一看外面,天居然黑了,像夜晚一般。野人端坐在一棵老树的树根上,守卫着这个洞。

雨田硬着头皮在石板上躺下,他的行李袋做了他的枕头。他一想到行李袋的中心藏着那些可怕的钻石。不由得毛骨悚然。这位野人,他究竟是守卫着他雨田,还是守卫着他的钻石,雨田想叫他进洞来,因为外面下雨了。但是野人坚决不肯,一动不动地坐在原地。雨田的心里充满了感激。他暗暗地在心里称野人为"非洲人"。黑色的皮肤,白色的皮肤,或上面长毛的皮肤,这些区别完全无关紧要嘛。他笑了起来。他一笑,小蔓马上来电话了:

"雨田，我多么想同你分享快乐啊！"

雨田回答说他也想着同样的事，可是她没听见，她挂机了。

小蔓觉察到雨田去了远方。起先她有点悲哀，接着她就理解了丈夫的做法。她怎么会不理解这个日夜相处的人呢？

她有一次进入过雨田的梦乡。那是从黄山回来的路上，他俩错上了一辆列车，是慢车，走走停停的。她在卧铺上睡着了，梦里她到了一个小镇上，有个人对她说，这个小镇是一张水墨画。她站在水边，看着那些房屋的倒影，完全看呆了。雨田从一栋两层楼房里走出来，一眼就看见了她，向她招手了。

"小蔓！"他喊道，"我们走吧，这个地方，进去了就再也出不来了！你瞧你脚下那些荷叶，那不是你上个月画的吗？"

小蔓感到雨田说出的这个事很可怕，她的双脚像被钉在了原地。

雨田走到了她面前，用手在她背上推了一下。

她醒了，看见对面卧铺上的雨田正在呼呼大睡。

后来她问雨田做梦没有，雨田说：

"我要是不叫你走的话，你就留在水墨镇了！"

他的回答让她吓得够呛，她一言不发地看了他老半天。

虽然她对雨田了解得很深，可并不能捕捉到他的那些念头。总体上，她觉得雨田是个很难形容的人。那时在空旷的校园里只剩他们两个人，因为大家都回家度假去了。他俩不约而同地决定守在学校里。他们要在假期里决定他们的终身大事。

那是种很奇怪的情景，似乎所有的话都说完了，他们绕着教学大楼兜圈子，一圈又一圈，一声不响，不知疲倦。当时她暗想，既然她同这个男孩在一块时一点都不厌烦，这事就差不多决定了。

雨田也决定了。但是雨田觉得自己对小蔓所知甚少。结婚是一个借口，可以无限制地去了解你所爱的人。

小蔓说自己是走到第八圈才决定的。雨田说他走到第三圈就决定了。两人相视而笑。

那段时间校园里闹鬼，雨田有点盼望同幽灵们会面，但未能如愿。

"校园恋"期间，小蔓的口头禅是："雨田啊雨田，说不定我俩共一个曾祖母？"这时雨田往往干巴巴地说："那种可能性很小吧？"或者说："我不主张近亲通婚。"不论雨田说什么，小蔓总是能平静下来，听懂他话里头的暗示。

小蔓到了快结婚时才安排雨田同她爹爹见面。她让雨田装扮成一名销售教具的，去向她爹爹兜售教具。雨田给煤永老师留下了恶劣的印象，他认为雨田态度生硬，完全不热爱自己的工作。但煤永老师也立刻识破了小蔓的诡计，不知他用什么方法识破的。

当雨田向小蔓汇报时，小蔓微笑着说：

"好，好！爹爹再也不会对你有很大的好奇心了。"

夹在父女之间的雨田陷入了迷惑：他们两位究竟谁的心计更深？他感到自己以往那套判断方法完全失灵了。不过他并不着急，这种事有什么可急的呢？他愿意等着瞧。

小蔓不常回家，一般一年才回去五六次。在爹爹的家中，雨田和爹爹相处得非常融洽，两人之间甚至有一些小蔓听不懂的暗语。

在家里，雨田笑嘻嘻地对小蔓说："姜还是老的辣！"

不过他说这话时没有把握，也不知自己能否验证。他是不是急于想弄清某件事，结果反而离那件事更远了呢？

小蔓和雨田结婚的第一年里头发生过一件事。

雨田被珠宝行的一个同事指控盗窃，坐了半年的牢，雨田自己承认了犯罪事实，而且拒绝小蔓为他请律师。半年后，事情水落石出，雨田是被冤枉的。

但他为什么要承认没有犯过的罪行呢？小蔓没有问雨田，她是在日常生活中渐渐理解雨田的做法的。事情过去了好久，小蔓还记得那个大雨滂沱的下午，她同雨田在看守所见面的情形。雨田一脸苍白地站在铁丝网后面，愧疚地看着她。小蔓心底的一根弦被拨动了，她说：

"雨田，你可受苦了！"

"没关系,我好得很。只是想你。"雨田说。

对小蔓来说,那是暗无天日的半年,因为完全不知道希望在哪里。小蔓有点醉生梦死的倾向,并且她将这事瞒着煤永老师。

为了打发日子,她去火车站做了搬运工。那时她想,自己还有什么面子放不下的呢?她和那些搬运工混在一起,粗声大气地抢生意,凭体力,也凭灵活性赚顾客的钱。当她做那份工作的时候,心底居然有股豪气升腾起来!她估计到了雨田出狱的那一天,他一定会认不出自己了。

然而他半年就出来了,还得到赔偿。她去接他时,他仍是那副愧疚的表情。

"我让你受苦了。"他说。

"哪里是受苦,我好得很!"小蔓大声回答。

他们的对话引得那些狱警瞪大了眼睛。

一路上,小蔓兴致勃勃地谈起自己做搬运工的那些细节。雨田听着,面带微笑。

"我在监狱里每天都要把这句话说一遍:'我妻子真了不起!'"

"这算不了什么。不过是在生活中找点乐子吧。雨田,我觉得我现在也敢去坐牢了。"

"好!"雨田点了点头。

雨田去了非洲之后,小蔓就开始筹划去爹爹的小学任职的事了。她想去教一门被称作"常识"的课。常识课里面分为三类:动物、植物和人类。这种分类是五里渠小学的独创,有人说是煤永老师的提议,也有人说是校长的安排。教材是老师们自己编写的,每位老师都奉献了一份力量。小蔓在家里已经将常识课的教材读得滚瓜烂熟,有时还一边读一边流泪。自从雨田去非洲后,她变得比以前容易感动了。这期间有个名叫谢密密的小学生来过她家,是爹爹叫他来的。谢密密要求她同他一块朗诵常识课文。这真是个古怪的男孩。他俩一块高声读课文,两人都感到非常亢奋。

"我将来也要当一名常识课的教师。"男孩信誓旦旦地说。

"当然。你是最优秀的嘛。"小蔓说。

男孩的眼睛发亮了。

"而且我也要参与编教材。"

"毫无疑问。"

"这里面没有鲛鳒鱼的故事,我要写鲛鳒鱼。假期里我要同一位潜水员去潜水呢。"

"那太好玩了。你要是见到了稀有动物,一定要告诉我。"

小蔓记得她同谢密密一起读了三篇课文,一篇是关于擦皮鞋的方法的,另一篇是解释树的年轮的形成的,还有一篇是介绍手推车的原理的。

"擦皮鞋的那一篇是煤老师写的。"谢密密边说边做了个鬼脸。

"世界上最有学问的人就是煤老师。"他又补充了一句。

"你打算将来做煤老师那样的人?"

"不打算,谁也做不了煤老师那样的人。"

"原来是这样啊。"

谢密密临走时说,他下次还要来,要同小蔓继续读常识课文,直到将所有的课文都读一遍。小蔓谢谢他,说同他一块读课文真快乐,她好久都没这样快乐过了。

"我可不是来找乐子的。"他严肃地说,"我是怕你读错,我不放心,因为这是我最喜欢的一门课。"

男孩走了以后好久,小蔓还在庆幸自己选择了常识课。这门课有趣极了。要是她自己读小学时有这门课,她会多么热爱课堂啊!通过这件事,小蔓觉得自己对爹爹的理解太少了,可以说,她一点也不知道爹爹想些什么,她真不像话!同这个谢密密比起来,她简直就是个白痴,有点冷血的白痴。

她一激动就给爹爹去电话了。

"您给螃蟹们找到新家了吗?"她问。

"当然哪。女儿的命令怎能违抗?你已经习惯了么?"

"爹爹已经知道了啊,消息真灵。谁告诉您的?"

"没人告诉我,是小蔓自己透露出来的。"

"我习惯了。开始有点难,现在反倒感觉很好。您听我的声音怎么样?里头有什么信息?"

"我觉得雨田还要在那边待一阵。要是寂寞就来我这里,我们可以一块去古平老师家。"

"啊,那当然好。不过以后会天天去古平老师家了。再见,爹爹。"

小蔓的眼前出现了月光下的竹影,还有雏鸡的低语。她的心情完全平静下来了。她想,爹爹是一口深不见底的古井。她当然爱爹爹,可是她又不想同他走得太近,她有时还故意同他作对,比如上次生日就是这样。她之所以要这样做,常常是因为对自己没有把握的缘故。小蔓很久以前常忽发奇想,认为爹爹也许会恨她。要不是因为她,妈妈不是还在吗?成年之后,这种想法当然消失了,但还是觉得爹爹对她隐瞒了过去的什么事。她不爱刨根问底,她希望有一天那类事会自己浮出水面。可是并没有,看爹爹的表情是看不出的,他一副若无其事的样子。

尽管小蔓有时想惹爹爹生气,但煤永老师好像从来学不会生女儿的气。直到雨田进入她家之后情况才有所改变。小蔓会忽然在爹爹面前冲雨田发火,这时煤永老师的脸就会晴转阴,显得很难堪,往往拖长了声音说:

"小蔓啊——"

爹爹离开后,小蔓向雨田说起这事就会大笑一场。

"我爹对你比对我满意得多!"她说。

听了这个评价,一贯沉静的雨田居然红了脸。

可是雨田如今毕竟离开了,这一次他不是进监狱,而是自己选择去了非洲。小蔓刚一确定这个消息就明白了,非洲对于雨田来说是很适合的。她甚至有点嫉妒他——他终于心想事成了。她通过电话摸清了神出鬼没的雨田的行踪。一位他的珠宝行的同事告诉小蔓说,雨田申请去非洲申请了一年半才得以成行。"他真是坚韧不拔啊!"那人说。

雨田为什么要瞒着她去非洲?有可能他是担心她不同意他去。要是这个原因的话，雨田真是多虑了。她不是那种死脑筋，她自认为有足够的灵活性。从之前他坐牢那一次这一点就得到过检验了。那么，也可能根本不是这个原因，而是他要在没有任何干扰的情况下去弄清他生活中的某件事。那会是一件什么事呢？小蔓感到自己有点接近答案了。正因为有这种直觉，小蔓后来同他通电话时才变得越来越冷静了。有一次通话时，她相信自己看见了天空中的那只兀鹰，但下面的草原模模糊糊，也没见到其他动物。

小蔓不知道等待着她的会是什么消息，她可不是什么先知。爹爹也不是先知，可爹爹有超出一般人的嗅觉，既然他说了雨田要在那边待一阵，一般来说他不会判断错。什么是"待一阵"？也许一个月，也许一年。她已经习惯了有雨田在家里，现在要习惯家里没有这个人。

幸亏她现在有了学校的职位，现在她同雨田不是已经各得其所了吗？她知道教小学是很操劳的，她天性里头愿意过一种操劳的生活，现在终于逮着机会了。很小的时候，她不是连爹爹理发的事都要管吗？她从什么时候起变得这么懒散了？真是羞愧啊。面对谢密密这样早熟的孩子，小蔓尤其羞愧。爹爹打发他来的用意是明显的。

雨田忽然主动给她来电话了。她屏住气一声不响，因为她在看他头顶的那只鹰。如果她一讲话，非洲的画面就会全部消失。事情总是这样：只能一个人讲话，或者她，或者他，这样就能身临其境。不知道这是什么原因。她的确看见他的身影消失在雨雾中了。他换了地方，这是他刚才含糊地告诉她的。他坐上吉普车，驶向了另一个名字不详的国家。从后窗向外瞧，可以看见远方的狮群。

小蔓迷惘地对自己说："非洲的姑娘怎么样？"接着她就扑哧一笑。刚才她看见的可不是姑娘，是狮子。不过那些狮子也许是黑人女郎的化身？多么迷人啊。那么雨田，还会回来吗？同上一次雨田坐牢时不同，这一次她没有出去做苦力的冲动，她老是遐想，她感到这种遐想对自己有益。如果雨田在河里，她就在脑子里设想一场谋杀，她自己是唯一的观众。如果雨田在草原上，她的思路就跟随那只兀鹰盘旋，准备着一头扎下去，介入下面的争斗。如果雨田坐在吉普车里跨越国境，她就会看见埋伏在凤仙花丛中的歹徒。小蔓只要一静下来就关注着雨田的事业。奇怪的是这种关注并不影响她自己的心绪，她觉得自己现在反而比从前更有定力和信心了。她找到了绘画的灵感，她现在画出的水墨猴应该可以直接同雨田对话了。最近她同爹爹又恢复了幼年时期的那种依恋关系——多少年都已经过去了啊！

她隐隐约约地感到雨田的远行是明智之举。不然的话，她都不能判断出自己已经沉沦到什么程度了。她一贯认为雨田是心灵敏感的人，很可能比自己更敏感。他能不看出她的身心的停滞吗？

那一次从古平老师那里回来，小蔓就下定了决心要做一件事。后来那件事的轮廓就慢慢显出来了。她一时冲动就打电话告诉了爹爹。她打完电话又后悔了：毕竟没有把握啊。如今她顺利地获得了职位，可是她究竟适不适合教书育人？如果她的班级多来几个像谢密密这样的学生，她的神经可就要崩溃了。雨田啊雨田……现在还念叨他有什么用？

小蔓下楼到小区的花园里跑了十几圈。她眼里的天空是非洲的天空，那两只灰鸽则成了兀鹰。

她跑完步回公寓楼时碰见了雨田珠宝行的那位同事。他是来公寓看他弟弟的。

"小蔓，你过得很潇洒啊！"他说。

"是吗？珠宝行的同事怎么样？也很潇洒吧？"

"不，你说得不对。实际上，入了珠宝行就像入了地狱。工作虽不累，却每天心神恍惚。雨田告诉过你吧？"

"他从不谈这类事。他是个开朗的人。"

"真可惜啊。"

"你的意思是他要倒霉了？"

"不，你说得不对。我的意思是，我要是像他一样轮上去非洲就好了。身在珠宝行，企盼的不就是这个吗？"

那位同事的话令小蔓对珠宝行的工作摸到了一些头绪。难怪雨田一直说自己愿意待在珠宝行，他真是个深谋远虑的家伙。

小蔓在公寓的阳台上坐到深夜。后来一个久不联系的大学同学给她来电话了，那人的声音幽幽的。

"我这里有一些信息，是关于雨田的。我也是刚刚得知。还有改变的余地吗？他好像破釜沉舟了。"

"为什么你想要他改变？"小蔓屏住气说道。

"我倒不想要他怎么样，我只是打探一下，毕竟是老同学嘛。说实话，我心里真羡慕他呢。"

"原来这样。"

小蔓回到阳台上，深深的黑暗包围了她。她听到了雏鸡的低语。多么熟悉的记忆，可这不是记忆，是半空传来的声音。那些雏鸡，有的是两三只，有的是一群，似乎都很兴奋。

那野人也像独木舟的主人一样不辞而别了，雨田在那土洞里待了一天多。傍晚时分来了吉普车，雨田二话不说就提着行李过去了。

"河里上来的？"那黑人翻着白眼问他，说的是英语。

"嗯。"

过边境线时，车子遭到了扫射，但这车子是防弹的，并没有受到损坏。

黑人司机精力饱满，全速行车，车窗外的风景像闪电一样，雨田根本就看不清。他的脑袋轰轰响，他暗自思忖：这是时速多少千米？他感到自己挣扎在死亡线上。幸亏小蔓来电话了。小蔓一来电话，车速就慢了下来。黑人那杀手一般的面孔也变得柔和了。大概他在偷听吧。小蔓的声音在电话里显得很近，就像在他耳边说话。

"雨田，你记得第三盏路灯边的那个小酒馆吗？"

"小蔓，你好吗？我是在非洲腹地和你说话呢。"

"好，好！祝你一帆风顺。"

她挂上了。这是她和他第一次对话，雨田激动得不能自已。她提到的小酒馆卖烈性酒，常有人因喝醉丧命。也许酒里头被下了毒，但没有证据。

"你这人运气好，我刚才正要冲到河里去。"黑人说。

他又发疯了，比先前开得更快。雨田干脆闭上了眼，一副视死如归的样子。雨田将思维固定在那个酒馆里。那大玻璃窗后面长年累月群魔乱舞，发生过一些什么事呢？对了，发生过三位女士挑战极限的事，她们发誓要将柜台上的瓶装酒喝完。但她们并没有因醉酒身亡，她们才是真勇士。

车子停下了。那人朝雨田挤了挤眼。

"你到了苏丹，"他冷冷地说，"你要是有顾虑，就不用下车。"

雨田的确有顾虑，但他还是下了车。来迎接他的是说土话的黑人大妈。她用手在他的旅行包上指指点点，雨田怀疑她是在说他包里的钻石。她得到信息了吗？她将他带到路边，要他打开背包。雨田照办了。可是黑人大妈看也不看皮袋里的钻石，只是反复用右手做出打电话的模样。雨田将手机交给了大妈，她笑起来，立刻熟练地拨通了小蔓的号码，用土话叽里呱啦地说了一大通，然后又皱着眉头听了好一会儿，才将手机还给雨田。

"爱情？"她用英语说出这个词，突然爆发出大笑。

雨田惶惑地站在那里看她笑。

她笑够了后，就挥手让雨田跟她走。她穿着黑裙，骄傲的身体仿佛一座移动的小山。雨田从未见过这么美的黑妇人，惊讶得脑子里一片空白。他在心里不停地说："您是谁？您是谁？……"但他始终不敢问她。

她家里坐着一位老头，大概是她丈夫。墙上挂着不少年代悠久的照片，好像是家族的祖先。难道那个时候他们就有了照相机和摄影技术？很可能根本不是她的祖先，这些面相古老的人是从另一个世界入侵进来的，比如火星或土星之类。

那老头一直没有抬起头来，他对生人完全没有好奇心。

大妈要雨田钻进一个半人高的木笼子，那里面有羽毛美丽的热带鸟儿，一共五只。他刚一钻进去，她就将门锁上了。

油灯一会儿就灭了，雨田坐在事先放进去的一把小椅子上，心潮起伏。那些鸟儿有点不安，跳过来跳过去的，还踩在他的脚背上，令他感到很舒服，也很亲切。他甚至幻想它们驮着他飞向天空。

　　黑暗中有人问他什么事，雨田估计是那老头。他听不懂，只是感到那语气有点严厉。同一句话问了三遍，雨田没有回答，他就不再问了。雨田听出他在移动，好像躺到床上去了。

　　夜很深沉，鸟儿们终于安静下来了。雨田想，大妈将他锁在笼子里，是怕他要乱跑吗？现在有什么样的危险包围着他呢？

　　他坐在那里，睡着了一阵又醒来一阵。他听见他的手机响了两次，但是手机放在包里，旅行包放在外面的木椅子上，他只能干着急。

　　下半夜，手机第三次响时，大妈从床上下来，摸索着接了电话。

　　她很激动，叽里呱啦地提高了嗓门。床上的老头生气了，发出狼一样的叫声。大妈不怕他，照样高声大气地说话。雨田猜不出小蔓在那头说些什么，只是感到异常不安。

　　大妈笑起来，将手机往地上用力一摔。整个屋子里都变得死一般的寂静。雨田在笼子里发抖了。来非洲多久了？一个月？一个半月？他忽然有了强烈的回家的愿望。

　　黑暗中，他听见大妈在开笼子门的锁。他猫着腰，拨开那些鸟儿，费力地钻了出去。

　　他被推出了屋子，背包也被扔了出来。雨田估计是老头干的。

　　外面伸手不见五指，他像盲人一样摸索着走了一段路，又不敢走了，干脆原地坐了下来。"非洲真是一块不安的大地啊。"他说。

　　有人一把将他拖进了吉普车。黑人司机咬牙切齿地说：

　　"他们偷走了你的钻石！"

　　"不要紧。"雨田说，"我都已经把它们忘了。"

　　"你是个忘恩负义的家伙。"

　　"也许吧。"

　　这一回，车开得很缓慢，外面忽然月光遍地，犹如仙境。车里在放音乐，居然是《梁祝》，雨田听得浑身战栗。音乐结束后就只有发动机轻微的响声了。

他们仍然是在平原上行驶，无遮无拦的，有说不出名字的古树，还有一些点着油灯的小屋。一群一群的动物在悠闲地散步，好像是梅花鹿，仔细一看却是斑马。少年时代，有好多年里头雨田曾为斑马的花纹发狂，他收集了无数斑马的照片。现在他就近观察它们时，觉得它们身上的花纹成了模糊的一团，根本看不清楚。

黑人似乎觉察到了他的渴望，将车开得离兽群更近，紧挨着它们擦过。这一来，雨田看到的花纹就变得狰狞了，他在心中嘀咕："莫非这是地狱的入口？"它们一点都不害怕，争先恐后地要挨近车子，好像要同这两个人交流似的。雨田不敢下车，主要还是因为那些花纹，他从来没有对一样事物这么恐惧过。后来他又使出一贯的法宝：闭上了眼。

当他再睁开眼的时候，他们的车子已经离开了斑马群，在空空荡荡的平原上慢慢行驶。

"这是苏丹吗？"他问。

"不是。"司机回答，接着又说了一句土话，像是在骂人。

雨田打开旅行包找他的手机，他里里外外翻遍了，还是找不到。他忽然记起黑人大妈将手机摔在地上了。她没有捡起来。但令他意外的是，那钻石皮袋还在包里，钻石也没少，一想到他的手机被黑人大妈控制了，他心里就很难受，想要呕吐。

"我们可不可以转回那家人家去？"他试探地问司机。

没想到司机一点也不吃惊，嘲弄地回答他说：

"我们一直在围着他们家绕圈子，就是为了等你打定主意嘛。"

他猛地一刹车，冲雨田吼道：

"下车！"

雨田下了车，一眼看见面前的两个黑影。

"你为什么把这东西留在我们家？"大妈说，"这很不好，你给了我们太大的思想包袱。我和大爷翻来覆去地不能入睡，都快失去生活的信心了。我们一直在问自己：如何面对小姑娘的提问？你大爷就装扮成小蔓，我们一问一答,把脑袋都搅昏了。"

她用力将手机塞在雨田怀里,两人一道转身回屋里去了。

雨田也回到了车上。

"你真是个白痴。"黑人司机低声说,"你以为他们还手机给你是好心吗?你就等着受苦吧。"

但是雨田不怕受苦,他将失而复得的手机贴着自己的脸,感到无比欣慰。他又回想大妈说的一番话,不禁笑了起来。他设想老头扮成小蔓的样子,感到简直匪夷所思。想想看,小蔓有多大魅力,居然一下就赢得了这个古怪老头的心!他又想,表面上是他来了非洲,其实来这里的却是小蔓。而且小蔓是此地的主人,他只不过在走马观花。

黑人司机将座位放斜,仰着头,一会儿就打鼾了。雨田的眼睛也睁不开了,他也一头倒在背包上睡着了。其间他醒来好几次,但都是立刻又睡着了。他感觉这一觉睡得特别长。

他醒来时,发现自己的手脚都被绑住了,嘴也被堵上了,但眼睛却没有被蒙上。有几个黑人小伙子端着枪在周围走动。他看见他的旅行包内的东西都被翻出来了,钻石被撒在地上,似乎没人对它们感兴趣。他的手机原来是放在上衣口袋里的,现在他感到那里空空的,一定是被他们搜走了。看来这里的人都只对他的手机感兴趣。这些人是什么类型的人呢?他对直望去,果然发现了他的手机。一个瘦高个儿正拿着它在同小蔓通话,雨田在心里暗暗叫苦。"小蔓啊小蔓,你究竟是怎么回事啊?"那瘦子似乎很激动,一会儿蹲下去,一会儿跳起来,他在大喊大叫,他说的是土话。雨田的心都要碎了。他发出了一声长长的狼嗥,他忽然变成了狼。那人吃了一惊,朝他走拢来,仔细打量了他一会儿,一声不响地将手机放回了他的衣袋。

"你,狮子?"他用生硬的英语说。

雨田连忙使劲点头。他感到大惑不解:刚才自己嘴里被堵着毛巾,是怎么发出叫声的?

瘦子又将他口里的毛巾扯掉了。他想讲话,却怎么也发不出声音了。雨田将自己的这些反常归结于环境对他的作用。他待的地方还是平原,四面看不到遮挡物。

"狮子?"那人又问。

雨田连忙又点头。他发现那人眼里对他有了畏惧。雨田想,我这副模样难道像一头狮子吗?还不如说是一条落水狗呢。

那人把捆着他的绳子都解开了。

"你走,你走。"他说。

雨田站在原地朝四周张望,不论他朝哪个方向看到底,都只看到地平线,既没有路,也没有房屋。他踌躇起来了,他可不想死在这地方。黑人手握着绳子,向他比画着,他要捆雨田。雨田连忙点头。

于是他又被绑在那棵树的树干上了,只是这一次他的嘴巴没有被堵上。天已大亮,此地气候十分宜人。忽然,雨田发现这些黑人都在离开他。他们一会儿就走得不见踪影了。这真恐怖。

很快他就发狂了,他又发出了狼的嗥叫,叫了又叫。周围没有任何回应。后来他上衣袋里的手机响了,一弹一弹的,不屈不挠地呼叫着他。他在手机的蜂鸣声中恢复了理智。他发现前方有个细小的黑影在往他这边移动,慢慢看得清了,是一个小女孩。

"叔叔啊!"女孩喊着跑向他,她说的是英语。

一到面前她就敏捷地伸手拿去了他的手机。

"他在这里!他完蛋了!对啦,你猜得对,这里风景很美!"

她接下去又将手机拨弄来拨弄去,喜不自禁的样子。

"你能帮我吗?"雨田问她。

"帮你?不!"她坚决地摇头。

雨田用哀求的眼神看着她。

"你自己站起来!"她严厉地说,"一、二、三!站起来!"

雨田真的站起来了,只有腿上和手臂上的道道血痕证实着先前的捆绑——绳子都掉在了地上。他从小姑娘手里拿回手机,对着它反复地说:"我成功了,我成功了,我……小蔓啊!"

第四章　许校长

许校长六十三岁,在这个国家算是已过了退休的年龄了,但他根本没有退休的打算。他在五里渠小学一直受到员工和学生的爱戴。不过如果外人去询问他们校长好在哪里,大概所有的人都会对这个问题感到为难。他们只是从心底觉得校长好,具体的事例却说不出来。而且似乎谁也没注意过这种事。

在众人眼里,校长是个神出鬼没的人,思路奇特,难以看透。

他创办这所学校快三十五年了,起先只有两个员工,都是他年轻时的朋友。后来古平老师、煤永老师这些大学生就来了,班级也越来越多。他像一块磁石一样吸引着这一大批年轻人,据说在这所学校工作的人当中还没有任何人有过辞职的念头。老师与老师之间也会有竞争和嫉妒,但只要提到校长,人人都竖大拇指称赞。有看问题深刻的人指出,这些员工之所以不愿离开五里渠小学,是因为已经习惯了校长的领导。如果再去别的地方工作,大概都会觉得格格不入,十分痛苦吧。校长的个性实在太独特了,他征服了所有的人。煤永老师和古平老师作为骨干教师,对这一点体会最深。当年煤永老师的妻子去世后,他就是在校长的帮助下重新振作起来的。煤永老师很快就结束了万念俱灰的绝望时光,他认为是校长激发了他本性中坚韧不拔的那些元素。究竟怎么激发的却很微妙，即使是煤永老师这样的人要说清这件事也要花上老半天。总之校长在洞悉人心方面是高手。

在外面，关于这位许校长的舆论并不都是正面的，甚至负面的意见还占了上风。对他办学的最强烈的批评就是关于知识学习的效率问题，不少人认为学生们在这样的学校里什么知识都学不到，只是消磨了他们宝贵的时光。这些人甚至给上级部门打报告，希望他们取缔这所出格的学校。有人说："这是什么学校，简直是国家野生动物保护区嘛。你进去后没有一处地方让你摸得着头脑。我去过一次，我在那里头死的念头都有了。"当然那人是夸大，而且他将一所小学同死啊活啊的扯在一起，也太离谱了。

校长对外界的议论十分冷淡，可以说他一直在装聋作哑。不过好在上级部门也并没有来进行任何干涉，也许真的将这里当作野生动物保护区了。校长倒是很喜欢让别人这样来形容他的学校。他每天上午匆匆地在学校里巡视一番，然后就消失了。其实他是在传达室后面的小房间里睡觉。他太累了，学校的工作压得他喘不过气来。他是那种勇于创新的人，脑子里的念头一个比一个激进，甚至有点疯狂。幸亏有一帮骨干老师支持他，而且他们各自发挥得十分出色。这一来，他们的学校虽说不上挤破门槛，倒也不愁生源。

除了这座城里的学生外，还有附近农村的学生，甚至还有外省的。领着孩子来的家长都是经过熟人介绍而来的，他们说："把小孩送进这种学校心里踏实。"

校长最近操心得较多的一个问题是青年教师的问题，因为煤永老师这一批骨干年纪都比较大了，虽然他们大部分人都根本不会同意在最近一两年退休，可是培养年轻人的计划必须马上实施了。此刻他在那小房间里从梦中惊醒，想起了女教师张丹织。他拍打着自己的脑袋，心里后悔不迭。不过今天他欣慰地听到了传言，据说她在岗位上干得很不错。校长因此冷笑了一声，他笑的是自己。既然自己选中了张丹织女士，他就不应该将职务同私人兴趣扯在一起。这种荒唐事以前并没有发生过，是不是他因为年龄的关系，精神也在退化？想到这里时校长背上冒出了冷汗。他连忙整理好衣裳走出了这间密室。他看到古平老师正等在门口呢。

"校长您好。我看她已经上路了,一切都在按部就班地进行。"

"你是说张丹织女士?"校长故作惊讶地扬了扬眉毛,"你瞧,我都忘了我给你布置的工作了。好,年轻人需要你们的扶助。"

"我看她不需要扶助,说不定她会来扶助我呢。"

"真的吗?那更好嘛。"

他俩以这种幽默的语气边走边聊,校长不知为什么事一阵一阵地脸红。古平老师将这种现象归结于校长的"严于自律"。他们从后门走出了校园,来到那个无人的荒坡。那里有不少坟堆。每当校长想要"澄清自己的思想"时,他就独自来这里待着。可是今天,他破例同古平老师走到了这里。从这高坡上可以看到整个教学区。

校长问古平老师有无必要扩大规模。古平老师说,他觉得办一两所分校更有意思。办那种自由组合的小学部和初中部,学生爱学什么就学什么,老师愿意教什么就教什么。

"古平老师,你多大了?"校长突然问他。

"您的意思是——这同工作有关系吗?"

"当然有关系。你不是要教学生吗?"

"不,我不教学生,我们一起玩玩罢了。"

"你这滑头,好!办一所分校你来当校长如何?"

"这是件重大的事,让我考虑一下。"

"你可千万别考虑,我都替你考虑好了。你看看那边那个小山包可不可以选作校址?"

校长说话时脸涨得通红。古平老师想,校长到底为了什么事羞愧?这事很反常啊。

"我希望对面那座也归我,两个对称的山包,将学生分成两派,各立山头,彻夜辩论,争执不休……还有一些打一枪换一个地方,有时加入这一派,有时又做骑墙派……"

古平老师还说了好多,他沉浸在他的白日梦中。而校长,突然就撇下他溜掉了。古平老师发现自己一个人站在坟头上自言自语时,心里有点发窘。不过他很快就释然了。校长是多么善于点燃一个人的梦想啊。刚才校长询问他的年龄,是不是要责备他到现在还不成家?校长之所以不成家是因为工作太忙,他古平又是为了什么?但是他有可能同谁组织家庭?他将他认识的单身女性挨个想了一遍,觉得那位张丹织女士比较合他的口味。可是他觉得校长也对她有意,这可不是儿戏。他凭直觉感到张丹织女士根本不将学校的男同事放在眼里,她是一位性格豁达的女子,同他们这些心事重重的男士待在一块会要闷死。古平老师发现自己在想什么事时不禁哈哈大笑。他今天怎么啦?简直莫名其妙!

校长将古平老师撇在坟头之后,又溜回了学校。

他的计划书还没写完,他必须马上向市里领导汇报自己的工作。他悲哀地坐在无人的办公室里,脑子里一个字都想不出。他感到有什么毛茸茸的东西碰着了他的膝头,低头一看,是一个小男孩。

"你是哪个班级的?"校长严厉地问。

"五年级三班的。"

"怎么不去上课?谁让你来这里的?"

"上完了。我自己来的,我觉得您会需要帮助。"

"你想帮助我?你倒说说看怎么帮?"

"其实我也没什么办法。不过我可以送您一盒蚕。您先要答应我您会把它们养起来,我才送给您。"

他从衣袋里拿出那一小盒蚕放在桌上,它们都有半寸长了,正在安静地吃桑叶,就好像外面的世界不存在一样。许校长想起了他家门口的桑叶树,便朝男孩点了点头。

"你叫什么名字?"

"谢密密,密密麻麻的密。"

"了不起的名字！谢谢你！"

男孩一溜烟跑出去了。

校长看着纸盒里的蚕，在计划书上写下了"关于桑树和蚕共生的构想"。他的心情豁然开朗。他在心里叨念道："煤永老师，你这个老滑头！"他认定这个小家伙同煤永老师是一伙的。现在，趁着时间还早，他得回去采些桑叶。那棵树太高，他得搭梯子。他不能对一个小孩食言。

校长收好公文包走出了办公室。他感到收获不小，各种创新的念头在脑子里一闪一闪的。"无价之宝！"他冲口而出。他说的是谢密密。多年以前，当他在操场边上挖洞，种下第一棵槐树时，他设想的小学生不就正是这个样子吗？

"校长！校长！"一个十一二岁的女孩追着他喊道。

许校长停住了脚步。

"你叫什么名字？是住校生吗？"

"我叫朱闪，是从哈尔滨那边来的，来了三年了。校长，我想告诉您，这里好可怕！尤其是午夜之后……啊！"

她晃了一下，仿佛被蛇咬了似的。校长连忙扶住她。

"你是说幽灵吗？"校长哈哈大笑，"像你这么勇敢的姑娘，怎么会怕它们？那都是些欺软怕硬的家伙！你要带着棍子出门！"

"可是它们躲在房里……窗帘后面。校长，您在责备我吗？"

"没有。我怎么会责备一位优秀的学生？你用棍子使劲打呀！"

"我明白了，校长。我爱您。"

"我也爱你，朱闪同学。你也在养蚕吗？"

"您怎么会知道的？我的天！是谢密密同学送给我的，他是我的朋友。"小姑娘脸红了。

"谢密密同学也送了蚕给我，你瞧！他也是我的朋友。现在我们大家都是朋友了。你现在还害怕吗？"

"不了。我回寝室去了，再见！"

校长看着小姑娘的背影若有所思。离乡背井的孩子们夜里会梦见什么呢？这对他们是可贵的经验，但他们全都有毅力在这里待下去吗，尤其是坟山的黑风吹进他们的梦境时？校长想起了自己在福利院度过的灰色童年，他将那段时光看作自己的秘密财富。那日复一日的单调的夜间的恐惧……

他终于回家了，伺候好蚕宝宝，吃了饭，洗了澡，终于躺在床上了。有好多次，精疲力竭的他觉得自己一睡下去就会永不再醒来。

今天又是丰富的一天。他总是有办法。时常，根本不用着急，只要挨一挨时间，办法自然就会出现。他想起他随手写下的计划书，不由得在黑暗中笑起来。就那样将计划书交上去，一定很好。五里渠小学里蕴藏了巨大的能量，学生们让他极度吃惊……其实是学生们和教师们在创新，功劳却归于他这个校长，太不公平了。那纸盒放在床头，他听到蚕在里头吃桑叶，从容不迫，很有节奏。谢密密同学在搞发明创造，谁也挡不住他的能量。

煤永老师的女儿小蔓也要加入进来了，这个突如其来的消息令校长吃惊不小。他是看着女孩长大的，在从前，丝毫也看不出她对教书有兴趣。他认为她的兴趣在艺术方面，她爱冥思遐想，从小就很能集中注意力，而且持久。这个女孩根本不听她爹爹的意见，一贯一意孤行，对周围的人和事心不在焉。难道太阳要从西边出来了？煤永老师这滑头是怎么回事？这么多的事同他有关，他却隐藏在背后。

校长想着这些美好的事情进入了梦乡。可是他中途又醒来了。他觉得有什么事放不下心，是什么事却不知道。难道还有什么过不去的坎？他可不是犹豫不决的人啊。他刚有点烦躁，忽然又记起了蚕。蚕已经休息了，这些有尊严的小动物，给他树立了非凡的榜样。他将念头转向从前植树的日子。那是些蓝天白云的日子，他当时还是一名年富力强的创业者，他工作时总听到有人在击鼓。"老许啊，谁在催我们？"老校工愁眉苦脸地问。他记得他回答说没有谁，方圆几十里几乎没有一个人，谁会跑到他附近来击鼓？谁会盯上他？几乎不可能。一回忆起鼓声，他现在又隐隐约约地听到了。多么幸福的青年时代啊。有人对他说他生命的曲线正在下落，他怎么就感觉不到？他并不像某些人一样，希望生出三头六臂，在有生之年将所有的事都做完。他只是希望自己对自己越来越满意。他目前就处于这种心态。所以哪怕明天死亡降临，他也不会感到特别遗憾。

校长终于累了，他含着笑容又进入了梦乡。

许校长要去部里送计划书，他夹着公文包，匆匆地离开学校。经过操场时，他看见张丹织女士腾空而起，像一只黑色的燕子。她穿着黑色运动服。校长腿一软，差点走不动了。他还从没看到过哪个体操运动员可以飞得那么高，总有两层楼高吧？也可能是他人老眼花看走了眼，因为那是不可能的事。学生们在欢呼。校长逃难一般从后门溜掉了。

一直到他上了火车，躺在卧铺上，一颗心还在怦怦地跳。张丹织女士的能量太大了，简直不可思议。当然他并不爱她，他一点都摸不清这位新教师的个性。

他后来口渴了，就起身到车厢那头去打开水。

"啊，校长，您多么有精神！多么年轻！"

说话的是他的对头，城里面一所重点小学的教导主任，四十来岁的风度翩翩的男子。据说他对许校长的办学方针颇有微词。

"洪鸣老师，莫非您也是去教育部？"校长有点吃惊。

"是啊。我就在隔壁车厢。我特意要他们订了您的隔壁车厢的票，因为我想同您谈心。"

"好啊好啊，谈吧。"

校长邀请洪鸣老师坐在他的卧铺上。他很想知道这位对手要对自己谈些什么。可是等了好一会洪鸣老师也不开口。校长倒了一杯开水，自顾自地喝了起来。他看着窗外的山区风景，心里有死亡临近的感觉。这种感觉对校长来说并不新鲜，每次出差他都这样。他只要一坐火车，所有的雄心壮志就都消失了，像动物冬眠一样。

"我要讲的话想不起来了。"洪鸣老师抱歉地笑着说。

"那就别谈了。"校长爽快地说。

洪鸣老师起身离开,校长看见了他犹豫的表情。

校长去餐车吃完饭天就黑了。他只想早早入睡,免得在醒着时碰见死神。可他天生是个劳苦命,因为他刚一躺下洪鸣老师又来了。他只好又坐起来。

"我还是想不起来要说的话。"他愁眉苦脸地说,"也可能没什么要紧的话。可我为什么这么害怕?有时候,我居然担心自己会自杀!您看我要不要换一个职业?"

"那就换一个职业吧。您目前的职业责任心太重了,不适合于有自杀念头的人。"校长理解地说。

"当然说自杀是夸大。可我老想一走了之。"

"那就走吧,走吧,什么都别管。"

"您居然这样说!您这样一说,我更害怕了。比如现在,我已经不敢回我的车厢了。我不愿意自己在火车上出事。"

"那么,我同您换一换吧。您是多少号?好,我记下了。我这就过去。我的行李很少,您没有行李吗?"

校长拿着行李去了隔壁那节车厢。他一边叨念着"真见鬼,真见鬼",一边就在卧铺上躺下了。刚要合眼,又被对面那人惊醒了。

"他是不是有神经官能症?"那人在黑暗中大声说。

"您是指洪鸣老师?"

"是啊,他好像说他是个老师。他有个仇敌在这列车上,他必须躲避他。可他又说自己在劫难逃。"

"我看啊,谁的神经都比不上他的神经。"校长说完就打了个哈欠,他很希望对面那人闭嘴。

"我也认为他是个有毅力的汉子。您是他的同事吗?他说他去教育部是为了扳倒他的敌人。他还说他必须尽全力呼吁,因为没有人相信他的话。我觉得他很自负。"他偏要说下去。

后来那人索性开了灯,挤到校长的卧铺上来坐下了。他满脸都是热切的表情，一副要弄个水落石出的派头。

"他是有毅力，不过他一点都不自负，您怎么对他有这种印象？"

"就因为他什么事都敢追究啊！您想想看，居然要追到教育部去。如今有几个人有这个胆量？我觉得这人很危险，您能劝劝他吗？"

"我一定劝劝他。"校长保证说。

"您这样说我就放心了。要不然，如果他出了事我就会认为是我的责任。就像从前那回一样。"

他关了灯，回到自己的铺上，一会儿就入睡了。可是校长一点睡意都没有了。他回忆起某一天有个人对他说，洪鸣老师想让他所在的小学兼并五里渠小学。那个人劝许校长让步，因为洪鸣老师"如日中天，势不可挡"。校长问那人是不是洪鸣老师叫他来传话的，他立刻就承认了，而且一点都不感到歉疚。可今天洪鸣老师是怎么回事呢？面对自己的对手，洪鸣老师是突然失去了判断力，还是从对手身上认出了自己的形象？此刻，校长感到这位洪鸣老师同自己的纠缠越来越紧了。莫非他们两人之间有亲缘关系？他的害怕不像是装出来的。他到底害怕什么？校长仿佛从洪鸣老师的卧铺上闻到了洪鸣老师的气息，那种难以说出的气息，隐隐约约，却又决不散去。

校长夜间醒来几次，其中一次听到对面那个人在说：

"他就这样让步了吗？真不敢相信。"

校长第二天一下火车就匆匆坐出租车往教育部赶，他想抢在洪鸣老师的前面。然而他运气很糟，他坐的车居然出了事故，司机撇下他处理事故去了。那是个交通要道，周围没有车可以坐。校长只好步行两千米去教育部。

待他赶到那里，坐在等候接见的人当中，却又发现洪鸣老师根本就没来。会不会他也遇上了什么紧急事？校长觉得他应该比自己更着急。但是他被叫进部长室去了，什么都来不及想了。

出乎他的意料，部长表扬了他的计划书。

"如果不是洪鸣老师极力推荐，我们还不会注意到您的学校。"

"可我还以为他是我的对头。"校长老实地说。

"他的确是您的对头。"部长笑眯眯地说。

"啊,我明白了。我别无选择了,对吗?"

"您真敏捷。我们等待您给我们带来好消息。"

他们握手道了"再见"。

校长从教育部出来之后心情反而变得很阴沉了。他认为洪鸣老师已经占了上风。但这不正是他所希望的吗?他之所以匆匆忙忙赶到教育部来,并不是为了压倒洪鸣老师,反倒是为了让他压倒自己。昨天夜里他已多次设想过了可能发生的情况。

校长去赶下一班火车回家。一直到坐上了卧铺,他还没有将他所面临的形势想清楚。他感到部长在将他往死里逼,可又不知道他逼他去干什么。当然这都是那该死的洪鸣老师造成的。

因为消沉,他晚饭也懒得吃就躺到铺上去了。可是不一会儿那个人又出现在他面前了。却原来他又买了他对面的铺位。校长记得上一次他是同洪鸣老师换位子换到这个人对面的,这一次总不会是碰巧吧。

"许校长啊许校长,洪鸣老师丧失信心了,所以提前回去了。"

"现在怎么办?"校长冷冷地问。

"现在一切希望都在您身上了。洪鸣老师好歹也是一所重点学校的教导主任,可是在您的面前,他完全不把自己当回事,这有多么奇怪!"

"可我觉得是我不把自己当回事,他才是这件事的主角呢。"

"您说的这件事是哪件事?"那人说着又凑拢来了。

在昏暗的光线里他显得面目狰狞,校长打了个冷噤。校长看见他伸出粗壮的胳膊来抓自己,心里一阵绝望。再一看,那人好好地端坐在自己的铺上,根本没过他这边来。

"不清楚。我老觉得有一件事在暗中进行。"

"什么事也没有。"那人一个字一个字地说,还冷笑了一声。

"部长很赏识洪鸣老师。"校长忍不住又说话了。

"那种赏识是可怕的。所以他才害怕嘛。"

"依您看，我是个什么角色？"

"这还不清楚吗？您想是个什么角色就是个什么角色嘛。如今都兴这样。我有个老同事——"

那人话没说完就睡着了。校长在心里感叹：他比自己更累啊。教书育人这工作是天底下最累的，他应该也是一名教师吧。此刻于百感交集之中，校长心里生出了一些遗憾，他惋惜洪鸣老师没能同他谈心。他特地订了与他相同的列车，甚至打听到了他所在的车厢，为的就是与他谈心。可到头来他却什么也没说。如果他自己当时逼他一下，也许他会说出点什么来？校长从来不习惯逼迫别人，他是个民主派。这只要看看他手下的那些人同他的关系就明白了。那么洪鸣老师这个敌人，是在以一种什么方式破坏他的工作？校长隐隐地感到一条线索已经出现了，只是还不太明确。这个想法令他兴奋了一阵，然后他也进入了梦乡。他的最后一个念头是：在火车上入眠多么美妙！他的事业不是正一往无前地发展着吗？

校长回到学校后，大家并没有看到他有什么明显的改革措施。有人揣测他是在等待一个契机。他每天在那间大办公室里工作到凌晨，白天则在那间密室里睡觉。有时候，煤永老师和古平老师也同他一起在大办公室里加班。不过他们之间并不交换意见，只是各干各的。也可能是他们之间的默契太深了，用不着交谈。

校长睡到中午就起床。他在校园里见到张丹织的身影就像见到鬼魂一样，总是脸上变色，匆匆逃离。

洪鸣老师到他这里来过一次，他将他带到密室里，两人整整一下午没有出来。后来洪鸣老师出来了。校长到了夜间才从密室出来。他去小饭馆吃了饭，然后一个人在操场上溜达。

小蔓就是这个时候同校长相遇的。过一阵她就要来这里教书了，所以她想先来体验一下。她没有惊动爹爹，自己一个人在操场上散步。她忽然看见一个黑影从她前方的地下钻出来，于是吓得出了冷汗。

"许校长，原来是您！您怎么从地下钻出来了呢？"

"我一直坐在这里嘛。忽然站起来，你就觉得我是从地下钻出来的了。小蔓啊，你现在后悔还来得及！"

"校长是说我来教书的事吗？我干吗要后悔？"

"这里面是个无底洞，钻进来后你的所有精力全部会被吸光。"

"正好啊，我希望有个将我的精力吸光的工作。"

"然后敌人会从黑咕隆咚的地方冲出来，一下将你打倒。"

"我正盼望尝尝被打倒的滋味。"

"你这样想，我同你就没话说了。我先走了，再见！"

"再见！"

校长走了好远，还是压抑不住心头的喜悦。他朝着夜空大吼了一声。他感到小蔓是未来的后起之秀，当然还有张丹织女士。这些令他振奋的青年不久将用行动来回答那该死的教导主任的挑战。今天下午在密室里，他差点被那该死的家伙的气焰压倒了。当时他的脑子变得迟钝了，如一名垂垂老者。洪鸣老师是很有计谋的，他有办法让对手万念俱灰。校长记得他于绝望中看见了树形图案，满眼都是那种东西，而洪鸣老师的声音在河的对岸响起，很严肃很空洞的声音，像机器人在讲话。

他信步乱走，出了校门，然后又往南走了好远。那是条青石板铺就的断头路，他干脆脱了鞋拿在手里，赤脚踩在石板上走，口里还哼起了进行曲。他有好久没像这样放松过了。

那条路终于走完了，在路的尽头，靠西边一点的地方，有一座矮茅屋。此刻那屋里灯火通明，有人在进进出出地忙碌着。校长凑近去看，看到两个大人和两个小孩在整理货物包装盒子，原来这一家是收废品的。校长上前去帮着整理，忙了一会儿，终于弄完了。

"客人从哪里来？"男主人递上一杯茶，文质彬彬地问。

"从学校来。"

"原来是老师啊。我们有个孩子在学校上学。是一所了不起的学校。"

他俩坐在桌旁谈话时,女主人和两个小孩马上消失了。校长产生了一种幻觉,感到他坐的地方是在一座很高的山上,而对面的黑脸男子是很少出山的山民。

"您对这所小学有期望?"校长谨慎地问。

"不,没有期望。为什么要期望?我的小孩在里面学习,我很放心。"

"谢谢您。"校长由衷地说。

"谢我?应该谢谢您才对。我的儿子对学校生活十分着迷。他啊,总在学校周围转悠!今晚他又去了,现在还没回。"

"他的名字是不是叫谢密密?"

"啊,原来您教他,对吧?我太高兴了,我送您一支鞋拔吧,几乎还是新的呢。"

"太好了!它对我很有用。"

他起身告辞。走出好远,还看见男主人在朝他挥手致意。

在围墙边上开一条小溪,引来山泉,当初是校长的主意。校长此刻穿上了鞋,沿着小溪慢慢前行。他太享受这个静谧的夜晚了。他回去的路上还经过了古平老师的家,看到一男一女站在竹林边上。难道古平老师的仙女终于下凡了?校长有点诧异。他的脚被什么绊了一下,低头一看是一个男孩。

"谢密密,你为什么睡在地下?"

"我在听螃蟹出洞。母螃蟹带着一群小螃蟹呢。"

他站起来说了声"校长好"。

"我打扰了你,我得赶紧走。"

他走了一段路,回头再看古平老师家时,古平老师家的灯已经熄了,那两个人影也不见了。现在那地方黑乎乎的,有点儿阴森。校长叹了口气,说了一句听不清的话,就加快了脚步。小溪潺潺地流着,校长从来没有像今夜听得这么清楚。他觉得小溪活泼得有点过度了,这是不是要发生什么变故的兆头?但是从谢密密的态度来看,他一点也没有这方面的忧虑,这男孩就是这条小溪。为了防止自己产生伤感情绪,校长一路小跑起来。他很快回到了家里，喂了蚕，喝了一杯茶，就上床了。他好几天没在自己的床上睡了，这床居然给他一种陌生的感觉，还不如列车上的卧铺自在。折腾了一阵，电话铃又响了。

"古平老师吗？请婚假？好啊好啊，祝贺你们！"

他感慨万千地坐起来，开了灯。

在校长的印象中，古平老师是那种患有"幼稚症"的人。很久以来他虽为古平老师着急，但总认为他的婚姻是个难题。现在难题已经解决，也许从此古平老师要展示他性格中的另一面了？刚才他说他要抛开一切，去外地旅行，同爱人一块去。这对他来说是一反常态的举动，看来是爱情的力量。

校长起身打开床头柜的抽屉，掏出几张照片。照片上是一位三十多岁的女人，表情很严肃，从外貌看猜不出她的身份。校长一张接一张地仔细看过之后便将它们放回了抽屉。这女人是他从去年开始交往的，但已经离开他了。校长当时还考虑过同她建立家庭。现在看到这些照片，脑子里面黑黑的，一点都想不出同她在一块时的情形了。

他感到他的学校正在酝酿什么事，兆头已经在古平老师这里出现了。他自言自语道："他把我逼得啊。"这个"他"是指洪鸣老师还是古平老师，抑或是煤永老师？校长不能确定。

他必须积蓄精力，所以这类事还是不想的好。他关了灯，重新躺回去，一会儿就做起梦来。梦里有很多人在他的窗前示威，举着小三角旗，大声喊道："叛徒！叛徒！打倒……"校长费力地想道：为什么称他为叛徒呢？难道他背叛过什么人和事？他很讨厌这个梦，就离开窗前走进厨房。他想做一碗面条吃。水池里爬出三只大螃蟹，都用它们的眼睛瞪着他。螃蟹的眼睛居然这么有威力，这是他以前没领教过的。他面对螃蟹往后退，一直退到客厅，冲进卧室，用力关上了房门。做完这个梦他才睡熟了。

第二天一早他就去厨房看螃蟹，可水池里是干的，什么都没有。他内心感到这房子里正在爆发一场起义。他微微地笑了笑，点了点头，然后拿着公文包下楼了。他在楼下遇见了校工老从。

081

"校长您早！"老从谦卑地说。

"你有养蚕的经验吗？"

"有过。桑叶上的水要抹干，不然蚕会拉稀。"

"谢谢您的提醒，再见！"

"校长，您可不能灰心啊！有人要抢占您的山头啊！"

老从追着校长喊，但校长已经甩开他，朝办公大楼走去了。

大办公室里孤零零地坐着煤永老师，校长进去时他连头都没抬。他在写教学方案，可是一个字都没写出来。校长瞥了一眼他面前的笔记本，心里想："这家伙在恋爱。"他没说错，他见过煤永老师的女人，只是很难确定究竟哪一位是他真正的恋人。

但煤永老师又的确是坐在这里写教案。因为这个工作需要激情，所以他自然而然地想起了他的情人。校长作为过来人当然懂得这其中的奥妙。从前他爱得如醉如痴时也是他工作得最起劲时。校长认为煤永老师是无价之宝，女人不爱这样的男人才怪。校长无端地感到煤永老师终将离开他。他思来想去，想不出哪位老师可以取代他的工作。也许有人勉强胜任，但谁又比得上煤永老师？

不知道是不是心灵感应，校长今天工作得特别顺利。他写啊写啊，后来又一连制作了两个表格。他抬起头来时发现煤永老师已经离开了，坐在他位子上的是一位陌生人。

"校长您好，我是洪鸣老师的助手，姓卓。我是来向你们学习的。"

"可这里是本校教员的办公室。"校长毫不留情地说。

"我知道。洪鸣老师让我来这里，他说只有这样才能向你们学到真正的知识。您要是觉得不好，我马上离开。"

"不，别走。您在这里我才有灵感。"

校长挥了一下手，坚定地坐下了。他眼前的桑树林里出现了一条通道，一直通往遥远的天边。

因为卓老师坐在身旁，校长的思维像野马一样狂奔，他的脸微微发红，比恋爱时更加有灵感。他反复停下工作问自己："这小子究竟来刺探些什么？"他的工作计划就在质疑声中像鲜花一样盛开。

校长终于做完了工作，他抬起头来，发现卓老师已经不在了，坐在他坐过的位子上的是煤永老师。

"这是怎么回事？"校长问。

"您是问卓老师吧？他是我的朋友，是我叫他来的。我感到他很适合坐在这里。没有问题吧？"煤永老师笑盈盈地说。

"当然没有问题，最好让他天天来。"

"我也是这样估计您的态度的。这个人又聪明又精干，我们需要这样的对立面。可是他一般不肯来，他工作太忙。"

"像我一样忙得老婆都娶不到！"

他们两人一齐爆发出大笑。

煤永老师匆匆收拾他的教案，说有急事。校长问他是什么事。他说是要去帮古平老师喂鸡。校长说他也对鸡有兴趣，并且还想同他一路上谈谈怎么帮古平老师的忙。

可是当他俩赶到竹林里时，发现那些鸡全跑掉了。

煤永老师用钥匙开了门，唉声叹气地帮校长倒茶。

"据我所知，陨石山的基建已经快完工了，古平老师打算和新婚夫人很快搬过去。"煤永老师说。

"这个叛徒！这边的工作他撒手不管了吗？"校长很气愤。

"他说您总有办法的，他调查过了。"

"他还调查我，这个阴谋家！"

古平老师的客厅里换了个很大的灯泡，现在校长和煤永老师坐在那里面面相觑。煤永老师并不为校长的工作着急，虽然他感到校长正面临挑战。他认为校长的气愤是装出来的。

"你家小蔓决心加入黑帮了吗？"校长没话找话。

"是啊，最近她像换了个人一样。"

"也许这些年轻人会将我们学校办成另外一个样子。我最近找了个男孩来筹建初中部,他这些年一直在收集火山石,家里什么家具都没有,堆满了石头。"

"真是个奇人。校长您太有眼光了。"

煤永老师垂着眼不太愿意多说话。校长觉得很无趣,说既然没有小鸡可看,他就要先走了。煤永老师目光游移地看着他离开。校长跨出大门时心里在想:"恋爱的人对别人来说是最无趣的。"

当校长已经走到了那条路上时,他忍不住回头看了一下,这一看大吃一惊,因为他看见古平老师同一位穿黑天鹅绒长裙的女人站在竹林里,显然那女人就是大家传说中的新娘。校长心生悲哀。为什么他的这两位同事要骗他?是因为他显出了老态吗?他不再回头,急匆匆地往家里走。他预感到有个人在他楼下等他。

校长见到了他预感里的那个人,是那位收集火山石的男青年。他很拘谨,还穿着西服打着领带呢。他们在校长那宽大的客厅里恳谈到了半夜。后来校长头一歪,在沙发上打起了鼾。年轻人蹑手蹑脚地离开了校长的家。

青年一离开,校长就醒来了。房里一股火山石味,令校长遐想联翩。校长有一年和朋友去过火山现场,校长不敢靠近,他认为自己是个懦夫。那位朋友一去就再没回来。收集火山石的年轻人就是那位朋友的儿子。那位朋友的父亲和祖父也都是死在火山事故之中。那么,他家里堆的那些石头是什么呢?应该是他的先人们。想到这里,校长顿时感到房里寒气森森。将这样的青年邀来办学是很冒险的。说不定哪一天他就扔下一切跑到火山所在地去了,甚至有可能带着学生一起跑掉。但校长愿意冒这个险,他不是一直就在冒险吗?他应该在他的学校里有一席之地,在某个方面,校长找不到比这位青年更合适的人选了。

校长努力回忆青年夜间在他家里说了些什么。似乎他谈得最多的是对老家祖坟的忧虑,因为那块地方要修飞机场了。校长对他的忧虑很不解:既然父亲、祖父和曾祖父都没埋在那里，只不过是在那里修了几座假坟，有什么好忧虑的？但他的确忧虑，说起那事来额头上都冒出了汗珠。这位青年真不寻常。可校长自己为什么听着听着就睡着了呢？起先他不是对这位青年的思想惊讶不已吗？校长觉得他同这青年的关系有点奇怪。总的来说，他同年轻人的关系都很奇怪，他似乎知道，又不知道他们在想些什么。比如张丹织，他有时知道这女孩在想什么，有时呢，又完全不知道。实际上，校长为身边的年轻人所吸引。这就是说，他还不算太老。将三代人的尸骨堆在房里，却又为那些假坟忧心忡忡的人，内心拥有多么大的创造力啊。想到这里，校长不安起来了。万一他改变主意，对教育工作不感兴趣了呢？昨夜他为什么没有向他多多地描述学校的光明前景呢？他很后悔。

校长一时兴起，就给青年打电话了。

"云医啊，我昨夜忘了告诉你了，是这样，你可以在五座山头之间选择校址，学校的大门二十四小时开放着，课文的编写……课文的内容……什么？你丧失兴趣了？你不来了？！"

校长放下话筒，捶胸顿足，愤愤地诅咒："简直是个魔鬼！去死吧！"

云医是主动来找校长的，当时他信誓旦旦地说要加入校长的教育团队，不过是半年前的事。校长早就知道云医的存在，对他的活动也了如指掌，因为有人给他报信。他一直在耐心地等云医上门，心里无端地怀着信心。那一次这青年是多么的腼腆啊。他语无伦次地说起他爹爹有一杆猎枪，可从来不用，他说他带着猎枪是为了自卫，因为他太喜欢去大山里跟踪那些野物了。他又说很多人以为他是被岩浆烧死的，其实他是被黑熊咬死的。校长跟不上云医的思路，不知道他为什么要谈论他父亲的死。而且那种谈论令他自己如此不安，他像蛇一样扭动着。校长警惕地盯着他，心里想，这小子会不会在衣袋里揣着手枪？那次面谈加深了彼此的了解。可是云医并没有很快来学校任职，他似乎在敷衍校长。就在校长有点灰心了的时候，他却又突然出现了。

结果却是这样。可这是不是结果？校长陷入了沉思，他眼前出现了云医的爹爹那狭长的背影。校长有点犯糊涂了：昨夜来的到底是父亲还是儿子？

他看见的是儿子的脸，可那动作，那叹息声，分明是从父亲嘴里发出的。他说了一句这样的话："推土机从我身上轧过去时我就变成了煎饼。"校长听到这句话时差点跳了起来。但那说话的儿子正坐在他的对面纹丝不动。

"他的热情像地底的岩浆。"校长在心里这样评价云医。

校长又去了荒坡。坐在那些坟堆之间发呆时，他意外地看到了女学生朱闪的身影。一些天不见，她好像长高了。她来这里干什么？她不是很胆小吗？她一跳一跳的，弯下腰在捡什么东西。

"朱闪同学，你在捡什么？"

"我在捡蘑菇，校长。长在坟头的这些，真好闻。"

她的篮子里装满了一种叫"牛肝菌"的蘑菇。

"这是我妈妈。"她沮丧地又说。

她垂下头，打不定主意要不要再捡一些，她还可以用手绢包一些。她是准备交给学校食堂改善伙食的。

"朱闪同学，你这么勇敢，你妈妈该有多么高兴！我刚才看见她的脸上笑开了花。"

"您真的看见了吗？我也看见了，在这一窝小牛肝菌的正中间。她是去南边收棉花去了，还要回来的，对吧？"

"朱闪同学，你怎么还不明白？你不用等她了，你正在变成她！这是我亲耳听见你妈妈说的。"

"我明白了，校长！您一说我就明白了。再见！"

小姑娘跑步下坡，往食堂那边去了。

校长眼里突然涌出了眼泪，他不好意思地用手背擦掉了它们。他并不能清楚地说出他创办的学校是一所什么样的学校，也许没人说得清，包括这位小姑娘。他想，即使是为了像朱闪这类特殊的学生，他也得创办更多的初中班，甚至高中班。云医不会消失，他会到这里来的，一定会来，只要他这个当校长的不放弃他。

校长缓缓地走下山坡，他的头有点闷，他听到有人在威胁他，那声音像是云医，又像是洪鸣老师。再仔细听，都不像。那口气似乎是熟人，不让他以后再来坟山了。他想反驳说：别人可以来，为什么我不能来？他还没说出口，那人就要追上来打他。他只好加快脚步。快到山脚时他摔了一跤，跌了个嘴啃泥，狼狈不堪。幸亏还能走。

他昏头昏脑地走着时，有人伸手搀住了他的胳膊。居然是古平老师，他怎么这么快就回来了？

"云医老师明天就来上班了，我太高兴了。"他说。

校长的胳膊变得僵硬了，他觉得自己像一具尸体。

"我，是不是成了绊脚石？"他问。

"您是学校的栋梁。我和云医老师各占了一个山头，我已经和妻子搬过去了，他还没有。他说他是单身汉，住岩洞也行。"

"住岩洞就可以收集更多的火山石了。"校长点点头。

"嗯。我也认为他是打的这个主意。"

古平老师将校长送到家，在客厅里站了一会儿。

"这是什么味儿？"

"是火山爆发时的硫黄味儿。"

"校长，您的学校有了寓言家了。"

他轻轻地关上门出去了。校长的眼睛都睁不开了，他往床上一倒就睡着了。

虽然入睡了，他的眼睛还是看得见有个人在他房里游走。

"你是谁？"校长费力地问。

"老从。有人要冲进来，我帮您把着门呢。"

自称校工老从的那个人举起了一把刀，校长在床上等着，但他始终没有砍过来。

那人摇摇晃晃地走出了房间。校长眼前一黑，坠入了深渊。

校长睡了很久，怎么也醒不来。有几次差点醒来了，动了动嘴唇，但黑雾实在太浓了，他张不开眼，又睡着了。

后来有一个小孩拖着他的脚猛力往床外扯,他才挣扎着醒来了。这时他已经睡了两天两夜。他以为那小孩是谢密密,就喊道:"蚕,我的蚕!蚕啊……"

但他不是谢密密,是一个没见过的孩子。小孩的头很大。

"我叫'一听来',一听到有人叫我就来。您的蚕好好的,正在结茧。我在盒子里放了些稻草。"他说话时愁眉苦脸。

"一听来,好名字!可我没叫你来嘛。"

"您叫了的,您忘记了。要不我怎么在这里?我在上美术课,听见您叫我,我就同老师请了假过来了。还有几个同学想跟了来,余老师没批准。余老师真好!我是来帮您的。校长,您不要怕,伸直腰……啊,您的腰弯得那么厉害。"

他尽全力一拖,将校长拖到了地板上。校长忍不住笑起来了。

"好!一听来,你是个小英雄!没有你的话,我恐怕醒不过来了。生活真美好,对不对?"

一听来从鼻子里哼了一声,说要上课去了,就离开了。

校长听到门外有小孩说话,好像是一大群。后来他们都下楼去了。

校长努力回忆昏睡前发生的事,想起了校工老从。校工多年来忠心耿耿,不可能陷害他。那么他为什么昏睡了这么久?只能有一个解释,那就是他的确太累了。他在睡梦中请求他的学生帮忙了吗?这是很可能的。他常有软弱的时候,这些优秀的学生给了他多么大的帮助啊。刚才这个一听来,他不是将他从死亡线上拉回来了吗?

校长整理好自己的衣着,欢欢喜喜地迎接新的一天。

他听说张丹织老师已经在课堂上教学生花剑了,不由得在心里为她捏一把汗。他老有幻觉,看见她死在一名疯狂的学生的剑下。但如今张丹织老师异常冷静,有人背后说她有点冷血。校长绕了一个大圈子,避开操场那一块。他走进了会议室。

会议室里空空荡荡,正适合他进行严肃的思考。他要回忆很久以前的事。那个时候,这里还是荒郊野地,有几户农民在这里种土豆。周围有一些大大小小的山,将这块平地衬托得有点落寞。校长心一软,就选中了这里作为校址。

因为他当时想起了早逝的父母。现在看起来他早年的选择很有道理。刚搬来的时候,夜夜有鬼火,那些山民传说着一个毛骨悚然的故事。他们抽着旱烟,走进校门,见到校长就说开了。言语间有暗示也有威胁。但是一年之后他们就消失得无影无踪了。那些山民到哪里去了?那一次,他觉得谢密密的父亲有点像那些山民当中的一个,但从他的谈吐中又完全听不出那种倾向。莫非一听来是他们的后代?这个名字倒是很像。

校长的脑袋发沉,目光变得模糊了。

"校长,您可要打起精神啊!"

声音从窗外传来,又是一听来!他跑过去了。

校长想起来了,这个嘶哑的声音很像当年猎人阿莫的声音。

阿莫住在大山的脚下。他有一天跑进了学校,不是他追野猪,而是野猪追他。校园里一片混乱,那野猪也怪,不分心,追定了阿莫。到处都是尖叫,还有人用课桌课椅去挡那家伙。阿莫镇定地围着教学区跑了一圈,然后跑出了校门。那野猪自然也跑出去了。好久好久大家才醒悟过来,纷纷发出心中的疑问:那是一头野猪吗?野猪怎么会跑不过人?猎人和那野物为什么要跑到校园里来?为什么野猪目不旁顾,只追阿莫一个人?

校长是事后才听说的。这件事让他兴奋了好多天。那时他常望着那座名叫"云雾山"的大山发呆。此刻他想,小男孩一听来大概也长着同他爹爹一样的飞毛腿,这是多么有趣的父子俩啊!过了好多年,老师们只要一谈起猎人阿莫,仍然会激动得目光炯炯。校长打开公文包,在记事本上写下了:**关于学生一听来的培养计划**。但这个标题下没有写内容。因为校长的脑海里同时出现了四五个方案,他不想马上定夺,还要多酝酿一下。他收起公文包,立刻动身去云雾山找猎人阿莫。

他刚一走到校外的围墙那里就被一听来叫住了。

"校长,您在找我吗?"

"没有啊。我是去找你爹爹。"

"我听到您叫我了。我没有爹爹,我是孤儿。"

"啊,原来这样。你可以听见任何人的声音吗?"

"是这样。我更喜欢听见动物叫我——黑熊啦,野兔啦,还有老虎。我一听到就跑过去了,没人跑得过我,动物也跑不过我。"

"我住在姨妈家。"他主动告诉校长,"您想去看看吗?离这里不远。我姨妈是个贼,可大家都喜欢她。"

"你练过跑步吧?是不是将来也要学习做一个贼?"

"嗯。"一听来不好意思地点点头,他觉得校长在夸他。

校长跟随一听来走到小河边上时,男孩犹豫地停住了脚步。

"我改变主意了,校长。您看到那栋茅屋了吗?那就是我姨妈的家。我担心她要得罪您。您回去吧,校长。"

"我不怕被得罪。她会对我的公文包感兴趣吗?"

"她什么都要,吃人不吐骨头!可是我和大家一样喜欢她。"

校长看了又看,还是没有发现河边有什么茅屋,附近连个人影都没有。这小孩为什么要撒谎?他这样想时,他的学生已经跑下了河堤,一头扎进了河水中,很快就消失了。校长愣了一下,明白了什么,于是夹着他的公文包往回走了。当他往回走时,老感到有一双凶狠的眼睛盯着他。那会不会是他姨妈?更可能的是,这孩子根本就没有姨妈。就在这个时候,关于一听来的培养计划在校长的脑海里成形了。这孩子可以跟随云医去探险。

他坐在路边打开公文包,在记事本上写下了他的想法。

此刻他是多么的轻松!说不出的惬意啊。

他看见老从从校园里摇摇晃晃地出来了,大概是喝了酒。老从爱喝酒,但从不喝得烂醉,现在是他不当班的时候。

"老从,你认识'一听来'吗?"

"怎么会不认识,他是个贼。"

"一般他偷些什么?"

"什么都偷。可能是因为太灵敏了吧。"

校长望着天,开始做漫无边际的幻想。

第五章　煤永老师和古平老师

煤永老师和古平老师在云雾山的小道上往上爬。

他们不再年轻了，他们感到有点累。煤永老师听见古平老师说：

"这里有个洞，就在这里休息吧。"

他用脚踹开地皮，马上陷下去了。接着煤永老师也陷下去了。

那是一个浅洞，两个人坐在洞里，将脖子伸出洞外。他们想看风景，但什么都看不到，只有乱草。而且两人都昏昏欲睡。

"我感到下面在沸腾。"煤永老师在努力说话。

"唔。"古平老师说了这一个字就没声音了。

煤永老师看不见他的脸，一下子慌了张，瞌睡全被冲跑了。他猛地站起来，跳到洞外。

"古平老师！"他大喊。

可是那个洞变深了，古平老师正往下沉，他成了一个黑点。

"我从另外一条路过去……"他微弱的声音从下面传上来。

煤永老师很后悔，他刚才为什么要跳上来呢？他再看一眼洞口，发现已经没有洞口了，小路恢复了原状。煤永老师这才记起，这座山是古平老师选择的校址。啊，这是他的山！他当然可以到处开路，想从哪里穿过去就从哪里穿过去。煤永老师顺小路继续往上爬。

这次巡视是瞒着校长的。校舍还没建，古平老师已经在半山腰开课了。他放出风去，说他的学校建在陨石山。

煤永老师决心找到古平老师的课堂，可是他爬到了山顶还没发现任何蛛丝马迹。他有点沮丧，情绪阴沉地往下走。

煤永老师同他的女友就是在这云雾山分手的，但不是在山顶，而是在山脚的某个地方。那一天，他俩出来游玩，煤永老师根本就没有分手的打算，他们已经认识七年了，这位名叫"农"的女子仍然没产生同他结婚的想法。这也是小蔓对他不满的原因之一。有段时间，小蔓怀疑她爹爹同时与几个女人"鬼混"。在那条小路上，农被突出地面的树根绊倒了。她缓缓地倒下去，闭着眼。

"农！农！"煤永老师焦急地唤她，摇晃着她的肩。

小路上传来铃铛声，是护林员踩着三轮车过来了。农忽然睁开了眼睛，露出微笑，说：

"这车是往山里去的，我先坐上去，你慢慢在后面跟来吧。"

煤永老师眼看着农和护林员消失在树林深处。他的心脏在胸膛里猛跳了几十下，他以为自己会发病，结果却没事。他没有去找农，只是接连几个月，他在书房里听到有人在唤："农！农……"

坐在大樟树的枝丫间，煤永老师又记起了他和女友之间的奇怪的分手。看来农选择这座山是有原因的。煤永老师注意到，每当他靠近云雾山的时候，心里面就对任何事都没有了把握，好像一任自己的身体在空中飘浮。那么，这是不是古平老师选择此山作为校址的理由？

树叶间露出一小块蓝天，令人烦恼的美。这山将秘密吞进去了，但从不吐出。煤永老师的情绪渐渐变好了，他不是来到了自己的档案室吗？干吗烦恼？今后，古平老师就是这里的主人了，这是一件好事，因为他和古平老师之间的信息通道是畅通的。过一段时间，他也会成为这里的主人。这样一想，居然有点激动。

"你在这里啊!"古平老师从亭子里走出来,"我请到了农来给我教植物课,你相不相信?"

"相信。你觉得她能胜任吗?"

"何止是胜任!不过我不能向你暴露她的住址,我答应过她。"

"当然当然,我真高兴!"煤永老师由衷地说。

"我只能告诉你,她住在山里。你多来山里走走,兴许能碰见她。不过这种事概率不太大。"

"的确微乎其微。但我为什么要来这里逛?我觉得她不想见我。我们就这样挺好。古平老师啊,你是我的福星。"

下山的时候,两人都沉默了。古平老师没告诉他关于课堂的所在地,他也没问。煤永老师倾听着松树和枫树在风中发出的声音,他觉得那些声音充满了启示,可他为什么就听不懂呢?就在这座山里,有一场革命正在发生?或者不是革命,只是游戏?他为农的事感到莫大的欣慰:她不是正在走进他的生活,成为比他的妻子还要亲近的人吗?

他偷眼看古平老师,看到了他脸上空阔的表情。他想,那是种什么境界?显然,那也是农的境界。从前他和农恋爱时,他老感到她有一种急迫的心情,感到她在为什么事焦虑。现在终于真相大白了。

"煤永老师,同你交往的人都成了我们的接班人,这有多么好。我一想起这种事就忍不住要笑。不过有的人并不是来接班的,也许竟是来造反的。"

"那样不是更好吗?"煤永老师好奇地望着同伴。

"你说起话来有点像我们校长了。岁月磨人啊。"

他们说话间煤永老师听到了铃铛声,一阵一阵的,他怀疑是自己的幻觉,可又不愿问古平老师。

"这座山里头到处都是岔口,你想要在哪里分手就可以在哪里分手。一个念头刚起,那条路就分岔了。"古平老师又说。

"同谁分手?"煤永老师诧异地问。

"任何人。比如同我。"

铃铛声响到了面前。不是守林人,却是校长。校长戴着草帽,看来在林子里走了很长时间了。煤永老师问他:

"校长,您在盯我们的梢吗?"

"你说得不对。我在寻找我的恋人呢。"他笑着说。

煤永老师的脸在发烧,他有点恼火。幸亏校长一蹿就过去了,他的三轮车消失在树林里。煤永老师和古平老师异口同声地说:

"没人逃得脱校长的手心。到处都是他的耳目。"

煤永老师终于小心翼翼地问:

"农也是同我们同样的看法吗?"

"农好像不关心这种事。你早就知道她渴望建功立业。"

"但我并不知道那是什么样的事业。"

"我估计没人知道,包括她自己。"

"我们别谈农了,谈谈校长吧。"

"校长没什么好谈的。对于他,你关不关心都是一样。"

在山脚下,他们分手了。古平老师要进城去陪妻子。煤永老师是前一天见到她的,她确实是一位迟暮美人,坐在她面前,煤永老师没来由地一阵阵激动。

煤永老师坐公交车回学校时,在车上遇见了张丹织女士。煤永老师问张丹织老师对学校的紧张生活习不习惯。没想到张丹织老师有点鄙视地说:"您同古平老师搞的那些诡计我早看在眼里。"

煤永老师一愣,不敢贸然再问她什么了。可他又觉得不说话很不礼貌——总不能像她一样板着一副脸吧。

"您的体育课和我的地理课有一些交叉的方面,我觉得将来我们可以搞一些联动的项目。"他讨好地说。

张丹织的脸色缓和了,她认真地打量煤永老师,看得煤永老师都不好意思了。煤永老师感到张丹织的目光中有色情的意味,但又觉得自己是神经过敏。

"您觉得我这人怎么样？"她问道。

"我不太了解。我想，就您的年龄来说，您应该属于深谋远虑的那一类人吧。少年老成——不，我不能确定。"

"我很少思考问题。"张丹织女士叹了口气，好像有点沮丧，又好像期盼着什么。

"所以我才会对您有这样的印象嘛。"煤永老师高兴起来。

煤永老师找到了同她的共同话题，因为他们两人都爱读一本叫作《地中海地区植物大全》的书。接下去他们就不再谈自己的私事了，专门谈那些奇花异草和稀有树木，一直谈到下车还余兴未尽。好像是自然而然地，张丹织老师同煤永老师手挽着手走在了人行道上。煤永老师暗想：张丹织女士真开放啊。临近学校的大门时，张丹织老师突然清醒过来，迅速地放开了煤永老师，因为她看到校长远远地朝他们走来了。

"校长您好！"两人齐声问候。

"好！大家都好我就放心了！"他匆匆地从他俩身边擦过。

张丹织老师和煤永老师在同一瞬间想道："校长的话是什么意思？他不会产生误会吧？"

校长当然不会产生误会，他这样的老狐狸，怎么会误会自己的下属？然而这两位都不知道自己在担心什么。他们之间不是什么都没发生吗？的确如此。所以他们就有点尴尬地在校门口分手了。

煤永老师一边往家里走，一边生自己的气。他同古平老师一道去山里时，他是想探听关于农的消息，可是却同这位张丹织老师手挽手地回来了，这到底是哪里出了毛病？虽然生气，他还是不得不承认，这位女士给他留下了强烈的印象。而且她多么年轻啊。

煤永老师推开门，就听到了电话铃声。是古平老师。

"煤永老师，你也开始恋爱吧。"他在电话里建议道。

"为什么'开始'？你知道我一直在恋爱。"

"啊,对不起。我觉得你和农已经结束了。"

煤永老师还想辩解什么,但古平老师的声音越来越小,他说他是用手机在地道里给他打电话,信号不好。然后电话就断了。

煤永老师伤感地坐在窗前。这么多年了,他已经习惯于将农看作自己的妻子了。即使他俩各有住所,也不是每天见面,可相互之间总在惦记着。煤永老师至今对他俩分手这件事仍没有清晰的概念。似乎是,农早就决心要离开他了,又似乎是,一切都是于瞬间偶然决定的。在这件事上头,煤永老师的智慧一点都用不上。他感到窒息,便站起身来大口出气。这窒息感可能是古平老师带给他的,古平老师跑到地道里去干什么?难道还带着个美人钻地道?

"农……"他茫然地朝黑暗的前方唤道。

"农,农……"四面八方都在回应。

煤永老师出冷汗了。有一双手按在他的肩膀上。

"她不会回来的。"是古平老师在说话。

"为什么?"

"估计是爱上了别人。你和她不合适。"

"整整七年……怎么回事?"

"这种事不要数年头。"

"你说得有理。我昏了头了。你这么快就从地道里出来了?"

"因为对煤永老师不你放心啊。现在怎么样?好些了吗?"

"我不会出事的,再说还有工作呢。"

"你应该重新开始。"

"莫非我还年轻?"

"当然啊。对这种事来说,你总是年轻的。难道女人会不爱煤永老师?她们会为你神魂颠倒。"

前方的某处亮着一盏绿色的灯,忽远忽近,像在打信号一样。

"你的机会来了。"古平老师说。

"胡说八道！怎么，你就要走？"

"她在楼下等我呢。她说你需要男人和男人之间的谈话。"

"啊，我觉得她是通灵的人。再见。"

古平老师一离开，煤永老师赶紧回到窗前。

但是那盏灯已经不见了。煤永老师问自己：我真的在等什么吗？古平老师是很有预见力的，可这个时候他的确帮不上自己的忙。煤永老师的脑袋有点沉，他洗了澡，早早地上了床。

他刚要合眼，忽然看到窗帘那里有绿色的光在晃动。他莫名地激动起来了，赤着脚走到窗户那里。

那一盏绿色的小灯又开始在前方的黑暗中游走。离得那么远，它是怎么照亮窗帘的呢？煤永老师起先想要朝那灯光挥手，想了想又打消了这念头。莫非是他的学生谢密密？这一次，不知为什么，煤永老师的直觉告诉他，很可能不是谢密密。当然，更不会是农。也许是某个藏在黑暗深处的人。当他想到这里时，那灯光又熄灭了，周围恢复了一片死寂。煤永老师不甘心，又等了一会儿，还是没有变化，他只好无奈地又回到了床上。直到快入睡时，他才记起了小蔓。那时他俩在海滩捡的那些贝壳放到哪里去了？

张丹织女士是被古平老师唆使上了那辆公交车的，她在车上同煤永老师"巧遇"。而古平老师的主意又来自他的妻子蓉。这对幸福的恋人得知了煤永老师的失恋后决心帮助他，张丹织是他俩首先想到的女性。"谁能不爱煤永老师？"两人都这样说。当然农离开了他，但这并不说明农不爱他！他们认为问题的关键是在张丹织女士一方，他们没想到，是煤永老师没有产生那方面的反应。煤永老师还沉浸在农的氛围中。车上的相遇使张丹织确证了自己长久以来的预感。她非常兴奋，但也顾虑重重，因为这个人同她以前交往的那些男子太不一样了，并且他对她仿佛是没有感觉。她不愿意向古平老师打听任何事，还是像平时一样将精力放在教学上，她要从这个途径去接近煤永老师。在漫漫长夜，当寂寞袭来时，张丹织女士也设计了一些传递信号的游戏，比如亮起一盏绿灯之类。她感到煤永老师没有接收她的信号。不过也有可能接收了。这种事谁说得准？张丹织女士并不害怕这种寂寞，因为它不同于以往的寂寞。她自己造成了这种寂寞，她喜欢这种寂寞。在沙沙作响的大树之间行走，手里提着一盏绿色的马灯，张丹织女士感到自己在飞。

古平老师和妻子蓉现在有点放心了，他们懂得张丹织女士的能量。当初古平老师之所以没有去追求张丹织女士，一方面是因为自己还在绝望地爱着蓉，另一方面他也觉得自己会不合女孩的口味。如今他将她推荐给了自己多年的好友，他觉得这事很可能成功。

古平老师和蓉制造了出门在外的假象之后，又偷偷地回家了。他不愿校长知道他的行踪，他要撇开校长搞实验。自从结婚以后，他觉得自己眼界更为开阔，工作起来也更顺利了。他的妻子蓉，简直就是他的灵魂，他们每天都有新的发明。在云雾山中，孩子们立刻适应了他们的创造性的学习与生活，变成了一些沉着的、目光锐利的山民。他没想到这些孩子的应变能力如此之强。没过多久，他就变成了这些初中学生的学生。对于这种地位的颠倒他口服心服。

"世界好像又在打仗。"蓉说。

"你还在看报纸吗？"古平老师吃惊了。

"不看，是我的嗅觉告诉我的。"蓉平静地说，"从前我也闻到过硝烟，是很久以前的事了。现在人们的火气又大起来了。"

古平老师想，他们的这个实验同世界的联系是多么紧密啊！一定要击退人心的黑暗，因为阴影越来越缩紧了包围圈。

他俩站在竹林里，古平老师在心里无声地吹着笛子，脑子里出现一些激扬的句子。

他俩往房里走时，看见一个小孩坐在大门前的石阶上。

"朱闪同学，你找我有事吗？"古平老师和蔼地问她。

"我想去山里读初中课程。您同意吗？"

"你还不到年龄。再说山里很危险，你不怕吗？"

"年龄有什么关系？我不怕危险，我怕的是另外的事。老师，您就收下我吧，我保证不拖班级的后腿。我现在越来越有力量了，自从校长和我谈话之后，我就感到了我妈给我的力量。"

"你明天来上课吧。"

女孩跳起来，像小鹿一样跑掉了。

"她的声音多么美！也许是未来的歌唱家。"蓉说。

"你知道她怕什么吗？"

"她怕的事物同我们怕的事物是同样的。"

"她会成为一只和平的夜莺。"

两人坐在黑暗里喝酸奶，倾听那些山的悸动。这些学生都成了他俩的儿女，这是一桩多么幸福的事业啊。当古平老师说"我们没有错过机会"时，蓉就小声回答他说："我们不是一直就在一起吗？"

"校长对你的实验有心理准备吗？"蓉有点担心地问。

"没有人比他更积极的了。他逼着我上路。我时常觉得自己要是不创新的话，就会被他一脚踢开。他已经培养了好几个接班人，就是为了打压我。"

"可怜的古平老师！"

"不，一点都不可怜，我从心里感激校长。他是真正的鹰，在长空搏击的那种。没有他就没有这个学校。"

山歌从竹林那边传过来了。古朴又清亮的童声——是朱闪。两人同时明白了：朱闪是大山里的孩子。但是只唱了几句就停止了。

古平老师奔到大门外大喊：

"朱闪同学！朱闪同学！"

四周一片寂静。

"我本来想开个演唱会呢。"他沮丧地说。

"又是一位不需要老师的学生。"蓉说，"她来加入你的班级，是你的荣幸。"

"是啊，她在教育我呢。今天真是兴奋的一天！"

他俩进入了甜美的梦乡。在梦中，古平老师如同多年前一样匆匆地赶班车去同情人见面,他坐在车上凝视着那些十字架一般的街灯。有人追着公交车叫他,一声接一声,他感到不安。他听到自己在问:"你是谁?""蓉,我是蓉啊。"但那声音却是另外一个女人的。

在外面,朱闪同学正在赶回校园,她要收拾自己的东西,准备好明天进山。她感到考验她的时刻到来了,身体一阵一阵地颤抖。

她在小小寝室里的床上躺下来时,对面的黄梅说话了:

"朱闪,你要走了?"

"明天上午就去山里。"

"真羡慕你啊。我也想走,古平老师不同意。"

"为什么不同意?"

"我想是因为我爱上了他吧。我真傻,为什么要显露出来呢?"

黄梅在黑暗中连连叹气,看来睡不着了。

"你还有机会。我是指你还可以爱别人。你可以爱很多人。"

"可是我为什么要爱别人?我发过誓只爱古平老师一个。"

两个十二岁的小女孩都沉默了。好久好久才于昏沉中睡去。两个女孩都做了梦。小孩子的梦是不同的,那里面有一些没有理由的爱情,比如朱闪,就爱上了一块汉白玉的墓碑,她将它当作从前在家乡时遇见的美少年——那男孩的脸就是这种晶莹的白色。她在梦里想,黄梅爱上了一位真正的活人,并且向他表白了,她多么幸福啊。朱闪是不敢表白的,她也爱着一位活人——校长,可是她要将这种爱藏在最深最深的黑暗处。她之所以要去初中部上课,就是为了让校长大吃一惊。她是有毅力的女孩。

朱闪离开了五里渠小学本部,但却并没有出现在古平老师的课堂上。她托一位初中生传话给古平老师,让他不要找她,因为她就在附近"做一些调查工作"。古平老师听了这个消息后很担忧,但他的学生们都向他保证:一定会照顾好这位小妹妹。领教过他的学生的能力的古平老师听了这种保证后也就释然了。但是他还是心里放不下,所以有点后悔让女孩来这边上课。他向校长报告过这件事，校长听了他的讲述在电话那头一言不发。古平老师突然猜不透校长的心思了。蓉并不像古平老师这般焦虑，她镇静地等待着转机。

云雾山的半山腰有一座破庙，古平老师就在那里开课。不过他并不正式上课，只是在一个房间里放了一些学习资料，学生们三三两两地到来，谁爱拿就拿走。实际上，古平老师并不每天同他们见面，这是些神出鬼没的家伙。古平老师知道夜里那满山飘荡的鬼火就是这些家伙制造出来的。而且他不论走到哪里都闻到硫黄味。

当古平老师走进课堂时，往往有五六个，或十来个少年萎靡不振地坐在那里想心事。也许是夜里的活动对他们的心力耗费太大，他们当中有的人就伏在课桌上睡着了。

"老师，您带来了菌种吗？我们要种蘑菇。"男孩说。

"在寝室里种？你们备了土？"古平老师的脸发白了。

"不，在崖洞里。那里不见天日，我们待在那里总要做点事吧。您觉得我们做什么好？"

"那就种蘑菇吧，我明天带菌种来。"

古平老师想去同学们搞活动的地方看看，可是他们每次一走出课堂就跑掉了，追也追不上。有一回他追赶一位女同学，那女同学边跑边回头劝他不要追。他问她为什么。她回答说，他会对看到的景象感到害怕的。古平老师一犹豫，女孩就不见了。

他停下了脚步，变得心烦意乱了。又有人提到害怕了。蓉说过大家怕的都是同一件事。在墨黑的崖洞里，这些天才的少年遇见了什么？所有的人都害怕的事物出现了吗？他倒不是因为害怕而停止了追赶，他是想把机会留给学生们。机会！在他的少年时代，机会是多么匮乏啊！但那是他的优势。现在的学生直抵核心，有了另外一种优势。古平老师站在原地发呆。前方那一蓬乱草在颤动，有一个人朝他走过来了。居然是蓉。

"古平老师啊，你的学生真可爱！"

"可是他们要我明天带菌种来，我得去城里买。"

"我觉得那是暗语。"

"啊，我没想到！那么，蘑菇是怎么回事？"

"你自己就是蘑菇。你会同他们不期而遇。"

那件事过去好久了，古平老师仍然忐忑不安。他并没有找到他们所去的崖洞，也没有同他们不期而遇。难道蓉也在说暗语？这种教学表面上很轻松，实际上始终伴随着焦虑，因为一切都太看不透了。他始终在揣测：他的学生们会变成豺狼还是和平的夜莺？比如朱闪同学，她以不露面的方式接受知识，会有一种什么样的效果？有时，他觉得自己很灵活，比如同煤永老师在一块时，他就可以让自己随时掉进某个坑洞，甚至暂时消失。他为此得意。但与学生们在一起时，他却成了十足的笨蛋和绊脚石。蓉却是镇定的，她对学校的前途很乐观。古平老师再次感到蓉是他的珍宝。要是没有蓉，说不定自己已经打退堂鼓了呢。这日复一日的悬置，这说不出是恶作剧还是其他什么的行动，这坚定不移的疏离，到底是为达到什么目的？这些孩子有生活的目的吗？当他怀疑的时候，他就责备起自己来，因为他终生不变的信条是相信学生。

夫妇俩常常站在破庙的门口，他们在等信息。虽然什么都没等到，蓉的自信却慢慢感染了古平老师。看着远方缓缓下沉的夕阳，他心中开始涌动着一种强烈的情绪，他感到某种东西正在那情绪里生长。

"那个拐角上的报亭。"他冲口而出。

"那些穿黄衣服的清扫工。"蓉微笑着说。

"一切都发生过了。"

"可是我们不知道。"

他们谈论朱闪同学，谈论谢密密同学，谈论黄梅同学。他们觉得自己比什么时候都更爱这些学生。难道是这荒山影响了他们的情绪？

云雾山不动声色。一般是在清晨起雾，快中午时雾才散去。但不管是有雾还是没有，古平老师觉得自己从未看清过它的真面貌。他沉入过深深的土坑；他的脚步遍布云雾山的树林；有一夜，他和蓉甚至在这半山腰的破庙里就寝；

他的学生们满山跑；可是要他说出对这座山的看法，他还真说不出来。倒是煤永老师对它有比较明确的看法。他记得那天煤永老师对他说："这座山里头什么都有，但什么都不显露，古平老师如愿以偿了。"煤永老师的直觉是不会出错的，古平老师愉快地想起了朋友说这话时的神气。既然煤永老师和蓉都对这桩朦胧的事业有某种信心，古平老师的勇气便提升了。

他在庙里接到了校长打来的电话。但校长报了姓名后就一声不吭了。

"是为朱闪同学的事吗？"古平老师等得不耐烦了才说话。

"不，她是让我放心的女孩子。我打电话是为你古平老师，我担心你要半途而废。"

"为什么您要这样想？"

"大概因为目标太遥远吧。云雾山的阴风有可能吹掉人的斗志。我的收集火山石的老师要来支援你了，他可是久经考验的。"

放下电话，古平老师的眼里就有了泪。他看到了桌上那几块奇形怪状的石头。啊，这位年轻人已经捷足先登了，多么热情的小伙子！他没待在这里，他大约和同学们在一块，他更容易同少年们打成一片。有好多天了，古平老师一直在疑虑自己的处境，现在突然一下看到了出路，整个人都变得轻松了。

"古平！古平！"蓉在屋外叫他，"我看到你的助理了，是一位像月亮一样的小伙子。"

"月亮？"

"他全身披着月光，领着大群学生下山……他不像这个世界的人，怎么回事呢？"

"蓉，你在发抖，你病了吗？"

"我病了吗？古平老师，你要转运了。他看见我的时候，朝我点了点头。真是个有礼貌的小伙子！"

"你是怎么知道他是我助理的？我还才刚刚知道呢。"

"我一眼就看出他是个助理！"

后来他俩朝学校传达室后面的小屋走去，希望在那里遇见校长。

他们遇见的是清洁工老从，老从向他俩挥手，告诉他们校长不在。老从为什么守在这里特意告诉他们这件事？古平老师很迷惑。

"校长不愿见你。"蓉捏了捏古平老师的胳膊，"他能做的都为你做了，现在就看你的能耐了。"

他们一块回家。古平老师从心里感谢妻子，他正在逐渐明白一些内幕。他伸手摸了摸衣袋里的火山石，那块石头竟然在他手心弹跳了一下，好像在同他交流似的。真是一块好石头。

夜里，古平老师将火山石放在了枕头下面，那石头发出了一些细小的声音，很好听。"云医老师啊……"古平老师叹道。他想到他时，就感到这位同火山对过很多话的年轻人对云雾山的理解一定很深。古平老师也很想同学生们打成一片，但少年们显然更愿意同他保持疏离的关系。也许这对他们更好。难道校长提前介入了？

"你嘀咕什么啊？"蓉问道。

"这年轻人会打开局面。"

"我也这样想。"

煤永老师在云雾山下的村子里看见了农的背影。那一家是弹棉花的，门口有一口古井，古井边有棵梨树。农的身影一闪就消失在屋后。

"您是五里渠小学的老师吧？我家也有初中生在山里读书。"

户主将他请进屋，递上一碗米酒。

"那小子没日没夜地倒腾，把我的猎枪都偷走了。"

"您对我们的学校放心吗？"煤永老师问。

"为什么不放心？"他吃惊地说，"你们是顶级的！刚才来的这位女教师，我从心里服她。我一辈子没有服过什么人。说话多么得体！知识多么丰富！孩子跟着她会有长进的。"

煤永老师在心里想：农的新对象会不会是他？

但是后来，农再没出现，她从后门溜掉了。

离开那一家时,煤永老师变得神清气爽了,也许是米酒的作用。他又想到山里去转一转了。然而他刚一走上那条山路,就看见农满面春风地朝他走过来了。

"煤永,最近好吗?"她矜持地问候他。

"我还好。每天上课。您怎么样?"

"我迷上了这个地方!你听!"她的神情变得不安了。

煤永老师又听到了隐约的铃铛声。他俩默默地又等了一会儿,却没有任何人出现。

"你能原谅我吗?"她低着头说。

"当然,当然。"

坐在那块石头上时,煤永老师的心里空了。他对自己说:"女人的心是一口深井。"他承认自己并不懂得农和死去的乐明老师。他以前没有细想过这个问题。就在不久前,他甚至认为自己和农是心心相印的一对。令他欣慰的是,小蔓和农都加入了他的事业。小蔓已经上课了,听说学生的反应还很不错。一想到女儿,煤永老师又开始焦虑了:那位远行的女婿还会不会回来?他没有这种体验,所以不知道女儿是不是痛苦。从表面是看不出的,小蔓太镇定了。而且那就是她的本色,她从不隐瞒什么。现在她又投入了热烈的学校生活,从她那里更加问不出她对雨田的看法了。煤永老师有时感到自己坐在一个狭小的深坑里,外面的风景根本看不到,就像上次他同古平老师掉进去的那个坑一样。为什么以前他没注意到自己的这个弱点?这可是个很大的弱点啊。如果不是农离开了他,他到现在也不会反省。

煤永老师在大石头上坐了很久,怀着绝望中的小小希望。但是农没有再出现,他只好回家了。

那时天已黑,在校园围墙下面的水沟里,传出来两个人的对话声。

"我最喜欢晚上出来,这个时候热闹极了,你可以听到各式各样的意见,争来争去的。"谢密密说。

"你是指人们在暗处说话吗?"张丹织女士说。

"不光是人，小虾啦，小鸟啦，什么都有。"

煤永老师很想看见他俩，找来找去的就是看不到。他俩到底在什么地方说话？而且他们交谈了那两句之后就沉默了。煤永老师怀疑是自己产生了幻觉，变得有点慌张了。幸亏响起了脚步声。是校长。

"张丹织老师在操场上教谢密密踢球。真是一对勤劳的师生。煤永老师啊，你们改革的步子跨得很大嘛！"

"您说我们，还有谁？"

"当然是古平老师啦。我还会说谁？对不起，我得去赴约了。"

被校长的暧昧所激怒，煤永老师觉得又好气又好笑。他记起了那个下午，他在教师办公室里接待张丹织女士的事。难道早在那个时候，校长出于巩固他的教育事业的目的就已经在撮合他和这位女士？他是根据什么判断他和这位女士是合适的一对？何况还有校长自己同这位女士暧昧的传言呢。煤永老师熟悉校长的奇特性格，只是关于这件事，他猜不透校长的深层意图。他也懒得去猜。张丹织女士身上洋溢着少见的活力，这他已经领教过了。除此之外好像没有什么别的。

想着这些事，他不知不觉已走到了球场。

那一大一小两个身影立刻跑过来了。

"你们刚才到过围墙下的水沟边吗？"煤永老师问。

"我们一直在练球。您到底想说什么？"张丹织女士问。

明亮的月光下，穿着浅色运动服的她比平时显得更美，煤永老师感到自己有点紧张。再一看，谢密密已经不见了。

"我刚才又碰见校长了，他总在关心您。"

张丹织女士从鼻子里冷冷地哼了一声，往自己宿舍的方向走去。

煤永老师愣在原地，心里一阵阵发冷。他反问自己：他真的如此不能理解这些优秀的女性的内心吗？他多么羡慕古平老师的善解人意啊。也许像他这样的人，就该一个人孤独到死吧。他不愿马上回家，怕失眠，就在操场边的石凳上坐下了。有小动物舔他的手，定睛一看却是谢密密。

"您知道张老师为什么教我踢球吗?"

"当然知道,为了听你胡说八道嘛。"

"您不相信我。我走了,再见!"

"再见。"

月光消失了,四周变得很黑。煤永老师的内心更黑暗,他什么都想不起来了。然而有个影子藏在他心里的隐蔽处,那会是谁?他想了又想,忽然叫出了一个不太熟悉的名字:"洪鸣!"

那就是洪鸣老师,一个将一生献给了教育事业的,外表上看上去干巴巴的小学教导主任。煤永老师从前为联合组织夏令营的事同他打过两次交道。煤永老师那时被他对工作的狂热大大地感染了。那时他曾怀疑:莫非洪鸣老师有隐疾,比如肝癌之类,要从死神手中夺取时间,所以工作起来如此玩命?但是几年过去了,他仍然活得好好的。煤永老师在情绪的低谷想起了这一位,应该不是出于偶然。

从操场回家之际,他心里充满了对校长和古平老师夫妇的感激,但同时他也决定了,今后不再考虑结婚的事。一心不能二用,他有他心爱的工作,而且力图在工作中创新,这需要他付出全部心力。他这样想时,就听到洪鸣老师在暗处冷笑。那么,洪鸣老师不赞成他吗?如果是他,将会如何处理这些微妙的事呢?

煤永老师一直到进入梦乡之前也没有将他的心事理出个头绪来。他并不习惯于过一种悬置的生活,所以他的决定没有改变。他打算找机会和古平老师谈一次,让他们停止这种撮合。不知为什么,他入睡之前又一次起身站到了窗前。如他所预料的那样,他又看到了绿莹莹的灯火,往左,往右,然后渐渐后退,直至消失。很可能那是一个人,一个意志顽强的家伙,像洪鸣老师一样的人。他合拢窗帘回到床上,几分钟后就睡着了。

第二天,煤永老师的课堂上出现了奇怪的动物。似乎是,除了他,全体学生都看得见它。它在课桌上跑来跑去,它甚至飞向空中,而这些少年的视线紧盯着它。他也听见了它弄出来的小小噪音,并根据学生们的视线揣测它所在的方位。这件事倒不枯燥，但课是没法上了。

"我们能不能向它提个请求——"煤永老师说。

没有人理睬他们老师的建议，他们正紧张地观看它的表演。有的学生还从位子上站了起来，然后又开始走动。

煤永老师有点落寞，有点沮丧。他的确看不见它，总不能装作看见了吧？他应不应该离开课堂？他用目光找谢密密，但谢密密不在。

有个学生走到他面前来了，他的名字叫一听来。

"煤老师，我要休学一年了，您同意吗？"

他严肃地盯着煤永老师的脸，好像要从他脸上捕捉什么表情似的。

"为什么呢？是你的家长决定的吗？"

"不是，是我自己。我觉得我现在可以自学了，我想试试看。"

一听来说完这句话后就陷入了沉思。煤永老师的视线越过他的肩头往前看，发现学生们一个接一个地从教室里溜出去了。却原来这个一听来是有意到讲台上来的——为了挡住他的视线。

"好吧。"煤永老师叹了一口气，"你打算从哪里开始？"

"我没什么打算。也许先离家一段时间。我原来有个小朋友，他搬到北极村去了——在黑龙江省的边界上，我去找找他。"

"你父亲是什么意见？"

"他当然高兴！儿子离家了，要有出息了。"

但一听来说话时的目光很忧伤。到底发生了什么？都说这一听来是个贼，但没人不喜欢他。前些天他还同校长谈论起这个学生。当时校长说一听来是个孤儿，煤永老师没有戳穿这个谎言。一听来的父亲在砖窑干活，家里有一大群孩子，是他同好几个女人生的。平时一听来是父亲的得力助手，他离开的话家里的日子就会变得很艰难。也许这就是这小孩忧伤的原因。真是个体贴别人的孩子。

"那么，你可以把你的弟弟叫来上学吗？我觉得他可以接替你成为第二家长。我记得你说过他一直在捡煤渣。你叫他来我这里吧。"

由于煤永老师的提议，一听来的小眼睛闪闪发亮了。

"煤老师，这是真的吗？等一下，我揪揪自己的头发——没错，是真的！我要将您记在心里，永远不忘记！我要走了，我还会回来的，回来帮您管理学校。不管我在哪里，只要您一叫我，我就听见了，我就会回来。我是一听来嘛。"

忽然，煤永老师看见农在门口探了一下头。

煤永老师微笑了，好多天来，他从未像此刻这么心情舒畅。他大踏步地走出教室到了外面，他看见他的学生们都在望着天上。也许那动物飞到了空中？但在他的视野里，只有万里晴空。农不在外面，但煤永老师一点也不沮丧了，他的心在欢笑。他没有料到自己还有这么大的能耐，失恋又算得了什么呢？

球场上，张丹织老师像燕子一样飞在空中。煤永老师看到了，他喃喃地低语："我的天哪。"但他马上就看不见她了，因为学生们将她包围了。煤永老师的胸中涌出一股异样的惊讶——很久很久以前，在城里，他是不是见过这位女士？一般来说，校长是很少犯错误的。

张丹织女士没有再回避许校长，她高声地招呼他道：
"校长您好啊，我到处找您呢！"
校长鬼头鬼脑地环顾了一下四周，匆匆地走到她身边严肃地说：
"不要这么大声，这里是校园。您找我有什么事？"
"没什么事，只不过是想念您。"
"不要用这种口气说话。张丹织老师，我问您，有没有结婚的打算？"
"有啊，可是同谁结？"
"您可得抓紧，好几位女士都想出手了呢。"
校长做出警告的手势。他发现张丹织女士立刻像霜打的秧苗一样垂下了头。他急忙补充道：
"您不要错误地估计了形势，您的机会是最大的。"

校长说完就离开了，好像张丹织女士身上带了电，会击倒他一样。

张丹织女士迷惘地看着操场，拿不准校长是不是在开玩笑，莫非他深谙人心？要果然如此该有多好！

"黄梅同学，你怎么这么无精打采？"

"张老师，我难受，我的情人走了。"

"啊，多糟糕！是哪一位学生？"

"他不是学生。我才不爱学生呢。"

"我明白了。不过他能走到哪里去？他走不出你的心，对吧？并不是所有的爱情都要结婚——你可以默默地爱。"

"我也爱您，张老师！您觉得我能学花剑吗？"

"当然可以。你条件不错。"

短短的时间里，张丹织女士已经成了明星老师，男孩和女孩都为她发狂。要不是校长有禁令，他们早就跑到她的宿舍里来了。平时她在学校，身边总有四五个学生伴随。她的生活变得空前充实。

然而那件终于弄明白了的事却让她在偶尔的空闲时光里充满了惆怅。她听人说古平老师追求他的恋人追了三十多年，她可不想追那么久。这里的男人和女人都有一种从容不迫的风度，也许他们认为自己永远不会衰老？她刚发现这一点的时候确实非常惊讶。一想到自己还如此年轻，一股自嘲的情绪就涌上来了。刚才自己不是说过"并不是所有的爱情都要结婚"吗？何况煤永老师不是一般人，他是学校的元老，而且年近六十了。最重要的是，他好像对她没什么兴趣。尽管有这些判断，张丹织女士还是一厢情愿地相信校长的预言——他既然做出了这样的预言，就应该不会错。瞧，煤永老师不是过来了吗？他神采奕奕，仿佛将她看作自己的恋人一般。张丹织老师感到自己快要晕过去了。

"我在市图书馆找到那本书了，您要不要看？我可以带到教研室来。我昨天翻阅了一下，真亲切。"

"当然要看。明天下了课我们一块来读吧。"她很快地说。

煤永老师先愣了一下，接下去爽快地说：

"好啊！您知道那书里的花草让我想起了什么吗？我想起了连小火的茶园。啊，那真是个仙境般的地方！我现在几乎不敢回忆那天夜里的奇遇，一回忆就想掉泪，不知为什么。尤其是那天夜里您也在那里。那是您吗，张丹织老师？生活中的好些事，你以为它是这样的，其实却是另外一个样。"

"那是我，煤永老师没听错。"张丹织老师低声说。

"半夜里醒来，忽然听到您在门外说话，我以为是仙女下凡。"

"您在取笑我。那时我有那么点疯疯癫癫的。"

"不，绝不是取笑。那种感觉太妙了。不过我不懂得女人的心，我是个粗心的老男人。"

"为什么要这样说呢，您知道这不是事实。"

煤永老师的脸在发烧了，他没想到关于茶园的回忆竟有如此大的魔力。那位连小火的确不同凡响。这是可以理解的，因为他是张丹织女士的前男友啊。煤永老师呆看着张丹织女士，一下子无话可说了。

张丹织女士说了声"再见"，一下就走掉了。

活力又回到了煤永老师的体内。"她说不是事实，她对我有另外的看法。"煤永老师在心里对自己说，"她看到了我身上别的女人看不到的那一面。可她这么年轻，也许她是在幻想。在茶园的那一夜，她仅仅是来看连小火，还是顺便也来看看我？但我做这样的猜想，不是太自作多情了吗？她如今是明星老师，学校里的男教师，只要是单身汉，恐怕都想追求她吧。"煤永老师这样一想就变得平静了，可是一想到明天要同她一块翻看那本植物书，又还是隐隐地有点激动。有人拍了拍他的肩。

"怎么样？有进展吗？"古平老师笑盈盈地说。

"你是什么意思？"

"没别的意思。不瞒你说，当初我都差点打她的主意呢。"

"我和她不合适。"煤永老师直摇头，"不会有好结果。"

"你真是个书呆子。"古平老师叹了口气。

"朱闪同学怎么样了？"

"好得很。她住在农民家里，学会了到山里砍柴。"

告别了古平老师后，煤永老师有点神情恍惚。幸亏当时他工作压头，所以立刻就清醒过来，到办公室去了。他一直工作到深夜才回去睡觉。第二天他的课又很多。但他没忘记将那本《地中海地区植物大全》带在身边。他情绪高昂。下午五点，快放学时，他看见农走进了他的课堂，坐在后排的空位子上了。农晒黑了一些，更显出她那种精干的美。

学生们悄悄地离开了。农坐在座位上没动。煤永老师在她旁边坐下了。她将一只手放在他的手上，看着他。

"我们现在结婚不算晚吗？"

"当然，当然。"

煤永老师终于有了正常的家庭生活。他想，这就是幸福啊。共同的爱好，共同的事业，还有安全感，欣慰感。他没有问农她是如何转变的，他也没有问她那时她为何要分手。他没有问是因为他觉得问了也没有用——他已经不可能改变自己了。就随遇而安吧，人生苦短啊。

小蔓很高兴，她一直很喜欢农。

有一天，三人坐在客厅里喝茶时，雨田忽然回来了。他捧着一大捧玫瑰花来祝贺新婚夫妇。雨田变得肩膀宽宽的，似乎还长高了，他不再是以前的书生。小蔓一言不发，目光中透出欣赏。

"我马上要走，我是特地回来祝贺的。"

他们挨个同他拥抱亲吻，然后他就走了。

面对父亲和农的充满疑虑的眼光，小蔓爽快地说：

"你们不要认为我成了个苦人儿，不，不是那样！我现在很满意自己的生活，难道看不出来吗？"

"当然看得出来！"煤永老师大声说。

"在我自己新编的教材里面，我设计了一套猜谜的游戏，是日常情境中的一些心理活动。让学生们相互猜测对方的想法,然后他们自己进一步地设计新的情境。"小蔓透露她的工作计划时有点不好意思。

"青出于蓝胜于蓝啊!"农叹道。

"是爹爹的教材启发了我。他编写的擦皮鞋的那一课,我差不多能背诵了。其实我还很嫩。"

煤永老师很激动,他走向窗前,久久地看着外面的夜空。

"你在看什么呢?"农轻轻地问。

"有时会有幻觉,就像你听到铃铛声一样。"

"可铃铛声是真的啊。"

"当然。我从来没有真正理解过你,对吗?"

"不对。"

他俩回到桌边时,小蔓已经在翻看那本《地中海地区植物大全》。

"真美!我拿回去看看可以吗?"她说。

"好啊。"煤永老师慈祥地看着女儿,不再担心她了,"但是你要记得还给我,这是市图书馆的书。"

小蔓走后,煤永老师和农不约而同地将视线停留在那一大捧虎虎生辉的玫瑰花上面。这是一些奇怪的花儿,简直不太像被摘下的花儿,而是野地里怒放的那种。农打了个寒噤,她披上了毛衣。她颤声对煤永老师说:"为什么这些花儿让我有点心慌?"

煤永老师将花瓶移到厨房里,他听见农在客厅里说话。

"雨田是那种可靠的男孩吗?"

"是的。"他回答说,"我很喜欢他。小蔓那时真有眼光啊。"

"可是他离开了小蔓。"

"爱情不在于白头到老。他们爱过了。"

"你真是一位开明的爹爹。我就为这个喜欢你。我希望自己成长,可是离开了你我对自己会没有把握,我想来想去还是要同你在一起。"

"就为这个?"

"当然还有爱。"

"这我就放心了。我想告诉你的是,我已经老了,没法改变自己了。"

"没关系。我问你,你也像我一样幸福吗?"

"是啊。"

他俩又一次来到窗前。视野里只有昏黑的树影在风中摇曳,但是煤永老师的心里仍然亮起了那盏绿色的灯,那盏灯将他心里的一些阴影驱散了。农不知道关于灯的事,她从前方的视野里看见的是一匹马,那马很快就跑得看不见了。她说:"我觉得会下雨。"她心里想的却是:煤永是多么忧郁啊。她认识他的时候他就是这个样子了。黑暗中响起了校长沙哑的声音:

"两位新人,你们可不要怪罪老朋友啊!"

校长是在哪里说话?好像是在房间里,又好像是在窗户下面。

农看了看煤永老师,她看出他在沉思,就好像没听见校长说话一样。农忍不住问了他,可他点点头,说自己听到了。

"校长的话是什么意思?"

"可能是说他没有亲自来祝贺我们吧。"煤永老师微笑了。

"我爱校长。"

"我也是。几十年里从未改变过。"

"你对朱闪同学有培养计划吗?"煤永老师问古平老师。

"我给她制定的培养计划就是培养我自己。这是我最近才明白过来的。我如果不培养我自己的话,就会成为绊脚石了。"

两位老师站在河边的浅水中说话,河水轻轻地推着他们,好像在抱怨什么一样。

"农也有这样的感觉。我们心里对前途没有底,这是不是时代的特征呢?可我们自己不就是时代吗?"煤永老师说。

"也许朱闪同学才是。"

"应该都是吧,我愿意这样想。你瞧,她赶着两头猪过来了,她的腿好像受伤了。"

"朱闪同学！"古平老师喊道。

朱闪和两头猪立刻窜进树林中不见了。

"她完全不信任我。"古平老师摇摇头。

"也可能这就是她信任你的方式，只是你不习惯？"

"我希望是这样。学生们太让我惊讶了，几乎个个是天才。你有云医老师的消息吗？我很难见到他。"

"我听我女儿小蔓说起过他，好像他准备带领学生们去远征。他们要徒步走遍这一带山区。"

"他多么了不起！"

"我女儿被他迷住了。"

"他俩是天生的一对。我问你，你觉得在目前的形势之下我们应该如何做？"

"担任见证人的角色吧。我一直是这样想的。"

天阴下来了，好像要下雨，煤永老师清晰地听到了水里有人在抱怨。他和古平老师上了岸。

两人分手后，煤永老师回校园去。他边走边反复问自己："我做错了什么事？"最近他沉浸在幸福平静之中，差不多失去记忆了。既然失去了记忆，他的反省也就没有效果。他有点沉闷地上了公交车。

一上车他就看到了校长，于是一些断断续续的记忆就复活了。他走过去，有点窘迫地笑着，站在校长的座位边。

"忘记张丹织老师吧，你的那位老师也是同样优秀。这一次我看走了眼，我俩到底谁是老狐狸？"

校长大叫大嚷，旁边的乘客都看着他俩，煤永老师脸红了。

"您反应过度了，校长，我同她之间什么事也没有，不过是同事关系。"

"是啊是啊，我看走眼了！我老觉得你俩很般配。"

校长话锋一转，问煤永老师最近见到洪鸣老师没有。煤永老师说没有，还说自己对这位教导主任印象深刻。校长沉默了一会儿，表情变得忧郁起来，

115

后来忽然说：

"他很快就会来联系我们了。"

校长在半路上下了车，说想起了什么急事，要返回去。

校长走后，煤永老师松了一口气，他坐在校长坐过的座位上，好多天之后第一次回忆起了张丹织女士。他感到有点惆怅，他想，那天下课之后，张丹织女士有没有等他。她是那么热切地盼望同他一块翻阅那本植物书。看来，他自己的确不懂女人啊。那么农为什么要和他重修旧好呢？也许现在她对婚姻抱着一种凑合的想法？他记得农从前对生活中的大事从来不愿凑合。正因为这一点，他们的婚姻拖了这么多年。他记得在他们上次分手前，农从来没提到过想来小学当教师。她是一位高级园艺师，很热爱自己的工作。现在，在关于女人方面，煤永老师再也不相信自己的判断力了，他感到女人深不可测。

煤永老师一味地想心事，居然忘记了下车。他记起来农今天去云雾山授课去了，所以干脆坐车进了城。

当他走在一条常去的小街上时，忽然听见有人叫他。

是一位美貌的女士，年轻的书店老板。

"进来喝杯咖啡吧，煤永老师。我久仰您的大名，但总没机会请您。您觉得我这里环境如何？"

"店铺美，人也美，我都快陶醉了。"煤永老师轻松地坐下来。

他一边听着肖邦钢琴曲，一边打量身旁那毛茸茸的墙壁，惊叹着这种设计的大胆。他主动问女士：

"您是怎么知道我的名字的？"

"这是因为有一个人见了我就谈起您，她的苦闷没处诉说。有一天，您站在我的店铺的对面等人，我和她隔着玻璃将您看得清清楚楚。"

煤永老师什么也没说，他感到自己在颤抖，连忙喝了一口热咖啡。他说出来的是：

"请问您的名字？"

"沙门。"

"我不过是个孩子王。"

"在我的印象里您是个传奇人物。我现在明白了她的苦恼。"

"你们把我看得太高了,那完全是错觉。我在想,你们所看见的,并不是我本人,而是一种事业的光环。"

"啊,那又怎么样呢,'爱屋及乌'很好,也很神奇呀。"

煤永老师一边笑一边站了起来,他觉得很难堪,不知是由于对方炫目的美貌,还是由于心里突然涌出的懊丧。

"谢谢您,沙门女士。谢谢您的咖啡和您带给我的令人紧张的信息。我认为您不是一般人,您具有女神的气质。"

沙门女士目送他走出门外,没有再开口。

煤永老师忽然不想在城里逗留了。

他回到家时天快黑了。农在厨房里忙乎,他连忙进去帮忙。

"我今天向学生们许了愿,要让他们看到最美的微型园林,类似于人间仙境的那种。"农大声说。

"毫无疑问,毫无疑问!"煤永老师附和着她。

坐在餐桌旁时,煤永老师忽然明白了在书店时产生的懊丧情绪的性质:他后悔不该到处乱走,他已经是个有家的人了。他偷看了妻子一眼,发现她的眼神有点空洞,她冥想时总是这种眼神。大概她还在想她的人间仙境吧。此刻煤永老师有点看不起自己了,他竭力压制着这种不太好的感觉。

"我真想加入你的项目,可惜我对园艺一窍不通。但我会加紧钻研。"

虽然他说这话时声音很轻,却令农的肩头一抖,仿佛从梦中惊醒一样。她脸上的表情立刻舒展开来。

"我要通过人工技艺造出新奇的自然美。"她说。

"我一直认为你具有这种高超的才能。"

第六章　朱闪同学

那时朱闪住在乡下,她的爹爹在城里做建筑工,很少回家。朱闪的妈妈很早就因病过世了,她同奶奶相依为命。朱闪上小学了,可是学校离她家很远,还要爬山路,很不安全。开始是奶奶接送,后来奶奶摔断了腿,她就辍学了。日子变得又艰难又可怕。天一黑,朱闪就觉得那头黑熊要来袭击她和她奶奶,即使早早地关上了大门她还是簌簌发抖。每天她都要反复检查窗户。

白天里她忙上忙下,顾不上陪躺在破被子里的奶奶。有时候,她无意中往那床上一看,看见奶奶变成了黑熊,正在啃被子里头的棉絮。她不敢叫,也不敢动,好像全身的骨头被抽掉了一样。这种事发生过三次,每次都是奶奶叫她她才清醒过来。

八月里的一天,一位面色苍白的中年女人来到了朱闪家,她对朱闪说自己是朱闪的姨妈,早年嫁到城里去了的那一位。她还说她不放心朱闪,这一次是特意来将朱闪和奶奶接到城里去的。

朱闪茫然地看着姨妈,心里发慌。

到了下午,爹爹也回来了。爹爹背起奶奶就往火车站去,姨妈则背着大包袱在他们旁边走。朱闪跟在他们后面跑,跑得脚很疼。

"小闪小闪,你要转运了啊。"奶奶在爹爹背上一个劲地说这句话。

姨妈大概很有钱,给奶奶和她买的卧铺票。朱闪从来没坐过火车,更不要说坐卧铺了。

因为太累,火车一开朱闪就在卧铺上睡着了。她睡得很香。

她醒来时已经是第二天早上。车厢里空空的,一个人都没有,她跑到别的车厢去看,发现从车头到车尾都没有一个人。她拿着小包袱下了列车,蹲在铁轨旁轻轻地哭了起来。

有一个工人模样的男子在对面的小树林那里看着她哭。当她哭够了时,那人就走拢来了。

"我是来接你的。"

她眼泪巴巴地看着那人,没有说话。

"是校长要我来的。你可以到一所很好的小学去学习了,当一名寄宿生。你叫朱闪吧?你的名字很有意义。"

"校长是谁啊,叔叔?"

"是你姨妈的一位远亲。"

朱闪就这样进入了五里渠小学。她做过很多关于校长的梦,当她梦见在山里砍柴时,校长就出现了。校长是鹰,降落在她的脚边,反复做飞翔的示范动作,明明是在怂恿她。但她飞不起来,急得大哭。

大约过了三年,有一天,朱闪偶然在大澡堂旁的更衣室的镜子里看见了自己。她简直不敢相信自己的眼睛,难道她变得这么好看了?她问旁边的黄梅自己是不是镜子里的模样,黄梅回答说当然是,而且比镜子里那一位好看。于是她脸红了,她的心在胸膛里怦怦跳个不停。

那天夜里她失眠了,满脑海里都是校长的音容笑貌。她还在心里模仿校长对自己说话:"朱闪同学,你已经尽力了吗?"她后悔三年前自己没有向那位来接她到五里渠小学的叔叔打听校长的情况。后来她问过校长,校长矢口否认他是她姨妈的亲戚。他说是一位铁路工人将她送来的,因为那人见她一个人孤零零的,怕她出事。"同我一点关系都没有。"校长微笑着说。朱闪虽然很失望，但她不相信校长的话，她更愿意相信铁路工人告诉她的情况。实际上，入学不久，这位敏感的小姑娘就感到了校长对她是关注的。但是他对别的学生也关注啊。他具有惊人的记忆力，记得每个学生的名字。

与朱闪住在一个房间里的黄梅同学性情与她迥异，朱闪羡慕黄梅的大胆暴烈。黄梅已经向她的梦中情人表白过一次了，虽然没得到回应，毕竟信息已经传达给对方了。然而对于朱闪来说，这是她连想都不敢想的事。作为寄宿生，她经常在校园里遇见校长，她装出不在乎的样子，其实呢，她差点要晕过去了。每次都这样。她不能同校长太接近，只要一接近就紧张。然而，她多么盼望哪一天校长来拍拍她的头，或拉拉她的手啊！要是那样的话，她的全身都要发抖。前不久在校园里，校长装作不认识她了，还问她叫什么名字。她鼓起勇气说出了"我爱您"三个字，可是连她自己也听得出，那是客套话，而且校长马上用客套话回应了她。她当时装出要跌倒的样子，校长扶了她一把。校长只是出于对学生的爱护，她的计谋丝毫没起作用。她不过是一个小姑娘，一个再卑微不过的人，还能怎样？想到这里，她恨死自己了，一连说了三句"真卑鄙"。后来又发生了捡蘑菇的事，那一次倒是正常的相遇。但她为什么要将牛肝菌说成是妈妈呢？完全是牛头不对马嘴。幸亏校长从不大惊小怪，马上顺着她编的故事讲下去。可是她为什么就想不出好一点的事来说呢？唉唉，唉唉！朱闪的心被压抑得快要窒息了。

来到云雾山上学是她生活中的一件大事情。朱闪忽然一下子就感到自己的身体变得有力量了。她自作主张地住进了山民的家中。那一家的户主是猎人，家里有两个同朱闪年龄相仿的小姑娘。朱闪以前也是住在山里，所以对这个家里的家务活非常熟悉。两个女孩在邻近的小学上学，她们对朱闪很佩服，因为她已经是初中生了。

"你们到山里来，将沉睡的云雾山吵醒了。"那家的爹爹说，"每一块岩石，每一层泥土全醒了。有的岩石已经沉睡了一万年呢。"

"叔叔，您能带我去看看那块沉睡了一万年的石头吗？"

"当然可以啊。"迟叔欣然答应。

当朱闪看见那块大石头时,她立刻全身伏下去,将耳朵紧贴岩石,闭上了眼睛。带她来的迟叔离开她打猎去了。

朱闪听到很多声音在吵闹,那个令她心悸的声音则时不时在外围响起,像是劝解,又像是怂恿。朱闪一边仔细倾听,一边轻轻地、吃惊似的说:"一万年是多久,一万年啊……"但外围的那个声音丝毫不受朱闪的影响,它是那个圈子里的权威。它说了好多令朱闪心潮澎湃的话,朱闪不太听得懂,但还是激动不已。

"这是哪位同学在这里睡着了啊。"有人在她上面说话了。

是大家所爱戴的云老师。朱闪一下子就跳起来了。

"云老师,您能告诉我那些火山同这座山有什么不同吗?"

"原来是你!什么不同?所有的山都是火山。"他严肃地说,"它们的喷发是你我所看不到的。你认为是这样吗?"

"我想,正是这样。不过我还是想看——我有希望吗?"

"你完全有希望。你这么年轻。你刚才大概听到了。"

"你猜我听到了什么。"

"我不猜。一般来说,你想听什么就能听见什么,那是你心底的声音。火山爆发的时候……不,我不说了,你刚才都听见了。"

师生俩走在树林深处,各式各样的鸟鸣此起彼伏。朱闪感到很陶醉,那种孤独的感觉完全被驱散了。她抓住一个说话的空当,鼓起勇气问云医老师:

"那么您认为我们校长会对这些事感兴趣吗?他会不会不赞成我们所做的这些个实验呢?"

"完全有可能。校长是个难以捉摸的人。他就像这些松蘑一样,总是只在苔藓下面露出一小块……朱闪同学,你怕不怕校长?他可是这所学校的创始人啊。我从来弄不清他的意图。你瞧,我俩是师生,却在背后议论校长。不过我是尊敬他的。"

"我一点都不怕校长。唉唉。"

"为什么叹气?"

121

"他一点都不注意我。"

"如果你有这样的感觉,那就说明他一直在培养你,你是他重点培养的学生。"

"老师,您的道理太奇怪。他没理由要培养我嘛。"

"当然有理由。你要相信我。瞧,你的叔叔来了。"

迟叔喜笑颜开地朝他俩走来,他的网袋里有两只野鸡。朱闪两颊绯红,蹦蹦跳跳地从迟叔手里接过野鸡,发出一阵阵哈哈大笑。

他俩走了好远后云医老师还在揣摩朱闪的话。他觉得这个小姑娘是校长在他周围安插的耳目。校长到底是要他激进,还是要他扼制自己的热情?云医老师觉得两方面的理由同样充足。

朱闪悄悄地回过一次原来的宿舍。黄梅一个人坐在桌边写作业,原来的那张床还没有拆掉,空在那里。

"到夜里这里就像坟墓。"黄梅压低了声音说。

"你想不想跑开,同我一块去山里,住到迟叔家里去?"

黄梅摇着头拒绝了。她的脸在灯光下显得很苍白。朱闪感到,分开后黄梅一下子成熟了,比她自己成熟得多。

"我啊,只能待在这里。这件事是我慢慢想通的。我坐在这里想啊想啊,有一天忽然就想通了。我觉得自己的运气真好。朱闪,你有没有过这样的感觉?"

"你是说运气?有的,我的运气也很好。天哪!"

朱闪感叹不已。她回忆着同校长之间的那些瞬间。朱闪变得神情恍惚了,她听得见黄梅在说话,但她不知道她说什么。黄梅的声音时高时低,好像窗外还有个人在同她讲话。后来她忽然尖叫了一声,朱闪立刻清醒过来了。

"我们到校园里去走走吧。"黄梅说。

"太晚了,我们还是睡觉吧。"朱闪有点疲倦。

"不,不晚。我们随便走走。"

黄梅几乎是拖着她出了宿舍。

一进操场她们就看到了校长的身影。因为操场上空空荡荡的，校长穿着他常穿的浅色外衣，所以很显眼。但他不是一个人，有一位女士同他一块散步。黄梅轻声对朱闪说：

"你瞧，又一位新人！"

"什么叫'又一位'？"朱闪问。

"因为每次都不同啊。"

"我们回宿舍吧。"

朱闪一钻进黄梅的被窝，很快就入梦了。她的梦里有好几位校长，模样都很相似。每当她同其中的一位相遇，她就模仿他的口气说些这样的话："朱闪同学的嗓子真好！""朱闪同学有些什么样的人生计划，愿意讨论一下吗？""朱闪同学，我从你姨妈那里听说了很多关于你的事。"每听见一位校长说一句，她心里的渴望与欢欣就增加一些。蓝天白云包裹着她，她真想唱歌啊。

黄梅还在睡梦中朱闪就溜出了宿舍。她是从学校的边门出去的，因为怕碰见校长。

"阿闪快吃早饭吧。跑了这么远一定饿了。"迟叔笑眯眯地说。

"您怎么知道我在跑？"朱闪吃了一惊。

"我是猎人，世上还有我听不到的响动吗？你是从学校一直跑回来的。我听到脚步声，就对菊香和梅香说：'阿闪真了不起，阿闪经得起风浪了。'我刚一说完你就回来了。"

朱闪看见菊香和梅香在向她做鬼脸，她俩正要上学去。

她们走后，迟叔就问朱闪愿不愿意听关于校长的故事。

"哪个校长？"

"当然是你们的校长。"

"好。"朱闪懒洋洋地说。

"那时我很厌倦，不想打猎了，心里起了念头要搬到城里去住，我有个舅舅在城里开理发店。我正在做搬家的准备，校长就来了。校长眼神忧郁地看着我，看得我心里发怵。我说：'您有什么话就说嘛。'他就说了一大通，

123

说些什么我记不起了，大意是云雾山正在慢慢死去，这种情形很久了，现在猎人都要走了，山里到处是枯树。这座山这么年轻，怎么就要死了呢？因为他唠叨不休，我心里更难受了，终于憋不住大吼了一声：'不走了！'校长这才住了口，冷笑着离开了我家。你们的校长，他是个人物。"

朱闪听得入迷，稀饭也忘了喝，喃喃地说：

"一座大山怎么能没有猎人呢？"

"阿闪，你会不会是校长的女儿？你同他一模一样啊。"

"怎么会？不可能。"朱闪生气地说。

"啊，不要生气。我的意思是说，你的性情就像校长的亲生女儿。"

朱闪扑哧一声笑了出来：

"迟叔迟叔，您再给我讲讲吧，校长后来怎么样了。"

"可是我的故事讲完了。从那以后我再没有见到他，也许他在躲着我吧。如今的世界啊，你就是看不透。我早就不想做猎人了，太血腥了。可要是我不做猎人，山里的野猪就会越来越多，住在山下的人就会很危险。"

迟叔还在说，但朱闪的思维活跃起来，跑到很远去了。从昨夜开始的低迷完全消失了。她在心里反复对自己说："真的吗？真的吗？我真的像他吗？迟叔是怎么看出来的？"

朱闪收拾好房间后就去喂那两头猪。那是迟叔驯养的两头小野猪，还未满月的小家伙。它们的母亲失踪了。她给小野猪喂了牛奶。

迟叔家的后院是个小动物园，狗啊，猫啊，蛇啊，鹦鹉啊，家猪啊，母牛啊，野鸡啊，共有十几种动物。当初她就是看中了这个动物园才加入迟叔的家庭的。虽然家务活很多，但朱闪觉得生活在这个家庭里真是太美妙了。除了猪、狗，还有羊，迟叔不让她喂别的动物，怕她弄错。那两头小黑猪已成了她的好朋友，她每天赶着它们往山上跑，往河边跑，往树林里跑。她一边跑一边唱，心里想，要是遇见校长就好了！不知为什么，当她今天喂那两只羊的时候，她老觉得校长一定会光临这个家庭。迟叔不会无端地讲起校长的故事来的，他一定有一些秘密没告诉她，那些秘密同她有关。实际上，梅香和菊香也提到过校长。她们说那时校长来过她们家好几次，可是五里渠小学离她们家太远了，爹爹又不愿意她俩住校，就把她俩送到了现在的小学。

朱闪把小黑猪和三只羊喂饱了就准备去上课了。今天的课堂不是在庙里，而是在河滩上，古平老师还安排了让她在课后给大家唱山歌。当她背着书包走出门时，发生了一件事。

一名中年男子站在迟叔家的后院里，他正在逗弄那两条眼镜蛇。两条蛇都听到了他发出的信号，它们正立在铁笼中摇头晃脑地跳舞。朱闪从未见过这种奇异的蛇舞，她看呆了。于是她课也不去上了，一直站在那里。她要看个究竟。虽然那人将嘴唇撮出各种形状，但朱闪听不到他发出的声音，只有蛇听得到。蛇越来越疯狂，两条都好像要从高大的铁笼里飞出来一样。朱闪心里直为它俩着急。当然，笼子的门闩上了，它们出不来。

那人终于累了，走开去不再逗它们。两条蛇都软绵绵地盘在笼子里，一动不动了。但朱闪知道它们还在警惕着，难道这人吹的是夺命的口哨，抑或是它们听到了同类的呼唤？迟叔为什么要将这么美丽的动物关在铁笼里呢？

"你是五里渠小学的学生吧？我是洪老师，是你们校长的老朋友。我问你一个问题：你愿不愿意放走这两条蛇？"

朱闪迟疑了一会儿，回答说：

"这是我叔叔的蛇，我不知道自己应不应该放走它们。"

洪老师笑起来，说：

"你叔叔是要让你来决定是继续关押还是放走它们。"

"真的吗？"

"当然是真的。我刚才同他见过面，你瞧，他给了我这些花种。他是位万事通，几乎同你们校长一样见多识广呢。"

"您是校长的老朋友吗？"朱闪热切地问。

"确切地说是对手。我是一所学校的教导主任。我爱你们的校长，他是个不屈不挠的人。"

125

"我已经决定了要放走它们。它们真可爱。"

"好。等一会儿我告诉你叔叔,他一般在夜间做这件事。"

洪老师走出迟叔的家门后没有沿着小路去河边,他朝着山顶爬上去了。朱闪看见他爬起山来简直像腾云驾雾,一会儿就不见他的身影了。她心里想,这个人是校长的对手,也许他击败过校长。她觉得他是一个有威慑力的人。懂得蛇的语言的人,绝不是一般的人。

朱闪在厨房里准备猪食时,云医老师来了。

"真可惜啊,朱闪同学!你为什么不去上课?大家都站在河边等你去唱歌,等了好久。"他说。

朱闪回过身来,吓了一大跳,因为那两条蛇就挂在云医老师的肩上,缠着他的脖子。朱闪簌簌发抖。

"别害怕,我早就同它们是好朋友了,连迟叔都不知道这件事。"

"我打算放走它们。"朱闪连忙说。

"我可以代替迟叔做这件事。你告诉他一声吧,我走了。"

朱闪一边喂猪一边想校长和洪老师的关系是怎么回事,想着想着就高兴起来,因为她觉得,校长的这个对手(或敌人)是他的真正的朋友。校长本人也许还不知道,她朱闪却已经提前知道了这个秘密!啊,多么碰巧,她无意中掌握了校长的一个秘密!

迟叔回来做晚饭了,朱闪在旁边帮忙烧火。

"阿闪,你把我的老朋友赶出去了!"他大声说。

"它们是同它们的朋友一块走的。"

"就算是吧。我们这里要变得寂寞了。"

梅香和菊香同朱闪睡在一间大房里,那本来是她们父母的房间,母亲去世后,爹爹就搬到小房间里去了。现在三个女孩一人一张小床。不知为什么,已经到了深夜,三个人还是翻来覆去地睡不着。然后朱闪就听见了那一声惨叫。她从床上蹦了起来。梅香和菊香也起来了。她们没有点灯,三人共用一支手电筒从房里溜出去了。

"我听出来是云医老师的声音，云医老师白天将我们的蛇放生了。他怎么可能出事啊？"朱闪一边说一边发抖。

"应该是在枫树林那边。"梅香肯定地说。

她们都熟悉山路，所以很快找到了云医老师。只见他躺在枯叶上，裸露的胳膊肿得厉害。

"我们接您回家来了。迟叔有治蛇毒的药。"朱闪说。

"胡说，我不需要蛇药，我不会有事的。今夜的月亮多么亮，我真幸福，生活多美好！"

"它们爱您吗？"朱闪看着他的眼睛说。

"对。你怎么知道的？你是个女巫吗？"

三个女孩齐心合力，猛地一下将云医老师从地上拖起来，推着他往家里走。云医老师一路哀号："天哪，我被绑架了！"

她们远远地就看见家里的灯亮着，爹爹已经在门口等着了。

"您的艳福不浅啊。"迟叔说。

"她们弄错了，破坏了我的美好夜晚。"

"让我看看伤口……啊，很好，您将毒素吸收了，您该多么了不起。像您这样的人世界上只有两位。"

"那另外一位——"

"就在您面前嘛。您愿意在敝舍休息吗？"

"不，我不休息。我要在月光下走回家去。"

云医老师摇摇晃晃地走出了院子，走到外面去了。朱闪站在门口的黑暗处，吃惊得合不拢嘴。她于神情恍惚中听到了迟叔的声音。迟叔好像是站在院子里说话：

"阿闪，你对自己的机会把握得很好啊。"

朱闪的姨妈从城里来看她了。姨妈一来就到后院逗弄那几只鹦鹉，逗得它们大喊大叫。它们说得最多的是："许校长，有朋友看您来了！""加油，老姨妈！""姨妈，您把您的侄女丢在哪里了？""校长到了死亡谷！"

朱闪听着听着，忽然明白过来：这几只鸟儿也许原先是养在姨妈家里的，要不就是养在校长家里的。她忍不住问姨妈了，姨妈笑着摇头。

"我也是第一次见到这三只鸟儿，而且我根本不认识你们校长。那一次在火车上，你提前下车了，我和奶奶找不到你。后来是我的同事将你送到五里渠小学的——我早就为你安排了这所小学。这几年我一直想来看望你，可是你奶奶病得厉害，我不能走开不管，对吧？上星期她去世了，她嘱咐我不要让你参加葬礼。你瞧，我们都生怕打扰你。你在最好的学校里学习，我们都很放心。"

朱闪噙着眼泪，隔一会儿叹一句："啊，奶奶！""啊，姨妈！""啊……"

"不要这样多愁善感。"姨妈边说边做了一个果断的手势。

姨妈在迟叔家吃中饭，迟叔也在家。朱闪老觉得他们俩相识，但他俩都否认了。一吃完饭姨妈就提出让朱闪去她家看看，朱闪很激动。她想，姨妈终于要走进她的生活了，这可是她的亲姨妈啊。朱闪小的时候见过她一次，村里人都说她是一位大美女。现在当然一点都看不出来了，朱闪觉得她的模样很像一只啄木鸟。一想到啄木鸟，朱闪又记起了鹦鹉。也许从前校长是姨妈的情人，姨妈才放心地将她安置在这个学校的。这是多么浪漫的亲戚关系啊。

公交车上很拥挤，朱闪和姨妈都站着。姨妈面无表情，两眼茫茫。由于她一言不发，朱闪也不敢问她什么事。直到下了车，走上了人行道，姨妈才同她说话。

"车上到处是那种人，我不敢对你说话。"姨妈轻轻地说。

"什么人？"

"侦探一类的。现在这世道，每个人都盼着他人吐露心声。"

"为什么啊？"

"因为寂寞啊。你在学校里是不会有这种感觉的，那所学校是世外桃源，校长将每个人都弄得晕头晕脑。"

"看来姨妈同校长很熟嘛。"

"我是听人说的。你瞧,我们到了,这就是我的家。"

姨妈将朱闪带进了街边人行道上的一个报刊亭。那亭子并不大,居然可以一分为二地隔开,前面放书报,后面有张小床,还有电炉子可以烧水煮茶。她俩坐在姨妈软和干净的床上。外面车水马龙,噪声很大。喝了一杯香茶后,朱闪产生了幻觉,好像这亭子正在升腾,她们浮到了半空一样。朱闪不由得说:"姨妈的生活真有趣!"

"因为我胆小。你奶奶死后,我就住到街上来了。"

"我姨爹在家里吗?"

"你没有姨爹。我是从家里跑出来的。年轻时有一个人给了我勇气,我就独立了。我热爱我的事业——小小的报刊亭。"

"这里的确不错。"朱闪很同意姨妈。

她感到铁皮屋嘡的一声落到了地上。朱闪恳求姨妈说:

"讲讲您的恋爱的故事吧。"

"如果我没有猜错的话,小闪也想恋爱了吧?好,我讲给你听。我同那人是在集市上相遇的,那一天我是去卖我的绣品。他不是什么美男子,看上去还有点老。他来挑我的绣品,挑了两样我就爱上他了。后来我就从家里跑出去了,他帮助了我。我有了工作,我和他并没有住在一起,可我就是死心塌地地爱他!为什么?因为他是那种人——闪闪发光,充满热力。那个时候追求你姨妈的人有很多,他就主动疏远我了,他说我应该有充分的自由。我的确很自由,可我挑来挑去的,并没有挑到我心爱的人。慢慢地我就老了。你瞧,阴错阳差。不过我这辈子过得真潇洒。哈哈,那些实验性的夜晚!"

"什么叫实验性的夜晚?"

"就是年轻的男子和女子相拥在一口棺材里试睡。我睡着了两次,他们说我是有福之人。"

"他在哪里?您睡棺材时他在哪里?"朱闪急煎煎地问。

"大概在享受他的自由吧,他的女人可不少。"

有人在外面用力擂门，姨妈连忙出去了。

是一个乞丐老头，从这里买走了一大堆报刊。

"他啊，原先是我的情人！"姨妈说出这句话时不好意思地红了脸。

但朱闪听了肃然起敬。

乞丐走后又来了两个戴眼镜的男子，他们一人买了一份报纸。

"我的报刊亭是城里最美的！"姨妈兴奋地说。

不断地有路人来买报纸。每逢遇见熟人，姨妈就骄傲地向他们介绍："这是我的侄女！"于是那些人就大惊小怪地叫起来："啊，她长得同您当年一模一样！真是个美人坯子！"

朱闪在姨妈这里很快活。报刊亭关门后，她俩就去大排档吃了夜宵，后来又吃了西瓜。朱闪对城市的夜生活充满了好奇。她们还一块逛了书店，姨妈买了两张老唱片，说是要"怀一怀旧"。朱闪等待着，她知道亭子里那张窄床睡不下两个人，她想让姨妈带她去她家。

当她俩走进一条黑黑的小街时，姨妈忽然说："我们到了！"

姨妈牵着她的手摸黑推开了门。是一间不大不小的平房，里面有点凌乱，灯光昏暗。靠墙放着一张大床，一个半老的男子正从床上爬起来。

"你们晚上吃了什么？"他发出含糊的声音。

"我们吃了大排档。"

"我也想吃大排档。我这就回家去。"

男子走了后，姨妈将他睡过的被子和褥子塞进一口木箱，另外换了一套被褥。她问朱闪怕不怕冷。朱闪说不怕。实际上，房间里有点热。

"这个人是个老鳏夫，自己有房子，偏喜欢待在我家。"

"姨妈爱不爱他？"

"有点爱吧。我们在一起几十年了，怎么会没有一点爱？不过我更爱在报刊亭过夜，街上的喧闹让人感觉自由。小闪，你去洗澡吧。"

朱闪在姨妈那个黑咕隆咚的卫生间里洗了淋浴，换上了姨妈给她的睡衣。因为很舒适，她立刻被瞌睡袭击了。她的头一挨枕头就睡着了，根本不知道姨妈什么时候上的床。

半夜里朱闪被一种响声弄醒了，是姨妈在房里走动，朽烂的地板发出吱吱的声音。

"姨妈？"

"小闪，你真是前程无量啊。"

"姨妈，我不明白。"

"你已经明白了。"

"姨妈，您睡不着吗？"

"是我自己不愿睡着。我已经六十二岁了，睡一个小时就少一个小时。"

姨妈不再讲话了。朱闪迷迷糊糊地进入梦乡，隔一会儿又被惊醒一次，每次都是被地板的响声惊醒。房间里的温度有点高，可能因为这个，朱闪的梦里有大火，姨妈站在火里头朝她挥动手臂。直到天快亮朱闪才进入了熟睡中。

朱闪醒来时看见姨妈扶着门，正在对门外的一个人讲话。啊，是教导主任洪老师！洪老师很激动，说了一些猛烈抨击的话，姨妈也附和着他。朱闪想，难道他俩在攻击校长？就在昨天，她还以为姨妈真正的情人是校长呢。她连忙闭上眼一动不动，她想偷听到更多的内情，忍也忍不住。

"朱闪同学，你可要听姨妈的话啊！"洪老师高声说。

他说完这句话就告辞了。

朱闪连忙起床，洗漱，梳头，对着大圆镜左看右看。

"别照了，快吃饭。"姨妈说。

闷头吃完早餐，朱闪忍不住问姨妈道：

"洪老师是骂校长吗？"

"是啊。他要去抢占你们学校的山头，他是一个有竞争力的对手。他是个美男子，小闪看出来了吗？"

"我没看出来。"朱闪心事重重地回答，"你们想搞垮校长？"

"这是不可能的。你骂他，他就垮了？实际上，我们越骂他，他越强大！洪鸣老师可不是一般的人。"

"他懂得蛇语。"朱闪有点沮丧地说。

她俩去报刊亭的路上,朱闪又看见了那位老乞丐,他正在买馒头吃。他身上的衣服很脏,头发胡子也有点脏,朱闪觉得他配不上爱清洁的姨妈。当然,爱或不爱不能用清洁这类事来衡量。他也看见了朱闪,他馒头也不买了,一直朝她们奔过来。跑到了她们面前,他对姨妈说:

"我要和侄女说句话!"

"你说,你说。"姨妈淡淡一笑,走到旁边去了。

"我真是吃惊啊,小闪,你长得太像你姨妈了!"

这位自称"老常"的老头用贪婪的目光睃着朱闪,朱闪不高兴地沉下了脸。

"我要送小妹妹一串项链,我昨天就买好了的。"

他从脏兮兮的口袋里拿出一个纸包,硬塞到朱闪的手中,然后就大步流星地走掉了。

"姨妈!姨妈!"

"呢?"

"这个东西,他给的,我不要。"朱闪委屈地说。

"为什么不要?"姨妈扬了扬眉毛,拿过纸包,拆开来,"这是成色很好的珍珠,多么美!当年他没有勇气送给我。"

"那我就更不能要了。"

"拿着,它会给你带来好运。这就是爱,小闪不是在追求它吗?"

"那么,您和老常,从来没亲近过吗?"

"没有。我们彼此心相通。"

"天哪。"

朱闪不由自主地将项链贴着自己的心窝。姨妈笑了。

朱闪终于在坟山那里遇见校长了。她到这里来是因为她知道校长常来,她是来碰运气的,结果就碰上了。

"朱闪同学,你的项链真漂亮!"校长笑眯眯地说。

"是——吗?"朱闪有意拖长了声音。

"你应该去当歌唱演员。"

校长在墓碑旁的石凳上坐下了,朱闪坐在他的对面。朱闪发现校长老了一些,而且有点憔悴。她想,校长该有多么累!

"我从姨妈那里回来了。您是认识她的,对吗?"朱闪说。

"你的姨妈是男人的梦,你将来就会懂得的。"他轻轻地说,"你看我现在哪里有时间做梦,我被压榨得快发狂了。"

"是洪老师逼迫您吗?"

"对!朱闪同学,你太聪明了!去学习声乐吧,唱出我们的心声。张丹织老师的父亲是——"

"校长,我得赶紧走了。再见!"

她飞快地跑下了坡,回到她原先的宿舍。

黄梅不在宿舍里,桌子上放着好几大本数学书,看来她迷上了数学。朱闪知道她制定了按部就班地学习的计划,心里很佩服她。朱闪还有点疑惑:古平老师是有妇之夫,他的妻子是朱闪的偶像,万一黄梅去追求他,她该怎么办?值得欣慰的是,这段时间,黄梅不再提及古平老师了,她似乎变得平静了。不过也许这就是爱的力量?朱闪阴沉地回忆起校长刚才对她说的话,心里慌得厉害。校长不爱姨妈了,因为姨妈老了。她朱闪长得像姨妈又有什么用?校长被那么多的女人追求,流言蜚语满天下,连她和黄梅都听到过,他哪里还会记得姨妈?不过也许她真该去学习声乐,但她又舍不得离开云雾山。姨妈给了她一些钱,她能不能去买些资料来学习一下,在这山上自己教自己唱歌?校长不是说"唱出我们的心声"吗?她觉得自己总有一天能做到这一点。

"朱闪,你真美!你不知道自己很美吗?"黄梅进来了。

"我现在知道了。不过这并不令人羡慕,对吧?"

"胡说。比如我,就羡慕你。"

"送我项链的人爱的不是我。"

"他是因为你美才送给你，美是令人羡慕的。"

"有的人，从外表看去并不美，为什么我们会觉得他美？"

"哈，原来朱闪也在想同样的问题——他是谁？"

"我不知道。也许他不存在。迟叔就很美，虽然我不爱他。啊，我要回去做家务了，我出来得太久了。"

她一进院子就看见了云医老师。蛇的笼子搬到前面来了，那两条蛇躺在笼子里，云医老师蹲在那里逗它们。这是怎么回事？

"是它们自己要回来的，它们来访问旧居，我来访问它们。"

云医老师蒙 的眼神像喝醉了一样。

朱闪听见了小黑猪的声音，跳起来跑到那边去给它们喂食。她一边喂一边想，小黑猪们会不会也从家里出走？要是它们跑了出去，找不到东西吃，那该有多么惨！

"阿闪，不要离开云雾山。"迟叔说。

"当然不会离开。"

"这就对了。云雾山不能没有歌女。"

"迟叔真是消息灵通啊，我还没打定主意呢。"

夜里，朱闪坐在坡上的那块大石头上。黑暗处，鸟儿们在梦中弄出细小的响声，山风应和着，一来一往。朱闪在想象中唱歌，每当她唱完一曲，岩石就抖动一下。唱完第四首歌时，她已经打定了主意，明天就去剧团找张丹织老师的父亲，就说是校长介绍她去的。

朱闪看见了云医老师的身影，就叫了他一声。

"我刚才从迟叔那里出来，我舍不得那两位美人。它们是为了我才待在那笼子里的，那里头很不舒服。你坐在这黑地里想些什么？"

"想我的妈妈，她离开我十年了。要是她现在看见我，您认为她会怎么想？大概非常失望吧？"

"有可能。我们总是令爱我们的人失望。比如校长，他希望我带领同学们从事科学探索，我却撇下教学，爱上了两条毒蛇。"

朱闪轻轻地笑起来，她感到这位老师说起话来如同唱歌。云雾山中有数不清的像歌谣一样美的事物。

云医老师在树林里走远了，然而还听得见他弄出的响声，那响声既含糊又悠长，很难形容。也许类似于她小时候观察那只山鹰时听到的声音——从地底响起的声音。前几天她想问云医老师是否接近过火山口的岩浆，可是她张了张口没有问出来，巨大的恐惧令她全身发抖。过后她想，要是她到了云医老师的年龄，大概就不会发抖了。

她回到迟叔家时，在院子里听见了女声二重唱。是菊香和梅香。

迟叔像影子一样出现了。

"校长刚才来电话了，询问那两条蛇的行踪。我告诉了他云医老师受伤的事。他好像对他特别满意。他说这位青年教师是'爱的化身'。他是否有点言过其实？"

"他说得对啊。迟叔，您也是爱的化身。"

第七章　小煤老师的雄心

学生们都称小蔓为"小煤老师"。她的教学很快就上路了。不知道是不是因为她父亲，这些学生对小蔓有种天然的亲近感。

小蔓和雨田分手前有过一次长时间的谈心，他们谈的是小蔓未来的事业。那一次，他俩回到从前一块就读的大学，在图书馆前的那条小路上走过来走过去，时间是深夜。两人都像初恋时一般兴奋，但兴奋的性质却同那时不一样。

小蔓记得当时自己信誓旦旦，说要编出一套最美的活教材，让学生们在擦皮鞋这样的小事上头充满激情。这是一套可以让学生们自己来编的教材，每个人都可以按自己的喜好去做。

"你的意思是说，让每个学生经历一次非洲土著的生活？"雨田问。

"对，就是这意思。我有一位天才的学生，也许是非洲土著，也许是澳洲毛利族，他一直在帮我父亲完善他的教材，就是他启发了我。"

"我太高兴了，小蔓。你在此地探险，我在非洲大地游荡。现在我俩都找到了更大的幸福。"

一开始，小蔓对自己要做的事并没有很清楚的概念，她只是受到了很深的感染，被一种潜在的躁动冲击着。后来，是天才学生谢密密刺激了她的灵感。她发现这位学生对于自己想要学什么样的知识有比她更明确的把握，她是在他的暗示之下进入那种教学境界的。啊，那是什么样的境界啊，魂牵梦萦，一波接一波的奇思异想！

也许是这项工作吸去了她的全部注意力，所以她甚至没太注意到雨田已不在自己身边。一晃眼一年就过去了，她仍然沉浸在创新的狂喜之中。她的爹爹知道她的精神状况，所以一点也不为她担心，只是暗中期待着。

小煤老师的教学成了学校的亮点，学生们跃跃欲试，每个人都被调动起来了。他们争相显示创造力和理解力。小煤老师的教材有几个这样的策划（她喜欢"策划"这个词）：第一，让学生学习做一个修鞋匠，不是练修理手艺，而是练眼神。让学生自己判断能不能向顾客传达自己的心声。第二，让学生蒙上双眼模仿盲人在山里随便乱走，看看自己究竟能走多远，有没有厌倦的时候。第三，让一部分学生观察本地气候，做出全面的总结。然后让另一部分学生彻底推翻这些观察结论，造出人工小气候，甚至达到"呼风唤雨"的高峰。据说古平老师看了小煤老师的策划后哈哈大笑，朝她竖起了大拇指。但小蔓并不在乎别人的评价，她对自己的进展很不满，焦虑常常袭来，动摇着她刚刚产生的自信心。

"我还没有找到那株灵芝草。"她对自己说。

她老觉得很久以前她见过一株灵芝草，掘出之后，那株草所在的小圆洞里便涌出清泉。她不认为这是个比喻，而是认为确有其事。

学生们是很愿意配合的，他们对这种活动很入迷。有一次，如果不是因为一位学生思想意念不集中，他们就要达到"呼风唤雨"的程度了。不过他们不喜欢要老师来指导他们，他们要另搞一套，完全打破规则。学生们的这种倾向总是令小煤老师暗暗惊喜。惊喜之余，她便觉得自己对以前的策划又有了新的不满。她就这样一喜一忧的，虽然弄得自己有点憔悴，却也不乏满足。一般来说，满足可以维持二十五秒钟，焦虑却占据了生活中的大部分时间。这使得小煤老师的面貌变化很大。有时候，她看去像青春少女，另外一些时候，她脸上明显地出现了衰老的皱纹。

"我们要甩掉小煤老师。"学生们在背后说。

因为某个奸细的告密，小煤老师得知了学生们的思想倾向。

古平老师的妻子很欣赏小煤老师，不知为什么她认为小煤老师天生有驾驭学生的本领。她怀疑这是不是还同她长期研习传统绘画有很大的关系。很多传统绘画里头都藏着这类秘诀。比如山水画里头，只要眯缝着眼看十秒钟，就能发现里头涌动的白烟。那是一种对大自然的现象的记录，那几位古代的画家都有这种本领。古平老师的妻子也酷爱古代绘画，她懂得那些古老的作品里头蕴含的惊人的控制力，她从小蔓的举动上看出了古人的那种风度。"这个女孩不简单。"她总是这样对古平老师说。

小煤老师关于灵芝草和清泉的描述与古平老师的妻子关于山水画里头冒出的白烟的描述似乎不谋而合，这两位女士相互欣赏，都在内心支持对方。但是说到事业上的正式合作，那是发生在几年之后。在目前，她俩之间仅限于保持一种含蓄的友谊。

一开始，小蔓对自己的这种能力并不是很自觉的，她所做的一切都是为浓厚的兴趣所驱使，她急于要与学生们一块"做一种运动"。她希望在自己与学生之间达到一种"你调动我，我调动你"的境界。这就是为什么她刚一来学校就被那门擦皮鞋的课程所深深吸引的原因。上了半个学期的课之后，她有了得心应手的感觉，甚至认为自己天生就是做一位教育家的料子了。

小煤老师焦虑的心病很快就被她的学生发现了。有一天，她站在教室的门外，听见谢密密在对其他同学说：

"小煤老师是位合格的老师。"

另外几位七嘴八舌地反驳他，说他们并不需要一位焦虑的老师来给他们施加压力，还不如踢开她闹革命。不这样的话，就永无出头之日了。

小煤老师微笑着赶紧走开了，她不想落个窃听者的名声。但是对于谢密密这位天才学生，她从心里为他欢呼。

窃听事件之后，她感到自己的心同学生们贴得更紧了。她有点后悔自己没有更早地选择这门职业，所以现在，她拼命工作，好像要把失去的时间夺回来一样。她从早到晚都在想她的策划，以至抛开了任何个人的烦恼。这时她才领略了所谓"激情"的魅力。这种创新的激情比恋爱冷静，它以可持续、可无止境地翻新的特点而优于恋爱的激情。

确实有一片奇异的风景展现在小煤老师的视野里了。那风景朦朦胧胧的，像是中国象棋棋盘的图案，又像是缠在一起的几条蛇的构图。正在这个时候，她从朱闪同学那里听到了关于云医老师和蛇的恋情的故事。朱闪告诉她说，云医老师的爱情既严肃又专一，令她这样的凡夫俗子惭愧不已。小煤老师听朱闪说出"凡夫俗子"几个字就忍不住发笑了。她一笑，朱闪就脸一沉，走开了。小煤老师因此很后悔。她心里生出了一个主意，想去找云医老师谈谈。但是云医老师在山里头神出鬼没。她去问学生们，学生们告诉她，如果她多到山里头走来走去的，总会遇见他。听了学生们的建议后，小煤老师预感到自己的新策划必定同这位老师的恋情有关。

在某个悬崖边上的石洞外面，小蔓和云医老师邂逅了。他俩一块打量那篮球大小的洞口。小蔓发现云医老师的眼神很像蛇的舌头。

"您大概打不定主意吧？是怕受伤？"小蔓问道。

"我是怕它不在里面。如果是空城计呢？"云医老师回答时仍盯着洞口。

"那么您认为爱情不包括空城计。"

"不，我没有说这种话。"

小蔓眨了一下眼，云医老师就不见了。然而她听到有声音从那洞里传出来。

"永别了，小煤老师！请您告诉我的学生我在哪里。"

小蔓蹲下来凑近那洞口去瞧，里面黑洞洞的，什么也看不见。她站起来时看见了蛇，不是在洞口，却是在悬崖边的那棵大树上晃荡着。那是一条剧毒的金环蛇，像要朝她飞过来似的。小蔓感到自己迈不动脚步了。但是蛇溜下了树，弄出些响声，消失在草丛中了。心底升起的幻灭感令小蔓有点头晕。一个声音在她耳边不停地说："他是谁？他是谁……"

她听父亲说，云医老师是火山石的收藏家。小蔓闭上眼想象了一下火山喷发的壮烈场面。云医老师热恋的那条蛇会不会住在喷发的火山的山肚里？这种联想过于离奇，但又有几分贴切。小蔓就此打住，不再深入思考这件事了。她要让她的学生搞活动，她连活动的名称都想好了，就叫"与蛇共享"。她仿佛看见谢密密已经在山里搜寻了几天几夜，饥肠辘辘，蓬头垢面，手持一根细竹竿。那一天，谢密密在学校围墙边的那条路上对她说："您注意到了吗，老师？校长的相貌同所有的人都很像。蛇就是另一回事了，每一条蛇同另一条都不一样。"她马上回答："也许你会找到两条一样的。""您这样认为吗？"小蔓想，谢密密是这种事情上的专家，她自己的思路远远追不上这位学生。至于云医老师，更是她难以理解的人。她只能从外面观察他。也许那些观察等于没观察。她还是搞她自己的策划为好，说不定哪一天，她同他的活动就会交叉。大概只有交叉的活动才会让她卷入云医老师的领域。这两天，她感到自己也像学生一样狂妄起来了。

小蔓回到爹爹家里，煤永老师对她说：

"有些项目一时不理解，也可以先做起来。"

"爹爹真是经验丰富。但我的问题在于无从着手。"

"那就什么也不做，等着。"

"我也这样想。"

小蔓在自己家中翻看那些山水画时，画里那些山林中涌动的白烟令她吃惊。吃惊之余她便陷入一种沉思。

她在城里纵横交错的小巷间行走，走累了就在阴暗的小饭馆吃饭，或在黑洞洞的茶馆里喝茶。这一带她很熟悉，可是从前她怎么没注意到路边的这些小屋如此阴暗，就好像它们上方有巨大的建筑笼罩着一样。

有一家老式豆腐坊，一位壮汉赤裸着上身在过滤豆浆。当小蔓经过时，那名男子便停下手上的活，冲着她的背后喊道：

"小姐，请停一下！"

小蔓回转身走近他，因为灯光很暗，她凑到他面前才看清他。

"啊，您好！我在山里见到过您……黄豆真香啊。"

"日常生活很美，所以您要颂扬它，对吗？"他说话时胸膛里嗡嗡地响着，好像拥有巨大的能量一样。

"您看出来了啊。我得走了，在这里待下去我就会爱上您了。我可没时间恋爱，有一头兽在我身后追逼。"

"祝您好运！"

小蔓胡乱窜进了一家咖啡店。她从未见过这么黑的咖啡店，整个店堂里只有一盏灯亮着。她以前也来过这里，那时店里亮堂堂的。

黑暗中校长的声音传到了她的耳中。他坐在远一点的右边。

"小蔓，他们说你是美女主持人。"

"主持什么呢？"

"暂时还不知道。那种事不用管。有人想挖我的墙脚，把你挖走。可是他白费力气，因为蛇不会答应的。"

"蛇？什么蛇？"

"金环蛇。你不是一直在找它吗？这可是云医老师告诉我的。"

"他在胡说八道。"

"今天它们就在店里，一共两条。"

小蔓像被噎住了似的说不出话来。她听见校长起身离去了。很显然，黑暗中还有其他人。她于恍惚中又听见了谢密密的声音，含糊不清的，耳语般的。店门外，豆腐坊的汉子在喊："小姐，祝您好运……"

她走进咖啡店的后厨，那里竟然亮堂堂的，有两名厨师在做比萨饼和烤蛋糕。小蔓忽然就发现了目标，果然是它们，一共两条，盘在橱柜的顶上。年轻的那位厨师笑嘻嘻地对她说：

"小煤老师拜访朋友来了啊。"

"原来您认识我？"

"是校长介绍的嘛。不过您的朋友今天情绪不高。"

他朝柜顶努了努嘴。小蔓看见其中的一条蛇立起来了，好像是追随云医老师的那一条。它看上去对她感到好奇。

小蔓一回转身就看见豆腐坊的汉子,他对她眨了眨眼,然后悄悄地溜走了。小蔓想,在这样的黑夜里,怎么会有这么多人关注自己?

年老的厨师请她坐下吃蛋糕,她吃了,很香。两条蛇都立起来了,看着她吃。年青的厨师叹了口气,说:

"您多么好看啊。"

"是吗?"

"大概是您的工作使您变得这么漂亮了。"

"什么工作?"小蔓好奇地问。

"当然是同蛇有关的工作。您爱它们吧?"

"是的,爱。我感觉这两位是校长派来的。"

"就算是吧,那也是因为您逼他逼得太紧嘛。"

"我?"小蔓吃了一惊。

"正是您。您心中燃烧着熊熊的火焰。"

小蔓离开咖啡店时已是半夜了。她很想见到爹爹,可爹爹不会在这里的,他待在自己家里,他不是像她这样的游魂。因为要编关于蛇的教材,她就成了游魂了。她还记得蛇在她离开时从柜顶上向她打招呼的样子。

可是怎样向学生们传达关于这类事的信息呢?小蔓茫然地想要思索,可什么也想不出。云医老师做起这种工作来驾轻就熟,他的课程充满了惊险和激情,小蔓感到自己难以超越他。

有一天,在太阳光里,似睡非睡的,她的教程的安排就出现在脑海中了。"它们来了,它们啊……"她喃喃地说,清晰地看见了被压碎的枯叶。这样的教材不能用句子来表达,正如谢密密说的:"嘘,不要出声啊。"她完全醒来后,发现班里的学生都围绕着她,都在倾听着什么。他们是什么时候来的?名叫一听来的学生大大咧咧地说:

"老师一叫我们,我们就来了。她想让我们看一样东西,对吧?"

"可是那个东西连老师自己也看不到。"小煤老师沮丧地说。

"不是这样。"一听来不同意她,"您同它在一起,您总是同它们在一起,有两个它,它们。我们的功力比不上您,我们也想看。如果我们将院子打扫得干干净净,将皮鞋擦得锃亮,它们会不会出现?"

"很可能会。"小煤老师高兴起来,"在一个没有月亮的夜晚,它们就来了,来陪伴你们。不为别的,只为陪伴。"

学生们忽然激动起来,一哄而散,口里呼唤着:"啊——哈——啊——哈。"他们走远了,他们的老师仍然能感受到他们的那种激情。小蔓想,她已经看到了成功的曙光。这位一听来同学在身体力行地帮她编教材。拥有这样的学生,什么奇迹不能实现?从前她在古代绘画里追求的,现在她在生活中追求到了。她对自己说:"不为别的,只为陪伴……"她感到自己在学生们的启发之下正在另辟蹊径,某种远古的气息在她的体内升腾起来。她的天才的学生随随便便就可以将擦皮鞋同山神般的蛇精联系起来,那么自然,就像每天要吃饭一样。

小蔓抬起目光,她感到自己的目光变得深邃了。在她的视野里,云医老师摇摇晃晃地向她走来,喝醉了酒似的。

"您出来多久了?是爬出来的吗,云医老师?"小蔓问他。

"我是——我是……我本就在外面,我里外不分。"他有点结巴。

"您真了不起!我呀,更适合于手工劳动。我想了想,我可以给学生们安排这样一课……不,我现在不说出来,这种事不适合说。我的课程同您的两位山林朋友有关,不过并不是直接有关。当太阳落山时,我坐在家中,就会感到那种暖意,因为它们来了,它们不是冷血的,它们的血很热。我静静地坐在那里擦皮鞋。啊,您瞧我在说些什么!"

"您在说您的教材。"他的样子一下子变得很清醒。

"对啊对啊,就是说的教材。可一点都没趣。"

"当然有趣,像诗一样美。您的学生一定会被迷住。"

他继续前行,向着校园大门那边走去。小蔓分明听到他的身后有簌簌的拖行的声音。

小煤老师一天比一天沉静。在她身上已显出一位优秀教师的风度。她在课堂上念课文的声音低沉而平稳,甚至有点呆板。每当这种时刻,学生们都聚精会神地盯着她看。有一回在校园里,她问学生们上课时为什么盯着她看,他们异口同声地回答说,因为听到有客人从地下通道过来了,是她的口型变化在指挥着客人,所以他们很紧张,生怕她停止朗读课文。听了学生们的回答,小煤老师好像满意,又好像更焦虑了。她在心里不住地问自己这个问题:"如果客人不出现呢?"可是她的这些学生并不为这个问题烦恼,他们的确是兴致勃勃,每一个人都认为自己在追求最令人激动的奇迹。当小煤老师的目光与学生们的目光相遇时,她看到了一双双深邃的黑眼睛,同她最近在镜子里看到的类似。

她知道她班上的大部分学生都养了蚕,他们在根据蚕宝宝的生长预测某些事件。有一次她征求一位女生的意见,问她是否愿意开一门养蚕的课。

"不可以的!"女生惊慌地回答说,"那会扰乱蚕宝宝体内的生物钟。蚕比人敏感。我们从不谈论蚕宝宝。"

她说最后一句话时显得很自豪,所以小煤老师就脸发烧了。

她应该如何应对这样的学生呢?她不太知道。她只知道一件事:学生们爱她。那种爱是出自心底的,他们同她相互间的需要给彼此都带来欣慰。因为没有明确的规定,小煤老师的课程总是在不断的调整之中,她的课程有一半是由学生们掌握的,并且百分之七十都是在实践中完成的。所谓实践,就是她走开去,学生们散布在城里和山里,爱干什么就干什么,哪怕成天游荡也可以。小煤老师能放能收。游荡了几天的学生们集合到课堂里时,小煤老师也不问问他们的活动,只是给他们念一些朴素的散文:关于聆听风向的技巧啦;关于制造家庭小气候的方法啦等等等等。小煤老师有时念课文,有时什么也不念,就随便聊聊。旁人看上去好像是东扯葫芦西扯叶,学生们却心领神会,应和着她特有的那种韵律,就像在一边上课一边编教材似的。

到了休息日,她记起已经有些日子没去父亲家了。

"爹爹，您怎么把家里遮得这么暗！"她一推开门就抱怨说。

"这是我造出的小环境，都是为了你。"煤永老师说。

"为了我？"

"就是嘛。我时刻准备着，哪天小蔓回来说不定就回忆起那些事了。"

"什么事？"

"你坐一坐就想起来了。"

"爹爹，我帮你剥毛豆吧。"

在阴暗的厨房里，小蔓坐着剥毛豆，煤永老师在切萝卜丝，炉火上蒸着花卷。闻着花卷的香味，小蔓昏昏欲睡。

"爹爹，您在哪儿？"

"我在外面的石板上晒青菜，一条小蛇盘在这里不肯走。"

"怎么回事？我们不是住在楼房里吗？"

爹爹的声音听不见了。小蔓挣扎着想摆脱瞌睡，摸索着进了客厅，看见电视机屏幕上出现了几个人影，一只手啪的一声关掉了电视机。

"谁在那里？"小蔓问道，她听见自己的声音变得陌生了。

因为什么都看不见，也找不到电灯的开关，她只好在沙发上坐下了。她想回忆一下刚进来时的情景，判断一下爹爹去了哪里，可是做不到。她什么也想不起来了。

"农姨！"她唤道。她终于想起了继母。

但是农并不在房里。小蔓想，老爹在考验她的意志啊。

"农姨！"她又唤了一声。

小蔓抚摸着她所熟悉的沙发布，一下子就完全理解了云医老师的那种恋情，也理解了爹爹的奇怪的恋情。她知道那种恋情不是对农的迷恋，是另外一种。如今她也体验到这一种了。这是多么凑巧的事啊，这些人，这么多的人，都迷恋着同一样东西。

"农姨！"她又唤了一声。

她的声音在空空的客厅里显得有点令她害怕。她怕什么？是怕她的这种迷恋吗？她已经在心里计划着不是去云雾山，却是去小时候常同父亲去过的那座山里采野菜。那个小山包离学校不远，山上有很多岩石，岩缝里常年长着一些蕨菜。她将自己的这个计划称为"侧面出击"。

"小蔓，你去哪里？"煤永老师的声音在树底下响起。

"去采点蕨菜来。"

"等一等，我也去。"

父女俩用手电筒照着那条小路往山上爬。

爬到后来没有路了就进了树林。他们很快找到了那块最大的岩石。在那石头后面，居然有两个小小的黑影发出人声，小蔓听出是云医老师的学生。她抓住爹爹的手臂，他俩躲在石头的另一头。

"我爱他。"女孩说。

"可他爱的是蛇啊。"男孩说。

"那又怎么样，我也爱那两位蛇精。我感到它们就在这石缝里，你听出来了吗？咦！"她尖叫一声。

不知为什么，两个孩子下山去了，难道是被蛇咬了？

小蔓用手电筒照那条石缝，看见长满了肥美的蕨菜。石缝可以容一人轻松进入，父女俩一前一后向前走。一会儿工夫篮子里就装满了。

"回去吧。"小蔓说。

"啊，身后的路被堵住了。"煤永老师叹了口气。

小蔓想，爹爹干吗叹气，往前走不就得了吗。但是爹爹不愿意往前，他就地坐下来了。小蔓为好奇心所驱使，就撇下爹爹往前摸索。

忽然，她脚下的石块有点松动，很快就坍塌了。小蔓顺势滑了下去。她滑下去时，心里仿佛松了一口气。那一篮蕨菜还在。她脑子里一闪念：会不会接近熔岩？但前方居然出现了亮光。小蔓往下走，走了好久才走到亮光处。有一个人站在亮光处，正在打量一眼泉水，光线是从顶上射下来的。

"我一直在这里，听到您在上头走。今夜太静了。"他说，"我是云医老师的弟弟，我想知道他在哪些地方探险。"

"您是他弟弟！您同他长得真像啊！"

"我们是双胞胎。我们哪怕离得再远，彼此也都牵肠挂肚的。有一回，他的左臂骨折了，我在另一个地方采集草药，突然右臂疼得厉害。我的兴趣在植物方面。"

"我明白了，您也叫云医吗？从外貌上看，您同他完全一样。"

"我不叫云医，我叫简元。您瞧，父母为我俩取了完全不同的名字。可能是为了更好地区分我们俩。"

简元说他几天没睡了，很困。他说着就倒下了，小蔓眼睁睁地看他滑进了泉眼，她没拉得住他。小蔓往下看，看见那里面并没有水，他就躺在底下，一簇光照着他的脸，他紧闭着双眼。看来这个地方很宽敞，这使得小蔓忽发奇想：这里会不会通向非洲？

她试探性地迈了几步，却在右边和左边都摸到了崖壁——她又回到了那条裂缝。爹爹在前方打呼噜，他居然睡着了。

"今年石缝里的蕨菜很茂盛。"爹爹说。

"爹爹，是不是有些事物四通八达？"

"是这样，小蔓。你编的教材不就是这样吗？"

"我刚才碰见了云医老师的双胞胎弟弟，他是一位热爱植物的人，他手里拿着一本书——《地中海地区植物大全》。"

"啊？！"

"怎么回事，爹爹？"

"我踩着了蛇。不过不要紧，我们到出口了。家里有救急的草药。"

回到家，农为煤永老师敷好了草药，包扎好他的脚。过了一会儿他就说没事了，将草药扯下来扔进垃圾桶。

农在厨房里洗蕨菜，她说凭她的经验判断，这些蕨菜都被毒蛇舔过了。她问小蔓还要不要炒来吃。

"要吃。"小蔓说，说完心里就激动起来。

小蔓坐在家中给云医老师写信。不知是谁先提议，这两位老师开始通过邮件来交流工作经验了。云医老师的信一般人很难看懂，字迹潦草，语句又含糊。不过小煤老师总猜得出他的意思。小煤老师的信则写得很平实，一般都是就事论事。比如采蕨菜啦，寻找蛇精的踪迹啦，修理皮鞋的实践课啦，为考验学生们的意志自己失踪一星期啦等等，都在信中娓娓道来，没有添油加醋。她感到自己的笔头表达有点单调，不像云医那么才华横溢。可是据云医老师说，小煤老师是善于拨动人的心弦的高手。

谢密密在小蔓不知不觉间就钻进了房间。他心事重重，老为什么事担忧，又像是感到某件事的结局临近了。

"老师，我要跟我爹爹的亲戚学木工去了。"

"多么好的工作！你激动吗？"

"有一点吧。我放心不下教室里地板底下的那些客人。它们还是没露面，大家都在谈论它们，我觉得它们快露面了。或许您的这一课会要延长到学期结束。现在大家每天有新发现。可我要离开一阵去学木工了，这是好事还是坏事？"

"学木工并不影响你在学校的课程。两件工作就是一件工作，又好像做一件工作时同时在做两件工作，你说对吗？"

"正是这样，小煤老师！您说得我心里亮堂堂的。您观察过钢锯吗？您不觉得锯子的形状像蛇吗？"

"你一说我就想起来了——的确像。"

小煤老师放下正在写的信，她写不下去了。她觉得这位学生对人生的领悟已经到了炉火纯青的程度。她早就有这样的感觉。今天他当然不是来向她请教的，他也不是放心不下教室地板底下的客人，他是放心不下她！他真是一个操心很重的孩子。小蔓想象出他举着斧头的样子，不由得打了个冷噤。啊，这孩子绝对没有暴力倾向，他是热爱动物一族的。

好多年前，学校里来了一个雕花木工，那些重重叠叠的花鸟啊，好久好久小蔓魂牵梦萦。谢密密会不会去学那种手艺？她不止一次地听说那种古老的手艺已经失传了。当然，这孩子有办法复活任何一种古老的手艺。云医老师在信中写道："小路上有很多绊脚石，所以工作进行得还顺利。"这种信，对她来说也得稍加思量，但谢密密肯定一看就懂。

谢密密走了半个多小时后又回到了她这里。

"你还有什么不放心的吗？"小煤老师和蔼地问他。

"我觉得，这个学期的这一课，应该是低声朗诵，声音放得越低越好。学生里头总有一两个捣乱的。捣乱也没有什么不好，可老捣乱您的教学就没有成效了。没有成效到底是好还是不好呢？"他皱起眉头。

"大概好与不好各一半吧。"

"您很有信心嘛。现在我放心了。再见，老师。"

不知为什么，小煤老师感到以后再也见不着这个孩子了。她有点想哭，终于还是忍住了。他是她爹爹给她送来的保护神，现在他走了，是不是意味着她从此将独立工作了呢？虽然她很有独创能力，无师自通，可心底里，她一直隐隐地觉得自己还是在爹爹的羽翼的卫护之下。小蔓知道自己不是天才，她只是有得天独厚的环境影响，依仗爹爹的暗中引导，才达到今天这种境界的。如今她与这个孩子不正是在各司其职吗？为什么要伤感？应该为他的前途感到高兴才对。

她从楼上往下看去，看见那一排灌木丛里坐着她班上的几个学生，其中一位手拿一本薄薄的书在低声朗读，其他几位则在仰着头看天。天上有什么呢？什么也没有。大概他们对自己的无所事事不好意思，就假装在天上找东西吧。小煤老师了解她的学生，他们把勤奋当美德，哪怕谢密密这样的天才学生都是如此。那么，也许他们不是无所事事，而是真的看见了什么东西。

小煤老师回到桌前备课。她在备课笔记本上画下了云医老师的头像，那青年男子嘴里含着一小块火山石在山间飞翔。她能理解他对那两位蛇精的迷恋，可是她体验不到蛇精对他的爱。她的学生所寻找的，就是关于这个的答案吗？难道天上的云里面藏着启示？

小蔓重重地坐下去，藤椅"吱吱"地大叫起来，把她吓坏了。过后她意识到自己的失态了。她打量着藤椅,仿佛看见了那些藤萝长在深山老林里头的情景。又一次,她意识到周围的人差不多都在恋爱,包括她班上的学生们。现在她有些理解爹爹了,先前她是多么粗陋啊!她是被惯坏了的独生女。"五里渠小学",她念了出来,眼前出现了一些无字的故事。她感到她的恋人就是这些故事。随着她身体的移动,那些藤在诉说着。前天,她新结识的朋友张丹织老师对她说:

"这里的一切都是朦朦胧胧的,我最喜欢这种氛围。我觉得,是许校长这个老奸巨猾的老头放出的烟幕弹。他就用这种计谋来赢得我们这些青年教师的心。"

张丹织老师讲话时,小蔓忍不住笑。后来她俩笑得一齐倒在沙发上,心里觉得很痛快。张丹织之所以痛快是因为贬损了校长一下,小蔓则是因为张丹织老师精确地说出了她自己心里对学校氛围的体验。私下里,小蔓觉得这位朋友很像蛇,她有点被她迷住了。

有时候,小蔓觉得自己同张丹织老师的性情相似;有时候,又觉得她和自己相差很远。这位女教师性格中的刚毅让她羡慕。她想,她比自己大不了几天,她是从什么时候开始变得这么成熟的呢?她向张丹织老师表达这种意思时,对方问道:

"你真这样认为吗?可我并不总是那样的,我虚弱时就变得急躁了。只有许校长看透了我。"

而当小蔓向她诉说内心的焦虑时,她就耐心地听着,一言不发。末了她会这样说:"这不就是幸福吗,小蔓?"——她直接叫她的小名。

以小蔓的敏感,从一开始她就感到她的朋友在爱着什么人。她身上的那股激情很显然有男女之爱在作为助燃剂,再说她是多么漂亮!学校里的青年教师不爱上她才是怪事呢。比如那位云医老师,如果不是被蛇精弄得晕了头,怎么会对身边这样的美丽视而不见?在她面前,小蔓甘居下风,将她当成一位大姐姐。

"我觉得,这个学校有点像温柔之乡,人到了这里容易发情。"小蔓说。

"按照我的看法，我会说校园里到处都是隐秘的陷阱。我早就习惯了跳跃着跑路，免得一脚踏空。我不希望自己落进陷阱，所以我总在跳啊跳啊的。不过这里的男人很英俊，你感到了吗？"

"暂时还没有。可能是因为我对这里太熟悉了吧。你爱上谁了吗？"

"可惜还没有。我老觉得爱情是很可怕的一件事。"

小蔓叹了口气，她认为张丹织老师不恋爱才可惜呢。小蔓倒是没有发现张丹织老师所说的那种陷阱，如果真有，爹爹还会不告诉她吗？她同她是不一样的，因为她有个爹爹在学校里。那么，张丹织老师也许在情感上遇到阻力了。难道还有哪位男子抵挡得了她的魅力？在小蔓眼里，除了蛇精那种她不太理解的异质魅力，谁也比不上这位女子。

小蔓的回忆到这里就中断了，因为一阵突如其来的激动袭击了她。这激情说不清道不明，即使是从前同雨田恋爱期间，她也没有如此激动过——就好像在泥泞中跋涉，每一步都喘不过气来一样。到你挣扎出来后，周围的一切又变得那么飘忽，那么冷漠了。她感到自己的手脚变得冰冷，她用力说出两个字："我爱——"爱什么呢？不知道。是真的不知道，因为没有任何信息传来，也没有预兆。

过了一阵，她走进厨房，为自己煮了一碗香辣面，吃得浑身出汗，不适的感觉完全消失了。"多么好啊！"她心怀感恩地想。

阳台上的蒜苗蓬蓬勃勃地长起来了，像小树林一样，她的视线停留在这片绿林间。隔壁的小女孩在说："我喜欢你，我爱你！"小男孩在回应她，但听不清在说些什么。两个人都是十二三岁。小蔓的脸红了，她有点羞愧，有点自责。她不能确定这一对是不是先前她同爹爹进山采蕨菜时遇见的那一对，那位女孩当时爱的是云医老师。也许她改主意了，改得可真快啊！周围的世界日新月异。

小蔓回到桌前，在备课本上画下了双头蛇。

画完蛇她就幸福地睡着了。就在同一瞬间，煤永老师在房里对农说道："小蔓已经战胜了恐惧，变得沉着了。"农笑盈盈地回答他："她做的一个东西像宝石一样发光。"

农在校园里遇见小蔓，她拍着她的肩头说：

"我看过那件东西了，那是全新的创造。祝贺你！"

小蔓眨着眼，显得很困惑。

"什么东西？没有东西……还差得远呢。"她慌乱地扫一眼周围，好像生怕有人听见了似的，"我已经失败好多次了，这一次也不例外，您看在眼里的。不要告诉别人啊。"

"我保证不告诉别人。"农严肃地说道。

"我不是这个意思，我的意思是说，我并没有做出东西来。我在瞎混。不过我快要有一个东西了。"

"当然，没错。"

农离开了好久，小蔓的心还在怦怦地跳。她最近有一些新策划，可是都不尽如人意。她带着学生们慌乱地忙碌着，有时为了稳定情绪就大家一块低声朗读课文《黄昏里的女孩》。那一课是谈编织的，从文字上看极为枯燥。最后一句是："女孩的目光穿透树皮进入了树的年轮。"这句结束语显得很突兀，因为此前一直在介绍编织的针法。课文读完时，小煤老师看见有好几个学生眼里噙着泪。她想，一种简单的手工劳动竟有如此的魅力。

小蔓低头走路，忽然听见校长在招呼她。

"你走路可要小心啊！"他说，笑眯眯的。

"我一直小心，可并不能避免一些事。谢谢您。"

"干吗避免？迎头痛击嘛。这就是生活啊。"

"可是——我会不会力气太小？"

"用起来才知道自己的力气有多大。"

校长不满地摇着头，然后拐弯进了他的密室。小蔓看见了云医老师。

"云医老师！"她喊道。

"我来拿点东西，我马上要回山里。"他解释说，"那边那么多事情等着我。

您听说了吗？有人在养獴了。大批放养。"

"是针对金环蛇来的吗？"

"他们要制造一个无蛇区。啊，一言难尽，我得走了。"

小蔓想起了《獴蛇大战》那部电影。那种撕裂，那种残暴，令她眼里变得潮湿了。养獴的人是从沙漠里来的吗？云医老师该有多么勇敢！

她终于回到了自己的公寓。自从住在学校以来，她很久没回来过了。那些家具显得有点暗淡，有点陌生了。她立刻挽起袖子搞卫生。

收拾完坐下来之后，她又一次想起云医老师说的关于獴的事。她很想亲眼看一看。当然，即使她去山里，也很可能什么都看不到。再说现在学期快结束了，她对于学生是否能从她这里学到知识根本没有把握。学生中的那几个捣乱分子仍在与她为敌，小煤老师对他们怀着一种很复杂的心情。尽管有这种种的疑虑，小煤老师还是带着学生闯关。那到底是闯什么样的关呢？她也不知道。

三点钟的时候，雨田来电话了。小蔓告诉他关于有人养獴的事。

"那就是说，你的事业正朝着复杂和深入进展。可喜可贺。"

她躺在沙发上听音乐，一会儿就睡着了。

有人敲门，两下慢，三下快，很奇怪的敲法。一开始她懒得去开，但那人一直敲。

"您不是要找我吗？"矮小的中年男子说。

"请问您是——"

"养獴的人嘛。您可以带学生一块来观察，厂后街26号，夜里十二点半。最好穿上防护衣。"

"您不进来坐一下吗？也许我们该谈谈话。"

"不坐了，我事多。再见。"

小煤老师束好头发，穿上厚厚的牛仔服去找一听来。她听爹爹说过，这位一听来曾告诉他说他要出走，但到头来哪里也没去。眼下他待在城里一条小巷的尽头的小房间里，除了有一张窄小的木床，那几乎是间空房。

153

"小煤老师，您可要小心啊，门口有个水槽。"他在暗处说话。

"为什么要放这种东西呢？"

"我担心总会有些什么东西跑来喝水。"

小煤老师坐在一听来身边，低声说起关于獴的事。她的声音越来越低，变成了耳语，但是一听来完全明白她的意思。他用出汗的手轻拍着老师的膝头，他在安慰她。

"你愿意随我去吗？"她的声音有点颤抖。

"我迫不及待。"

"现在几点了？"

"十二点过五分，我们得走了。"

在马路上，一听来走在小煤老师的前面带路。路灯的灯光很微弱，他时隐时现，小煤老师看不清他。到后来。这孩子完全消失了，好像被黑夜吞没了一样。小煤老师很紧张。

"一听来！"她唤道，茫然地停住了脚步。

"不要叫，这些獴受到了惊吓！"一个声音说道。

那矮小的男子出现在平房的门口。他很焦急地打手势，让小蔓快进去。小蔓跨进房内时听到了动物厮打的声音，很惨烈。她什么都看不见，因为屋里烟雾重重。

"我的学生在哪里？"小蔓惊慌地问那人。

"他正在搏斗，您没听到吗？这些獴把他当成蛇了，他可真是个坚强的孩子。"

"不，我不要他死！"小蔓提高了嗓门。

"他当然不会死。"那人阴险地说，"死不了的。再说獴也不会让他死。您应该懂得这一点嘛。"

房里突然变得很静，静得毛骨悚然。

"一听来！"小蔓的喊声带哭腔了。

"嘘！别闹！他受了伤，但不要紧——他拖着一条伤腿走了。"

"走了？走到哪里去了？"

"鬼才知道。您可以将手伸过来摸摸这些獴。对了，再放低点。"

小蔓摸到了麻袋一样粗糙的皮毛，她觉得獴的皮毛应该是光滑的。这些獴是从哪里来的？它们似乎很想对她表示亲热，在她的手掌下拱来拱去的。它们有很多只，那些皮毛散发出松果的味道。小蔓的敌意消失了。她听到那人在悠悠地说：

"蛇山上就应该有它们的天敌嘛……"

小蔓很想看一看獴，可她看不见。她站起来，对那人说她要走了，感谢他请她来他家。

"这个时候，街上也不太平。您的学生打乱了平衡，他的野心可不小。您走好，注意安全。"

街上没有任何危险的迹象，她顺利地回到了一听来的小屋。

"一听来，你不要紧吧？"

"不要紧。比这重得多的伤都是自己好了的。"

"对不起。"

"什么对不起？谢谢老师，我今夜太激动了，到现在我的心还怦怦直跳。您说说看，獴是什么样的一种动物？"

"我猜，它们是爱情的动物吧。你还不懂男女之爱吧？"小蔓说。

"对，我以前是不懂。我从今夜起有点懂了。我的天！您听到水槽里的响声了吗？会不会是它们？"他热切地说。

"有可能。为什么你不开灯？"

"这里没安电灯。"

他俩坐在窄小的床上，一听来的全身在发抖，他全神贯注地倾听水槽里的响声，生怕漏掉了一点细节。直到后来，水槽里安静了，他才长长地吐出一口气。

"老师，您回家去吧，我不会有事，我的命很硬的，睡一觉就好了。"

小蔓走在街上时，黎明的晨曦在东方闪亮着，空气中有松果味。一个句子出现在她脑海里：生态平衡的奥秘所在。长长的夜晚在她心底聚集的忧郁一下子消散了。她想，正是她的这位学生在创造奇迹，她不过是个旁观者和记录者罢了。拥有一听来这样的学生，她该有多么幸运啊！此刻她全身充满了精力，一点睡意都没有，所以她匆匆地回公寓洗漱梳头之后，立刻就去了学校。

在校园门口她又撞见了幽灵般的校长。

"地下工作者同线人接上头了吧？"校长调侃地说。

"接上了。可惜我没听懂他的暗语。"

"没关系，坚持听下去总会听懂的。你知道这个足球场的前身是什么吗？我告诉你吧，是地下河口的通道。我们将它封上了，结果那条河也消失了。我们老犯错。是云医老师吧？我这就来。"

他挥了一下手，消失在那间平房后面。但小蔓连云医老师的影子也没看到，她觉得校长是虚晃一枪。

小煤老师来到教室里，但教室里一个人也没有。难道他们今天罢课了吗？她又等了一会儿，还是没人来上课。她有种模糊的预感，之后那预感慢慢清晰：也许他们去厂后街26号潜伏去了。她听见校长在经过窗前时对什么人大声说："獴是个好东西！"小煤老师从未见过獴，昨夜它们只给她留下了粗糙的麻袋一样的感觉。但那是不是獴？那么友好的小动物，怎么会咬一听来？小蔓感到这些疑问正在将她带入一个崭新的世界。

第八章　农的园林世界

农很年轻的时候，大约二十岁吧，在大山里迷过一次路。当时她累极了，就坐下来靠着一棵大松树的树干休息。她刚一坐下去，视野里的景色就完全改变了：树林后退到了远方，一个美丽的、灼灼闪光的园林世界显现在眼前。但是这个中国园林并不是每一处都那么明丽，沿着园林的中线，有一半园林被阴影笼罩，仿佛睡着了一样。

农出于冲动跑进那阳光灿烂的一半，仔细地观察了长亭和小桥流水、花坛、红色院墙和参天银杏。她听到有一些童声在唤什么人，她激动得不能自已。院墙内的青石板地上刻着一些象形文字，当她弯下身去看时，文字就消失了，而当她一直起身来，那些文字又出现了，一个一个的像小人儿一样望着她。石板缝里的地衣是深黄色的，显出久远的年头，也许上千年了。正当她流连忘返于那些奇花异草时，她忽然记起了另一半。

她往那阴暗所在的方向跑了又跑，却始终接近不了。那睡着了的另一半具有魔法。也许不是什么魔法，是根本不存在吧。然而在奔跑中她发现自己来到了大马路上。她想退回到马路对面的树林里去，一队卡车开过来了，将她拦在路的这边。到卡车走完时，穿工作服的小伙子跑来问她：

"是你在军事禁地停留了吧？还不快跑！"

于是农跑回了家。后来她从未向人说过她的那次遭遇。她总梦见那个失去了的另一半——她在黑暗中扶着院墙辗转，从圆形门洞穿出又穿进，地上有细碎的、银子一样的月光。也许那真是军事禁地，一个从未存在过的禁地，但又确确实实存在着。不知为什么，当她遇见煤永老师时，她立刻记起了那个园林，那阴影中的另一半。

有时候，农会盯着煤永老师的背影看。她从那背影上看出了一条隐隐约约的中线。这种时候，农往往无比震惊，一连好几天心神不定。她总觉得她所爱的这位男子有很多她捉摸不透的地方，她跟不上他的思路，因为她不是善于思考的人。农一个人独处之际，就会想起这件令她烦恼的事，虽然她同煤永老师在一块时是如此的有激情。一个身上有阴影的、让人捉摸不透的人，怎么能向他托付终身？既然迟早要分手，还不如快刀斩乱麻，免得时间长了痛苦不堪。就因为怀着这种思想，农在结婚前的那段时间疏远了煤永老师，因为她觉得煤永老师并不像她爱他那样爱她。他太深不可测了。

农是个凭直觉行动的女子。一开始，是煤永老师对教育事业的痴迷打动了她，并且她完全理解那种痴迷。她认为那种东西同园林之美属于同一类型——既庄严、大气，又充满了毛茸茸的质感。很快她就离不开这位小学老师了。

"您的思想里头是不是总有一些深沟？"年轻的农问煤永老师。

"当然啦，我是教育工作者嘛。"煤永老师爽快地承认。

他没有进一步说明，也许因为无法说明。农因此很不满。不满归不满，她仍然深深地迷恋他。在外人看来，煤永老师长相普通，只不过是个快要步入老年的男子。他的美是内在的气质之美，农能领略这种稀有的美，她对自己在这个方面的能力很自信。可是她对自己能否进入他的心却很不自信。煤永老师不是容易冲动的人，正是他的冷静和深邃如同磁石一样吸引着农。有时候农会半恼怒半欣赏地称他为"另一半"，有时候，农则无缘无故地陷入悲观。

农又去过几次军事禁区，透过铁丝网，她看见了长亭，长亭的后面是湖，湖里长着荷花。她再也没法穿过铁丝网，躲过哨兵。那些哨兵全副武装，好像随时要朝她冲过来一样。仅仅有一次，那哨兵是个十五六岁的男孩，他蹦蹦跳跳地跑过来问她：

"您对这里头的景色感兴趣吗？"

"是啊。"

"其实啊，这种地方不宜多看，看多了会做噩梦。"

"可我的工作就是设计这种园林。你做噩梦吗？"

"我早就习惯了。"

农觉得这个小哨兵不会拦她，就从那张门走进去。她刚走到花坛那里，就听见两颗子弹挨着她的头部飞到前面去了。她吓得瘫在了地上。

那是最后一次，之后她再也没去过那座大山。从那以后，长亭老是在她脑海中出现。她设计的那些园林里都没有长亭，她认为长亭完全是多余的。可是长亭纠缠着她，不肯放过她。坐火车时，朝窗外看去，长亭甚至变成了半空的天桥。然而最可怕的还是园林里的那条中线。尽管她小心翼翼，将园林设计得完全不对称，但在结束时那条中线还是会隐隐约约地透出来，弄得她沮丧不已。第一次在煤永老师的背影上看见那条线时，她怀疑自己是不是中了邪，当即就害怕地闭上了眼睛。她费了好长时间才使自己慢慢习惯。

农时常想，煤永老师安详自如，能很好地协调内心的矛盾。为什么她做不到这一点？也许她同他长期在一起的话，能跟他学到这种技巧？但好些年里头，她一直没有把握，她心里充满了沮丧感。即使紧紧地拥抱着他，她也感到他的心同她离得很远。有天半夜，煤永老师醒来了，她也醒来了，她听见他在黑暗中说话：

"你可以把我设想成最里面的那几处园林之一嘛。"

"你是不是认为我要求得太多？"农问。

"不，你的要求很合理，它令我惶惑。"

"难道我多年来设计的那些园林就是你？"

"我不那样认为。"

然而农却为此痛苦了。是云雾山的那位护林人让她豁然开窍。

那时她失魂落魄地在山间走,想寻找"最里面的那处园林"。从前她在军事禁区发现的园林也属这一类。她却找到了护林人。

护林人看着地上发呆,没有听到她走近。

"您好。您寂寞吗?"她轻轻地说。

"怎么会寂寞?我的生活太热闹了。"他抬起一张兴奋的脸。

"怎么个热闹法?"

"在山里,你盯着一个地方看,你就会看见宇宙。"

他不愿同她深入地谈下去,他的观察正在兴头上。后来他简直将她忘记了。他的那种狂热深深地感染了农,农几乎是欣喜地跑回了家。

后来便发生了古平老师邀请她去教课的事。在离开煤永老师的日子里,农觉得自己一下子变成了另一个人。她的生活变得非常有激情,每天都有新发现,有做不完的有趣的工作。每前进一步,解决一个问题,她就忍不住对自己说:"我的园林原来在这里!这就是另一半!"她没有想通的是这个问题:煤永老师究竟是阻碍了她还是促成了她的变化?从前她看着这位老师兼情人的眼睛时,总看不透他,虽然那眼神很诚实。

她的工作越顺手,创造的激情越高,她就越深切地感到同煤永老师分手是个错误。难道不是他于无言中诱导她发现了园林的中线?他虽然不对她谈深奥的问题,可她感到不论谁同他生活在一起,或迟或早都会产生追求的激情。他性格中有种类似酶的东西。

和煤永老师结婚之后,农的困惑似乎消失了。婚后的日子平淡中有紧张,当然也有激情。农发觉自己看不见丈夫的背影中的那条中线了。困惑是否已经彻底消失了呢,农没有把握。她在等待,她想,这个人性情中那些隐秘的东西总会慢慢显现出来的——此时她已变得成熟了。

秋天里,农和煤永老师,还有古平老师和蓉四个人一块去郊游。在半山腰休息时,煤永老师不见了。当时古平老师和蓉靠在树干上打盹,农一个人在周围溜达。他们休息的地方有一块巨大的岩石，农绕着那块石头慢慢走。她一抬头，分明看见丈夫从一条很窄的石缝里从容地走出来了。她跑到近前去看，看见石缝还不到手掌那么宽。煤永老师的头发上沾了几片草叶。

"怎么回事？"农看着他的眼睛询问。

"我刚才去了一家人家，他还没有搬走，这里的吸引力真大！从前我常带小蔓来这里采蕨菜。"

"蕨菜一定长在岩石缝里吧？"农阴沉地说，"其实我也很想去石缝里看一看。"

"好啊。下次我带你去。不是这种岩石，那块石头在另一座山上，那里头的氛围非常神秘……当然这里也有蕨菜，是在路边的护坡上，质量远比不上岩石缝里的那些。"

这时古平老师在叫他们了。

后来煤永老师好像把自己的允诺忘记了，农也没有提起这事。

深夜里，农又看见了最里面的那个园林，园林里头很黑，只有点点灯火在忽明忽灭。那是个让人不安的地方，却令人神往。也许总有一天，她会到达那里，也许永远不会，她不知道。

那次郊游之后过了两个星期，农和古平老师之间有过一次深入的谈话。谈话发生在山上的办公室，也就是原来的寺庙里。她、蓉，还有古平老师下班后在办公室喝茶休息一会。后来蓉去另一间房里弹钢琴去了。农抓住机会要求古平老师给她讲讲煤永老师青年时代的逸事。一开始古平老师显得面有难色，后来忽然说开了：

"你的丈夫啊，他的确是一个难以捉摸的人。他和许校长，究竟谁更难以捉摸？没人做过这种比较吧？只有我时常暗地里做这种比较。他具有化石的品质。我要说，农，你没看错人。"

"化石？"农吃了一惊，打量着古平老师陶醉的表情。

"就是化石，这个比喻很适合他。我与他同事几十年，我从来没看见过他什么时候乱了阵脚。他女儿的妈妈那场惨祸发生后,没人帮得上他,他独自挺了过来……他仍然很幽默,不理解他的人还以为他薄情呢。乐明老师离开时我也在场,当时她脸上的表情并不痛苦,她说了一句'拜托了',然后就睡过去了。她知道自己是被爱着的。"

下午三点了,太阳正在偏斜,蓉在弹一支不知名的曲子。农怀疑那是蓉自己写的曲子。不知怎么,农从那音乐里听出了煤永老师的气质,她听了很不安。

"如果一个人的爱没法让他的爱人领略,那还是不是爱?"农低声道。

"应该不是吧?但人怎能马上肯定不能领略?这世上什么事都是可能的。你不是也在教育学生这样看问题吗?这是个奇怪的时代,你同我一样听到了时代的脚步正在临近,就像这琴声——听……"他的声音越来越小,他在对她耳语。

"我有点羞愧。我总在想这些鸡毛蒜皮的事。"她也用耳语回应他。

"想吧想吧,鸡毛蒜皮很好嘛。那段时间你要同他分手,我还为你感到庆幸。后来你杀了个回马枪,我同样为你感到庆幸。生活啊,就是这样。我们时代的生活。"

农和古平老师谈话期间,那琴声一直在室内飘荡。农的心里想,真好,这音乐就是煤永老师,这也是她心底的"另一半"。可是后来,当她走进室内去问候蓉时,却发现她根本不在那里,钢琴的琴盖也关闭着。清洁工朝她走过来,笑盈盈地对她说:

"您找蓉老师吗?她一小时前就下山去了。"

"可刚才她还在弹钢琴啊。"

"您可能记错了。这屋里没有别人嘛。"

农心里觉得怪怪的,可又不好再多说,就返回去找古平老师。

清洁女工跟在农的身后说:

"古平老师也同蓉老师一块下山去了。"

农不再吭声。她回到自己的休息室,躺在那张小小的沙发床上,一会儿就睁不开眼睛了。她觉得自己已经好久好久没有睡过觉了一样。她做了些梦,有的甜蜜,有的忧伤,每个梦里都有园林。那是她从未设计过的、不对称的园林。虽然她知道自己没有设计过,但一见之下还是很熟悉。醒来之后她判断出梦中的形象都是由于音乐的影响。她开了灯,看了一下手表:凌晨三点钟。有人在弹同一首曲子!

是蓉。灯光下,她的脸有些苍白。

"农,我放心不下你,所以走到半路又回来了。"她轻声地说。

"蓉老师,爱一个人是不是很艰难?"

"对有些人来说是。可是多么美!对吗?"

"谢谢您,也谢谢古平老师。我但愿我生在那个时代。"

"可是你已经生在最好的时代了。"

"啊,我今后决不抱怨了。"

蓉合上琴盖,和农一块走到外面。有小动物顺着墙根溜,发出响声,蓉说那是美女蛇。她又问农知不知道云医老师同两条蛇的恋情的事。农回答说她听学生说起过。农随即轻叹了一句:"那就是幸福。"

庙门口前面的坪里有一排不知名的大树,开着浅红色小花,不过此刻她们看不见那些花儿,只是隐隐约约地闻到花香。农感觉到蓉在微笑,好像要说点什么,她果然说了:

"凌晨这个时候,它们有时上树。"

"谁?"

"美女蛇啊。云医老师常常回到这里来。我想,这就是那种不可思议的事吧。可是多么美!"

"蓉老师,我爱您。我明白了。就好像雾散去了一样,真相原来是这样的。它们是来听您弹琴的,它们忧伤而幸福。最重要的是,它们在从事一桩事业。它们比我自觉。"

她俩谈论着这类事,渐渐地走下了山坡。天亮时她们到了山脚下,她们看见猎人带着猎枪走出自家的院子,那是迟叔。迟叔出门打猎代表着美好的一天又开始了。

"两位女士早上好！我不是屠夫，我只是喜欢在云雾山制造动荡！你们的校长让我坚守岗位，我只好从命。"

"迟叔早上好，我们对您无比敬佩。"农大声说。

蓉没有说话，只是在微笑。农发现蓉的眼睛亮晶晶的，像孩童的眼睛一样。她忍不住在心里模仿蓉的口气说："可是多么美！"

她俩没有看见在院墙后面的小屋里，朱闪那双灼热的大眼睛正盯着她们看。小姑娘很羡慕这两位女士，她暗暗在心里决定：将来也要做她们这样的人。虽然她并不清楚那是一种什么类型的人。

农正要转向蓉，向她说道别的话时，忽然发现蓉不在了。

在农的面前，那条青石板小路出现了，她走过了那些熟悉的标志，很快就看到了红色的院墙，她穿过六边形的院门，直奔园林中线另一半的阴暗部分。她什么都看不清，一只鹦鹉在黑暗深处反复说着同一句话："来了就来了，去了就去了。来了就来了，去了……"农朝它发出声音的方向迈步，开始谨慎，后来就放胆向前，再后来就不管不顾了。她很诧异，像她这样的人，并非狂妄之徒，是怎么可以像今天早上这样行路的。她没有方向感，也没有目标的引导，但却可以感到自己的脚步是有定准的。是的，她走在正路上。她只要走，就有行走的动力。至于前方，也许是她多年在心里设计的没有实现出来的园林的核心部分。不然的话，它怎么会如此魂牵梦萦，动不动就在她生活里露脸？也许，它竟是她丈夫那颗深奥的心？现在，中线已经被她越过了，鹦鹉的声音也渐渐地弱下去，脚下的硬地似乎变成了软软的荒草，一些虫子在草里面发出含义复杂的声音，有点像催眠，又有点引诱的意味。农站在原地想要思考一下，但她的思想像断了的线一样收不拢，与此同时又像一盘既定的棋局一样推进着。她再次迈步之际，长亭就在半空中出现了。"啊，长亭。"她在心里叹道。这是夜晚的长亭，有一些黄色的灯笼悬挂在亭子间和长廊内，不那么亮，刚好勾出长亭的轮廓。那长亭同她若即若离，有时触手可及，有时远远地拉开了距离。农不知疲倦地走了好长时间，仍意犹未尽。此时在她记忆里出现的,既不是煤永老师,也不是蓉和古平老师,而是她久已过世的父亲。在霜冻的早晨,大地白茫茫一片。父亲在黄土坡上手搭凉棚眺望远方。而那远方,正是农所身处的这个园林。

农兴奋地跑起来,一会儿园林就消失在她身后。她激动地喘着气,盯着眼前的那块木牌停了下来。那木牌上写着"军事禁区"四个大字。穿迷彩服的哨兵正朝她举枪瞄准。农向那人挥了挥手,拐到了旁边的水泥路上,头也不回地进城去了。

她是傍晚回到家里的。她和煤永老师坐在桌旁吃饭的时候,白天在城中看见的情景就像电影一样在脑海里回放。她记得城市在她的眼前展开了,原来的中轴路成了那根中线,中轴的一边阳光灿烂,另一边黑雾笼罩。农出于心中的冲动又想往黑暗的一边跑,但老是有一块钢板似的东西挡住她,将她弹回来了。这期间她曾遇到五里渠小学的校长,她问校长为什么她没法去"另一半",校长说:"这还不明白吗?那边有的,这边都有了。"农沮丧地在太阳底下游荡了好一会之后,一位书店的女老板叫她的名字,请她进去喝一杯咖啡。那女老板是一位热带美女,很像狮子,她的名字叫沙门。

"我的朋友谈起过您,她对您无比钦佩。"沙门说。

"她叫什么名字?"

"我暂时不告诉您。她可能会出现在您的生活中。能够结识你们这两位女性,我感到很荣幸。您对地中海地区的植物感兴趣吗?"

"我对所有的植物都感兴趣,因为它们同我的工作有关。"

"这下我就放心了。"

"您对什么事放心了?"

"我也暂时不告诉您。一切都会水落石出的。"

从书店里走出来时,农很恼怒,可又不知道该对谁发火。她在小小书店的咖啡室也看到了那条中线,是在人造豹子皮的装饰墙上看见的。她伸手去摸阴暗的那一边,却摸到了烙铁似的东西,于是发出尖叫。她发出尖叫时,名叫沙门的女老板正陷在冥思中不能自拔。

农忍不住将书店里发生的事告诉了煤永老师。煤永老师一边吃饭一边很感兴趣地听她讲，但从头至尾不提任何问题。这一来，农的注意力就涣散了，她看见她丈夫的背影从中裂开来，黑的半边更黑，亮的半边却消失了。

"你，你！"她指着那背影说道。

"啊，你从那里过了桥，然后再穿过椰林，地面就开始颤动。那时你看见我了吗？"煤永老师的声音在屋角响起，"我是同你一块设计那个园林的，你进了院门，我也进去了，但院门的那头还有院门。园林不对称，有少年绕着花坛奔跑，是不是谢密密？农，你辛苦了。从前，我们是在长亭相遇的。那时，长廊几乎没有尽头，我们走了那么久，几乎没有向两边看一眼。如果我们侧转脸，面对那株梅花树，流水也许就会漫过我们的脚……"

农用力眨了眨眼，看见煤永老师站在窗前了。她默默地收拾碗筷，端到厨房里去。

"每次我站在窗前，总有个人在对面提着马灯，那是不是你？"他问道。

"我不知道。我想，也许是我，我的确提着马灯在树林那边穿行过，那是很久以前的事了。也许提马灯走来走去的人不止一个。"

有人敲门，然后门开了，是小蔓进来了。

"农姨，我在城里看见您同美丽的书店老板在一起了。那个人我认识，她很特别，是能够让人夜夜梦见的那种。"

小蔓在沙发上打开一本书开始翻阅，她告诉农，这就是书名叫《地中海地区植物大全》的那本书。农说她听煤永老师说起过这本书。但是农没有同小蔓议论这本书，而是进到里屋同煤永老师谈起了这本书。

"那里的植物很美。"煤永老师微笑着说，然后就不再说下去了。

"那本书同园林有关没有呢？"农困惑地问。

"应该有关吧。我还没有细想。"

他俩关了灯，相互搂着站在窗前朝前看。然而夜里很黑，什么都看不见，又听到风吹树叶的响声。过了一会儿，有一个黑影跑过，口里喊着一个名字，很快就跑远了。农咕噜了一句："那边到底发生了什么呢？"煤永老师没有回答，更加紧紧地搂着她。

几天后，农在课堂上给学生讲授的并不是地中海的奇花异草，而是本地常见的药草和野花。其中有"矮地茶"、"七叶一枝花"、"威灵仙"、白辣蓼、麦冬草、黄菊花、金银花，等等。她带着学生进大山实地考察，甚至设法钻进了煤永老师和小蔓去过的那条岩缝。

当时她同七八个学生在山上挖麦冬草，准备挖了拿回去送给镇上的中药店。有一丛麦冬草出奇的茂盛，体积很大。她和学生们犹豫着要不要挖时，一个调皮的学生举起了锄头。一锄挖下去，植物和泥土纷纷陷落，大黑洞露了出来。他们不由自主地鱼贯而入，进入了那条狭窄的裂缝。农一进去就发现自己成了孤孤单单的一个人，但不知怎么又有种回到家的熟悉感觉。有点点光斑洒在崖壁上，她闻到了蕨菜的香味，但没有看到它们。脚底下是很厚的苔藓，她坐在苔藓上休息，听到学生们在岩石里头来来往往的脚步声。她想，原来这块巨大的岩石里面有这么多的通道，那不是有点像蜂窝吗？多么异类的石头！岩缝也怪，虽然很窄，却容她自由地转身，她可以爱往哪个方向就往哪个方向走。而且不论往哪个方向转身行走，都能够模模糊糊地看见崖壁上的光斑。走了很长时间（大约一个小时）之后，农慢慢地悟到，这条通道所勾画的，正是最里面的那个园林的轮廓。学生们所走的，也是这同一条道，只不过是无止境地蜿蜒。所以岩石内部并不是蜂窝状，是一个连接着一个的通向地底的无数园林图案。当她坐在地上深思的时候，她就感到自己和煤永老师是贴在一起的两个影子，她甚至清晰地感觉到了丈夫的体温——没有肉体，却有体温，真是美妙的体验。

从那岩石缝里回来后好久好久，农仍然对她用脚步画出的园林轮廓记忆犹新。她又做了几个创新的设计，都是基于岩缝里走出的图案的发挥。她生平第一次对于自己的设计有了些把握。但是这是怎么回事呢？她又独自一人去寻找过那些野麦冬草，然而就像她预料的一样，她根本找不到它们了。她问一位女生，女生回答说："我们将麦冬草全部挖光了。"她又问女生在那岩缝里有什么收获没有。"收获？"女生困惑地说，"那里头只有一条死路。"于是农又去问一位男生,男生也说岩缝里的通道是绝路。农不再追问,她从学生们的话里头听出了言外之意。她想,学生们有意跺响脚步,是在向她发信号。农处在亢奋之中,她要设计出一处气势宏伟的园林,园林里的长亭要一直通到天边,长廊底下要流水潺潺。但是她脑海中的设计落不到实处,也就是说,那些设计很可能完全是空想,无法实施。她看到有几位学生在窃笑。

农的欲望之火被煽起来了。她一有空就上山,坐在从前生长野麦冬草的那个地方发呆。现在那里只有黄土和光秃秃的岩石,岩石像铜墙铁壁,连个蚂蚁也钻不进去。有一天,当她坐在岩石上的时候,朱闪同学一路采着蘑菇来到了她面前。朱闪不是农班上的学生,但有时来听她的课,农认为她是个天赋很高的学生,而且勤奋。

"老师,您相信岩石上会长出蘑菇来吗?"

"怎么回事啊,朱闪同学?"农注意地看了看女孩。

"这是真实的事。我接连好几次看见了,它们都长在我够不着的地方,就是说,长在光秃秃的悬崖上,直接贴在石头上。"

"那影像令你烦恼,对吗?"

"对。还不只是烦恼。"

"这并不可怕,这种事会过去的,过去了你就喜欢上它了。"

"我现在就喜欢。要不我不会老是来采蘑菇。"

她像山羊一样在岩石上跳着,随后就消失在岩石的后面了。农又想起了蓉说过的那句话:"可是多么美!"现在她坐不住了,她希望自己像朱闪同学一样干点事情,而不是在脑海里搞设计。可是她能干什么呢?好像她能够做的,就只是苦思苦想。再说学生们不也在诱导她冥想下去吗?或许她应该像朱闪同学一样,一边采蘑菇,一边去发现那件事的真相?

她用小锤子触了触石头,那岩石居然发出空洞的回响。农内心的震动非同小可。她抬头时,视野里又出现了哨兵。哨兵这一次没有举枪瞄准她,却显出害羞的样子,垂着头走到她面前。

"您在唤我吗?我住在那底下,好多年也没人唤我一次。"少年红着脸说。

"你们下面的人都这么敏感吗？"农好奇地盯着他看。

"敏感？对，我很敏感。但我们那里的人大部分都耳聋。他们太专注于自己的事了，差不多人人都如此。"

"专注于什么事？"

"像你们学校里的人一样，要搞创造发明。"

当少年说出"创造发明"这几个字时，两眼就射出明亮的光。他忽然对农失去了兴趣，一眨眼工夫就像朱闪一样消失在岩石后面了。农想，莫非朱闪同学也是属于那下面的？她记起了朱闪的烦恼，她看得出来，这位小哨兵也有同样的烦恼。大而白嫩的蘑菇长在坚硬的岩石上，这幻象可不是经常出现的，它更多的是令人着迷。

尽管她常去岩石上，野麦冬草却再也没有长出来。

她向煤永老师讲了她的遭遇。煤永老师对小哨兵很感兴趣，他说他在那里时，哨兵从来没出来过。

"还是你身上有磁力啊。"他感叹道。

"关于岩石里面的情形，各人有各人的描述。"农脸上浮出梦一般的表情，"我的学生像你一样不对它做描述，我想，你们共守着一桩秘密。但是女孩朱闪的话已经将谜底透出来了。这位朱闪同学，她有一个什么样的过去？她真是个小精灵。"

"她是校长派出的特务，虽然她并不知道。"煤永老师说。

"真深奥。"

校长叫人请农去办公室谈话。

"我要感谢你。你已经成了我们学校的生力军成员。"校长说。

"我还不是你们编制内的正式老师，只不过是古平老师请我帮忙，我一动心就答应了他。"

"没关系，我们学校其实没有编制，是自由组合。难道你不认为自由组合的单位凝聚力最强吗？"校长从眼镜的上方盯着她。

"啊？"农的脸红了。

"没关系，你已经适应了，你担负着最重要的任务。"

"我很惶恐，我还没怎么同其他人联系呢。"

"你太谦虚了。"

校长说完这句话后就沮丧地垂下了头，他仿佛沉浸到一种另外的情绪中去了。当他再抬起头来时，农觉得他已经不认识她了。他用散乱的目光在空空的办公室里扫来扫去。农心里一急，就不管不顾地向外面走去。她听见校长在办公室里用尖细的声音喊道："你不要放弃他！"

农走到球场那边了，校长的声音还在她耳边响。她变得神情恍惚，不知道自己应该回家还是应该去一个别的地方。她记得自己先前同人约定了在城里见面，可是她已想不起那人是谁，自己为什么事要去见他了。

在校园门口遇见古平老师，他问她：

"珂农老师，您进城去吗？"

"我进城？我为什么进城？"农茫然地左右顾盼。

"那是您的例行公事啊！"古平老师笑起来。

"我有点记起来了——有个人同我有约会，是为教材的问题。可是我忘了约会的地点了。唉，我这记性。"

"您只要往城里走，很快就会记起来的。"古平老师用力点了点头。

就这样，农上了进城的公交车。车子开得很快，车内又挤满了人，农被挤得很难受，脚背还被人踩了一脚。她在花街下了车，却并没有记起同她约会的那个人。她心里的疑团越来越大。

忽然，朱闪同学就像从地底冒了出来一样站在她面前了。

"朱闪同学，你今天没有去上课吗？"

"我决定以自学为主了。老师，我听说您同我姨妈有个约会，我就在这等您，我担心您找不到姨妈的家。"

"你来得真及时，朱闪同学。我从来没有见过你姨妈，还担心自己会不会认错人，你就来了。"

农说出这话之后，在心里暗暗地吃了一惊。她怎么会说出根本没有存在过的事情来的呢？她变成骗子一类的人了吗？但是一切都晚了，朱闪同学毫不怀疑地牵着她的手，将她带进了一条阴暗的小街。

朱闪推开一间平房的木门，里面有个苍老的声音响起。

"珂农老师，您怎么现在才来啊。"女人坐在那张大床上说话。

"因为我的记忆出了毛病，将约会的事忘了。您能原谅我吗？"

"其实也没什么关系，我总在这里，您也总会记起我的。"

朱闪怂恿农坐到那张床上去，她们三个就坐在一起了。

姨妈一个人在讲话。她回忆起她的青年时代，回忆起许校长的艰难，也回忆起煤永老师、古平老师、校工老从等人的种种私人逸事。她的语速很快，思维不停地在人与人、事情与事情之间跳跃，虽然跳跃，又连缀得天衣无缝，她正是那种讲故事的高手。虽然屋里很黑，农看不清姨妈的脸部，但她确信姨妈是罕见的美人。农感到心潮澎湃，而朱闪，也在一旁激动地轻轻叹息。农觉得她真是个古怪的女孩。

后来姨妈的话题就渐渐地集中到校长和煤永老师的关系上面来了。她说话时，农的心在一阵一阵地发紧。农在姨妈描述的情景中不断看见长亭和亭子里的白发老人，她似乎对自己在设计中产生的那些灵感恍然大悟，又似乎更迷惘了。朱闪却一直在旁边轻轻地笑，农很不解：姨妈的描述有什么好笑的呢？这些难以看透的陈年旧事竟然会触动小姑娘的心弦，可见她是多么与众不同。

"那么在这两个人里面，是谁先想到要创建五里渠小学的呢？是校长，还是煤永老师？"姨妈在记忆的线索里挣扎着，"可以说，这是一个无头案。从我个人的偏好出发，我认为是校长的主意，因为校长是个实干家，校舍啦，操场啦，设备啦，聘请老师啦，招生啦，全是他在打理。从前我也常过去帮忙。但是那些年里总有人来告诉我一些事，他们说五里渠小学是煤永老师头脑里的狂想的产物，煤永老师才是幕后操纵者，校长一切都听他的。我听了这些议论当然很生气，可时间一长，就慢慢感到了自己的幼稚。谁先想到有什么

171

要紧呢？重要的是今天我们已经有了它。它就像一颗很大的珍珠，把我们这些人吸引到它的周围。而我们一挨近它，就觉得自己也变成了珍珠。"

姨妈用这些话来结束她的回忆时，农的全身好像腾起了火焰。

"朱闪同学，你为什么笑？"农问女孩。

"因为幸福啊。您瞧我有一位多么了不起的姨妈！"

"别听朱闪瞎说，其实有时她巴不得我死掉。"姨妈平静地说，"的确，我应该把位置让给年轻人，可是我又觉得这不是一个'让'的问题。朱闪，你应该勇往直前。"

"姨妈，我正在勇往直前。我可不希望您让位给我。"

"这我就放心了。"

农忽然听到大床的里面有人发出呻吟，是个男的，她大吃了一惊，差点叫出声来。但是姨妈和朱闪却无动于衷。

"这是我的好朋友，他患有风湿痛，只有住在我家里，他才能获得缓解。可怜的人！晓舟，你没事吧？要开灯吗？"姨妈大声说。

男子咕噜了一句什么，农听不清。

"他反对开灯。"姨妈说，"多么好啊，珂农老师，您终于来了。今天就像是我的一个节日。我崇尚理想的生活，您和您的学生朱闪让我同理想保持了联系。自从我外甥女向我介绍了您之后，我就牢牢地记住了您的事迹。"

"我的事迹？"农困惑地问。

"是啊，有关您的一切！朱闪是善于观察的女孩子，她的讲述把我带到了现场。我可以毫不夸张地对您说，我爱您，珂农老师。"

"我也爱您，姨妈。如果我知道您在等待我，我早就过来了。我这个人，成熟较晚，有点愚钝。"

朱闪激动地拍起手来。床上的男子又咕噜了一句什么。

"他说您与我殊途同归。"姨妈解释说，"我知道您在找什么东西。我也在找同样的东西。我这一生中，找到过它很多次，但每一次只能看几分钟，所以每一次同它都是久别重逢。啊，我的朋友烦躁起来了。朱闪，送客人去车站吧。路上多加小心。"

在阳光灿烂的大街上，农于一瞬间看见那条分界线融化了，她闻到了木头的清香。朱闪埋头走路，脸色阴沉。农问她对自己的前途有什么规划。

"我没有前途，"她说，"你们都有前途，可是我没法设想我的前途。姨妈什么都有过了，我什么都没有，这就叫没有前途吧？"

"不对。"农说，"你什么都没有，所以要规划，至少要在脑海中有个轮廓。你会有更好的前途，因为你一点都不愚钝。"

"我要好好思考您的话。"

她们在车站分手。农从公交车的窗口往下看，看见姨妈从人群中蹿出，一把搂住朱闪同学离开了。姨妈的举动真出格。

农对自己的这次约会感慨万千，只是她至今也想不出这约会是谁安排的，她又是如何答应下来的。虽然起因是一团迷雾，农却感到自己空前的神清气爽。此刻，她在心里将小学称为"理想的乐园"。她多么幸运，成了这群人当中的一员。于是多年来第一次，她看见自己正在走出阴沉的"另一半"，进入一种她还不太熟悉的、融合的风景。

"珂农老师，您的学生们自愿地组成了探险队。"古平老师说。

农在云雾山下遇见了他。他俩一块上山，一边走一边交谈。他对农的约会情况很感兴趣，从前他也同姨妈很熟，他说青年时代的姨妈具有"烈火般的性情"，"美得令人目瞪口呆"。

"她同校长为什么分手？"农问道。

"分手？我从来不认为他俩分手了。即使他俩永不见面，他们也没有分手。'分手'这个词不适合于他们的关系。"

农想了想回答说："您说得有道理。"

在庙门外的坪里，农看见了探险队的队员们，他们一个个灰头土脸，但精神无比的亢奋。他们争先恐后地告诉农关于他们夜间在厂后街26号的探险。农不太听得懂学生们的讲述，但强烈地感到了那种紧张的氛围。一个学生用她尖溜溜的声音压倒了周围的喧闹：

"老师，厂后街26号就是岩缝里的那个园林啊！"

"肖河同学，你在说什么？"农吓了一跳。

"我是说那些獴和蛇，它们就住在园林正中央。"

孩子们离开后，农的太阳穴开始跳动，好像是某种预兆。她的目光在周围扫视——墙根和大树上，但是并没有发现美女蛇。然而她的紧张思索被打断了——校工喊她进去吃饭。

四个人坐在厨房里吃饭：农、校工林妈、古平老师和蓉。

蓉的表情显出喜悦，农觉得她已经觉察到了自己的变化，于是也会意地向蓉报以微笑。

"珂农老师啊，庙里昨夜发生了人蛇大战！"林妈垂着眼说。

"啊，是谁？"农的脸色变了。

"还会有谁，当然是您的学生们。当时有两个学生被长蛇缠得紧紧的，我以为他们会没命了呢。那时庙里只有我一个人在值班。后来呢，居然什么危险都没有！"

林妈说完就抬起了脸，她的两颊绯红。

古平老师和蓉和蔼地看着林妈，只有农一个人解除不了紧张。

"听说有人要将一批獴放到这山上来，是真的吗？"林妈问道。

"有这个事。不过还没决定。"农犹豫地说。

"我看这是件好事。"林妈断言道。

古平老师一边夹菜一边朝农挤了挤眼，但农没能领会他的意思。她为此苦恼，有点两眼茫然的感觉。

饭后古平老师告诉农说，煤永老师来过了。

"他问起我了吗？"

"没有，他在你的办公室里默默地坐了两个小时。"

"当时我正在城里听姨妈叙旧。我爱青年时代的煤永。"

"不爱现在的？"古平挑衅地问。

"也许不爱，也许更爱，我说不清。"农说这话时，眼前一阵一阵地闪现出那种陌生的园林景色。

她问蓉有没有看到美女蛇，蓉说那条蛇总在庙的附近。蓉又说她担心美女蛇被獴吃掉，因为她似乎对周围环境丧失了警觉。

农在聊天当中突然站起来走向外面。她看见了美女蛇，她躺在墙根，已经死了，她那美丽的头部几乎被咬掉了一半，应该是獴袭击了她。农注意到，她在死前就已变得又细又瘦，莫非她在绝食？

"她啊，没日没夜地在这里等，她知道獴快要来了。"蓉的声音响起。

"那么，她、她是殉情？"农结巴起来。

"正是这样！"蓉大声说。

她说完就回到屋里搬出一个大木盒，将美女蛇装进了盒子。那盒子上雕刻着一些图案，像是雨滴，又像小草。农想，原来蓉早就为美女蛇准备了棺木。她记起了蓉那天夜里所弹的那首曲子。在蓉的视野的前方，獴蛇乱舞，长亭岿然不动。

第九章　少年谢密密

　　谢密密并没有去学木工，他为了减轻家庭的负担，独自一人去城里闯荡去了。他干起了父亲的行当。

　　由于他天生的灵性，城里的破烂王很快就接纳了这名少年。他们在城乡接合部安营扎寨，住在简陋的铁皮盒里。

　　大概因为父亲的缘故，他耳濡目染，对拾破烂的行当有极大的兴趣，而独立赚钱也给他带来很大的刺激。钱就是母亲的病好起来的希望，所以谢密密像猎狗一样执着地追逐金钱。他清晨出门，深夜才归来，手推车上旧货堆得满满的。天天如此。

　　"今天卖了多少？"破烂王问他。

　　"五十二块。现在我已经超过爹爹了。"他自豪地说。

　　因为怕那些城管来找麻烦，所有住在铁皮盒里的人都不敢拉电线进去点电灯，只能点煤油灯。谢密密住的铁皮盒最为破旧，好几个地方都锈出了大洞。他夜里睡觉时喜欢将一只手伸到洞外，这时便有一只野狗来舔他的手背，舔得他特别舒服。一舒服，他就会想起母亲，于是就轻轻地哭一阵，哭得乏力了才入睡。

谢密密住进铁皮盒的第二天就发现了他们所在的这一片荒地里有两个大水洼，水洼里住着蟾蜍。当时大概是交配的季节，夜间，雄蟾蜍的叫声惊天动地。谢密密心怀感激地倾听着，因为这些勇士驱除了他内心的恐惧。除了蟾蜍和野狗，还有喜鹊和蜗牛、蚂蚁和蚰蜒。他觉得这个地方太美了。

他走家串户，在周围的好几个居民小区和工厂宿舍之间来来往往。一个多月后，这名知情达意的拾荒少年受到了大家的欢迎，大家都称他为"谢拾荒"，那是善意的调侃。很多人都愿意将家中的废旧物品卖给他。见他赚的钱多，破烂王也很高兴，这位四十多岁的汉子对他怀着一种父亲般的慈爱。下雨休息的日子，破烂王就邀他去自己的铁盒，让他讲五里渠小学的逸事给他听。破烂王总是听得鼓出两只暴眼，喃喃地说：

"天哪，这种派头！这是什么学校？我小的时候如果有这种学校，我就会待在里头不出来了……你再把擦皮鞋的课文给我念一念。"

谢密密朗读课文时，破烂王半闭着眼，表情显得很痛苦。

"啊，你念完了？我还想听一遍！"

谢密密又朗读了一遍。

"太妙了！谢谢你，我很满足。你手里抓着什么？"

"小蟾蜍。刚才它跳到我背上来了。"

"你这个家伙，我太喜欢你了，你做我干儿子吧。"

"好。"

"再念一篇课文吧，听起来真过瘾啊。"

谢密密朗诵了《美女蛇》一文。破烂王在椅子上一跳一跳的，好像被针扎了屁股似的。

"美女蛇真的被收在你们老师的木盒子里面了吗？现在她的追求者云医老师怎么办？谢密密，你老实地回答我：这篇课文是不是你自己编的？啊？"

"是的，可是师傅，您是怎么知道的？"

"哼。"

破烂王沉浸在阴郁的遐想之中。

谢密密趁他不注意偷偷地溜了出来。绕过破烂王堆积的那些废品，他来到了水洼边。他从未在白天里遇见过那几只老蟾蜍，它们大概躲在什么地方休息。他侦察了一番，确定那座废弃的假山为它们居住的地方。假山上有很多隐秘的洞穴，有的大石头还是空心的，所以它们夜间的叫声才会有那么大的共鸣。而且那假山一半浸在水里，一眼望去是那么有趣，肯定是蟾蜍们的乐园。谢密密靠近假山观看，发现一只蟾蜍像化石一样蹲在石头顶上一动不动。不论谢密密如何用力拍手它都没有反应。它的形象使他一下子想起了美女蛇。谢密密羞愧地绕开了那块石头。

这时雨已经停了，他立刻快步走向自己的营地，推着他的手推车出发了。他不敢懈怠，母亲的性命就由他的努力来决定。

谢密密在工人新村收到了废旧轮胎，是蹬三轮车的贺伯卖给他的。旧轮胎让他心花怒放！

"谢拾荒，将来发了财后打算干什么？"贺伯问他。

"当教师。"他回答。

"也教别的小孩拾荒吗？"

"应该也会教吧。我很喜欢这个工作。"

"夜里睡在铁盒里害怕吗？"

"害怕。"

"那你还说喜欢这个工作？"

"我喜欢过这种害怕的生活。"

"你的思想里头啊，弯弯绕太多了。"贺伯摇摇头。

他只走了一个小区就把他的手推车装满了：轮胎啦，铜丝啦，书报啦，可乐瓶啦，汽水瓶啦，甚至还有一张小板凳。小板凳不是废品，是一位姓刘的阿姨送给谢密密的。她说：

"谢拾荒啊，我看你前程无量！你走路时别望路边，只管抬头望前面！前面有好日子等着你呢。"

"谢谢刘阿姨！可我怎么觉得我现在每天都是好日子呢？夜里我都舍不

得久睡，怕把时间在睡眠里浪费了。"

"啊，拾荒真懂事，我多想有一个你这样的儿子！"

用清漆漆得发亮的小板凳令他的铁盒子顿时有了生气。回想刘阿姨对他的爱，他就想起了母亲，于是坐在小板凳上又轻轻地哭了一阵。哭完后他抬头一看，煤永老师站在自己面前。谢密密用袖子抹掉眼泪笑了起来。

"煤老师，这里真好！您都想象不到我的工作多么有趣——我真是乐死了！我天天赚钱，吃得也好，牛肉、羊肉，想吃什么吃什么。我把钱送回家，我妈的病一天天好起来了。"

"你真了不起！你缺什么吗？或者去租一间房子住？"

"不，不要！这里太美了。您刚来，还不知道——这里有老蟾蜍、喜鹊、一条名叫阿黑的狗、蚯蚓，还有破烂王矿叔、轮胎哥。啊，我在这里过得非常快活！"

"老师，您不会叫我回学校吧？我爱我的工作。"

"当然不。你干得太好了。我给你送来了羊毛毡床垫。"

"啊，真舒服！又防潮又暖和。谢谢老师。"

煤永老师走后的那天夜里忽然下起了暴雨，雨从那些破洞里灌进来，谢密密在黑暗中簌簌发抖。一双大手将他从床上拉起来，为他套上雨衣。他闻着那气味，知道是破烂王师傅。

那一夜，谢密密同矿叔睡在一张床上。

"密密啊，"他打着哈欠说，"下午你老师来过了吧？我生怕他把你叫回学校去呢。这个人看上去是个不知趣的人。"

"师傅您说得不对，煤老师是我的恩人，我最崇拜的就是煤老师。我也崇拜您，师傅。"

"我刚才是故意损他呢。密密啊，我告诉你一个秘密：我现在已经不习惯我家乡的生活了，我这人天生是收破烂的。我的家乡是一个小镇，那里有我的前妻和儿子。我儿子每两三个月来我这里一次，可他不喜欢我的工作，他在学开车。唉，他要是像你就好了。你真的会编出拾荒的课文来吗，密密？你这家伙睡着了啊。"

179

他真的睡着了,因为白天太累了。他的梦乡的风景特别美好,他仅仅做了一个关于水草的浅浅的梦,然后就迅速地钻进了黑天鹅绒。

第二天他醒得很迟,他醒来时,破烂王早就出去了。谢密密看见矿叔的床头柜上放了一张男孩子的照片,那男孩比他大,长得有点像他。

他对着那照片说:

"为什么你不喜欢你爹爹的工作呢?这是天底下最好的工作之一。我要是遇见你,我一定要告诉你!"

他刚吃完矿叔给他留的馒头,就听见有人在外面叫他。

是他父亲。父亲笑容满面。

"真是青出于蓝胜于蓝啊。我本来以为自己在这一行干得不错,没想到我儿子比我强多了!我是来给你送桑树苗的,一共六棵,全栽在你住的铁盒周围了。我把你的蚕卵也带来了。"

他交给儿子一个小布包。

"谢谢爹爹。"

"谢什么啊,我惭愧极了。我得赶回去,你妈要吃药了。"

谢密密目送着爹爹有点苍老的背影,差点又掉下了眼泪。不知怎么,他觉得,他妈妈的病是好不了了。钱救不了她。

他看到了爹爹为他种下的小桑树,他将蚕卵放在铁皮屋里干燥的地方。这时水坑边的老蟾蜍猛地叫了一声,他颤抖了一下,回过神来,撒腿就向外跑。他要回家。

当他坐公交车赶到家时,母亲已经去世了。

谢密密的蚕宝宝已经有半寸长了,欢快地吃着桑叶。铁皮屋外的小桑树长势也很好。看见蚕和桑树,他就像看见了母亲,因为是她要爹爹给他送来这两样东西的。他想,如果有一天城管不让他们在这里住了,他就将小桑树结的桑葚带到另外的地方去栽种。桑树容易成活,他每到一处地方都要栽种,这也是妈妈的期望,她想得真周到。这样的话,妈妈同他就总不分离了。

180

朱闪同学也来过一次。她迷上了水坑边的蟾蜍，一连两个小时一动不动地坐在水边观察它们。谢密密也同她一块观察，因为与同学共享心中的秘密而兴奋得一脸通红。

"校长问起我了吗？"他不好意思地问朱闪。

"他才不问呢。他说你是五里渠小学的骄傲。今天下午我想同你一块去收废品，可以吗？"

"行啊。"

他俩拖着空车来到了水蜜桃家园小区。这是一个旧兮兮的小区，小区里居住的多半是退休老人，一些老人在路边溜达，见了谢密密都热情地打招呼。谢密密对朱闪说，昨天住在地下室的那一家对他说他们有一把铜壶要卖。他说着就用手一指，朱闪看见地下室的那一家在他们窗外晒了尿布一类的东西。

"那是针叔用的，他患有尿失禁。你不怕脏吧？"谢密密说。

"当然不怕。再说尿并不脏。"

"跟我来。"

将车子在外面停好，谢密密钻进了黑暗的地下室，朱闪紧随他。

朱闪在过道里七弯八拐地走了好一会，才听见他说："到了。"

针叔的妻子是残疾人，看见两位少年进了门，她的脖子一伸一伸的，说不出话来。谢密密对她说了一句"婶婶好"。

"你们等一等！"针叔在厕所里说。

接着他们就听到了厕所里冲水的响声。起码又过了五分钟，针叔才出来。朱闪没想到针叔是一位又高又大的中年汉子，虽然满脸病容，一举一动却很有气势。见了谢密密和朱闪，他非常高兴，说自己家里已经"好久没来客人了"。他要招待两位小客人，可他在阴暗的房间里找来找去的，始终没找出什么吃的东西来。

铜壶很不错，是很多年以前的旧货，笨重而不适用。谢密密给了针叔一个不错的价钱，针叔脸上笑开了花。

"我今天要带二位去参观废品城。"针叔用洪亮的声音宣布。

针叔弯下腰帮妻子围好围巾，然后做了个手势叫两位少年跟他走。他们出门到过道里时，朱闪突然听到那位婶婶说：

"可别淹死在那里头啊！"

又是七弯八拐的过道，到处都很黑，到处都有浓浓的尿臊味。朱闪紧紧地抓着谢密密的手，生怕走丢了。

后来他们似乎是到了一个比较宽的过道里，有一些人坐在地上轻轻地呻吟，但看不清他们的脸。针叔的声音在上方响起：

"这就是废品城，你们要什么这里就有什么。谢拾荒，你旁边那位原来是有名的拳击手，因为得罪了人，被剁去了双手。他昨天起就盼着你来听他讲故事呢。"

这时谢密密就被那人一扫腿绊倒了，咚的一声坐在了地上。朱闪也害怕地蹲了下来。她感觉到谢密密在发抖。

"我的家里有古铜钱，轻轻打磨一下就闪闪发光。"那人自豪地说，"外面下大雪，我在家里数铜钱，那么多！你收不收这种东西？"

谢密密刚要回答，左边又有一个人扯了他一把。

"铜钱算什么，"左边那人说，"我家里的人将它们扔得到处都是！小孩，你告诉我，我应不应该扔掉一些收藏？明清时代的家具啦，古旧书籍啦，仕女图啦，它们压得我胸口发慌！"

"扔吧扔吧，扔干净一身轻！"谢密密说。

谢密密左边那人的另一边有一个人在很响地吐痰。

"这个人同人打赌，"左边那人对谢密密说，"吞下了一些翡翠，他老想把它们吐出来。小孩，你看他是不是很幼稚？"

"这里怎么不点一盏灯啊！"朱闪爆发地喊出来。

谁也不回答她，一些咻咻的笑声在暗处响起。

"啊，我的翡翠啊！"吐痰的那人也喊起来，声音里充满了痛苦。

黑暗中的窃笑更响了。针叔也在人堆中笑。

朱闪忽然站了起来，大声宣布：

"我要唱一支歌！"

于是零零落落地有几个人鼓掌，他们也许是好奇。

朱闪唱的是山歌，歌词好像是关于一位女子失去孩子的。她一开口，过道里就鸦雀无声了。那原来是一支悲歌，可是由朱闪唱出来一点都不悲，反而显露出压抑着的活力，就仿佛要东山再起似的。

她一唱完，人群就沸腾了。这时谢密密才感到周围有这么多的人，他想，难道这是一个地下广场？那些黑影都在狂叫着："她，她……她啊！"都在往朱闪这边挤。

谢密密连忙拉着朱闪，两人猫着腰紧靠墙边溜。七弯八拐的，他俩走出了地下室。

在外面，针叔在等他俩，铜壶已经放在谢密密的手推车上了。

"你们什么时候再来？"针叔忧郁地皱着眉说，"废品城的生活有些单调，但人们感情充沛……这位美妙的小歌手可以在这里找到最忠实的听众。我没说错吧？"

"我爱这些人，"朱闪腼腆地说，"尤其是收藏翡翠的那一位。"

"他是一位真正的魔术大师，他正在变成翡翠。"针叔阴沉地说。

针叔突然一怔，转身跑回地下室。大概他妻子在叫他了。

阳光里，朱闪的脸变得像苹果一样红。她同谢密密在大门口分手。

"朱闪，我们再见面时你可能就成了当红歌手了。"他说。

"我又种了几棵桑树，我的蚕一共有五盒了。今天是我最高兴的一天！针叔妙极了！再见，密密！"

她的身影消失在马路上的人流中。谢密密回到小区，高声吆喝：

"收——废铜烂铁啊！"

又有两位大妈送来少量旧书报。每次谢密密来这小区，她们都卖一点旧书报给他——大概是为了多同他见面谈话。

"谢拾荒，这是谁的铜壶啊？"梁姨问他。

"是针叔的。"

"他是个老骗子！这是镀铜的——让我去骂他一顿。"

"别——别骂他,他请我和我同学看了一场戏呢。我同学还亲自上台表演了。针叔是老好人。"谢密密激动地为针叔辩护。

"好吧,我不管他了。他也够可怜的,可为什么骗人?"

"他并没骗我,他是个真诚的人。"

"就算是吧。看在地下剧场的分上不追究他了。你觉得地下剧场如何?你在那里有知音吗?"梁姨看着他的眼睛问。

"好极了,他们都是我的知音,我一定要重返地下剧场。"

他还要说下去,梁姨已经用手捂住了他的嘴。

"你不要瞎说了,怎么能——重返?不可能!你们今天是碰巧,因为针叔发狂了,才带着你们冲到了那种场所。正常人是找不到那个剧场的。我和方姨也听说了剧场的事,也想去那里过把瘾,可到现在还没找到,只能在外围转圈子。你瞧谁来了?"

谢密密看看那人走到推车边上,拿起那把铜壶来瞧。

"您是古钱币收藏家吧?"谢密密犹犹豫豫地问他。

那人哈哈大笑,两位大妈也同他一块笑。

"你可不要随便下结论。"他正色道,一边放下手里的铜壶。

"好,我不下结论。我会多多观察。"

"嗯,这才是科学的态度嘛。我姓方,你得叫我方叔。"

谢密密以为方叔会将古钱币卖给自己,可是方叔提起脚就走了。

梁姨望着他的背影说:

"这个人啊,连骨头里面都烂掉了。谢拾荒,你可不要对他抱什么希望啊,他连针叔都不如呢。"

"那么,他是一个坏人吗?"谢密密问道。

"你又乱下结论了,拾荒,你的脑子怎么就不开窍?我们这里没有坏人,我们小区叫水蜜桃家园,一个甜蜜蜜的家园,怎么会有坏人?骗子倒是有,不过也是好心的骗子——你不是被他骗了还挺感激他吗?"

"梁姨说得有道理。可方叔说的古铜钱是怎么回事?"

谢密密刚一把这句话说出来，两位大妈就生气了，她俩瞪了谢密密一眼，很气愤地走开了。

　　谢密密很后悔，可说出的话像泼出的水，收不回来了。他拍着自己的脑袋连声骂自己。方叔不是已经表示过了不要他问古钱币的事吗？看来那是个禁忌的话题嘛。也许这种话题可以在地下剧场说，但不能在光天化日之下说。该死该死。谢密密觉得路边的人都在看他，就慌慌张张地推着手推车出了小区，回到了他的铁盒子小屋。

　　当他再次走到外面水坑那边时，他看到了令他欣喜的一幕：两只老蟾蜍的背上坐着两只漂亮的小蟾蜍。它们就那样蹲在假山的最高处，一副豪情满怀的样子。谢密密忽然笑出了声，他说："古铜钱就是方叔的还没出生的孩子啊！"地下剧场的全景从他的脑海里浮现出来了，每一张脸都有不同的表情，但都是同样的专注和热切。

　　谢密密决心打入纺织厂小区的孤儿团。那些孤儿的母亲们都是年纪轻轻的就患肺病去世了，他们的父亲则不知道在何方。一个偶然的机会使谢密密结识了他们当中的一位。

　　当时他推着车在小区里收废棉纱，有位青年扛来巨大的一包废棉纱，往他车上一扔，说：

　　"随便给点钱吧。"

　　那么大一包没法过称，谢密密目测了一下，给了那人十二元。

　　他走了一会儿，谢密密感觉不对头：这包纱怎么这么沉？于是停下车来解包。当他将捆绑麻袋的细绳子解开时，雪白的废纱里头钻出一个小人儿来了。他跳下车，口里"呸！呸！呸……"地吐个不停。

　　"你是哪一家的？怎么睡在纱包里？"

　　小孩向谢密密翻了翻白眼，大摇大摆地走开去。

　　谢密密将那些废纱捡进车子里，正准备推了车回去，没想到那孩子又跑回来了。他气喘吁吁地说：

"谢谢你救了我的命！有人要杀我。我是孤儿团的。"

"孤儿团？为什么睡在纱包里？"

"这里有一些孤儿，大家叫我们孤儿团。我们总是睡在废纱里头的，要不睡在哪里呢？这一回我睡得死，那流氓就钻了空子了。"

"我可以上你们那儿去玩吗？你叫什么名字？"

"好吧。你要保证你不开口。我叫穿山甲。"

"你的名字真好。"

谢密密将车子停在小区门口，跟着穿山甲往厂区走去。

他们来到了废纱仓库。那里头坐着不少女人，都低着头，用铁刮子将那些废棉织品刮成纱。穿山甲带着谢密密钻进仓库最里面，那里坐着一群小男孩，他们也在刮纱，没人抬起头来看他俩。

穿山甲坐下来，加入到刮纱者里头。谢密密也坐在小板凳上，他看到地上有个金属刮子，就捡起来学他们的样子刮纱。他刚刮了几下，就有个高大的男孩走拢来，用一根塑料棒对着他的手腕用力一击。谢密密手里的刮子和棉纱都掉在了地上，他疼得流出了眼泪。

那男孩傲慢地说："这碗饭可不是好吃的，先要练习忍耐。"

谢密密看见穿山甲也朝他投来谴责的目光。他的手很快就肿得像馒头一样了。他记起了穿山甲的叮嘱。周围的男孩都看到了这一幕，但每个人的表情都显得麻木不仁。谢密密觉得他们看不起自己。他还觉得自己不想离开，因为他看到有几个男孩长得很像他弟弟。他们衣衫褴褛，全都赤着双脚，怪不得穿山甲夜里只能睡在纱包里头。他疑惑地想道，为什么这些男孩不去学一门技术？刮纱这活儿既单调无味又赚不到钱，这是适合这些老年妇女干的活嘛。他们完全可以到街上去送外卖，也可以像他一样去收废品啊。

"他认为我们大家可以做更好的工作！"穿山甲站起来大声说。

"他大概认为收废品才是世界上最高级的工作！"高大的男孩嘲弄地说。

谢密密很想反驳那男孩，可一想到穿山甲的话又忍住了。

那男孩一只脚踩在矮凳上，手里挥舞着塑料棒，高谈阔论起来：

"这个人，他怎么能懂得我们孤儿团所做的工作？这个工厂是我们的母亲们的地盘，她们的魂魄在这四周游荡，守护着我们。我们热爱我们的卑微的工作，因为母亲们在看着我们啊。自从那场惨剧发生后，我们就再也离不开这个地方了。我们孤儿团的每个人都在日日夜夜地思考，要把我们母亲的事想清楚，来龙去脉都要想个透彻。我们一边刮纱一边思考，刮纱的时候最适合想这种事，手的动作促进着大脑细胞的运动——你听懂了我的话吗？"

他突然用塑料棒指着谢密密的脸，谢密密赶紧不住地点头。

这一圈人里头谁也不说话了，大家都停下手里的活，仰着面，朝天花板瞪着眼想心事。谢密密被这里的氛围所感染，有点想流泪，但忍住了。他看见大个子男孩走进了旁边一个小小的更衣室。谢密密也跟了进去。

黑乎乎的更衣室里塞满了废棉纱，刚好可以容他们俩挤进去。有些纱掉在谢密密脸上，他的眼睛都睁不开了。大个子那钢铁一般的手肘抵着他的胃部，弄得他挺难受。

"你这个探子！"大个子咬牙切齿地说。

"我是一个好探子，我没恶意。"谢密密辩解道。

大个子突然发出笑声。

"收废品或刮棉纱，不都是一样的工作吗？"他谴责地说。

"我现在明白了。请你原谅我。"谢密密被抵得很难受，差点要哭了。

"你可以就这样站着睡吗？"大个子问他。

"对不起，我不能。我这里很疼。"

他又用力抵了谢密密一下，谢密密发出一声惨叫。

谢密密觉得自己马上要失去知觉了。然而大个子打开了门，将他拖了出来，扶他坐在那把椅子上。他听见大个子嘲弄地说：

"他没有恶意，他是个好人。我们也是好人，我们在帮助他，对不对？他要了解历史，我们就把历史的真相揭出来让他看，对不对？"

"对啊！"那一圈男孩齐声说道。

"这个软弱的人，他不能站着睡。"大个子又说。

"真可怜啊！"那一圈人又齐声说道。

谢密密感到有人用力搀着他往外面走。原来是穿山甲。经过那些刮纱的老妇人时，他听到她们在议论他，似乎对他印象不太好。

他被穿山甲搀到了仓库外面。

"孤儿团不认可我。"谢密密羞愧地说。

"你错了。孤儿团已经认可了你。"穿山甲变得热情洋溢了，"你成了我们的线人，以后你会到处遇见我们的兄弟！你看一看这个纺纱厂，别以为这些厂房死气沉沉，完全不是这样，不是！"

谢密密抬起头来看天空，再看那些厂房和仓库，他感到自己身上的疼痛消失得无影无踪了。好多天以来，他再次想起了去世的母亲。这次他一点都不痛苦，反倒觉得有某种新奇的东西从体内升起来，令他跃跃欲试。他抬起一只胳膊，发现那只胳膊已经变得强壮了。他想，转眼间就大半年了，收废品的生活真有趣！

他同穿山甲在厂门口道别时，穿山甲紧紧地拉着他的手，盯着他的眼睛说："后会有期啊。"

远处的小路上，破烂王矿叔蹬着他的大三轮朝他奔来。

"密密，把你的小车放到我的车上，你坐上去，我们去一个地方。"

他们来到了棚户区。在那个贫民窟里，有一位老者躺在木板床上，正进入弥留之际。老者雪白的头发和胡子梳理得整整齐齐。

"这是我师傅。"矿叔一边说一边在床边跪下去。

谢密密也跟着矿叔跪下。

"都来了吗？来了就好。"老人说，"我要睡着了。小矿，你可要警惕。"

"我一定警惕。师傅，您就放心睡吧，有我呢。"

老人头一歪，永远睡着了。

那一天，矿叔带着谢密密安葬了他的师傅。回去的路上，矿叔在三轮车前部回过头来对谢密密说：

"我真想去你的学校看一看。"

"去吧去吧，师傅。我还打算将来同您一块编教材呢。"

第十章　云医老师

他终于成了云医老师。当初许校长向他提供这个职位时，他有点心不在焉。他一直是自由职业者，一个忧郁的或快乐的单身汉。固定的教师职位意味着什么？他将如何去上课？校长完全不涉及这类问题，一味沉浸在从前的探险的回忆中。整个晚上，这位固执的老汉都在纠缠探险的种种细节。后来说着说着，两人都在沙发上睡着了。云医老师记得那盏灯是自动熄灭的，多么奇怪！然而云医老师很快就惊醒了，因为有些人摸黑进屋来了。难道是贼？

那几个人并不翻箱倒柜，只是一动不动地立在校长和他躺着的沙发前面。云医老师判断他们应该是常客。他们是有求于校长吗？还是仅仅因为寂寞来这里的？

云医老师一声不响地站了起来。他一站起来，那几个影子就矮下去，矮到看不见了。于是云医老师出了门。

他还记得他站在那排树下时的决心：永世不再登校长的家门。那时月亮在明净的天空中泛出蓝光，他吹着口哨离开了。

那次谈话却成了他心头的一个死结。他若有所失，惶惶不安。不论他手头正在干什么工作，他的思绪总是被一股力量引到那种意境中去。校长是多么善于营造强烈的意境啊！一两个特别的词，一个反问短句，他就可以俘获对方的心。这老狐狸太难对付了。他是自愿上校长家去的，可他怎么会产生一种被绑架了似的愤怒？有好多次，他对着空中大声宣告："那工作不适合我，我不再考虑它了。"

他去平原地区旅行，在路边的茅草里搭起帐篷。夜里有个流浪汉站在他的帐篷外对他说："你是人，我没弄错吧？"

走远了的流浪汉使他的内心变得空空荡荡的。

他的确是人，否则能是什么？

秋天的风吹在他脸上，他收起了帐篷，连夜赶回了城市。

云医一年中总有一两次去找校长。他知道从这位诡诈的校长口中是探不出关于爹爹最后时刻的情形的，他也并非真要打探什么，再说他认为就连校长也不知道那种事，他们不是在最后关头分开了么。云医之所以去找校长，是因为他愿意同这位老头一块沉浸在关于从前某个日子的幻想中。那种幻境，正因为不可企及，才令人心旌摇摇。他记得有一年，校长说起旧地重返的事。他说从前被烧焦过的那地面长满一种黑色的地锦草，看到的人都很震惊，还从来没有谁见过黑色的地锦草，像是生长在阴间的野草一样。云医问他有没有带一点回来时，他居然阴沉着一副脸，白了他一眼。

后来，云医满二十七岁的时候又去了校长那里。他很腼腆地告诉校长说，如今他的想法同前辈有些不同了，他觉得自己有时坐在家中或图书馆里照样可以监测地下的情况。听了他的话，校长的脸舒展开来，并且补充了一句："在人群中也可以。"校长的这句话令他夜间辗转不眠，反复地看见巨型蜘蛛。

大概是他的变化触动了校长，三年之后，校长便向他提供了这个职位。校长可真是个有耐心的人。这个职位是一种挑战，一个不可能提前做出计划的大工程。云医还从未被任何人如此紧逼过，校长真像个奴隶主。他来学校后第三天，校长在山里遇见他，凑近他的耳边说："这是你爹爹的夙愿。"当然他是在胡说，爹爹生前一次也没来过五里渠小学，而且对教育事业也没兴趣。不过也不能说校长是撒谎，人是会改变的，他云医不就总在改变吗？据他平时的观察,在青少年当中,与地下生活相联系的信息要密集得多。从未来的发展趋势看,也许的确可以说他来这里当老师是爹爹的夙愿。他们这个家族的长辈们如今全都转移到了地下,怎不令留在上面的他惶惶不安?

云医老师初来学校时所考虑的是如何诱导学生们对地下的世界发生兴趣。可是没过多久他就发现学生们对这类事物的兴趣甚至超出了他自己,而且在学习上几乎个个有一种要另辟蹊径的积极性。他们现在年纪还小,并不知道地下的世界里住着他们的先辈,他们出于好奇都想独自去进行探险。云医老师知道自己阻止不了他们,便提出口号:"谁能安全返回,谁就是有资格进行下一轮探险的勇敢者!不能战胜危险者都是懒汉和懦夫!"云医老师的口号被学生们喊了五遍,当时云雾山上的黑雾散开,蓝天短暂地露了脸。后来学生们当然全部都回来了。云医老师见到他们时并不觉得安慰,反而觉得自己受到了更大的挑衅,他对前来询问的校长说:"您的学生真可怕!"校长想了想,对他说:"他们在对你进行魔鬼似的训练,你会习惯的。"

那次探险之后,云医老师再打量他的学生们时,就觉得他们都很可疑,都心怀鬼胎。他们同地下的联系太密切了,随时消失和隐身对他们来说一点也不难,钻山打洞对他们来说是家常便饭。到底还是后生可畏啊。他简直被学生们迷住了。如果他在这之前知道教育工作如此有趣,他就不会一年四季独自在荒郊野地里奔波了。"啊,校长……"他对自己说。从学生们带回的信息中,他甚至听到了自己父亲的召唤,而且不止一次。小煤老师对他说:"有村民看见您的学生在岩浆旁边跳舞。后来我询问过那一位,他回答说他是在进行对话。"于是云医老师在冥思中听到了那种对话。

云医老师的生活顿时增加了几个维度,学生们延伸了他的耳目,扩展了他的心灵。他时常会生出真切的感觉,感到自己就是山,感到灼热的岩浆就在体内,而山下的地面上长满了黑森森的地锦草。从前他花费了那么大的体力和精力想要寻找的某种事物的蛛丝马迹,现在反反复复地在日常生活中出现,有时令他目不暇接。有一天清晨,一位学生给他带回了他爹爹从前的防护帽。那帆布帽正是他的尺寸。当然也可能并不是爹爹的,而是另一个替死鬼留下的，可那又有什么不同呢？现在，他的探索不是越来越深入了吗？学生瞪着乌黑的眼睛看着他，说：

"也许这帽子是路标？我不该捡回来，可我又想让您瞧瞧。它同您有关系，对吗？"

"你做得对。帽子归你。你用不着路标了。"

这真是一种火热的生活，云医老师看见自己正在被学生卷入时代的大潮。如果说爹爹有可能留下什么的话，那当然是路标。云医老师在深夜里想道，他要让他的学生们更加深入……比如那个拐弯处的路标意味着拐弯还是不拐弯？当这些思想袭来时，他往往在瞌睡中意外地发出些笑声。"我还不成熟。"他对自己说。

云医老师在五里渠小学遇到了同辈人小煤老师。小煤老师很美，但云医老师并不想同她恋爱，他宁愿将这位杰出的女性看作事业上的伴侣。她是多么沉稳，多么有创意，又多么超脱！她无所不知。也许，这就是女性在事业上的优势吧。时常，云医老师觉得自己和小煤老师是同一个人的变体。他们互通信息，反复地交流工作经验，甚至不见面也可以进行那种虚拟的交流。他给她取了个名字叫"姝"，他在笔记本上写下他和她在虚拟情境中的对话。从见第一面起，云医老师就发觉她身上有些细微的磷光在闪烁。用他的话来说就是她身上"有历史的气息"。那种气息也是他的父辈寻找的东西，可是他们那辈人仅将范围锁定在地下某个场所，没想到地上的人当中也有携带者。

小煤老师身上的磷光使云医老师有点担忧——人怎么能这样生活呢？但是他的担忧完全是多余的，她对他的目光浑然不觉，自始至终十分笃定。有一回他忍不住问她：

"您一直在两界来来往往吗？"

"我倒不认为有什么两界。"她嫣然一笑。

云医老师没有爱上小煤老师，却爱上了各方面都与小煤老师很相像的那条母蛇。又因为那条公蛇总同她在一块，他就连公蛇一块爱上了。刚开始的一个月里头，他总在山里追随他们的踪迹，弄得精疲力竭。后来他们终于觉察到了云医老师的特殊存在,就将那寺庙周围当作了他们的家。有时,他们也会追随云医老师去城里。不论他们是去食品店还是图书馆,他们总受到城里人的热情欢迎。这些城里人从不大惊小怪。

云医老师对金环蛇的爱是非常专一的,两条蛇都感到了这种爱的热度,他们以同样的热烈回报他。蛇不会掩饰,他们公开求爱,云医老师不断地感觉到自己坐在火山口上。"这个人从前只会收集火山石,现在才体验到了人蛇杂居的世界是多么美妙。"他这样描绘自己。

在图书馆的那一次,母蛇的优美舞蹈简直让他发疯。他满脸通红,有气无力地说:"我要死啦……死吧。"邻座发现了他的秘密,羡慕地问他:

"您贵姓?能将您的地址告诉我吗?"

"当然不能。我居无定所。"

"可惜……"

母蛇悄悄地溜进他的公文包,他立刻提着包跑出了阅览室。他不敢坐公交车,怕人围观,就那样走一段,跑一段,终于回到了云雾山。一到山下母蛇就从包里飞出去了。她消失在树林里。

啊,那种煎熬!甚至使他这样一个正当盛年的汉子也日渐憔悴。蛇和人的生活习惯是不一样的,这种不一样可以用深渊来形容。但是云医老师可不管什么深渊不深渊,他认定自己坠入了爱河,决心将自己变成一条人蛇。这倒不是说他轻易就能变形,而是意味着他要学习从蛇的角度去看待生活。比如说,蛇用不着去火山口探险,他们本来就属于那种地方,他们身上的冷血就是在那种地方生存的法宝。他们是远古时代的遗民。所以对于云医老师来说,同蛇恋爱就是学习做一个地下居民。

自从两条蛇将寺庙当成他们的家以来,云医老师心里对他们充满了歉疚,尤其是对那条母蛇,因为她几乎不离开这里了。云医老师认为她是为了对他的爱而扭曲了自己的本性。他私下里欣赏的"人蛇杂居"应当是他自己钻岩洞,而不是她成为寺庙的游魂。看来她的爱远比自己热烈,所以就发展到了今天的这种局面。在有月亮的夜里,她从那大树的横枝上垂下来,为云医老师表演过那种令他永世难忘的绝技。当时云医老师不眨眼地躺在树下观看。那一刻,云医老师恨不得让时间停滞,甚至希望自己和她在激情中一块死去。可以说,这是他对"蛇性"体验最深的瞬间。

云医老师的恋爱并不影响他的教学。他是公开的,从不隐瞒自己的感情。学生们以这位老师为榜样,努力学习去理解大地上的异质的情感。云医老师认为初中阶段有必要进行这种启蒙。

"是她先爱上您吗?"学生问道。

"不,是我先爱上她。"他说。

"多么完美的爱!"

"完美的爱是可怕的,双方总有一方要交出自己的性命。我希望是我,因为她和他应该长久地活下去。"

学生一边哭一边跑开了,他不喜欢悲惨的故事,他还太小。

他想起不久前,小煤老师对他说:"人永远达不到蛇的纯度,也达不到狼的纯度。我最喜欢想象这种情景。您呢?"

"我?我想不出。是不是同濑死的情形差不多?"

小煤老师摇摇头,似乎对他很不满。她喜欢对这类问题一钻到底,这正是云医老师佩服她之处。他的确想象过荒原上的母狼,可那画面黑蒙蒙的,很恐怖,而且也找不到任何启示。

他已经听说了獴的事情,也去城里探察过,前途令他忧虑。他的那两位"恋人"是不可能知道这种事的,正因为不可能知道,云医老师才感到心惊肉跳,睡梦中看见狮子的血盆大口。小煤老师向他叙述过厂后街26号的场景,她讲得十分详细。尽管如此,云医老师还是集中不了注意力从她的描述中分析出一点什么。他的印象是,那是一个屠宰场,有时又像理想国的风景。实际上,当他去城里寻找时,他从来没有找到过那个地方。然而他也知道,他在外围绕圈子,可能是缺乏决心吧。有一刻,他感到自己靠近了那个地方,那是一个地堡似的建筑,几个黑影在那里跳跃,隐隐约约地还可以听到沉重的叹息,就像是一个巨人发出的。他无法进入那个建筑,他被绝望折磨得要发疯了。后来是校长解救了他。

"这种地方不适合你去拜访，再说天已经亮了。你瞧！"校长说。

地堡已经消失了。也许那不过是黑夜里的幻觉。

"绝境是可以挽回的吗？"他迷惑地问校长。

"应该可以吧。你不是在尝试吗？我很想见识一下。"

当校长这样说话时，他觉得校长就是地堡里的巨人，一定是。他记得广场上亮着一些灯，边缘却很黑，校长忽然就冒出来了。校长一出现在广场上，他身后的地堡的轮廓就模糊了。一切都发生在一瞬间。如果校长不是在背后主宰的话，世上哪有这种巧合？

"我该回家了。"他对校长说。

"回家吧，回家吧，这种事要看得开，世上的恋人都一样。再说你的学生都在为你担心，他们对于獴这种动物深有体会。"

他走出了好远，仍然听得见校长的叹息，他果然就是那巨人。金环蛇会不会在地堡里头？要是在的话獴就找不到他们俩了。

可是第二天清早，他又看到了树上的她。她那么坦然无邪，完全没有防备，所以她是不可能躲进地堡的，地堡可能是校长的烟幕弹。

他俩有时在树上，有时在墙根，有时在屋檐上。学生们轻轻地走路，用爱慕的目光与他俩交流。在学生们眼里，这两位几乎是他们老师的化身。在庙里，时常可以听到某个学生像梦呓一般地说："云医老师啊。"恋爱中的云医老师想，是校长让他拥有了这些学生。

她下葬后的第三天，云医老师躺在那个秘密岩洞里。他希望獴来袭击自己，他的全身因紧张的期待而发抖。

可来的不是獴，是他的学生们。

"你们见过獴了吗？"他虚弱地问，连说话都困难了。

"见过。它们来了，又消失了。我觉得它们只能与金环蛇同生死。"

说话的是那位最聪明的女孩。

云医老师立刻坐起来了,两眼炯炯发光。他说:

"我真是个傻瓜。"

他们一行人走出了秘密岩洞,在树林中穿行。云医老师又听到自己身后那种簌簌的拖行的声音。那是她,也是他,他们三个将永远不分离。还有他的学生们,同他一块守护着这个永恒的秘密。

"真奇怪,"他对小煤老师说,"您的爹爹是学校的教师,我却从您身上看出了古代游侠的遗传因子。您看我是不是在想入非非?"

"当然不是。您的判断向来十分准确。我的爹爹正是一位游侠,可是他并不周游列国,他不做那种表面化的事情。他在另一些地方周游,就像您和我现在所做的一样。"小煤老师说话时在微笑。

"可是我身上并没有那种光。"

"您身上有漆黑的阴森之气,我最喜欢这种。"

"要不是那金环蛇,我就爱上您了。"云医老师忍不住这样说。

小煤老师笑而不语。

"我知道您也不爱我。可是这种感觉多么好。我正在想,我们的学生完全可以具备蛇的胆略。他们正在超过我们。"云医老师又说。

这番谈话发生在寺庙外面的大树下。在那个阴沉的下午,他俩不约而同地来到了这里。寺庙尽管经过了修缮,还是显得有点儿破败了,毕竟年深月久。他俩都克制着不去望那些大树,也不去望墙根。他们将目光固定在地上。地上有巨大的蚂蚁窝,山蚂蚁来来往往,很是热闹。云医老师想,这些蚂蚁也有她身上具有的那种磷光,它们可能是古代的武士吧。于是他又一次感到自己从前太狭隘。

林妈在用竹扫把扫地,她驱散了那些蚂蚁,那情形就像地震。

两位老师笑了起来。云医老师说:

"时不时就应当震荡一下!"

但踩踏中竟发生了伤亡。林妈弯下腰仔细观察,将死蚁收进一个小小的撮箕里。做这一切时,她脸上毫无表情。

"她在操纵一场演出。"小煤老师悄悄地对云医老师说。

云医老师点了点头,他在回忆中将她当成了那条母蛇。多日里以来的那种绝望的挣扎渐渐在体内平息下来了,他感到自己正在游向深海的黑暗处。啊,终于解脱了。当他清醒过来时,小煤老师已经不见了。林妈直勾勾地看着他说道:"刚才我去埋山蚂蚁的尸体,小煤老师劝我不要埋,说就那样撒在路边才符合它们的心愿。"

"嗯,她说得有道理。您大概立刻就懂了她。您同她是亲戚吗?我觉得你们彼此相知已经很久了。"

"啊,云医老师,不瞒您说,我可是看着她长大的。"

云医老师一怔,随即一阵热浪涌上心头。

他在风中疾走,那些树叶全在对他说:"咝——咝——咝……"他在心里回答它们说:"我来了,我来了,我是老单身汉云医啊。"

他找到了那个阴森的坟墓,将她掘出来。她已萎缩成小小的一条,他捧着那一条,放到林中的枯叶下面。一瞬间,他的思维变得异常清爽了。"小煤老师啊。"他说。接着他也躺下去,就在她的旁边。

过了一会儿,他就站起来离开了。他离开后,就不记得她所在的那个地方了。风还在吹。

云医老师听到他的学生们在树林里出入。

他下了山,回到家中,然后就生病了。每次绷紧的弦一放松下来,他就会生病。病中小煤老师来过两次,都是隔得远远地站在客厅里。

"我去看过,她正在融入泥土。"她说。

"您是怎么找到那地方的?"

"很容易啊,随便往林子里一站,就找到了。"

"那就像找自己的一只手,对吧。"

"对。"

学生们也来过,非常羞怯地垂着头站在他床边。有一个女孩突然抬起迷惘的脸,有点犹豫地说:

"我们还不太懂得,可我们都随老师经历了。那一点都不可怕。我们觉得、觉得……"

"觉得自己有力量经历无数次,对吗?"云医老师替她说完。

她叹出一口气,点了点头。

学生们离开后,云医老师始终在微笑。他的确感到幸福。如果这还不算幸福,那什么算幸福?那公文包就挂在床头,发生在图书馆里的迷狂舞蹈历历在目。他记忆中的她是黑色的火舌,舔着人的心灵。如今她熄灭了,安息在大地里头,那大地连着他的心。云医老师想,如果他在深夜去城里,会不会再次同她相遇?

慢慢地,他恢复了精神。他的学生在等着他呢。他听说山里发生了火灾,学生们闪烁其词,他却早就猜到了。火灾必定同那些消失的獴有关。

云医老师走到外面,对前来迎接他的校长说:

"我演出了爱的死亡。"

"这正是我们需要的戏。"校长干笑了两声,"你打算演出死灰复燃的续集吗?小演员们要不要加入进去?"

"他们一直在戏里头,这正是我所担心的。"

"我看是他们在为你担忧。"校长心神涣散地说。

"也许吧。我演的是丑角吗?"

"人生总免不了要演几回的,对健康有益嘛。"

他俩说着玩笑话,一直来到了校长办公室。

云医老师赫然看见了金环蛇的标本挂在雪白的墙上。他有点想要呕吐,用力忍住了,一脸苍白。

云医老师听见有人在外面的走廊里唤校长,那声音很像他爹爹的声音。校长匆匆地出去了。有个东西烫着了他的手,他痛得跳了起来。定睛一看,是他先前捡的一块火山石,那石头像人头形状,中间部分微微发红,发出细细的噪音。云医老师看着玻璃板上的这块石头,某种已经在心里沉淀下去了的东西又开始松动,发力。他轻轻地对石头说:"您不就是墙上的那一位吗?"

云医老师说了这句话之后,立刻听到四周响起簌簌的爬行的声音。

走廊里响起了合唱,是他的学生们在唱山歌。云医老师沉浸在歌声里面,仿佛回到了十八岁那年。那时他看到远方滚滚而来的岩浆,便转身疯狂地奔跑。后来所有的人都感到惊奇,不能理解他是如何能逃脱的。

"永生……火龙!"学生们唱道。

这正是他那时所经历的情景。接着走廊里就变得一片寂静了。

云医老师将冷却了的火山石揣在怀里走出办公室。

天已经黑了,微风吹在他脸上,他能感到被称为"温柔之乡"的校园里所荡漾的激情。

"老师,您把她给我带来了吗?"

说话的是名叫圆红的女生。她从她的老师手里接过那块石头,一路小跑消失在黑暗中。云医老师停滞的思维像鲛鱇鱼的触须一样灵光闪烁。

有一位身材高挑的女性打着灯笼过来了。云医老师费力地想道,她是哪个朝代的女性?年轻的女人曲曲折折地在林子里穿行,总不走远。有好几次她都从他身边擦过,却好像没有看见他。

"女士,您在给心上人打信号吗?"云医老师问。

"也许,我是在给我自己打信号?"她反问道。

"也许吧。但您怎能肯定同您的心上人无关?"

"我的确不能肯定。我认识您,您也是这里的老师。您的事情给了我启示。您是在这里守夜吗?"

"嗯。我愿意为您守在这里。您发出的信号同我也有关。"

云医老师看见她正在消失。过了一会儿,她的声音在远方响起:

"我要回家了……这里风很大……"

云医老师进入树林,在他身后,那簌簌的声音不断跟进。他停下,那声音也停下。穿过榆树林,他看到了水塘边的假山。他走过小桥,在假山下的木椅上坐下来。他听到他身后的那两位钻进了假山。云医老师从衣袋里掏出手电筒向它们照去。啊,是两条俗名叫"竹叶青"的小绿蛇!它们蹲在假山的洞穴里,充满激情地朝云医老师探头。云医老师朝它们扬手致意后,它们更激动了,两条蛇像麻花一样缠在了一起。云医老师熄了手电,在黑暗中想象竹叶青的舞蹈。

他凭直觉判断出周围潜伏着他的学生。他们果然发声了。

"他们啊,永远不会寂寞的。您说是吗?云雾山又开始燃烧了,因为来了那么多的獴,整座山都在沸腾。您听到了吗,老师?"

"我当然听到了,你们就是我的耳朵。"

他们三人一块走出假山,往云医老师家里走去。进了屋,不开灯,在玻璃窗前,三个人都看到了前方的信号灯笼。

"那是教花剑的张丹织老师。"一个学生低声说,"她该有多么寂寞……这种夜里……"

另一位学生在轻轻地抽泣。

云医老师听见他收藏的那些火山石都在发出小小的噪声。大概学生们也都听到了,那一位便止住了抽泣。氛围有点紧张。云医老师想,会不会有爆炸?

"我们真想待在您这里啊,老师!可是我们要走了,刚才那信号您也看到了,是在催促我们。"

他俩离开时连脚步声都没有,是处处为别人着想的孩子。云医老师的眼睛湿润了。当他第一次见到这两位时,他们都赤着脚,他们来自贫苦的山民家庭。

云医老师思忖:张丹织老师心中的悲苦也许还要胜过他?在那个时辰,在那片树林边上,有一位美女在营造奇妙的梦境。这个奇迹就发生在他的身边。从前云医老师一个劲地往外跑,实在是犯了个大错误。当他再次向窗前走去时,张丹织老师的声音突然在下面响起。

"这里很亮,对吗?"她说。

云医老师打开窗户向下面喊道:

"没错,您那个地方是很亮!"

他喊完之后,发现对面黑乎乎的,没有任何动静。很可能是他脑海里出现了幻觉。他不甘心,站在那里让冷风吹着自己的脸。

屋里的那些火山石终于安静下来了。云医老师不记得自己是什么时候睡着的。在梦里，他和他的学生们藏身在岩洞中观察那些獴的活动，因为激动而接连地叹息着。小煤老师在他旁边，他俩的脸贴在一起分不清你我。

好像是凑巧，又好像是刻意，云医老师的学生们大都来自山民家庭，包括那几位女生，比如朱闪，比如圆红。山民家的孩子都有着乌黑发亮的眼睛，云医老师有时竟不敢坦率地面对这样的眼睛。他总觉得自己的灵魂里头是一些涌动着的雾，远不如他的学生们有洞察力，有担当。在他经历的这场可怕的恋爱事件中，他显得慌乱而狼狈，倒是学生们以他们的笃定和清明从旁边激励着他的意志。那段时间，云医老师无意中在山里听到过两位男生的对话。

"我们老师爱上了山神。我真羡慕他。唉！"

"我知道你为什么叹气。"

"你说说看？"

"因为我们大家都在山里掏呀，挖呀，凿呀，可就是没有被山里的山神看上。可见我们功力不够啊。"

他们的谈话非常认真，云医老师却差点笑出声来，他连忙捂着嘴躲开了。学生们居然会这样看问题，这对云医老师的震动很大。

有一天，云医老师最钟爱的一位男生从云雾山的侧面进入了多年前就已废弃的一个矿井。其他学生看见他闯了进去就再也没有出来。过了好久他都没来上课。偶尔也有人发现过他，所有的同学都一致认为他住在矿井深处，在已坍塌阻塞的那些坑道里挖掘。云医老师自己也意外地遇见过他。当时这位名叫"铮"的男生骑在树丫上。

"老师，您好！"

"最近有收获吗？"云医老师问他。

"那里深不可测，怀疑下面是无底深渊。我遇到过蛇。"

"你的运气快要降临了。"

他的话铭刻在云医老师的记忆中。云医老师认为铮也是真正的山神，他从人群中走下矿井，就等于是回到了他久违的家。云医老师每每于半夜睡醒，便想起这位学生，于是轻轻地唤他："铮，铮……"那时铮便在下面回答他的呼唤。云医老师在铮面前总是有点惭愧，他想，铮才是真正可以同金环蛇沟通的那种人，而他自己还差得远。这位山民的儿子完全配得上山神的称号。铮去矿井下之前，曾经告诉他说，他也收藏了一块火山石。云医老师还记得他说话时腼腆的样子。后来云医老师就跟随他去了他家后面的山上。在他祖父的坟头有一块石碑，铮指着石碑说，那就是他弄来的火山石。那是一块极其普通的石头，可是铮说他将石头贴在耳朵上时，听到过可怕的咆哮声。"我把它放在祖父的坟头，它就安静下来了。"云医老师蹲下去用手抚摸那石碑，感觉到了微微的震动。当时他对铮说："铮，你会成为真正的收藏家。记住我这句话。"他在心里对自己说的却是："我落后了，我比不上铮。"

云医老师想要了解山民的世界，可他一直找不到正确的途径。山民们对他客客气气，还常为他的种种活动提供方便（比如朱闪待的那一家就是这样）。可是关于他们心中的事物呢，云医老师觉得那正如铮所到过的处所，是无底的深渊。也许正因为进入不了，才会发生如此强烈的爱情？啊，那些猎人的脚步！那真是神秘莫测的脚步，应和着山的呼吸。在很长的一段时间里，他一直模仿猎人的步态，可成效甚微。

"云老师，我爱您。我不是说的那种爱，但我就是爱您。您啊，就像我爹爹一样。"圆红挽着老师的手臂边走边说。

"我哪里比得上你爹爹，我只不过想模仿他罢了。如果我是你爹爹，金环蛇就不会死。"

师生俩在那条小路上走了好几个来回才分手。云医老师感到女孩是如此依恋自己，也许是因为她没有母亲。她的父亲也是一位山神，女孩还没到能完全理解她爹爹的年龄，所以较之爹爹，她更爱云医老师。金环蛇事件令女孩如此投入，那段时间她消瘦得十分厉害。

云医老师倾听着在大山里潜行的他的学生们。他们将成为新一代山民，他们身上已呈现出那种笃定的风度。随着他们的脚步渐渐变得沉稳，大山将敞开怀抱接纳这些新人。他想，古平老师将学校办在山里这一招实在是高明。

第十一章　张丹织女士另找出路

张丹织女士的梦中情人突然就成家了，妻子却不是她，这件事让她万念俱灰。她这一生还从未如此刻骨铭心地爱过一个人呢。同绝望搏斗了一段时间之后，她感到精疲力竭，同时也感到自己的青春正在消失。张丹织女士的单纯使她很不善于埋葬自己的恋情。

白天里，她全神贯注于自己的工作，过得既充实又辛苦，而且颇有成就感，激情洋溢。然而当黑夜来临，她又没有下楼到树林里去游荡，只是待在自己的小客厅里时，她有几次忍不住号啕大哭。幸亏她隔壁是两间空房，所以没有人听见。当然即使有人听见了，她也不在乎。她对好友沙门说："就在我看见堤岸在前方的当儿，一股黑浪将我吞没了。我完了，就是这样。"沙门当然不同意这种言过其实的观点，她说，世界上各个年龄层次的好男人多的是，只要自己想找，应该永远不缺机会。张丹织知道沙门此时正同时与一位老头和一位比她小好多的年轻人交往，张丹织认为沙门对待感情不像她自己这一回这么投入，所以体会不到她的绝望有多么深。沙门劝她出去旅游一次，改换心境。张丹织对这个建议不加考虑，因为她自己的事业正处在高峰期，成了她这段时间的救生圈。"离开了学生我会死。"她说。

在校园里，许校长再也不同她寒暄了，远远见了她就躲，这令她无比的悲哀。她想，是自己缺少魅力，所以永远失去了机会。

一个阴雨天，张丹织打着雨伞一边走一边想心事，突然撞到了一个人。张丹织看见那人连声向她道歉。那人是一位美男子，眉宇间显得很有魄力。而且他非常和蔼。他就是洪鸣老师。

"女士，您是去五里渠小学吗？我也是去那里。"

"我们正好可以同路。"张丹织高兴地说。

"我啊，就像同这个学校前世结下了友好关系。我老想着它，以它为对手。我打击它，是为了让它更有活力。"

"您说话真幽默。您同我们校长是世交吧？"张丹织扑哧一笑。

"可以这样说吧。您崇拜他吗？"

"我崇拜他。他是个老色鬼。"

"这不算很大的缺点吧。"

两人一齐哈哈大笑。洪鸣老师的笑很有感染力，张丹织老师顿时感到心里暖洋洋的。他俩进校门时同煤永老师打了个照面，张丹织觉得煤永老师脸上的表情有些复杂。

张丹织同洪鸣老师交换了电话号码就离开了。她远远地看见校长皱着眉头在他的密室外迎接洪鸣老师。张丹织隐隐约约地听人说起过校长同这位洪鸣老师的宿怨，她心里一下就对洪鸣老师产生了极大的兴趣。她决定在适当的时机同他交往。张丹织想，煤永老师刚才的表情是什么意思？按道理说，他看见自己同一位美男子一块走过来，他心里应该感到释然才对啊。难道他自己已经成了家，还会嫉妒张丹织老师？还想多吃多占吗？张丹织冷笑一声，想摆脱关于煤永老师的思绪。可越是这样，她的思绪反而越缠绕在他身上。也许事情根本不是像她单方面设想的那样，而是另有隐情？然而不管怎样，她应该从此少去想同他的关系，这种事不光消耗意志力，还会发展她性格中不良的一面。

这个小插曲过去了一些天之后，有一个下午，张丹织在宿舍里写教案时，电话铃响了起来。张丹织的预感被验证了：是洪鸣老师打来的。他问她在干什么，情绪好不好，还问她最近同校长谈过话没有。然后洪鸣老师又说，他打电话过来，只不过是想在电话里听听她的声音罢了，他很喜欢听。

"那么，您就不能约我去一个地方面谈吗？"张丹织说。

"啊，您同意了吗？那么我们就下午两点在沙门女士的咖啡店见面吧。"他说完就挂了电话。

张丹织心里想，他会不会是沙门那些情人中的一位？她觉得他应该会很对沙门的口味。当然话又说回来，沙门的爱好很广泛，各个阶层、不同年龄层次中的对象都有。

张丹织写完令她激动的教案，煮了面条吃了后，穿上牛仔服，将头发向后一束，就下楼匆匆去汽车站。

当她到达沙门的书店，也就是咖啡店时，已经晚了十分钟。但是洪鸣老师还没来。张丹织并不生气，她觉得这洪鸣老师的古怪行径很有意味，她倒要看看他如何表演。

"他迟到，就说明你是他特别重视的人。"沙门说。

"你是不是他特别重视的？他好像是你的老朋友。"

"他倒是我的老朋友，不过也是敌人，这个人有破坏欲。"

沙门去招呼别的客人去了。张丹织坐了一会儿之后突然感到，洪鸣老师根本就不会出现。这是一个不按常规出牌的人。于是，她在喝完一杯咖啡之后，站起来走了出去。她在门口回过头来，看到了沙门赞赏的表情。

她在城里游荡了一会儿，正准备坐公交车回学校，却看见洪鸣老师迎面走过来，满头大汗。

"啊，我找到您了！张丹织老师，您怎么离开了呢？沙门女士没告诉您？我当时脱不开身！我真该死！"他拍着自己的头。

"真对不起。我不知道您脱不开身，洪鸣老师，我耐心不够，这是个缺点。瞧，您知道我的缺点了。"张丹织惶惑地说。

张丹织以为洪鸣老师会邀她去什么地方逛逛，然后一块喝茶吃饭。可是洪鸣老师一副心神不定的样子,好像犯了大错似的。他俩一块走了一会儿,汽车站到了。洪鸣老师失魂落魄地站在那里等公交车开过来。车终于来了,张丹织上车后,看见洪鸣老师一直在原地看她,又仿佛不是看她,不知他在看哪里。洪鸣老师的表现给张丹织的热情泼了一瓢冷水。她在车上自嘲地微笑了好几次。

她前面的座位上有个熟悉的背影。那人回转身向着她,原来是沙门。

"你们在合伙捉弄我吗?"张丹织问。

"当然不是。"沙门严肃地摇了摇头。

"他究竟是怎么回事?"

"洪鸣老师也是我们读书会的,不过他很少来。我刚才担心你就上车了,你要听听关于他的故事吗?"

"好。"

"洪鸣老师有一位同居的女友,那女子一天中有三分之二的时间神经正常,三分之一的时间神经不正常。洪鸣老师不愿她去精神病院,就为她请了一位护理。他从来不认为女友有精神病,他说她只是脾气性格有些问题。大部分时间,女友都住在她乡下母亲的家,比如昨天就是这样。可是她突然又回来了……"

"别说了,沙门。"

"你爱他吗?"

"还谈不上,只是有好感而已。"

"有一天,我的店里来了一对漂亮的情侣,他们一进门就声称要加入我组织的读书会。当时外面下着暴雨,那位女士的裙子打湿了,我拿出自己的裙子给她换了。那就是洪鸣老师和他的女友鸦。他俩坐下来加入了我们的讨论。那一天讨论的是日本推理小说家岛田庄司所写的《俄罗斯幽灵军舰之谜》。争论到中途,鸦突然大发作,将一杯冰水泼到了她的对手的脸上,令那位罗先生无比诧异。洪鸣老师立刻站起来向那位男士反复鞠躬道歉,那时鸦正直愣愣地将目光射向墙壁。后来,洪鸣老师满面羞愧地带着女友离开了。虽然是初次相识,但大家都很同情这对情侣。讨论之余,大家一致决定接纳他俩为读书会成员。后来他们又来过两次,但鸦的情况并没好转。有时,她对书籍显现出敏锐的判断力,但另一些时候,她又说出完全不合时宜的话来。读书会的人都在为鸦打圆场,那是种充满友爱的理解。可是一旦鸦觉察到了别人在迁就她,她就立即站起来向外走。后来鸦就不来了,只是洪鸣老师有时来一下。他来的时候往往是鸦回老家的时候,他同读书会的人都成了朋友。"

"沙门,你说他俩第一次到你店里来时下着暴雨?"

"是啊。我还借了一条裙子给鸦穿……你怎么突然对这细节感兴趣了?你信起迷信来了吗?"

"我不过随便问问。你回去吧,你瞧,到站了。"

沙门下了汽车,到马路对面去坐往回开的车。

张丹织下车时,天正在黑下来,她的脑海里乱糟糟的,好像一些人在里面吵架。她不时叨念一句:"雨,雨天。"

"张丹织老师,您可不许背叛您的校长啊!"校长同她擦身而过时说。

张丹织猛吃了一惊,停在原地看着校长的身影远去。校长是什么意思?他同洪鸣老师是仇敌,可他刚才说这话的腔调有股挑逗的意味,莫非他在唆使自己上钩?

张丹织回到宿舍后有种松了一口气的感觉。可与此同时心里头也变得空空的,很失落。她想起一句俗话:"好男人都有了主。"

于是她就带着一颗空空落落的心入睡了。

张丹织的爹爹给她来电话了。

"丹丹,要是你能一直紧跟许校长我就放心了。"

"那是为什么?"

"不为什么,就是一种感觉吧。"

张丹织想,爹爹是不会错的。那么她现在的这种状况算不算是紧跟了校长?张丹织觉得没有把握。也许她下意识里一直在紧跟校长?也许爹爹说的紧跟不是紧跟,竟是远离?她也觉得自己从未像现在这样复杂过,她以前是个干脆简单的人,一贯凭直觉行事。可现在,她都不知道自己的直觉到底是什么了。世事多么难以预料啊!

前天上课时,有一位男生对她说,他很想像老师一样飞向半空,可他尝试了无数次,始终做不到,这是为什么。她对他说,并不是绝对做不到,而是他尝试的次数还不够多。什么叫"无数次"?有人一辈子都在尝试呢。男生看着她迷惘地点头,也不知他听懂了没有。但不管他懂不懂,这位男生应该很有前途。这些学生,白天里是他们治好了她的心病!他们妙不可言。校长是通过一些什么样的迂回曲折手段将他们这些青年教师"骗"到学校来的?张丹织一直觉得黑暗中有一张网,撒网的人是老狐狸许校长。好多年以前,校长是怎么认识她的父母的?张丹织在父母家见过校长两次,像古平老师一样,每次他都同爹爹在书房里密谈,门关得紧紧的。那时她还很年轻,根本就没去关注这位模样显得年轻的老汉。后来突发奇想去找他,张丹织觉得是冥冥之中有股力量在推动自己。而校长,就仿佛一直在那里等着她去找,使得她既迷惑又感动。她就这样落入了圈套。她向洪鸣老师承认了自己崇拜校长,她说这句话时几乎是冲口而出。这是怎么回事?还有这位洪鸣老师,既然与校长是敌人,怎么又老同他在密室里谈话?再有就是,沙门怎么也声称同洪鸣老师是敌人?想到这里,张丹织老师忽然意识到她的思绪又绕到了这位洪鸣老师身上。好久以来,她的梦中情人一直是煤永老师,现在她要转向了吗?

"不!"张丹织大声对自己说。

她立刻想起了鸦,想起了这位美女同洪鸣老师之间生死相依的关系。她打算从此远离这位洪鸣老师。可是他又来电话了。他在电话里又一次声明,他只是想听听她的声音。

"五里渠小学是梦幻之乡。"洪鸣老师深情地说。

"您是个什么样的人?"张丹织同样深情地问他。

"我?也许有点莽撞,但基本上冷静自制。您看我是什么样的人?"

"您是梦想家,我最敬佩的那种。"张丹织耳语般地说道。

"我要工作了,谢谢您同我谈话。"他的声音突然变得干巴巴的。

张丹织挂了电话后闭上了眼,好久回不过神来。

她觉得,她最欣赏的是洪鸣老师毫不伤感的心态。她对他拥有的能量也惊讶不已,可以说,他的能量决不次于校长。张丹织感到窒息,她下楼去透透气。

黑暗中一个小小的身影出现了,是她的学生。

男孩过来拉了拉她的手。

"你是谁?"张丹织问。

"我是您的学生雨乐。我觉得您有点寂寞,就来陪伴您一会儿。"

"听到你的声音我就不寂寞了。跟我说说你自己吧。"

"我没什么好说的。我的那些故事都同您连在一块。"

"啊!"

"我的意思是说,您俘获了我和同学们的心。我最近学会了像鱼一样在网球场上游动,我再也不会受伤了。"

男生说话的语气很平静,但他的话在张丹织的心里引起了剧烈的震动。她想,雨乐如此的少年老成,今后的生活可能会充满痛苦。于是她关心地问他:

"你的腿伤完全好了吗?"

"完全好了。养伤的日子是我一生中最幸福的日子。"

他俩在沉默中走了一会儿,双方都听到了对方的心跳,双方都为这种交谈而充满了喜悦。

远处有人在用手电照路。

"老师,我爹爹来接我了。他总不放心我。"

雨乐离开了好一会,张丹织还在回忆他所说的话。这是个不害怕痛苦的男生,他甚至迎着痛苦而上。这样一种勇敢的性情是如何养成的?他有点像一个人。当然,他很像洪鸣老师。洪鸣老师的神经大概像钢丝弹簧一样吧。张丹织不能确定自己会不会爱上洪鸣老师。

张丹织走到了树林边,看见了挂在树上的那只灯笼。但是她忘了带打火机了,没法点亮灯笼。这种遗忘是不是象征着她前一段的感情告一段落了呢?她心里还有点小小的刺痛。她伸手将灯笼从树枝上取了下来。奇怪,那灯笼一到她手里自己就亮了。她又开始在树林边上徘徊——她的双脚就像中了邪一样不肯往别的方向走,而她身处的地点正对煤永老师家的窗户。她走呀走的,一直走到那窗口成了一片漆黑才停下来。当然即使变成了漆黑,也许他仍在那里。张丹织将灯笼举过头顶,一共举了三次。她在心里骂自己"真邪恶"。她并没有骂出声,灯笼却自动地灭了。于是她将灯笼挂在树上,心绪烦乱地往宿舍走。

她听到有人在她前方说话,居然是雨乐和他父亲。这一对父子真奇怪,居然还在校园里逗留!

"我愿意为我的体育老师去死,爹爹您相信吗?"

"我信,好孩子。可我知道她希望你好好地活着。"

他俩拐了个弯,听不到他们的声音了。张丹织心中的阴霾一下子就散去了,一个教学方面的灵感在脑海里闪现。她想回去马上将它写下来,就加快了脚步。那天夜里,她宿舍单元房的灯一直亮到了凌晨。后来她在梦里大声询问:"是您给我的灵感吗,洪鸣老师?"

一直有学生来问她关于飞翔的秘密和诀窍,她答不出,她只会做示范动作。她为此焦虑。昨天夜里,她奋笔疾书,一共写了十页。她找到了她所需要的暗示性的词语,想出了种种奇妙的构图。一个巨大的难题就这样迎刃而解了。她想,刚结识的洪鸣老师是能够飞翔的人。她下了这个结论之后就睡着了。

上午醒来时,她问自己:"也许这就是幸福?"关于这个问题她要仔细地想一想,她现在已经变得比从前复杂多了。

当爹爹在电话里问她是否紧跟了校长时,她回答说她拿不准,也许紧跟了,也许跟得不够紧。但爹爹却说她的回答令他放心了。多么蹊跷啊,以前爹爹很少打电话过问她的工作。也许这五里渠小学里面有个什么帮会,爹爹是其中的成员?古平老师不是在向爹爹学吹笛子吗?这是个多么奇怪的学校啊。张丹织想,从前她是那么散漫,心不在焉,现在却像有人在身后用鞭子赶她似的,一个劲朝前奔。在短短的时间里,学校已经使她脱胎换骨了。在此地,她同一些最有意思的男人相识了,而且他们都注意她,甚至为她所吸引,其中包括校长这样杰出的男子,她还有什么不满足的呢?她再仔细地考虑了一下之后,决定不远离洪鸣老师了,她要顺其自然。因为对方显然是一位有担当的男子汉,也比自己年长,自己用不着躲开他,躲是矫情的做法。她回忆起那本书名叫《晚霞》的小说的开头,一下就明白了,主人公反复去拜访的那个村子,那栋空屋,其实就是作为读者的她的内心啊。那么主人公又是谁呢?思来想去,只能是五里渠小学。是的,她的内心经历了这种种既温柔又惨烈的拜访,她的改变很大。张丹织又一次钦佩起妈妈挑选书籍的眼光来。当然,现在她的心已经不是空屋了,正如这本有趣的小说的结尾描写的那样。张丹织决定下次去沙门那里时,一定要同她讨论一下这本小说。前几次她提起这个话题时,总被她岔开,不知她安的什么心。难道因为她的什么老情人也在读这本书,她就不愿同她讨论了吗?这太荒谬了,沙门小姐真可耻。张丹织估计到这里面会有些蹊跷。为了提升自身的素养,也为了获得灵感,张丹织打电话给沙门,说要加入她的读书会。

"好啊,我就等着你提出来呢。我们这里有些人对你望眼欲穿,早就在悄悄地议论你了。你不来参加倒显得不合时宜。"

沙门爽快地答应了。可是张丹织又犹豫起来,因为洪鸣老师也参加了读书会。嘿,刚才她不是已决定不远离他了吗?她到底怕什么?见鬼,不要再多想了。

又过了一星期,张丹织去沙门的书店参加读书会了。那些老头老太,还有两位年轻人都对她表示热烈欢迎。不知为什么,那一天大家并没有讨论诗歌或小说。张丹织感到,这些人在闲聊时透出一种情绪,那就是希望她谈一谈她的学校,带给大家一些信息。这使张丹织很尴尬,她不知从哪里说起。

这时在另一个房间招呼客人的沙门过来了,沙门说:

"大家不要为难张丹织女士了，张丹织女士的学校就如同我们这星期要讨论的小说一样，很难描述。等以后我们同她处熟了，就会明白那是一所什么样的学校了。这同熟悉一本小说是相似的。"

沙门一说完，众人就"哦"了一声，不再期待张丹织的信息了。

他们讨论的小说不是《晚霞》，而是张丹织没读过的一本小说。张丹织坐在那里有点不安。旁边的白发老太，大家称她为"文老师"的，悄声问张丹织："您在找洪鸣老师吗？他今天不会来。"

张丹织不好意思地摇了摇头。慢慢地，她就被大家的讨论所吸引了。她虽不知道那书的情节，但她感到每个人的发言都有种介于激情和色情之间的意味，是她最喜欢的那种味道。她还发现所有这些年长的读者说话时脸上都浮着红晕，那两位年轻的更是容光焕发。张丹织于一瞬间猜到了：这些人全认为她的到来同洪鸣老师有关。这令她既感动又有点气恼。她以前从未注意到的一件事就是，某类色情同人的年龄是没关系的，难怪沙门小姐总是强调"各种年龄层次的对象"。被这些闪动的目光、这些梦一般的语气和手势所包围，张丹织很快就变得热情洋溢了。她觉得自己正同大家一道走进那个水汽蒙蒙的、看不透的长篇故事，在那里头，角色的一个眼神至少有三种意味。那里头有男女之爱，也有女人和女人、男人和男人之爱，还有老少恋、姐弟恋之类。整个长篇的结构并不复杂，但头绪很多，好像人就是为着各种各样的恋爱而活在世界上一样，所以又显得很幽默。一位老人拿着书念道：

"因为他老板着脸不笑，常女士就在心里同他较劲了。她说些乡里乡亲之间的逸事，她非要试探一下他，看他会不会笑。他俩四目相对。这就是爱的萌芽吧……"

这些句子让张丹织一下子就想起了那次面试，想起了他那沉着而复杂的目光。煤永老师此刻在哪里？她的双颊像火一样发烧。接着，她又看见沙门在捂着嘴笑，于是她也忍不住大笑起来。她这一笑就笑出了眼泪，并且她感到长久以来的压抑感一下子释放了大半。

"多么有趣……"文老师呻吟般叹道。

"你在恋爱。"沙门凑在张丹织耳边说。

"但是已经过去了。"张丹织回答她,"我那时应该对他说些乡里乡亲之间的逸事,但我却说了几句蠢话。所以注定要失去机会。"

"失去了机会的爱才是往深处发展的吧。"

走在城市的雾气里头,张丹织听见身旁的文老师说:

"这种小说是可以读一辈子的。我觉得洪鸣老师下次会来参加聚会,因为读这种书太需要交流了。"

白发老太的声音听起来如此年轻,有磁性,就好像返老还童了似的。张丹织意识到读书会里的人全是非常老练高超的读者,相形之下,她自己显得太嫩了。看来读书会对她来说有种魔力。

"我以前浪费了青春。"张丹织犹豫地说。

"青春是不可能浪费的。"文老师敏锐地接上了她的话头,"那时您在积蓄能量,为日后的冲刺作准备。"

文老师向张丹织告辞时,张丹织看不见她的脸,只看见一大团黑影。胖胖的文老师像鱼一样游进黑暗中去了。张丹织想,文老师比张丹织还更懂得张丹织,这就是书籍的力量啊。年轻的时候,她一点也不关心母亲读些什么书,她错过了那么多最佳的读书时光。这时她产生了某种预感,脚步慢了下来。果然,黑暗中有人讲话了:

"我本来不打算来了,可还是忍不住过来看看。您对他们印象如何?"

是他,洪鸣老师。

"我喜欢这些人。他们生气勃勃,深谙一种情调,我一直在找那种情调。今天我才知道,沙门的书店真美。"张丹织由衷地说。

他俩沉默了。虽然有路灯,但张丹织的眼睛今夜好像出了点问题,她同样看不见洪鸣老师的脸,只看见一个黑影。此刻张丹织仍然沉浸在读书会的那种色情氛围里,她忍不住挽住了洪鸣老师的臂弯,这种身体的接触令她感到如此惬意。但是车站很快就到了,洪鸣老师将她送上车之后,她站在车上,看见他像一只大鸟一样飞走了。她不住地反问自己:"刚才那真是他吗?还是小说的幻境里的幻影?"

但读书会要一个月才召集一次。一个月！在那之前她一定要把今天讨论的这本书看完。在一个小小的读书会上，有人专门为你而来，想一想都令她眩晕。大家是如何预感到洪鸣老师同她的关系的？当然，她同他一点暧昧关系都没有，只有同行或好朋友的关系。洪鸣老师真美，同他一块走在夜里的大街上真舒服。此外，他能给人以可靠的感觉。

张丹织黑暗的心田里有些东西在发出微光，她说："真是一个令人难以置信的日子啊。读书会里洋溢着的是一种什么样的爱？"她再次感到文老师是一位充满魔力的女人，就像她儿时崇拜过的一位马戏团的魔术师一样。沙门和洪鸣老师将她领入了一个奇境。

她刚一进校园，就有人轻轻地挽住了她的手臂，原来是女生黄梅。

"张老师，我陪您走一段。到处都在吵吵闹闹，您听到了吗？"

"我听到了。这里的人们那么热情。你最近在学什么？"

"学数学。我慢慢对自己有信心了。我想如果爱一个人，并不需要总是见到他，对吗？"

张丹织觉得，最近这个小姑娘的声音好听了，她正在发育。她肯定了黄梅的看法，捏了捏她的手给她鼓励。

"这世上有各种各样的爱的模式，都很美。黄梅啊，你真勇敢，你会长成一位美女的。"

她百感交集，说不下去了。这时张丹织的宿舍已经到了。

夜里，她坐在沙发上打开了那本书名为《鸣》的小说。

小说很难懂，比她母亲借回来的那些小说更加看不透，既沉闷又陌生，还有点令她恐怖，就像儿时在半夜里醒来听到一个人敲击铁罐似的。她老觉得有什么转折马上要发生，可看了几十页还没发生，于是绝望地合上了书告一段落。今夜的阅读同她在书店里听到的关于这本书的讨论反差太大了。她想，这是因为自己还不是一个老练的读者，还没能进入到小说的氛围里面去的缘故吧。她必须坚持不懈地训练自己，提高素养，不然她怎么去教学生呢？

她回忆文老师说的这样的书可以读一辈子的话，不由得十分钦佩这位老太。

张丹织并不泄气，她打算一有时间就来钻研这本小说，一定要将它钻透。哪怕为了重返读书会的氛围，这也是很值得做的努力啊。现在她明白了为什么她从前感到不幸福，那是因为她一直浮在生活的表面，她没有真正运用自己的全部心力去生活。同沙门和洪鸣老师一比，就知道自己是怎么回事了。

在差不多快一个月里头，洪鸣老师一次也没有主动与张丹织联系过。张丹织在心里头确定了：洪鸣老师对她的感情不是爱，只是一种依恋。大概因为他也有软弱的时候吧。他，这个对校长有威胁的人，竟然要依恋她张丹织！这世界是多么的不可思议啊！更为不可思议的是，她居然在大马路边上看见连小火同洪鸣老师有说有笑地朝她走来了。

连小火告诉张丹织说，他早就认识洪鸣老师，那个时候，他甚至想过要将他介绍给张丹织做男朋友呢。但那时他正与他的现任女友打得火热，而这位漂亮的女友也没有显出患病的征兆，只是他连小火误认为洪鸣老师会与她分手。但后来洪鸣老师就同她再也分不开了，应该是由于她的患病。

"他的全部心力都扑在教学上。"连小火充满敬佩地说，"我是指上班时。下了班后，他就照顾他的女友。我注意到由于他的照顾，那位女士越来越漂亮了。她有时说话没有逻辑，但同洪鸣老师这样善于沟通的人住在一起，应该不会有大问题。不过我猜想洪鸣老师也有寂寞的时候。丹织，你认识了他太好了，这对你和对他都会有益处。"

张丹织却疑神疑鬼地想，那次在雨天里，洪鸣老师会不会是有意来"认识"她的呢？她仔细地观察连小火，发现他满脸真诚。不过她还是感到洪鸣老师早就从连小火那里听说了她。

连小火离开她后，张丹织坐在房里，也感到了寂寞。幸亏这段时间读《鸣》这本小说耗去了不少精力。这本小说让她爱不释手了，写得多么特别，然而与她目前的生活又是多么贴近！有几天，她都要为书中的描述神魂颠倒了。还有一件事就是一天夜里，就在这个沙发上，她同黄梅同学一块读了这本书中的一章，两人都被激起的热情弄得喘不过气来。她于是知道了对美的领悟程度绝不是同年龄成正比的。

"张老师，这书写得多么好啊！一想到这辈子我还要读到很多好书，我就激动得不行！想想看，那么多！要是每天有这类书读，我觉得自己再也不会颓废了！"

黄梅同学说这话时，将脑袋靠在张丹织老师的肩头，张丹织老师感到那毛茸茸的脑袋发烫，那里面聚集了巨大的能量。

"是有很多。"她说，"我也是刚刚知道有很多的。我后悔极了，因为从前我浪费了那么多时间。我以后要不断地读好书，你就不断地从我这里借书吧。分享读后感是不是像在一个球队里踢球？"

"正是这样。我爱您，老师。"

张丹织想到这里时又翻开了那本书。现在写到患肺病的女工的爱情了。那种爱情像火一样，她去世后好几年，那位情郎依然找不到具有那种热度的新恋人。女工的屋前有一株蜡梅，雪天里，蜡梅怒放时，情郎在房里听到了她归来的脚步声。张丹织读到的这个情节只是表面的，在这个情节的背后另外还有一个情节，这背后的情节若隐若现，令她有点毛骨悚然。她不安地起身，给自己倒了一杯水。她喝了一口水之后，隐藏的情节就完全显出来了。张丹织激动得情不自禁地将那一段文字看了又看，还将脸颊贴到文字上去。长时间地，她耳边响起那情郎的呼唤："姐姐啊——"

她一直读到深夜，她读这种书总是读一读，停一停，又不断地返回去重读，所以速度很慢。她预计自己下一次去读书会时，大概就会有更多的交流了。读书会是一个激情（色情）的漩涡，那里头一定有她不曾感觉到的暗流，洪鸣老师只是其中的一股。就目前来说，她已经估计到了文老师身上有很多故事。她的好友沙门同这些人到底是一种什么关系？这种由书籍连接的友谊比社会关系更为牢不可破吗？

在张丹织沉浸于小说情节的这些日子里，她还遇到过一次她的公寓的保安小韶。那一回她是去公寓里拿一本关于花剑训练的书。她在房里清理书架时，小韶就像猫一样溜进来了。他显得成熟了很多，脸上甚至有了沧桑的痕迹，真奇怪。

"小张姐，您找到心上人了吗？"他问。

"你怎么知道我在找心上人？"

"因为大家都在找嘛。大家都很寂寞，比如校长也是。"

"校长？！你真是人小鬼大！最近你一直在上班吗？"

"不，最近我回乡下去了一趟，同校长一块回去的，我们是老乡。回去了我才知道，那里已经没有我的立足之地了。据我观察啊，校长在家乡也没有立足之地了。所以回城的路上他一直在哭。"

"他！一直在哭！你在胡说吧？"

"没有啊。我干吗胡说？他一回到城里，就到他心上人家里去了，这是他亲口对我说的。他太伤感了。"

小韶说完这些话之后，好像心里轻松了很多似的，黑眼球也变得灵活了，他仿佛看到了张丹织的心底。这让张丹织感到很惬意。他们俩，张丹织坐在矮矮的床上，小韶坐在高高的五屉柜上，随意地交谈着，仿佛是信口开河，又仿佛是互诉衷肠。

"那么，校长没问起过我吧？"

"怎么没问，他一直在问！我告诉他你很少很少回公寓来，他听了好像很满意。我记得他说了一句：'各人都应该找到自己的心上人。'"

"嗯，我要考虑考虑他这句话。小韶，你有心上人吗？"

"有。她是个卖菜的姑娘，我们没有很多时间在一起。等校长雇我去学校当了保安，我就会涨工资，那时我们就会有时间了。"

小韶的眼里满是憧憬，眉宇间透出了男子汉气概。看来恋爱让人变得很美。张丹织赞赏地连连点头鼓励他。

"要是校长结婚了，我会特别高兴。"他又说。

"一个老头结不结婚，怎么会同你有那么大的关系？"

"当然有关系。就连您结不结婚同我也有关系。"他老练地皱了皱眉头，沉浸在某种深刻的思想里。

小韶的变化让张丹织大吃一惊,她万万没有想到这个嘴上没毛的男孩一下子变得这么老练了,简直成了人精。瞧,这家伙居然对她说:"我今天是来给您出主意的,旁观者清嘛。"他还说校长也在为她着急,校长说今年非把张老师嫁出去不可。这个毛头小子,居然会同校长那老狐狸有如此深的关系,两人几乎无话不谈,实在令张丹织诧异。张丹织红着脸哈哈大笑,但小韶一点也不笑,焦虑地看着她。

后来他就从五屉柜上跳下来,默默地出去了。

张丹织用力思考这件怪异的事,怎么也想不出个头绪来。她站在阳台上,看见天渐渐黑了,空气中有什么东西向她涌来。是什么呢?不是伤感,也不是希望,而是某种躁动。就像那位写小说的人感觉到的躁动一样——她这样觉得。经历了好多天的困惑之后,张丹织第一次感到了欣喜,也感到了行动的紧迫性——虽然还不知道要如何行动。

"欢迎重返旧居!"

黑暗中响起的声音又吓了她一跳。是隔壁的阳台上的男人。张丹织一贯觉得这个人有点奇怪。

"您过得怎么样?"张丹织边说边将自己的脸转向想象中的他。

"生命是如此短暂,可我还留在原处,也许是为了见证一件事?"

"那会是什么事呢?"张丹织的话一出口,就又感到了那种紧迫感。

"让我们等一等。"

张丹织想,这位先生的变化真大。以前她从未关注过他。为什么自从她去了学校之后,她周围的所有的人和事都发生了如此大的变化?那不是一般的变化,而是一种质变。就好像每一个熟人都紧紧地同她的命运联系在一起了一样。甚至那些新近认识的人也是如此。他们从某个方面刺激着张丹织,令她不停地处于激动之中。比如这位邻居就是这样,他说完这句话就进屋去了,留下张丹织在外面心潮起伏。

此刻她觉得自己已经真真切切地面对那件事了,她几乎一张口就要将它说出来了。但她说出的只不过是一个"啊"字,然后就没了下文。也许应该到房里去等?

在房间里,焦虑一点一点地上升着,但并没有什么事发生。后来她的热情就冷却下去,她洗了澡,在床上看了一会儿《鸣》,打算睡觉了。

这时电话铃忽然大响。是他。

"您是怎么知道我这里的号码的?"

"有一位双料间谍告诉了我。"

"该死的小韶,他该进地狱!"

"他善解人意,校长应该提拔这样的青年。您在读《鸣》吗?"

"对。我感到我在读您。"

"可那也是为您写的书嘛。"

虽然只在电话里说了短短的几句话,张丹织的夜晚立刻变得无比的宁静了。她凝视着如水的月光从落地窗那里流进来,可刚才天空还是黑乎乎的啊。她想,洪鸣老师是一种酶,他可以使人完全改变自身的精神面貌。这样一个怪人,他的童年和青年时代会是什么样的呢?张丹织在模糊的设想中幸福地入睡了。其间她又不时地醒来,每次醒来都会有那种幸福感。她听见自己在笑,那笑声像一种怪鸟的叫声一样。她觉得自己再也不会为爱烦恼了。

清晨,她刚从一个杂乱的梦里醒来,就听到小韶在说话。

"我试过了,那条路走不通。"他的声音在走廊里响起,"这不等于说,我就不走那条路了,我不过是稍稍偏开了一点罢了。"

"外面那么黑,你怎么知道你走的是哪条路?我看啊,你这小鬼头纯粹是在兜圈子。"说话的是张丹织的邻居老朱。

张丹织赤脚走过去从门缝里向外看,她看见小韶穿着女孩子穿的花裙子站在走廊里,脸上还擦了粉。邻居则从头到脚穿黑色。张丹织不知道这是演的一出什么戏,她紧张地看着他俩。可是那两个人都不看她。也许他俩是在较劲。但张丹织又发现小韶的脸正在往老朱的脸上贴过去,很快两张脸就粘在一起了。就连鼻子和嘴都渐渐地变成了一个人的。张丹织害怕地说:"天哪。"

那两位立即分开了。

"谁在那里说话?"老朱严厉地问。

"我——"张丹织说,"是我说话。你们是在批评我吗？你们对我不满意了吧？"

"不对，我们衷心地祝福您！"他俩齐声回答。

张丹织想起了自己失败的爱情，情绪有点灰。

"难道张小姐还会有什么放不下的事吗?"老朱转过身来。

张丹织浑身起了鸡皮疙瘩——她看见的是一张陌生的疤痕累累的脸，连嘴唇都消失了。

"公寓里失过火，这是那场火灾留给我的纪念。"他笑出了声。

但张丹织怎么也想不出他的话有什么好笑的，她为此而苦恼。

他俩到老朱的房里去了。一阵一阵的怪笑从那房间里传出来，张丹织退回自己的房里，神经变得很紧张。她开始收拾东西准备离开。忙乱中有一本书从她的手中掉到了地上，她拾起来一看，居然是《地中海地区植物大全》。那本书，明明她记得放在学校宿舍里的，怎么会跑到这里来了？莫非它生了脚？这本崭新的书是后来她在书店里买的，现在翻看着这些图片，心里一阵一阵地伤感着。她又一次想到这个问题：她和农，到底谁更适合煤永老师？她的直觉告诉她应该是自己更适合他，但她又想，也许农也有同样的感觉。爱情真不是那么容易判断的。

张丹织一开电梯门就看见老朱背着她站在里面。

"对不起，我很抱歉。"她说。

"为什么抱歉？是为了我脸上的烧伤吗？这没什么可抱歉的，这是我的真面貌。您看习惯了就好了。"

他说着就转过身来面向她。张丹织看了他一眼，心里有想吐的感觉，但她忍住了。老朱请她伸出手来，她伸出了右手，老朱握着她的手，仔细地打量她的掌心。

"您打了败仗，不过失败是成功之母嘛。"

"您觉得我前途如何？"

"您前程未卜。这对您来说是最大的幸运。"

他走出电梯往右一拐就不见了。张丹织记起老朱握住她的手时,像有电流从她掌心通过,她都差点要尖叫了,幸亏只有一瞬间。并且她还闻到老朱身上喷发出来的硫黄气味。他从前是那么优雅又爱享受物质生活的人,莫非他现在要毁灭自己?看来小韶同他是非同一般的亲密,不知道这种关系是从什么时候开始的,反正从前她住在这里时,从未看见小韶同他接触。

一直到坐上了去学校的班车,张丹织还在费力地想这个问题:她自己的真面貌是什么样的?她努力地辨认玻璃上那张模糊的脸,那张脸时而木然,时而狰狞。她因而有点担心自己要做出什么不可思议的事来。这时洪鸣老师忽然在她里面说话了:"您多么美,您是最适合那所学校的。"张丹织平静下来了,她想,洪鸣老师真了不起啊,也许《鸣》这本书的作者就是他。书的封面上有作者的名字,叫林落,很可能是笔名。如果是他自己写的书,他又去参加关于这书的讨论会,这意味着什么呢?

第十二章　小蔓和云医

　　小蔓和云医相互间有种依恋，但那并不是爱。不过，云医老师虽然已经经历了一场销魂的爱情，现在却觉得很难对他和小蔓之间的情感下定义。他以前认为她是他事业上的伴侣，如今这种看法却摇摆不定了。至于小蔓呢，她很少去分析自己的感情，她认为完全没有必要。她是个行动大于思考的人。同云医老师在一起时，她往往很激动，因为他太特别了，是能够激起别人的奇思异想的那种类型，但离开了他，她也未必对他魂牵梦萦。生活中令人激动的新事物太多了，她都还顾不过来呢。在云医老师的心目中，小蔓是最为亲密的女性；而在小蔓的心目中，云医未必是唯一同她有亲密交流的男子。煤永老师说："小煤老师越来越镇定了。"再说小蔓目睹过云医同金环蛇的生死恋，她对这位朋友应该是有清醒的估计的。那时候，她爱的是恋爱中的云医，她的好奇心胜过了一切。有一夜，她甚至睡在了庙里，只为倾听那簌簌的拖行的声音。在如水的月光里，那种激情是多么美丽啊！

　　云医老师现在已经停止了收集火山石，他不好意思地对小蔓说，他要扮演蛇的角色。小蔓听了他的话暗自吃惊。

　　下午上完课他就不见了。学生们都很惶恐，他们心里有不好的预兆，因为他们听到了流言。"他有可能会被消灭。"他们说。

小蔓是下半夜进山的,她并不是熟门熟路,她打算凭嗅觉行动。不知从什么时候起,她已经学会了用嗅觉辨别蛇的所在位置。而且她不止一次闻到了云医老师身上散发的蛇的气味。这次进山对于她来说是一次激动人心的冒险活动。她虽然带了手电筒,但几乎一次都没用。黑暗中的云雾山好像突然变成了她的老家,没多久她就变得熟门熟路了,脚下的每块小石头都在亲切地为她助力。啊,那么多的沟沟洞洞,却并不成为她的障碍,反倒成了她的向导。每踏进一个浅洞,或滚进一条小沟,她都会产生一种回家的熟悉感。后来她就坐在一条土沟里不想动了。沟壁上有小动物弄出的骚响,好像是蛇,又像是穿山甲。熟悉的气味扑面而来,是儿时厨房里的气味,爹爹在蒸馒头。

一大块土坷垃掉下来了,那小动物落在她腿上,它的体积不那么小,是什么动物?她一下记起了厂后街26号,这是獴啊。獴跑掉了,更多的土坷垃落在她身上。小蔓听到了呻吟声从沟的另一边传来。她开始慢慢往那边爬,心情也激动起来。

她揿亮手电,照见了躺在沟里的云医老师。一只体积很大的獴正在咬他小腿上的肉,他紧闭着双眼,也不知道他疼还是不疼。他的确在呻吟,但那种呻吟是痛苦还是惬意,小蔓感到难以判断。

"云医老师,您需要帮助吗?"

"嘘,别出声。您瞧,它跑掉了。啊,我这条裤子只有半截裤腿了,这该有多么不礼貌!小煤老师,真对不起。"

"别管礼貌的事了,您受了伤,需要包扎一下。"

"为什么要包扎?没必要,这样就很好。您不晕血吧?不晕就好。我和您讲讲我和它的故事吧——就是刚刚跑掉的这个它。就是它,还有它的几个兄弟,把我的所爱送上了断头台。事情发生得太快了,那时我还没有反应过来。我一直在寻找它,我也潜入过厂后街26号,后来我干脆到山里来等了。我总想重返一次那种意境,我豁出去了。您也看到了结果,它并不想要我的命,显然是因为我比不上我的所爱啊。小煤老师,我走火入魔了吗?"他绝望地问道。

"我觉得您判断准确，神志清明。我羡慕您。"

小蔓一使劲就将云医搀到了沟外——她是个健壮的年轻女性。

她紧紧地搂着他走了几步，将他放在那块熟悉的岩石上坐下，让他的身体靠着她自己。她感到，他身上的那种热烈的情感传到了自己身上。她暗想，这位亲密的朋友，究竟是由什么材料做成的呢？她也想追求他所追求的那种意境，但毕竟气质不相同，她追不上。

"云医老师，您瞧，这是什么光？"她指着岩石问他。

"可能是星光吧。我看得见您的脸，可我认不出您了。它们就在这附近，您害怕吗？"

"一点都不怕。因为您在这里啊。云医老师，我从小就崇拜您这样的人。从前我画了那么多古代的猴子，可是我画不出金环蛇……我觉得您是我从未见过的那种人，是中国山水画里头的影子。我追逐了多年，那影子总不现身。瞧我在胡说什么。您不是影子，您是一个人，可我怎么就挨不到您的身体？"她说话时感到自己在发热，还有点眩晕。

"那是因为您不爱我，所以我成了影子。"云医冷静地说。

"也许吧，也许吧。可是我热烈地向往您的境界。瞧我将您搂得多么紧，我在模仿她，我希望让您感到她又回来了。您瞧这光，跳跃得多么厉害，她今夜真的回来了吗？"

"我认不出您了，小煤老师。您会不会是她？"他的声音仍然很冷静。

"有可能吧，如今这时代，什么可能都有。我听见您的学生在呼唤您，真是些心事很重的少年。因为您，她成了他们心中的理想。您成功了，云医老师。我自己也想获得这样的成功。"

小蔓激动得颤抖着，云医虽表面冷静，她还是感到了他心中的热烈。那种热烈是她所不熟悉的、异质的，可周围的氛围却是家的氛围。是二者的反差令她眩晕吗？

她站了起来，她想离开，她觉得云医并未受伤。可现在是云医在紧紧地搂着她了。他们就这样搂着，默不作声地往山下走去。

路上很黑，但是两人都感到像在家里一样自如，行动毫不受阻碍。

"学生在看着，多么难为情。"小蔓说。

"有什么难为情的，他们正在学习区分微妙的感情。"

云医一直将小蔓送到宿舍的楼底下。

天快要亮了，小蔓虽放下了窗帘，还是感到难以入眠。她今天没有课。

夜里的那种搂抱竟没有使她产生生理上的反应，真神奇。这云医的肉体究竟是一种什么样的质地？他和雨田迥异，他属于爆发力惊人的类型。小蔓一贯认为自己同他相差太远，所以虽为他所吸引，生理上却并无反应。再说她本来就属于反应很慢的类型。夜里云雾山里弥漫的家庭氛围，都是因为这位男子的缘故吗？总之她同他在一起时的那种激情怪怪的。小蔓思来想去，觉得这"怪"的原因要归到金环蛇身上去。云医不再是普通的男人了，他的境界她小蔓如今已达不到了。想到这里，她既有点沮丧，又觉得松了一口气。灵魂里的一场混乱大战终于告一段落，她进入了梦乡。

她一个梦都没有做。她中午醒来时心里异常空虚：怎么会一个梦都没做？难道昨夜什么都没发生过？难道她那些激情都不真实？真见鬼，她穿过的这身衣服上一点草屑和泥土都没有，她昨夜到底在什么地方？再看鞋子，鞋底也是干干净净的。然而传来敲门声。是云医。

"我不放心您，就来看看。昨夜我会不会冒犯了您？"

他的脸色有点苍白，还有点神不守舍的样子。

"怎么会冒犯我呢，云医老师？您是我崇拜的人啊。"

小蔓一笑起来，云医的脸就变得红润了——他真是身心强健的男子。小蔓很高兴，提出要为云医画像，但云医拒绝了。

"我从不照相，也不喜欢别人为我画像。"他简单地说。

小蔓让他喝草莓冰水，他欣然同意了。

他像小孩子一样咬住吸管，偷偷打量小蔓。

"听说您一开始没同意校长的聘请？"小蔓问他。

"嗯。我一心想去远方淘金，没看到脚下有金矿。现在我才深深地感到校长是我的恩人。"他不好意思地垂下了眼皮。

喝完草莓冰水,他说他要走了。

"且慢,"小蔓拦住他,鼓起勇气说,"您不爱人类,对不对?"

"您说错了,小煤老师。我爱人类,我是将她当人来爱的。难道我还会有别的爱法?那怎么可能?"

他好像是在反问她,又好像是在反问自己。他的表情一下子变得迷惘了。

小蔓于是推着他向外走,口里絮絮叨叨地说:

"我明白,我明白,人只能有人的爱情。您千万别沮丧,我们爱您,学生们、我,还有校长,我们都爱您。要是没有您,生活会变得空虚好多,真的,真的。"

云医老师要下楼了,但他站在楼梯那里回过头来说:

"那就是说您不爱我。"

"不对,我爱!"

他下去了,小蔓愣在原地。她刚刚放下的心事又来骚扰她了,她感到很累。她记起从前同雨田在一块时,她并不累。她在心里说:"云医啊云医,您到底是不是一个人?"他当然是人,她小蔓不是体验到了他那种异质的情感吗?不是人的情感,她又怎么体验得到?

小蔓回到房里,一眼看见地上的那块蛇皮,那必定是云医落在那里的。她捡起来闻了闻,昨夜的氛围扑面而来。她将那一小块蛇皮夹在她的备课本里面时,忽然就觉得灵感涌动。

她写啊写啊,一直写到天快黑了。这时她才感觉到饿了,于是到厨房里去做饭。后来又有人敲门,是农姨。

"农姨,为什么我从来没像您那样爱过?"

"你是指绝望的爱?那是一种病,我从前生病了。我不主张小蔓生病,小蔓是健康的女孩。你爹爹让我顺路来看看你。"

"我很好,我今天做了很多工作。我真想生一场病,可我就是不病,我太正常了。"

"正常很好,正常人的创造力更大。看来你没事,我走了。"

直到农离开后，小蔓才注意到自己在备课本上写下的那个标题："从中国山水画看动植物与人的情感沟通。"此刻她还无力判断自己那些热得发昏的句子，她合上备课本闭目养神。

云医老师再次躺在那条沟里。他听到他的学生们呼唤他。

"云医老师啊，您慢一点吧，我们跟上来了！"

那些学生们从他的上面飞奔而过，云医老师在阴暗处微笑着，他感到欣慰。昨夜有人来过，他完全看不清那人的脸，像是小煤老师，又有点像他远方的姐姐。那影子嗡嗡嗡地说话，他也辨别不出是谁的声音。他心里希望是小煤老师，可她说了几句又不像她。云医老师很失望。有一刻，女人朝他俯下身，似乎要察看他的伤势，可云医老师听见她说的却是："您多么惬意啊。"

学生们呼唤他的声音越来越远了，云医老师感到自己的血正在慢慢变凉。这一次獴没有来，只有一条小青花蛇溜到了他的胸口上。它在他胸口停留了很长时间，也许睡着了。它溜走后云医老师用力想象它遗留下的梦境。他觉得那些獴一定是对他失望了。

太阳光晒到身上时，云医老师站起来了。樵夫看见了他，樵夫头发很长，眼窝很深，脸上有云医所熟悉的表情。

"会有一场暴动，不过这已经是家常便饭了。"樵夫说。

云医老师觉得他的口气在嘲笑谁。莫非是嘲笑他？

"我倒希望——"云医老师只说了半句。

樵夫就在近处砍那棵酸枣树，斧头落在树干上的声音很阴森，樵夫脸上透着一股蛮劲。

云医老师匆匆地离开。因为不愿别人看见他，他走的是无路之路，在熟悉的树林里绕来绕去。他希望自己被暴动卷入，所以他下了山又开始上山，并且尽量地远离自己的学生们。不时地，他还声东击西，误导那些学生。当学生们果然被误导了时，他就发出"嘿嘿"的笑声。其实，他不清楚自己在等什么。也许，他太知道自己在等什么了，那樵夫就持这种看法。

好多年前，云医雨后在自家菜园里等过蚯蚓。那菜土黑油油的，他蹲在那里，起先听到细小的摩擦声，然后它就露出了头。它多么美丽，多么安静，它露一下头，又进去了。

云医还等待过冰锥从屋檐掉下。那么坚硬，那么自信的冰锥被阳光一晒，眼看就要掉下了。云医守在那里观察它们。一根，两根，三根，四根……直到全掉下来。看着那些尸体，他想起去世的父亲。他觉得父亲大概也融入了泥土。

云医等待得最多的还是岩浆喷发。那是很危险的，很多人认为他会出事，但居然没有。这应该归功于他的反应能力和爆发力。有山民说云医是他所见过的跑得最快的人，"像豹子一样"。而他自己在事前并不知道自己的爆发力有那么强，他待在火山区不肯走只不过是好奇。

前些天当小煤老师问他这个问题时，他突然说：

"莫非我在等您？"

小煤老师立刻回应道：

"那我就受宠若惊了。可我令您失望了吧？"

他俩哈哈一笑，谈到了别的事。学生们都想远足，有的甚至想走到国界那边去，要不要支持他们？小蔓拿不定主意。云医老师却对这种事胸有成竹。他说他已对他班上的学生提出了一种更为有趣的远足，一种垂直方向的旅行，同学们被他的提议迷住了。

"什么样的远足呢？同厂后街26号有关吗？"小蔓迷惑地说。

"厂后街26号只是一个起点，要真正沉下去就得全神贯注。"

这种谈话令小蔓全身发冷，她的目光变得飘忽了，一会儿她就看不见面前的云医了。她伸手摸索着，声音颤抖地问："云医老师，您在哪儿？"云医在屋角的什么地方回答她，声音很细弱。他似乎说了一个在她久远的记忆中的地名，又似乎什么也没说。

云医在心里想，小煤老师一定是对他没有信心吧。他里面有什么东西正在暗淡下去。

"我要走了，云医老师，去上课……"

云医看着她摇摇晃晃地出了门,一到外面她的脚步就踏实了。

他一只手拿一块火山石,让两块石头撞击。在撞出的火花里,他再也闻不到充满他青年时代里的硝烟味了。他的生活已发生了很大的改变,也许是因为校长,也许是因为爹爹,也许都不是,只不过是他自己一直在朝这个方向走。他放下火山石,想起自己刚说过的关于"垂直旅行"的话。他当然没有夸大其词,但小煤老师为什么显得那么害怕?在她身上有种要疏远他的倾向,这令他痛苦。她是他最亲近的女性,比他姐姐还亲。现在他却不知道要如何同她相处了。墙上父亲的照片正对他怒目而视,他感到自己做错了事。

在课堂上,一位女生告诉他,她在岩洞里迷路时,就用火山石给自己引路,一边走一边敲击那两块石头。"这是不是垂直的旅行?"她问他,也问大家。所有的人都面面相觑。他回过神来,连忙点头说:"当然是!你多么了不起!"他注意到有学生向他投来讥讽的目光。

云医老师终于在校门口被校长捉住了。这几天校长一直在找他。校长将他拖进密室,让他坐下。他听出密室里还有一个人,但房里那么黑,他什么都看不见。他等着校长介绍,但校长不说话。

"坐在对面的是我的同事吗?"云医老师抑制着愤怒问道。

"没有谁坐在您对面。"校长发出怪笑,他客气地对他称"您"了,"我请您来,是因为有人报信,说您的学生出走了,一共六位,这是一件值得担忧还是值得高兴的事?"

"二者兼而有之吧,谢谢您告诉我。我想我要告辞了,因为我的学生出走了。"

他站起来,但他找不到门了。他用手沿着墙一寸一寸地摸索过去,还是找不到。他于是暴怒了,用脚猛踢墙,却又将门踢开了。

"云医老师,您不舒服吗?"小蔓过来搀住他。

"我在校长的密室里……"他气得说不出话来了。

"啊,别生气,我有学生的消息了。"

"真的吗?"

229

"真的，是厂后街26号的消息。"

他顺从地被小蔓挽着手臂走出了校园，沿着那条小路走了好久，一直走到了坟山。到了坟山后，小蔓就拉着他在山坡上来回走，她好像在倾听什么，还不时弯下腰去听。

"您在听什么？"

"听那些学生说话，他们在矿井的坑道里。"

"可这里是坟山啊。"

"矿井的坑道四通八达，您全知道的。"

"我是想考考您。看来没必要了。您觉得孩子们情绪如何？"

"他们有点打不定主意，可是没有一个人有颓废情绪。"

"那正是我所希望的，我心里对他们充满了感激！我在思考一个问题：这世上是先有金环蛇还是先有小煤老师？"

云医老师提出这个问题后，两个人都沉默了，大概因为这问题太深奥了吧。后来云医老师吃惊地"啊"了一声，与此同时，小蔓也看到了坟头上伸出的手臂。那手臂扬了扬又缩进土里去了。

"这里到处是冤死鬼，可以说没人是心甘情愿地躺在土里的。只有校长那类人爱常来这里，可能是为了励志。小煤老师，您不是传染了校长的欲望吧？"他讥讽地向她眨了眨眼。

"厂后街26号让我来这里探听学生们的信息，现在看来没这个必要了。这些坟真阴森，我喜欢阴森的事物，您也是，要不怎么会跟踪校长往这里跑？"小蔓说完这话突然掉了眼泪。

"对不起，小煤老师。可我还是谢谢您将我带到了这里。此刻啊，我感到我就是您！这一天我等了多久了？"

小蔓觉得他在问他自己。她默默地将他拉向左边的那座有些年头了的旧坟，他俩坐在坟边上的蒿草里头。

"多么幽静的处所。"小蔓说。

"而且同土里的人离得那么近。我已经等到了，小煤老师。我俩找的是同样的东西,可我俩隔了这么长的时间才相遇。"

小蔓觉得有什么东西从自己里面释放出来了,但她还不能确定这是不是错觉。这名同金环蛇恋爱的男子,难道是她自己的化身?不可能。她不能真正感受到他所感到的,一切发生过的事都像蒙了一层薄膜。也许因为她的母亲和他的父亲从小就与他俩隔开了,所以他俩的生活方式有某些相似之处?要说哪些地方相似,小蔓又说不出,只是她第一次见到云医就有种熟悉感,也许他应该是她的兄弟。

野猫来了,是一只黄棕色的,它好像有点生他俩的气,因为他们占据了它的地盘。这里是有老鼠出入的,那些亲人给死者上的贡品成了老鼠们的佳肴。小蔓打量着蹲在一旁监视他俩的野猫,心里想,爹爹为什么连母亲的骨灰也不留下?他要一个人在暗中思念她吗?独自一人,爹爹该有多么大的勇气啊!

"云医老师,我们回去吧。猫儿生气了,再说我们也没法和土里的人对话。刚才还听得到学生们在下面吵,现在已经听不到了。"

云医脸上浮出一丝笑意,站了起来。

"为什么您就不能爱上我?"他玩笑似的说。

"当然可以。可是还没有,您也一样嘛。"

他俩在回去的路上遇见了农,农看上去有点心神恍惚。

"您的父亲深不可测,我嘛,要单纯得多。"云医对小蔓说。

"您是怎么看出来的?"小蔓生气地说。

"从珂农老师脸上看出来的。很可能我看错了。"

"但愿您下回别看错。没有人比爹爹更爱农了。"

他俩分手后,小蔓心里有点不安。当然,云医老师是不会看错的,懂得蛇语的人对爱情方面的事还能不敏感?只不过是小蔓不愿意她爹爹的生活中有任何不愉快罢了。成年以后,她偶尔会试着去想象爹爹失去了爱妻之后独自抚养她的情形,但她无法往下想,就像面临十分可怕的深渊一样。她喜爱古代山水画,起初也许是为了逃避那些阴影,到后来却在山水画中发现了更多的阴影,并玩味起那些阴影来了。"爹爹啊爹爹,您和农应该变成一个人。"

她轻声说道。可是这怎么做得到？云医是幻想家，才会这样认为，煤永老师并不是幻想家啊。当然他有惊人的热情，但他是个实实在在的男人。确实，没有比他更实在的人了，所以他才会连妻子的骨灰都不留啊。

云医回到自己那阴暗的家中时，还在思考金环蛇和小煤老师之间的关系。他想，这位小煤老师是从他心里慢慢走出来的。从前，他并不知道自己心里头有些什么。这是多么奇怪的转折。就在前不久，他还以为自己完蛋了呢，可是生活中又出现了新的前景。这位小煤老师比他自己更懂得他，她那种处事不惊的风度当然是来自父亲。现在，他满脑子里全是金环蛇和小煤老师的倩影，一轮又一轮，纠缠不清。他悲伤，他庆幸，他无言。

吃了几块压缩饼干，他早早地上床躺下了。

虽然没开灯，他还是分辨得出有人在屋角蹲着。

"您是从爹爹那里来的吗？可我已经不需要关照了。请放心吧，我不会再乱跑了，我的脚板上长出了根须，您瞧！"

他将脚伸到被子外面时，那影子就发出银铃般的笑声。居然是他的学生。影子的后面又有两个影子，他们溜到外面去了。云医老师大声说："再会！但愿垂直旅行给你们带来好运！"

此刻他对校长也充满了感恩，他觉得校长就是爹爹的化身。

当他睡到半夜时，有丰满的女性身体紧挨着他。当然是她。他俩的交合是如此的长久，到后来他都精疲力竭了。他隔一阵就唤一声"小煤老师"，但她始终保持沉默。这沉默令他极度不安。

早上醒来时她已离开。云医记得她咕噜了一句，大意是说白天还要去上课。她不在身边，云医反而感到了满足，宁静和充实向他袭来。

"这就是爱吗？"小蔓问自己。

她决心将自己的这种感觉写进教材。现在，她是多么的精力充沛啊！是因为事业的缘故她才有这么大的勇气恋爱的吗？

在课堂上，学生们满怀喜悦地看着她，就好像是他们自己也在恋爱一样。

而且在回答问题时,他们的奇思异想也被充分调动起来了。于是小蔓在心里对自己说:"这就是爱。"即使是吐出那些最普通的词语,她也有想流泪的感觉。学生们看她时的目光里则充满了鼓励。

"蛇将自己的身体交给了獴之后,她的爱就达到了巅峰。"

小煤老师读完最后一句课文,合上课本时,学生们鼓掌了。

"谁来续写这个故事?"她问道。

她发现每个学生都举起了手,眼里都有种迫不及待。

"谢谢你们,现在自由活动吧,你们的老师太激动了。"

她说完就用双手蒙上了脸。学生们都出去了。她一个人在教室里哭了好久,她的感情说不清。

傍晚时她回到了父亲家中。爹爹正在做清蒸鱼。

"你来了正好,小蔓。把那些土豆削一削吧。"

小蔓像从前一样坐在矮凳上削土豆。她的手有点没定准。

"小蔓找到了心上人。"煤永老师说。

"爹爹看好这件事的前景吗?"

"当然看好。我女儿已经成熟了。她现在魅力四射。"

"谢谢爹爹。我怎么有点紧张似的。"

"这很正常。因为要进入新生活了嘛。"

农回来了。小蔓心里想,农才是魅力四射呢,爹爹难道没看出?

在餐桌上,农说起一件奇怪的事:一名学生在山上被一条青花蛇缠住了脖子,差点丧了命,不过现在已经抢救过来了。小蔓急煎煎地询问是谁的学生。农回答说是外校的。小蔓看见了爹爹若有所思的表情。

小蔓觉得,虽然爹爹赞成她的选择,但他必定是忧心忡忡的。爹爹一贯爱她胜过爱自己的生命。将来她自己有了孩子,也会像爹爹这样吗?她不知道。毕竟她和爹爹从前的那种境遇不是每个人都能碰到的。她将目光转向农,发现农在走神,是因为爹爹没对她的故事发表意见吗?

正在这时爹爹开口了,他说的是校长的事。他说校长已经打算在他的两

233

个情人当中挑选一个与她建立家庭。听了这个消息,农和小蔓一块"哦——"了一声,她俩感到十分诧异。

"校长实在是太寂寞了。"煤永老师责备地看了她俩一眼。

"他比那位学生更寂寞。他都过了六十了。"他忍不住又补充了一句。

这顿饭吃得有点沉闷,因为各人都怀着一些心思,都觉得自己的心思难以传达给别人,哪怕是亲人。

吃过饭后小蔓和农坐在沙发上翻阅杂志,煤永老师在厨房里收拾。

"小蔓,你将来一定要生孩子。"农认真地对小蔓说。

"我是打算生。可是先得结婚啊。"

"什么时候结?提上日程了吗?"

"见鬼,原来你们全知道了!爹爹这个巫师告诉您的,一定是。可为什么要提孩子的事,还早得很呢。"小蔓委屈地说。

"有了孩子就稳定了。"农犹疑地说出这句。

小蔓不说话了,她生怕这种谈话触到什么暗礁。她觉得农的目光不像刚结婚时那么清亮了,那里头有些雾。农还年轻,而且又是个美女,爹爹有什么不满足的呢?不知为什么,小蔓一下子就想起了雨田,想起了她同雨田之间的朝朝暮暮。如此温情的关系,她还有什么不满足的?雨田又有什么不满足的?爹爹却理解了自己的女儿,多么伟大。

"我爱您。我要回宿舍了。"她说。

小蔓夜里睡不安,总想起被青花蛇缠住脖子的学生。农说他是外校的学生,但小蔓认为她没说真话。她想,这样的夜里,云医还睡在那张床上吗?他会不会又去山里游荡?她小蔓或小煤老师有能力将他的卧室变成一座山吗?他对她会有一些什么样的期盼?往事向她涌来,这些事都同云雾山有关。小蔓看见有个影子在山间迈着疲惫的步子。关于山,小蔓和云医有不同的感受。他俩从不同的地点出发,如今似乎是殊途同归了一样。但小蔓心里知道,离殊途同归还差得太远。也许在将来,他俩会有一个孩子,但不是现在。今夜农的谈话忽然让她看到了农和爹爹之间的隔膜——她并不完全理解爹爹。

当然，任何一个人都无法完全理解另一个人。如果有爱，总能打破隔膜，就像洪鸣老师同鸦之间一样。啊，洪鸣老师！啊，鸦！当张丹织告诉她这个故事的时候，她多么感动啊！就是从那一刻，她下定了决心投入云医的怀抱。

"城里有个奇怪的读书会。"她对云医说。

"我早听说了，是校长告诉我的。因为他的对手在读书会里。校长掌握了读书会的情报，就偷偷地读同他们一样的书。我也读过两本，是从校长那里拿来的。我很喜欢那种书，因为书里说的都是我自己的事。我没去过读书会，我不善于同人讨论书上的内容。我要是同人讨论，说不定会当着大家的面哭泣。"

云医说完这些之后，就从书架上找出一本书名为《晚霞》的书，递给小蔓看。小蔓翻到第一章，念了四五句后突然脸色发白，双手颤抖起来。她的视线在天花板上游移。好久好久。

"小煤老师！小煤老师！"

云医焦急地摇着她。

"啊——"她缓过劲来了，"这书中有不祥之兆。就好像，就好像是在写爹爹的事啊。云医老师，你怎么认为是写你的事？"

"这并不矛盾啊。您瞧，还有这一本，据说是洪鸣老师写的。"

"我的天！他还写书。"

"为什么他不能写？您也可以写嘛。将来我们成了家，我要天天读您写的书。我不能说了，我要发狂了。"

"成家？我还没想好呢。"

"您快快想，别拖太久，我会失去意识。"

小蔓高举着那本《鸣》，让下午的阳光照在书页上。她说她要听书页里头发出的声音，她刚才注意到阳光一照到这本书，它就发声。她将耳朵贴着书页时，云医也贴了过来。后来他俩就接吻了。小蔓一边接吻一边想着洪鸣老师，这种联想竟让她激动不已。云医呢，满脑子都是小煤老师，他知道她在想什么，并且也因为她的思想而激动不已。然后小蔓就挣脱出来了，她高声喊道：

"真是奇迹啊!"

"确实是!"云医回应道。

然后两人又接吻,仿佛要用接吻将书里面的洪鸣老师引出来一样,又仿佛两人都进入了书中的境界一样。

"要不是张丹织老师……"小蔓说。

"别说话,我又忍不住要接吻了!"

"我要读这两本书!"小蔓宣布说。

第十三章　鸦和洪鸣老师

鸦的名字叫巫涯,鸦觉得那名字难听,就改成了现在这个名字。洪鸣老师也认为她改得好极了。

他俩是在歌剧院相识的。那一天,洪鸣老师兴致勃勃地去听京剧《尤三姐》。剧间休息时,洪鸣老师发现邻座是个充满了青春活力的漂亮女孩,最多不会超过二十二岁。他暗想,这么年轻的女孩子却喜欢京剧,很少见。于是开幕时他就将目光偷偷地溜向那女孩。令他万万没想到的是,女孩也在看他,而且是直愣愣地看。幸亏周围较黑,别的观众注意不到。女孩斜过身子,凑在他耳边说:

"这位演员真美,我最喜欢这种男性化的女孩,就像一种理想。"

洪鸣老师为她这句话大大地感动,他顾不上听戏了,就也凑在她的耳边悄声说:

"的确是美。我同您有共鸣,您感到了吗?"

"当然啦——"

戏一散,他俩走出座位,鸦就自然而然地挽住了洪鸣老师。

他俩在黑黝黝的大街边走过来走过去。洪鸣老师提议去酒吧喝一杯,但鸦拒绝了,她说酒吧里生人太多,她会紧张。

"我从小就想做尤三姐,可我的性情同她差得太远。您怎么看我?您喜欢尤三姐吗?"

"喜欢。"洪鸣老师说,"扮演她的是一位天才男演员。我本来是想好好听戏,可是现实中的戏比台上的更精彩,我就走神了。"

"那么下个星期三我们再来听这出戏,好吗?"

"好。"洪鸣老师感动得热泪盈眶。

鸦说下星期三她会提前买好票,站在剧院门口等洪鸣老师。她说完这句话就上了一辆夜班车。洪鸣老师注意到那车开往城南。

鸦坐在前排位子上,她的思绪仿佛被冻结了一般。每当她过度兴奋,她脑子里就一片空白,这是她的常态。她感到那夜班车是命运之车。

她回到自己的公寓里时才恢复过来。她认定刚才那位男子就是她鸦从小到大一直在寻找的类型,更难得的是他俩还有共同爱好。鸦躺到床上时,心又静不下来了。她不知不觉地在模仿洪鸣老师说话。他一点都没有打听她的情况,这就是说,他对同她相识这件事完全不感到意外。她也是这样!鸦觉得自己心花怒放。就在这时电话铃响了,是住在乡下的母亲。

"我的丫丫快活吗?刚才打电话没人接,我有点不放心。"

"妈,我很好。您今天和舒伯去赶集了吗?"

"去了,买了条小狗。你睡吧,丫丫!"

鸦的脸上泛出笑容,她猜舒伯和妈妈正在床上。她妈最喜欢在自己做爱时打电话给女儿。她是那种博爱者,希望大家都恋爱。八年前,她失去丈夫后不到一星期就同这位舒伯伯交往起来。为了避人耳目,她和舒伯干脆搬到了附近的乡下。反正两人都退休了,鸦又上寄宿中学,所以两位老人就过起了田园生活。这件事对鸦的刺激很大,因为她的父母很恩爱,从前还一起共过患难,妈妈怎么会这么快就转向别人呢?但过了一段时间鸦就理解了母亲。舒伯伯已快七十岁了,无儿无女,差不多像是白活了一辈子,忽然就狂热地爱上了自己的同行。谁能责备这样的孤苦老人?因为有了舒伯如此专一的爱,鸦的母亲很自豪,这大大地减轻了丧夫的痛苦。后来鸦也开始羡慕母亲的好运了。

夜深了，鸦还在床上痴想，不光想剧院的奇遇，也想洪鸣老师的外貌，猜测他此刻是否也在想她。她开灯看了一下表，已经一点半了。她实在忍不住，就打了个电话给洪鸣老师。

"是鸦吧？我正好也在想您。您没事吧？"

"我没事。我刚接了母亲的电话，就睡不着了。我母亲和她的爱人住在乡下。我们结婚吧，洪鸣老师！"

"我多么的幸福，鸦！等一等，您刚才说我们结婚？"

"是啊。除非您已经结婚了。"

"我还没有。我太幸福了，我现在就上您那里去，好吗？"

"可是现在没有公交车了，要走一个半小时。"

"这没问题，我从前是业余长跑运动员。"

然而五周以后他俩分手了——还没来得及结婚。原因很简单，洪鸣老师工作繁忙，事业上有野心，热爱本职工作，所以不可能每天有时间同鸦在一起。鸦的工作则很轻松，是在工艺馆画彩蛋。因为近期生意清淡，只工作两小时就回家，所以她有大把的时间。

每当鸦待在家中，洪鸣老师又老不来电话时，她感到自己简直要发狂了。她知道洪鸣老师喜欢他的工作，可她认为那也得有个限度，他正处在热恋之中，怎么能做到不每天来城南她家中见她？那只能说明他并不很看重她啊。后来鸦又提出由她每天去洪鸣老师家。他答应了，并且对她充满感激。这使得鸦满怀希望。然而当她坐在他那朴素寂静的宿舍里等待他时，他还是每天忙到深夜才回家。有时他还睡在办公室,说是怕回来太晚打扰了鸦。这种时候，他总预先给鸦电话，让她早些睡。鸦一挂上电话就破口大骂，她也不知道自己从哪里学来那么多脏话，连珠炮一般骂下去，像鬼魂附体了一样。

终于有一天，鸦气急败坏地对洪鸣老师说：

"我要离开你！"

"你要走？我们还没结婚啊。我这一生完了。"他万念俱灰。

"我不能和你结婚。"鸦铁青着脸说。

"那你和谁结婚?"

鸦提起脚就向外走。洪鸣老师追出去,用双手按住她的肩膀,口里哀求着。鸦突然扭转脖子在他手背上用力咬了一口。洪鸣老师松了手,发出惨叫。他盯着自己血肉模糊的手,内心无比震惊。鸦一眨眼跑得无影无踪了。洪鸣老师已经感觉不到伤口的剧痛了,他像做梦似的站在家门外,任凭伤口流血。后来是楼上的老师替他包扎好伤口,又将他送到校医那里。

鸦走了之后,洪鸣老师才确确实实地感到自己的一生完了。虽然他仍然拼命工作,但却失去了灵感。他成了个机器人,连自己都对自己心生恐惧,因为他从未有过这种感觉。

半年之后,他才一点一滴地恢复了对生活的感觉。

鸦受到了重大的打击,整整一个月完完全全失去了睡眠。后来她的工作也没法做了,她母亲就从乡下跑来将她接到了她家中。自残的事发生在乡下,幸亏她母亲警惕性高,她才保住一条命。

不知道是出于母亲的自私呢还是她认为要给鸦一线希望,就在鸦终于平静下来,融入了两位老人的田园生活时,有一天,这位母亲偷偷地进了城。她通过一些曲折的关系找到了洪鸣老师的家里。这已经是七个月之后了。洪鸣老师在院子里做木工,为了使自己的精神振作起来,他决定做一张方凳,现在已经快完工了。

"您好,我是鸦的妈妈。"

"啊!您请坐,这里有把椅子。"

"您觉得意外吗?"

"不,不意外。因为我爱鸦。我去为您倒茶。"

"不用麻烦了。鸦发生了一点小意外,不过事情过去半年多了。"

"她现在怎么样?"

"很好。她在我那里,每天在菜地里忙。我觉得她很苦,可她不愿诉苦,她硬挺着。"

"您愿意我送您回家吗？"

"愿意。您是个好人。鸦不会处理同别人的关系，我把她惯坏了。"母亲说着就哭了。

他俩一块回到了母亲家中。洪鸣老师请了一个星期假。那七天里头，鸦和他时时刻刻在一块。乡下房子的厕所在屋外，即使洪鸣老师上厕所，鸦也跟着，站在厕所外面大声同他说话。母亲看到这种情景时，脸上的表情显得很担忧。

一星期后，洪鸣老师和鸦一块回到了他的宿舍套间。洪鸣老师怕鸦在家待着寂寞，就替她在一家杂志社找了一份美术编辑的工作。但是鸦很快就出现了精神上的问题，她在工作上连连出错，最后只好离开了杂志社。

"鸦，你就在家伺候我吧，反正我们也不缺钱。我也三十五六岁了，该享享福了。"

"我觉得我是生病了，肯定是。为什么我要连累你？"

"胡说。很多人都这样，只是集中不了注意力罢了。什么叫连累？没有鸦我活不下去，我死过一次了，你不想害死我吧？"

"你说的是真心话吗？"鸦紧张地看着他。

"我要说假话五雷轰顶！"

两人开始过上了甜甜蜜蜜的小日子。鸦在家做家务，把他们的小家弄得舒舒服服。洪鸣老师照旧在学校里忙，但他注意每天尽量早些回家陪伴鸦。倒是鸦的性情改变了，她再也没有抱怨过洪鸣老师，反而时常同他谈起学校的事，还给他出些主意。洪鸣老师觉得自己达到了幸福的巅峰。为了给鸦解闷，他不时从图书馆借些书回来给鸦阅读。那些书大部分是小说和诗歌，还有一些园艺方面的书。他按照自己的口味选择书籍。奇怪的是从前没有阅读基础的鸦天分极高，她对每一本书的体验都有自己独特的创见，而这些创见又影响了洪鸣老师。于是由书籍作媒介，两人的相互理解日益深入。

"可了不得，"洪鸣老师说，"我们家要出一个文学工作者了。鸦，我觉得你天生是文学行列里的人，我周围没有你这样的人。你完全可以练习写作。"

"瞎说。我根本不能思考，更不能将我的思想写下来。我要那样做的话就会失眠，很危险。"鸦说这话时眼睛望着别处。

"我明白了。用不着写下来，你同我说一说就可以了。自从你读了这些书之后，我再重读时，就好像眼前出现了另一片天地。你是最棒的！"

但是鸦的眼神变得有点忧郁了，洪鸣老师一时追不上她的思路，就默默地抚摸着她的肩头。他对自己说，没有过不去的坎，他要拼命努力。鸦太正常了，所以那些小小的不正常完全可以忽略不计。

不过鸦并没有阅读的激情，洪鸣老师借回什么书，她就读什么书，仿佛有些被动似的，令洪鸣老师大为不解。

"有一些物团挡在书中发生的事件前面，我看不太清那些事情，我不能用力，一用力就好像要发生眩晕似的。所以我想，还是顺其自然吧。是不是因为我太喜欢你的书了呢？"

"那不是我写的，是一些伟大的作家写的。顺其自然吧，鸦。对于我来说，你就是美。这半年里头我的变化太大了，我以前真狭隘。"

鸦痴痴地看着他，看了一会儿，忽然低下头轻轻地说：

"我刚才没听懂你的话，我是不是出问题了？"

洪鸣老师一有时间就同鸦一块去郊区的山里。他俩一块爬山。爬着爬着鸦就会欢呼起来，脸上显出婴儿般的表情。洪鸣老师惊讶地说："鸦，你应该是在山里出生的。"但是鸦的激情持续的时间很短，往往爬了不到一里路，鸦就催促洪鸣老师回家。洪鸣老师独自一人时常常深思鸦的这种表现，但想不出个所以然来。

一块读了半年小说之后，洪鸣老师有一天动员鸦去加入城里的一个读书会，还说两人一块加入必定受益多多。

"我担心我去了会紧张。"鸦说。

"啊，不要这样想！我有个朋友在那里，他为我描述过读书会，那应该是个妙极了的组织。"

后来发生的事说明鸦并不是过虑。涉及她心爱的书时，鸦就好像又变成那个咬人的怪女人了。洪鸣老师终于相信了鸦的话——她的确不能去人多的地方。

那些柔情缱绻的夜晚，洪鸣老师在心里反复对自己说："我做得对。"他觉得自己重新又焕发出了青春的活力。

可是转折又到来了。一天早上鸦说，她要去母亲家里住一阵。

"是因为失眠吗？"洪鸣老师拉着她的手问道。

"有一点点，不过不厉害，回去休养一阵就好了。"

她坚决不让洪鸣老师陪伴，自己一个人坐长途汽车走了。

她一到母亲家就给他打电话了。洪鸣老师从她的声音听出来她非常放松，好像那些在工厂里做流水线的女工下班了一样。这个发现令他陷入痛苦之中。鸦离开后的房间显得空空荡荡，洪鸣老师强迫自己适应重新到来的孤独生活。他想，他已经经历了巨大的幸福，所以目前老天给他的孤独也是很公平的。

鸦隔一段时间就去母亲家待上两星期。她在乡下种蔬菜，养鸭，打草喂鱼。她还交了两个小朋友，都是很早就辍学的乡下女孩。由于白天里搞劳动，又得到大自然的滋润，她的睡眠便得到了改善，眩晕也好了。然而她母亲看见她时常独自垂泪，当然是因为想念洪鸣老师。有次母亲偷偷打电话给洪鸣老师，洪鸣老师就急匆匆地赶来了。他俩一块度过了仙境般的三天。洪鸣老师在乡下时，鸦还是寸步不离地跟着他。她心里一直有种预感，那就是她和他终将分手。但鸦不能深入地想这种事，一想就要发眩晕病。

"妈，您觉得他怎么样？"

"我不知道。我只知道他是你命中的贵人，一个少有的男子汉。"

"如果我不能再去城里待的话，他怎么办？他爱他的工作，更爱那些学生。我，我在拖累他啊。"

"你会好的，丫丫，要有耐心，转机会来的。"

母亲背着女儿大哭了一场，她感到天昏地暗。

鸦在洪鸣老师家待的时间越来越短，一年里头回母亲家的次数越来越多。有一天，她出门去买菜，忽然在大街上迷路了，也忘了自己是出来干什么的。后来是交警将她送回了洪鸣老师家。第二天洪鸣老师就请了一位老阿姨来家里。他对鸦说,徐姨是他的堂嫂,刚死了丈夫,又没孩子,成了孤寡老人,在家里寂寞难熬,想到他家来帮忙做做家务。鸦一边听洪鸣老师介绍一边点头,也不知她心里怎么想的。于是徐姨就留下了,她每天一早就来陪着鸦,两人一块搞卫生,一块上街。到了下班的时候,洪鸣老师回来了,徐姨就回家去,她住在城东。徐姨头脑灵敏,见多识广,和鸦相处得不错。

住在城里的时光,鸦的睡眠仍然没有改善。又因为睡得不好,她白天里越来越容易紧张了。幸亏徐姨将她当女儿看待,为她解除了许多障碍。

"我看得出来他不能没有你。一个男人就是工作上再出色也不能没有感情生活,感情生活总是第一重要的。我那死鬼当年为了我放弃了在北方城市升迁的机会,最近我也常想,是不是我害了他?你瞧,爱情总是这样的!活的时间的长短不能用来衡量爱,对吗?"

"您这样一说我心里舒服多了。"鸦说,叹了一口气。

虽然鸦竭力想留在洪鸣老师身边,但还是不得不一年比一年更长久地待在乡下。她周围的人都知道她的病情在逐渐加重,她自己开玩笑地将这个病称为"城市恐惧症"。她对洪鸣老师说,自己生在城市,又在城市长大,怎么会得这种病?其实她最喜欢待的地方并不是乡下,她爱城市的市容,爱车水马龙的街道,爱路边的百货店,爱超市和书店等等。她觉得她这辈子最幸福的时光就是多年前和洪鸣老师一块听京剧的那个夜晚。那时她和他手挽手在大街的人行道上溜达,她看见洪鸣老师的脸一下子被商店射出的光线照亮,一下子又隐没在黑暗里,那情景永远刻在她的记忆里了。

"乡下同样好。"洪鸣老师说,"等到我退休了,我们就到乡下去定居,像你妈妈一样。住在乡下,你什么病都不会有。我要筹划这件事,请相信我。"

"到那时,说不定我也像沙门女士一样在乡下开一个小书店,组织一个读书会。你给了我希望,我今夜一定会睡得好。"

但她通宵未眠,这是第三天了。她不得不一早就同徐姨赶往乡下。在长途汽车上,她静静地流着泪。

洪鸣老师开始着手调查鸦母亲所在乡下的办学的情况。调查的结果令他沮丧：那个地方虽属市郊，却没有一所小学或中学，富裕一点的家庭都将儿女送到邻省的一所学校去，穷孩子们则跑光了，也不知他们去了哪里。鸦认识的那两个女孩先前上过两三年学，后来她们自己不愿意上了，那学校也垮了。她们俩是唯一留在本地的小孩。洪鸣老师想，如果让鸦离开母亲，随他去另外的乡村学校，很可能她的病情会更加恶化。

终于，鸦一年中的大部分时间都待在乡下了。即使在城里待短短两三个月，她也常犯病。洪鸣老师常常跑到乡下去，但不能久待，他的学校和学生都离不开他。

在洪鸣老师的卧室里，有一张鸦的巨大的照片，是全身照，照片里的鸦站在草地上，像仙女一样美丽。洪鸣老师为了战胜自己对鸦的渴望，每天都工作到精疲力竭才休息。他的工作效率，他的创新的教学思维，都让同行们惊叹不已。近一两年里他慢慢认命了，他打算像这样硬挺到退休，然后去乡下，与鸦一道安度晚年。然而却出现了张丹织女士！那又怎么样呢，他同她不过是朋友罢了。

张丹织女士热情而又有定力的个性像磁石一样吸引着洪鸣老师。或许因为是同行吧，他特别为她的内涵和风度所打动。他将她看作五里渠小学的一块美玉，一想到她，就悻悻地对自己说："许校长这老狐狸！"他不光为她的才华所倾倒，而且还对她产生了某种朦胧的渴望——尤其在鸦离去时。这种渴望令他有点惊慌。有时候，他觉得他应该避免与她见面，有时候，他又觉得躲避是可耻的，他应该大大方方地同这位同行交往。是他自己有邪念，对方没有，他应该端正自己的态度。比如某个晚上他一人在家，所有的工作都告一段落了，同乡下的鸦也通过话了，他会突然感到心里痒痒的，于是又拿起电话拨了那个号码。她同他一样，十分谨慎。也许她那边也有同他类似的问题，像她这么出类拔萃的女性，周围没有一群男子围着才怪呢。他要向她诉说什么呢，他不知道，于是胡言乱语，说了几句恶心的话。每次同张丹织女士打完电话，他总是立刻关灯睡觉，他不愿在那个时候面对鸦的那张照片。

沙门的读书会里的氛围令他惊讶，那些书友仿佛在怂恿他去追求张丹织女士，而从前，他们对鸦是多么爱护啊。难道他们得了健忘症？还是他们认为人应该及时行乐？不对，他们不是那种及时行乐的类型，尤其是文老师和云伯，这两位具有坚韧不拔的个性，同及时行乐不搭界。在讨论作品时，书友们会突然说出这样的话来：

"关于这种暧昧私情，丹织老师和洪鸣老师应该最有体验吧？两位尚年轻，一定有不少身临其境般的片刻留在记忆中。"

"同行之间最容易激发情欲。"

"读书会反映着我们的命运。某些人的相遇是前定的。"

尽管这类话语近乎调戏，但洪鸣老师和张丹织都爱听，他俩红着脸，交换着会意的眼色，完全失去了往日的风度。有时文老师会凑近张丹织说："瞧他多么爱您！"当张丹织连连否认时，文老师就会补充说："我说的爱不是那个意思，是另外一种，我知道洪鸣老师有爱人。"于是张丹织那紧张的内心就会放松下来。

渐渐地，洪鸣老师觉得自己也离不开张丹织女士了——他频繁地想起她，盼望在读书会看到她。奇怪的是，他的痛苦竟减轻了好多。不知为什么读书会里的人认为他们讨论的那些书当中有一本是他写的，他们暗地里议论这件事。当张丹织来询问他时，他坚决地否认了，但张丹织女士满腹狐疑，陷入了某种深思。洪鸣老师心里想，这大概就是阅读的魅力吧。也许他们应该将所有的小说都当作爱情故事来读；也许，书友们认为他写了一本同爱情有关的书。他们的这种猜测是出于多么美好的心愿啊。洪鸣老师想起了他的朋友连小火。那个时候，他陷在失恋中不能自拔，他和洪鸣老师的每一次谈话都是谈张丹织女士。他的回忆性的谈话就是一本精彩的小说。后来他终于摆脱出来了。毫无疑问，他介绍给连小火的那些书籍也帮了大忙。想着这些奇遇，洪鸣老师觉得自己仿佛真的在脑海中构思一篇很长的小说，只是那些情节和句子都隐没在黑暗中，他仅仅捕捉到一些含含糊糊的画外音。他不是文艺工作者，他是个实际的人，但这并不妨碍他每天构思那种朦胧的小说情节。阅读有时会产生这种奇妙的效应，这令人充实。还有读书会里那位白发白眉的云伯，他那明察秋毫的目光有点像鹰，但决不令你感到不舒服，相反，洪鸣老师甚至渴望自己在他的注视下灵魂出窍。

"我知道您早就对我失望了。"许校长对他说，"可您为什么就不能再多一点耐心呢？我们有一个彻底翻身的计划。我有件事要向您打听：您觉得敝校的青年教师素质如何？"

"他们素质高极了。我怀疑您是否派遣过某人到我这里来做卧底，我为这事心烦。"

"千万不要过分疑心，一切顺其自然吧。"

校长说得对，一切都要顺其自然。再说这位校长自己对事物的分寸把握得多么好啊。有一次，洪鸣老师差点要对鸦说出张丹织女士的名字了，幸亏他及时忍住了。今后他当然也不会主动对她提起这位新朋友，永远。鸦的世界里有一些禁区，不是所有的事她都能理解。多么不可思议啊，他已经有了鸦，还会想要去交别的女友。但是他同她的关系中并没有明显的性的意味。那么，那是一种什么意味？他细细一寻思，忽然明白过来了，那就是读书会里的意味。在读书会里，所有这些事都是安全的。大概因为读书会里的世界是虚拟的世界吧。不过虚拟的世界却最真实，真实而安全。

鸦一大早就同小勤去镇上赶集，她要去买些新鲜花生回来吃。

她俩一边走一边聊天，乡间空气很好，清风吹着，各式各样的野花在路边开放。

"鸦姐姐，我打算一辈子不出嫁。除非找到像姐夫那么好看的人。这里周边根本没有年轻人，我等了好多年都没遇见一个像样子的，现在已经死心了。我妈想逼我嫁到外省去，她休想。"小勤说。

"小勤你才十六岁，早着呢。你会等到比你姐夫还好看的人。"

"我早就不等了。我和玉双，我们俩决心永不离开此地。我们爱这个地方，就在前天，我和玉双在村头的那段红墙上刻下了自己的名字。谁也别想把我们拐走。"

"你们的名字刻在哪里啊，我也想刻一个呢。"

走路时，鸦老觉得有哀婉的歌声不即不离地跟随着她。她有点羡慕这个小女孩，她是多么能把握自己啊，就像——就像洪鸣老师带给她的那本书里头的一个人物。

"你不用刻。因为你有姐夫，不会成为孤家寡人。我和玉双不怕成为孤家寡人，我们愿意在这里活到很老很老的年纪。"

"啊，小勤，你和玉双是真正的女英雄。"鸦由衷地感叹。

"真的吗，鸦姐姐，你真是这样想的吗？"

"真的。那些人走了，因为他们不懂得这地方的美。你们留下了，因为你们的内心无比宽广，包容了整个世界。要不了多久，所有见到你们的男孩都会爱上你们。有一本书里写到一个女孩……"

"那本书的书名叫《鸣》。"小勤插嘴说。

鸦看着女孩，吃惊得合不拢嘴。

"我读过你说的那本书。"小勤坦然地看着鸦，"我和玉双，我们摸索出来了读什么样的书。"

鸦看着蓝天，她看到了密密的一张网在飘荡。那是同一张网，在全世界飘荡。这个小女孩身上也有一座火山。

集市上人来人往，很多人都是从邻省来的，因为本地人差不多都移居到外省去了。鸦买了她最爱吃的花生和红心萝卜。

"它们的产地是在哪里啊？"鸦问那卖主。

"就在本地。我们住在东山省，每天穿过高速路到你们这边来种地。你们这里到处都是宝地啊。"农妇说着笑了起来。

"可我们这里的人都往外省跑……"鸦茫然地说。

有一位英俊的猎人在对面卖野鸡，他的目光老是扫向鸦，盯着她看。小勤注意到了这个情况，她有点着急。

"鸦姐姐，我们回去吧。"

"不想多看看吗？这里的东西多么好！"鸦说。

"我得回家打猪草。"

小勤买的是两个京剧脸谱，她要将它们挂在自己的闺房里。走在路上，她告诉鸦关于那阴险的猎人的事。鸦说她也注意到了那猎人在看她，她感觉到那人也许要她帮什么忙。

"根本不是。是因为你长得漂亮,他想打主意。"小勤肯定地说,"我们这里人烟稀少,从来没出现过你这么好看的女子。"

"那就让他打主意吧,没关系。你觉得他会伤害人吗?"

"不知道,可能会,也可能不会。我害怕。"

鸦回到母亲家时,母亲正在用艾灸为舒伯治颈椎痛。在烟雾缭绕中,舒伯发出惬意的哼哼声。一会儿鸦就将花生放在香料中煮好了,端到桌子上。三个人坐在一起吃花生。

"丫丫,你遇到猎人阿迅了么?"母亲问。

"卖野鸡的那一位?"

"正是他。他向我打听过你。他在城里看见过你好几次。你迷路那回,他正打算过去帮你,可你找到了警察帮忙。"

"真奇怪,城市那么大,他怎么会注意到我?"

"猎人的方位感是最好的。"

母亲笑眯眯地看着鸦,她为自己的女儿受到男人关注感到自豪。舒伯则声音含糊地说:

"这里遍地是侠客。"

鸦使劲回忆阿迅的模样,但那形象总是模模糊糊的。

吃过中饭,鸦又来到菜地里给丝瓜浇水。她白天里总在忙碌,只有到了夜里才坐下来读书。读书时又往往忍不住停下来给洪鸣老师打电话。有时则是洪鸣老师打电话过来。在电话中双方就像约好了一样,都不说自己的感情,只说当天或前些天发生的事。听完电话的那些夜里,鸦总是睡得特别安宁。给丝瓜浇完水,鸦坐在太阳下的那块石头上,倾听菜地里常有的那种声音——一种像丝绸一样的沙沙响声,那是从土地的深处传出来的,每次她来菜园都能听到。鸦总是想,土地在蠕动,土地多么舒适!鸦很佩服母亲的直觉,因为她一下就确定了到这个荒凉之地来定居,而她自己当初一点也没有发现这里的好处。啊,从前她多么傻!她从小在城里长大,

249

对乡村一点都不懂。母亲和舒伯搬来后她也来过几次,并没有很深的印象。直到她生病之后,她才慢慢地懂得了此地。看来她天生是属于这种地方的,这里的天空特别高,大地特别沉稳,虽然古朴,却并不哀伤。鸦来了没多久就找到了这种感觉,后来她就越来越觉得城市不可忍受了。她所结识的小勤和玉双都具有沉稳的性格,鸦甚至认为这两位女孩有通灵的倾向。大概是人烟稀少的环境造就了女孩们刚毅、独立的个性。

鸦一口气将两块菜地里的草都除掉了,满身大汗,心里却无比舒畅。她洗完澡从房里出来,看见家里来了客人。

客人就是猎人阿迅。鸦大大方方地向他问好。

"阿迅是来同你商量办一家书店的事的。"母亲说。

"可是我们这里人烟稀少,谁会来买书借书呢?"鸦说。

鸦好奇地打量这位英俊的猎人,心里充满了喜悦。

"啊,不要这样说!"阿迅不赞成地摇着头,"这同人口密度没关系,因为是有关心灵的事嘛。"

"我明白了,"鸦连连点头,"您的想法真好!"

"我家里有五百本书,我明天就用车子拖过来。我注意到你们家有一间漂亮的大厢房,正好做阅览室。"

"真感谢阿迅。"母亲说,"我们家也有好些书,还有附近那几家,家家都有不少书,我们可以筹集到三千本,因为我在城里也有朋友,他们家里都有书,他们又热心公益事业。"

鸦兴奋得脸都红了。

阿迅一离开,母亲就感叹道:

"丫丫命中总是有贵人相助!"

"妈说得对。但那也是因为您女儿不甘沉沦嘛。"

舒伯哈哈大笑,在一旁拍起手来。

鸦在西边的大厢房里忙到深夜。她用白纸糊了墙,摆了一张桌子和一些椅子。她打算明天去邻省请木匠来做一些书柜,沿着墙摆放。鸦记得母亲和舒伯买下这套大瓦房时，这里已经很久都没住人了，所以卖得特别便宜。当时这间空空的厢房里居然住着两只老猫，一黑一黄。后来母亲和舒伯就开始喂养它们了。它们现在长得皮毛溜光，成了长寿猫。鸦想象这里以后成了阅览室，猫儿来凑热闹的情景，不由得微笑起来。这时母亲叫她了。

是洪鸣老师来电话了。他说他晚饭后来过电话，因为她在忙活儿，他就让母亲不要叫她。

"鸦，我太高兴了！我感觉到你又回到了我们刚认识时那天的状态。我明天过来帮忙吧。"

"不，不要来。明天请木匠来做书柜，我一个人就可以搞好。你等着瞧吧。这一回我要当英雄。我爱你，晚安。"

"我也爱你。"

挂上电话后，鸦有点儿惆怅，不过一瞬间就过去了。她走到黑乎乎的院子里，想象她刚认识洪鸣老师的那天夜里同他游马路的情景。那该是多么幸福美好的情景！现在在乡下，她的生活仍然是美好的，这么多的爱。她后悔自己先前不珍惜生活，心胸不宽广，拖累了洪鸣老师和母亲。黑暗中有老猫在游走，它们故意用肥硕的身子擦着她的腿，令她十分感动。

她一上床便睡着了，睡得很香。当她进入浅睡眠的状态时，就听到下面的黑土发出熟悉的沙沙声，很像催眠曲。"鸦，鸦，鸦……"远处的黑土这样回应着。

过了十来天书柜做好了，漆上了清漆。它们一共有八个，摆在房里很像样，将地上铺的瓷砖也衬托得很清爽。阿迅送来的书全部摆进去了，母亲从城里运来的书也摆进去了。还有方圆几十里的七八个邻居也送了一些书来，不知道他们是如何得到消息的。一位老人说："我们桐县还是很有实力的。"他这句话令鸦十分感动。鸦不由得竭力想象，桐县在世界上占据着一个什么样的位置。

洪鸣老师也推着一板车书来了。他一进屋，打量着身穿工作服，容光焕发的鸦，心里说不出的惊讶。"太好了，鸦，太好了！……"他一连声这样说，用力亲吻着久违了的爱人。两个人又忙到深夜，将那些书分类摆放，并开始做卡片。鸦打算好了，先暂时只办一个阅览室，等今后有了资金再进新书。

夜间，倾听着水塘里鱼儿的跳跃，鸦轻轻地问洪鸣老师：

"你推测一下会有什么样的读者到来？"

"我想，应该是那些向往永恒事物的人吧。这类人往往散居在荒凉的乡下。比如你妈和舒伯。"

"我马上要睡着了。晚安。"

但洪鸣老师很长时间都没睡着，他紧张地追随着鸦的梦境，他在那里面看到了很多星星，还有一些形状奇特的洞穴。他暗想，从前他对鸦的理解是多么肤浅啊。鸦在睡梦中还抓着他的手，像小孩一样对他无比信赖。在这个幸福的良宵，洪鸣老师在梦里哼起了京剧《尤三姐》，他的境界一阵一阵地发出光辉。

洪鸣老师没能等到读者的到来，他只好先回城里去了。他在城里的公交车上遇见了煤永老师。洪鸣老师很尊敬煤永老师，他认为煤永老师是一位才华横溢的资深教育工作者，他的很多观念同自己不谋而合。但两位老师面对面时却没有热烈地交谈，其原因主要在煤永老师——他是个内敛的人。

"我见到您的女友鸦了。"他忽然对洪鸣老师说，"是我女儿指给我看的，她有一种特别的美。"

洪鸣老师笑逐颜开。

洪鸣老师下了公交车就往家里赶。他正在搞教材改革，学校的工作堆积如山，最近他连睡眠都牺牲了好多。然而有一个人一把抓住了他的衣袖。

"你到底打算什么时候把鸦带到书店来？大家都在议论鸦的事，你怎么能做到如此冷静的？"

是沙门女士，她声音沙哑，表情严肃得近乎沉痛。

"鸦要在乡下开一家书店——怎么啦，我做错了什么事吗？"

"糟糕的就是你什么事也没做错，我的天！"

她用一只手掩住自己的脸。

"那么，也许我该从此地消失？"洪鸣老师喃喃地又问。

"不，你也不能消失。如果你消失了，那对我们是多么大的损失啊。"

"你认为我应该如何行动？"

"我不知道。"

"你就是来对我说这个的吗？"

"对，我就是来说这个的。我的举动让你恶心。"

"千万别这样说，亲爱的沙门，你，还有我们的奇妙的读书会，你们对我和鸦的恩情我怎能忘记？我刚才说鸦马上要有自己的书店了，为她高兴吧。"

"我从心底为她高兴！她是一位非凡的女性。洪鸣老师，我爱你，也爱鸦，我更爱张丹织女士。我恳请你发誓，永远做我的朋友，决不离开读书会。"

"我发誓，"洪鸣老师庄严地说，"我要永远做沙门女士的朋友，我决不离开读书会。"

洪鸣老师离家越近心情越沉重，他不知道前方有什么样的噩运等待着他，也不知道他是否面临某个命运中的转折。他的两位朋友先后向他提起鸦，也许是凑巧，也许有他没料到的深层原因。有一回在校长的密室里，校长仿佛是无意中说起他要撮合煤永老师和张丹织女士。那是很久前的事了，他差不多都忘记了，现在一下子就想起来了，多么奇怪！

一进家门他就将自己投入到工作中，他咬着牙，什么都不去想，只想工作。他一直工作到凌晨三点钟才停下来，然后去冲了个冷水澡，回来继续工作。三点二十分的时候鸦来电话了。

"我猜出来你还没有睡觉。我嘛，是因为兴奋睡不着，不过这是良性的，我能感到……你睡一会吧，宝贝，你的身体不是铁打的，你要是病倒了，我会多么伤心。"

"好，我马上睡。你听，我上床了，我的眼睛快睁不开了。宝贝，我多么爱你，晚安。"

但是他睡不着。沙门女士给他带来的刺激太强烈了。他发了誓，可那是什么样的誓言？那算誓言吗？从前他从高高的树枝上抢救过一只黑白两色的小猫，猫儿偎在他怀里发抖的那一瞬间，天多么蓝，四周多么寂静。

天刚亮的时候，他睡着了一会儿，然后又醒来了。他今天有课。

第十四章　沙门女士

　　四十岁的沙门女士看上去像二十八岁的成熟女孩。这不是由于她的刻意打扮，实际上，她不怎么打扮自己。城里的读书人都说，沙门小姐天生就是个书店老板。如果反问他们书店老板应该是什么样子，他们会回答说就是沙门小姐那个样子嘛。只要来过一次的顾客，都会认为沙门小姐身上有许多故事。有位顾客在调侃中送她一个绰号：热带动物。沙门追问他，是鳄鱼还是狮子。那人说他还没有确定，也许两者兼有。

　　沙门女士对于顾客有自己的偏好，据她说她是根据人的表情来培养潜在顾客的。但她不愿透露那是些什么样的表情，就连张丹织，她也没有向她透露过。从十五年前经营这个书店到今天，她的确培养了一批顾客。他们的人数增加得很慢，但都是铁杆顾客。其中最老的顾客是云伯，已经八十二岁了，他是六十七岁时初次光临书店的。沙门同云伯的关系很暧昧，像是父女，又像是情人。她对书友们毫不掩饰这种关系。沙门至今记得云伯初来时的情景：那时他退休不久，满脑子都是对于未来的憧憬。两人一块喝咖啡时，沙门问云伯打算如何安排晚年的生活，云伯回答说他要当国王。后来沙门发现，云伯的国王生活就是几乎每隔一天就来书店一次，坐在店里读书。

"沙门小姐啊,你这里是都市里的村庄,最适合读书的地方。我梦想这样一个地方梦了一辈子了,你帮我圆了梦。当然,我只读那些高尚的书。"

沙门的书店里的书全是高尚的书,于是云伯就一本接一本地读下去了。云伯是读书会的发起人,他给了沙门巨大的帮助。有的书友从远方赶来参加讨论,他们称云伯为"书海中的定海神针"。书友们坐成一圈,一杯接一杯地喝咖啡,用低沉的声音讨论某本书。

读书会的成员以小说爱好者为主,也有几个诗歌爱好者。云伯是铁杆小说爱好者,所以大部分时间他们都在讨论小说。云伯的发言总是别具一格,往往一开始,他的立意所有的人都猜测不出,到了最后,人们才会有所领悟,但要将他的观点或感受复述出来,没人做得到。多年里头都是这种局面,一直到后来文老师和洪鸣老师加入读书会之后,情况才慢慢有所改变。然而云伯并不气馁,他自始至终在努力地与人沟通。沙门就是云伯的成就的体现。沙门小姐天性善感、通灵,自从结识了云伯之后,阅读水平突飞猛进。倾听这一老一少谈论小说是很过瘾的,但旁听者无不似懂非懂,像喝醉了酒一样。沙门和云伯相互爱慕,两人对他们之间的关系的定位是"情人与书友之间"。这个定位的最大好处是消除了双方的妒忌心。

"云伯,如果我爱上了您,我怎么办?"沙门说。

"很好啊,爱吧,我们之间太应该相爱了。"

"那我就开始爱了,您可别后悔!"沙门一甩狮子般的鬃发。

"不可能后悔。不过请你等一下,等我将这本书的最后一个谜破解之后再来关注你的爱情。"云伯边说边色迷迷地瞧着她。

于是沙门小姐提议去逛公园。他俩在湖光山色中划船,深深地沉浸在某本书的意境里。当两人手牵手地回到书店,沙门为两人煮好咖啡时,沙门已经冷静下来了。至于云伯,谁也看不出他有没有被沙门小姐冲昏过头脑。他太深邃了。

沙门亲眼看到云伯解救过一位因失恋而绝望的男孩。自然,那青年后来成了她的铁杆顾客。尽管有多年的亲密关系,沙门还是认为云伯是一个像那些小说一样的谜。有时她能解这个谜,大部分时间则不能解。正因为这样,云伯对于她有着不变的吸引力。云伯生过一次病,是肺炎,那段时间沙门哭红了双眼。她猜测云伯会在她之前离开这个美好的世界,可是那一天还很遥远,还不用去管它。以云伯当前这种稳定乐观的状态,他很可能活一百岁。最近她同张丹织谈起云伯,张丹织皱着眉头说:"连我都差点要爱上云伯了。他太美了。"张丹织的看法其实是读书会的成员的共识。尤其是那位白发老太文老师,公开声称她就是为了同云伯"交流感情"才来读书会的。她这样说的时候,云伯就将自己的手搭在她的肩上。然而沙门一点也不吃醋,因为读书会的氛围里没有"吃醋"这个词的地位。

那时沙门还有一位男友,二十七岁的登山运动员,高大威猛的小郭。他最喜欢在海拔四千米的高度读书。他也常来参加讨论。他是沙门的性伴侣,大家都看见过小郭从书店的楼上走下来,青春焕发的样子。他常这样说:

"所有的故事都应该发生在半空中,但那个地方又应该是有根基的,就像我坐的这块岩石一样,它被云朵遮蔽着,可它无比坚实,它将我对地心的感应传送到我的双腿。"

"原来你是用两腿在读书啊!"沙门笑起来,"腿可是用来登山的啊。不过没关系,我喜欢你这种做派。哪一天我也同你一块去四千米高的山上读书,我们要读《鸣》这本书。"

因为小郭老说要"死在爱情的怀抱里",沙门就总是提心吊胆。她知道他不是玩笑话,可她并不赞成如此病态地追求刺激,因为还有很多好办法来获得最大的幸福。沙门觉得小郭的偏激一点都不符合高尚的书籍中提倡的那种理想。一直到好久好久以后,沙门才理解了小郭的那句话,于是打消了忧虑。却原来小郭并不是像他看起来那么单纯稚气,他非常老成,在生活经验方面同沙门势均力敌。

沙门新近所交的一位男友也是个小说迷,但是他还没有加入读书会,因为他认为自己更适合一个人独自与书籍打交道。他是一位采购员,长年在国外跑,采购电子设备。他是休假时偶然来到书店的,只不过是走累了进来坐一坐,喝点咖啡,但一坐下就不走了,整整坐了四个小时。这四个小时里头,他并不读书,只是一直关注着沙门小姐的一举一动。他有个女性化的名字叫黎秀,他把他的名字告诉了沙门小姐。沙门很喜欢他的名字。

"我总是在旅途阅读。"他说,"只有上路时我才会产生阅读的灵感。不过在您的店里我感觉像坐在船上一样。"

"有时候,地板的确会晃动。"沙门微笑着说。

"此刻就一直在晃动。啊,您这里有《晚霞》!您愿意和我一起读它吗?这是我生平第一次同人交流。不,等一等……对,不要打开书。我想起来了,我正读到主人公第三次访问云村。也可能是云村第三次访问主人公。当时我是在丹麦,安徒生的故乡,汉姆莱特的阴沉的城堡边上,我看见它正在逼近。"

"谁?"沙门紧张地问。

"还有谁?当然是云村!"

"哦!"

沙门松弛下来,伸手摸了摸黎秀的额头。他感激地看着她,垂下头吻了她的手。

"我要退休了,"他轻声说,"我打算去尼泊尔的山间读书,也许那里是云村的原型?"

"有可能吧。"

夜幕下,沙门和黎秀在河边漫步。沙门说她从小就熟悉这条河,她在梦里同一位像他一样的男子在河边漫过步,而今天,她实现了她的夙愿,这有多么幸福。

黎秀说,就在刚才,云村已经拜访过他了。其实在飞机上,他总是想念着一位像沙门一样美丽的女子,所以下午在书店,他一见到她就认出她了。他决定以后常来她的书店,或许有一天,他会欣然加入她的读书会。他需要时间。

沙门站在码头上,看着黎秀孤零零地离去。

"黎秀——我爱您!"沙门喊道。

但黎秀没有回头。他害羞,他不习惯于向人表达感情。他只能坦然面对书籍。

沙门理解了他。她知道他正走向云村。

黎秀消失了。在读书会上,书友们都关注着消失了的黎秀。有人看见他坐在去泰国的飞机上。大家不约而同地又重读了《晚霞》,并且想象着黎秀的故事。

好长时间里头,洪鸣老师的表现着实让沙门心惊肉跳。对于鸦,沙门既喜爱她又同情她,还有种心疼她的感觉。沙门多次劝说洪鸣老师将女友带到读书会来,可是鸦拒绝返回。沙门很伤心,因为读书会无意中伤害了鸦。上一次,她听说鸦要在乡下开一间书店时,她简直欣喜若狂!但是对于张丹织和洪鸣老师在读书会里的眉来眼去,他俩越来越密切的关系,沙门感到自己面临深渊。这样一个解不开的死结竟使得沙门夜不能寐。半夜里她从床上爬起来,披上风衣走到大街上,口中念念有词:"读书会啊读书会……"走着走着,她就忍不住走到云伯家里去了。

云伯与他的一个远房侄儿住在公馆里头。

沙门刚一走到公馆的门口,那大门就开了。云伯搂着她的肩头将她请到了他那宽大的客厅里。客厅的墙上有一幅巨大的阴森险峻的山水画。沙门在沙发上坐下之后,心情立刻好多了。云伯为她泡了工夫茶,他俩开始对饮。

"沙门,您对自己丧失了信心吗?"云伯问道。

"没有啊,我挺好的。"沙门注视着云伯,面容渐渐开朗。

"这就对了,应该对张丹织女士和洪鸣老师有信心。"

"啊,云伯,您总是一针见血。我爱您。"

"我不是也爱着您吗?这有多么好。用不着愁眉苦脸。"

"墙上的山水画里藏着一张脸。"

"您想说那是我,您没说错。"云伯笑起来。

灯光下云伯的脸令沙门想起他年轻时的英俊模样,她觉得他比荷马时代的那些英雄美多了。云伯说要送给沙门一样礼物,他说着就走进里屋去,一会儿就拿着一个古色古香的薄薄的盒子出来了。打开盒盖，里面是一枚十分清秀的、经过制作的红枫叶。沙门审视那片树叶，心中的阴霾一扫而光。他俩在湖光山色中度过的时光全部复活了，沙门同云伯热烈地拥抱了好长时间，直到那位侄儿悄悄出现在屋角。

云伯将沙门小姐送到公馆外面，两人又一次拥抱。

沙门回到书店楼上的家里，坐在黑暗中，把自己想象成张丹织。她进入了一个很大的游艺场，那里面很黑，没有路，她的一个熟人躲在暗处对她说话。他说，当她行走时，每一步都应该踩在一个装置上面，那装置会发出蜂鸣声。沙门问他为什么要踩在它上面，他就很郑重地回答说："总是这样的。"他似乎不放心，又一次证实性地问她："您就是沙门女士吗？"沙门说："是的。"他就不再吭声了。沙门谨慎地走了几步，并没有踩到蜂鸣器。她睁开眼，发现自己回到了卧室，是黎秀为她揿亮了电灯。

黎秀不是一位很好的性伴侣，他仿佛一到床上就消失了。尽管如此，沙门还是无比渴望他的身体。她在喘息中一会儿看见一只手臂，一会儿看见一只脚。而他的头部总是在她的上方，她要用双手才能将他的头部按下来同她接吻。

"您在哪里，黎秀？"

"我们在读书会啊，沙门女士！"

沙门觉得他的声音特别有诱惑力。

"为什么您要我踩蜂鸣器？"

"为了让您放心嘛。"

沙门一入睡，黎秀就神不知鬼不觉地离开了。

太阳在城市上空升起时，沙门已经起来了，她不是个贪睡的人。

她下楼为自己做早餐，她的店员们一会儿就要来了。今天是读书会成立十二周年，她打算举办一个庆祝会。庆祝会晚上十点半开始，凌晨两点半结束。沙门设想着书友们在凌晨的大街上行走和交谈的情景，心中一阵一阵地激动着。张丹织是住得最远的书友，沙门想留她在店里休息，但她坚持要赶回学校，于是只好让洪鸣老师送她了。沙门决定将自己的双人自行车借给他们骑回去。

259

那两位听到这个消息都欢呼起来，他们的欢呼显得那么天真无邪。沙门暗想，现在是检验云伯的信念的时候了。她脑海中出现了那片美丽的红枫叶。

然而只有洪鸣老师出现在读书会。于一片沉默之中，有人在给张丹织打电话，那人不厌其烦地拨号，却怎么也联系不上她。沙门注意到洪鸣老师脸上毫无表情。在场者当中脸上毫无表情的还有一位，那就是云伯。而那位文老太则紧偎着云伯，满脸憧憬，仿佛在回忆过去的美好时光。

庆祝会是一个猜谜大会，整个程序都是由沙门策划的。沙门将很多部长篇小说里面的情节串起来，编成一个复杂的男女关系网，要大家猜测谁同谁最后会成为情人关系。这是一个很有意思的高智商游戏。在烛光下，大家都在窃窃私语，就好像书里面的情人变成了现实中的情人一样，把每个人的激情和玄想都调动起来了。沙门和文老师分坐云伯的两旁，她俩紧紧地搂着云伯，脸上都浮起红晕。云伯则微笑着，反复地说："啊，那是多么难以想象的时光！你们猜出来了吗？"

洪鸣老师很快消除了失望，投入到了讨论会的辩论中。他的对手是小郭，也就是沙门的男友。洪鸣老师看不清小郭的脸，只看见他的嘴在动。似乎是，小郭坚持说所有的有情人终将分离，而洪鸣老师则认为有情人终成眷属。洪鸣老师发了一通议论之后突然产生了一种幻觉，他感到他们讨论中的好几本书都是他自己写的。而小郭，也似乎默认那些书是洪鸣老师写的，他还作为读者向洪鸣老师提了一些问题，而洪鸣老师也都欣然回答。

"是因为解不了谜，才将谜写成书吗？"小郭问。

"不，是因为知道谜会被破解才写成书。在终极意义上，所有的有情人终成眷属，所有的爱慕都会传达给伴侣。"洪鸣老师回答。

洪鸣老师激情高涨，他那阴霾重重的脑海中一下子豁然开朗。此刻，他是如此地渴望鸦，与此同时，他也渴望张丹织，他觉得这两种渴望并不矛盾，反而相辅相成。但他的直觉告诉他，这都是书籍在作祟，这种激情很快会消失。有一瞬间，他的目光同云伯的目光相遇了。他发现云伯的目光是慈祥的，鼓励的。于是他放松下来。这时他看到他的对手已经换成了罗先生，就是几年前鸦将冰水泼在他身上的那位先生。

"鸦是一位理想的伴侣，"罗先生说，"很可能她就是云村。洪鸣老师，您从她那里来，看到了什么吗？"

罗先生说话时没有注意到沙门已悄悄地出现在洪鸣老师的身后了。洪鸣老师看见沙门时，全身一阵战栗。

"你们都看见了，只有我看不见，我是个盲人。鸦是云村？很可能。我们在那里游荡，可一无所获。我，我是不是在说胡话？您看得见我的这只手吗？罗先生，您瞧，您瞧……"他语无伦次了。

洪鸣老师再次回头看时，沙门已回到了云伯身边。

沙门感到了讨论会上的暗流。那些小小的暗流正在汇集。有人将酒杯掉在地上打碎了，她痛苦地呻吟起来。是文书小鱼。她割破了手，沙门正在帮她处理伤口。她为什么要将自己的手割破？沙门觉得小鱼是在释放心中的感情。有人要求开灯，说是太压抑了。于是沙门打开了日光灯。沙门看见洪鸣老师的脸在日光灯下像纸一样白，五官有点扭曲，好像变丑了。他朝着沙门走过来告别。

"我先走了，沙门。多么奇妙的晚会！可是我的工作不允许我久待。谢谢你，沙门，你让我身临其境地充当了角色。"

他是用耳语向沙门说的这些话。然后他溜到后门那里，匆匆地消失在夜幕下。

不知为什么，洪鸣老师一离开，沙门反倒觉得心里空空落落的，既失望又不安。她望着云伯，仿佛在向他请求原谅似的。

"谜底不是快要显现了吗？"云伯说，嘴角露出讽刺的微笑。

沙门坚定地点了点头，她注视着暗流，它们正在朝着她、云伯和文老师三人坐的地方汇集。

"我让他向我发过誓。"沙门对云伯说，自嘲地撇了撇嘴角。

"他应该是一位最守信用的书友吧。您瞧他读书的热情，就像将那些书都吃进去了似的。"

沙门暗想，云伯真是老谋深算啊。

261

"我真傻。"沙门又说。

"没关系,沙门。台上的戏已经移到了台下。"

云伯拍了拍沙门的背安慰她。文老师也附和说:

"激情戏刚开场。啊,生活。"

两点半钟时,沙门女士设想的情景终于出现了。

就像不约而同似的,这五十多位男男女女先是在大马路上三三两两地行走,边走边交谈,后来就集体地一道拐进了一条没有路灯的小街,并且都加快了步伐。沙门也在大伙儿当中,因为她正挽着云伯的手臂呢。她觉得自己像个溺水的人,什么都看不见。她的脑海在急速地旋转着,她在猜测这一大堆人里头有多少对情侣。她发出力不从心的呻吟,而云伯的声音在远处响起:"沙门!沙门?"她听到云伯的声音旁边还有文老师的声音:"这是怎么回事?到时候了吗?"

结果是沙门和文老师两人同云伯一块到了他的公馆。

公馆里灯火辉煌,像过节一样。

文老师却缩在沙发上哭泣,沙门在劝她。

"我想要什么,就得到了什么。"老太太抽泣地说。

"那您还哭什么?"沙门语气里有责备。

"因为欲壑难填啊。我还想要云伯,但云伯属于读书会。我是个老疯子。"

文老师说着话忽然头一歪,睡过去了。

这时云伯和侄儿走过来,两人协力将文老太抬到了里面房里的大床上,为她盖好被子。

"您时常干这种事吗?"沙门调皮地看着云伯说。

云伯没有回答她的问题,而是严肃地对她说道:

"沙门,您爱文老师吗?"

"爱。您是什么意思?"

"我希望您今夜同她睡在这个房里。"云伯的眼睛看着地下。

"好。我更爱您。吻我一下,晚安。"

那是多么美好的氛围,公馆里居然听得到野猫在外面叫。老太太鼾声如雷，沙门在黑暗里幸福地睁着眼，她知道马上就快要天亮了，她也知道云伯坐在客厅里。后来她实在忍不住了，就摸黑溜进客厅，坐在云伯身旁。他俩耳语般交谈着。沙门说起她儿时在孤儿院的生活，以及少女时代成为山民家的女儿，在山间砍柴的经历。她的声音像流水一样在房里汩汩流动，她的瘦小的双手同云伯粗糙的大手紧紧地握在一起。云伯"啊，啊"地应着，鼓励她说下去。后来她忽然站了起来，说：

"我得赶快回床上去，文老师快醒了！"

两位女士在上午十点一块醒来了。

"我怎么在这里？"文老师紧张地问。

"这是云伯的家啊，是我把您拖来的！"沙门笑嘻嘻地说。

"云伯家？我真该死！"文老师懊悔不已。

"没关系，我不是也在吗？我们喝醉了，云伯就让他侄儿安排我们睡下了。"

"我们溜走吧，不要同云伯告别了，太难为情！"

沙门就这样同文老师溜出了公馆。文老师心中难以平静，又拉着沙门去公园坐了一会儿，说了些伤感的话，然后颇为满足地回家了。一直到离开公园往家里走时，沙门才记起了张丹织。丹织度过了一个什么样的夜晚？大概备受煎熬吧？丹织啊丹织，你的运气怎么这么不好，要是没有鸦……她想到此处立刻责备起自己来。她不应该这样想。

她回到家，梳洗完，感到精神抖擞——云伯给了她力量，她今天有一种感恩的心情。

她的店里来了美丽的女顾客，她的名字叫珂农，沙门记得她来过。"叫我农吧。我是来喝咖啡的。"

沙门小姐在桌旁坐下时，感到自己的腿有点颤抖。

"您今天没有课吗？我早就听说过您，您是煤永老师的夫人。"

"啊？您听谁说的？"

"让我想一想——应该是洪鸣老师。"

"原来是他啊。"农放松下来了。

农用迷惘的目光环顾四周，又说：

"您的店堂装饰得真美啊。煤永老师说这里有读书会，可我很少读小说，您觉得像我这样的也可以参加吗？"

"像您这样的我们最欢迎。当年云伯组建这个读书会时，我几乎还没有认真读过一本小说。"

沙门热情地为农挑选了好几本书，让她带回去读。

沙门将她送到门口，邀请她月底时来参加讨论。

张丹织两个月没有露面了，沙门一直在担心。虽然洪鸣老师装作若无其事的样子，但沙门凭直觉感到这里面水很深，不容易摸清底细。沙门和其他书友一样，也认为洪鸣老师有创作的天赋，可她也知道洪鸣老师从未动过笔，而且他坚决否认自己动过这方面的念头。那么究竟为什么大家会有这样的印象呢？他声称自己是个很实际的人，热爱他的工作。当然教育工作同小说创作也是有关系的，但二者目前还未到画等号的程度。那么，也许洪鸣老师对于文学的一些体验来自他的女友？哪位女友，鸦还是张丹织？该死，她的思路又陷入了这个陷阱。

沙门一边记工作日志一边想这件烦心事。她听到有人上楼来了，于是心中激动起来。

是张丹织，她的脸色略显苍白，两眼炯炯有神。

"您是来同我们告别的吧？"沙门调侃地问道。

"为什么告别？我不但不告别，还要与读书会共存亡。是我的学生们催我回读书会，他们认为我离开了你这里会失去灵感。你瞧，我的学生们像魔鬼一样。"

"这下我心里就踏实了。你的学生真不错。那么，他怎么样？"

"你问洪鸣老师？我一直同他有联系，我们互相通电话。"

"你到底爱不爱他？"

"他非常有魅力。我同他的关系类似于你同云伯的关系。"

"你能肯定？"

"我不能。"

"丹织啊丹织,我的头都晕了!"

"对不起,沙门。可能我也是个魔鬼。"

楼下有人在叫沙门,她俩相互看了一眼,一块下了楼。

厅堂里并没有人,但两位店员显得很慌张。她们说的确有人来过,就站在柜台前,但她俩都看不见那人。沙门回过头去看张丹织,看见她在簌簌发抖。

"到处都有奇迹。"张丹织说了这句话就泄气地坐下了。

"是啊,就像书里面发生的一样。"沙门也忧虑地说。

"大概那人找的是我。总有人找我,有时在我里面叫我。"

听张丹织这样说,沙门就笑起来了。

"丹织啊丹织,你怎么变成这样了?云伯昨天还称赞你是一位勇敢的书友,让我好好鼓励你呢!"

"云伯真说了这话?"

红晕回到了张丹织的脸上。她坐在那里一边看街景一边喝了一杯咖啡。然后她站起来告辞了。

柜台后面的沙门这时看见黎秀犹犹豫豫地进来了。

"刚才您进来过吧?您把我的朋友吓坏了。"沙门说。

"我是来过。可您这位朋友也太神经质了。我不过是坐在暗处,您的店员没看到我。您瞧,我在慢慢学习同人交流。让我猜一猜,您的那位女友最近对自己感到懊恼,对吗?她是不会说出来的,她个性坚强。"他突然变得话多了。

"您的进步让我惊讶,黎秀!也许不是进步,也许您从来就是这样的预言家——啊,我太激动了,我在说什么?"

沙门瞪眼看着玻璃窗外,她看见洪鸣老师正匆匆地从马路对面走过。

"您在说我是个预言家。谢谢。我同云伯一样,对前途有一种乐观的估计。"黎秀笑嘻嘻地说。

沙门安静下来了,她不好意思地朝着黎秀摇头。黎秀说他是来为她送咖啡豆的,他在国外买到了上等的货色。沙门看着他晒黑了的,显得年轻的脸,心里说不出的高兴。

"最近阅读进展如何?"沙门问他。

"我读到了一本极好的小说,正是描写我同您这种关系的。我被迷住了。我活了这么多年,忽然就对同人交流产生了兴趣……"

"您本来就对这事有兴趣,"沙门插嘴说,"像您这样的——"

"我一定要把那些段落读给您听。我漂流了这么久,却原来是为了等着您的出现。这种事不太多吧?"

"的确不太多。"沙门深情地看了他一眼。

沙门将黎秀送到码头那里(因为黎秀并未提出要留下)。他明天就要去东北。沙门想象着他孤独的旅途,不由得哭了起来。黎秀拉着她的手喃喃地说:"我多么幸福!要是早知道——"沙门就这样泪眼蒙地同他告别了。

从码头上下来吹了点风,沙门有点头晕,走路摇摇晃晃。

有人扶住了她,是洪鸣老师。

"我必须将沙门女士平安送到家。"他说,"这里有家药店,我们进去坐一坐。"

他为沙门买了治伤风感冒的中药,向店员要了一杯水,看着她喝下去。过了半小时他俩才回到家里。

坐了一会儿,沙门说她好多了,又问洪鸣老师遇见张丹织没有。洪鸣老师说遇见了,两人一块去了一趟植物园。

"你这样一说,我心里舒服多了。"沙门叹了口气。

"你是指发誓的事吗?"

"是啊。我生怕你和她的关系受到影响。"

"啊,真感谢你,你回家吧。"她又说,突然显得疲惫不堪。

她一上床就入梦了。梦里的天空很亮很亮,黎秀从远处朝她走来,老是走不到。她想,这是不是意味着她再也见不到他了呢?

她醒来时是半夜,灯光下,她发现自己的外衣口袋里有样东西。掏出来一看，是黎秀偷偷给她的小笔记本。那上面密密麻麻地抄录着一段一段的文字，大概是从他读的书上抄下来的。

黎秀抄录的那本小说沙门没有读过。沙门简直不相信她会没有读过这么有趣的一本小说。黎秀没有写下书名，也没有写下作者的名字。沙门心里想，总不会是黎秀自己写的书吧？这种可能是有的。他是一名公司职员，终年在外奔波，收入不算少，可居然从未成过家。他如此匆匆忙忙地生活，也许心底怀着写作的念头。现在他快退休了，应该拿起笔来了。沙门再也睡不着了，就在灯光下读那些文字。虽然说明了那是一本小说的摘录，但那些摘录全是些干巴巴的文字。它们大都是对气候、温度、湿度、街景、服饰、货物、城市布局、车辆种类、绿化带设计、饮食习惯等等等等的描述，都与城市有关。但沙门是一位阅读老手，反应极为灵敏的那一类，她立刻就嗅到了文字中的某种气味。她在前面那几页里反反复复地逗留，瞪着那些秀美的字迹，似读非读，口中却念念有词。她脑海里慢慢地有一些模糊的形象出现了。她听到其中两个看不清的人脸在说话。

"潮湿天最好别上山，遇见瘴气就会发心脏病。"一个说。

"你怎么看待这种室内装饰？不是很有挑逗意味吗？"另一个说。

沙门听了这两句之后，下面的话就听不清了。但越是听不清，沙门越感到激动，她觉得说话的人之一的口吻很像黎秀。黎秀把自己隐藏得多么巧妙啊。激动之后便是深深的感激，因为这位美好的男子将爱留给了自己。这真是激情的故事，不论是他写的，还是他读到的，这又有什么关系？他已将美丽的事物告诉沙门了，他改变了她的生活。这个朴素的黑皮本散发出淡淡的清香，很像黎秀身上的气味。

沙门舍不得停下来，一直阅读到天亮。她的眼睛累得不行，她听到了窗外苏醒的城市发出的声音。她愿意一直这样读下去，就像黎秀从未离开过她一样。他是多么懂得感情啊，可是她先前并未充分领略他的这一方面，直到，直到——沙门坠入了城市黑暗的深处，那地方有一只老蝉在清脆地鸣叫，很像黎秀的书里面的境界。

沙门一直睡到下午才起来，她的感冒竟完全好了。她感到周身清爽，有活力，于是记起了黎秀的笔记本。那究竟是一本什么样的神奇之书？沙门并不是很清楚。也许是刚刚出版的小说，也许是黎秀的写作笔记，只有这两种可能性。沙门决定去市立图书馆查一查目录。可是发生的一件事打乱了她的计划——鸦来到了她的书店。

鸦的精神面貌完全改变了，虽然瘦了一点，但浑身洋溢着青春的活力。沙门见了她有点紧张，但很快就放松下来——她觉得鸦的病已经痊愈了。

"我们大家都在想念你，鸦，你看来生活得比我滋润。"

"我是来取经的，沙门。我也办了一家书店，还在创业阶段，顾客不太多，可我真幸运，他们都是第一流的顾客。以前洪鸣老师总说我可以从事文学工作，可我对自己一点信心都没有，现在情况好像改变了，我觉得是书店给我带来了新的生命。沙门，你从前有过我这样的体验吗？书籍会给人带来决定性的变化吗？"

"洪鸣老师没有说错，鸦，你生来是做这个工作的料。我同你的感觉一样，我们不写书，但我们也在从事文学工作。书籍的确会给人带来新的生命。啊，你不知道我这十五年过得多么快乐！当你感到被人需要，当你每天和人们进行那种美好的沟通——"她噙着眼泪，说不下去了。

鸦拼命点头，激动得脸上泛红。这时服务生送来了咖啡，她们俩才一齐笑了起来，都有点不好意思地低头喝咖啡。

"一开始，营业额并不要紧。"沙门说。

"当然，我办的是公益书店，赔钱也要办。"

鸦离开后，沙门坐在那里发呆，她完全被鸦的美征服了，于是不知不觉地心里又有点埋怨洪鸣老师。幸好她看见文老师进了店门。

"沙门，沙门，人生中有那么一回就够了啊！"她说。

沙门知道她指的是那天夜里的事。

沙门在市立图书馆待了一天，她的搜寻毫无结果。她又给黎秀去了电话，电话的那一头总是说："无人接听。"沙门在回家的路上终于想明白了：这个笔记本就是黎秀对她的表白，黎秀不会回来了，他希望他的爱永远陪伴着沙门。快到家时，她觉得这本书是谁写的真的一点都不要紧了。小说是奇妙的，它能像接力棒一样，将真正的爱从一个人身上传到另一个人身上。沙门感到自己非常幸运，青年时代的一个念头，让她同小说结了缘，于是遇到了这些高尚的灵魂。沙门决定将这个笔记本放在床头柜上，时常拿出来朗诵几段。她又想到了鸦的选择，从心底涌出一股欣慰的浪潮。也许，鸦再也不会被打垮了，因为她不再是那个脆弱的女孩了。

沙门匆匆上楼，将笔记本收好。这时电话铃响了，是黎秀。

"沙门，我在尼泊尔定居了。我爱您，可是我不能同您住在一起，那样的话我就会变坏。这里真清静，我要读书，我不会回去了。啊，沙门，听到您的声音我就会发抖。您能原谅我吗？"

"我永远感谢您，黎秀。您怎么说您不能同我住在一起呢？您总是在这里的。您就像我梦中的鸽子……"她说不下去了。

她听到那头挂上了电话。她多么想畅快地哭一场，可是她又感到空前的幸福。这世上有各种各样的高尚的爱，沙门恨不得每一种都经历一次。她完全不觉得自己的青春已经逝去，每天早晨她都感到自己还很年轻，就好像生命已经停止衰老了一样。她又想，远在尼泊尔的黎秀也应该有相似的感觉吧。他有书籍相伴，住在朴素美丽的大山里，怎么能不年轻？

电话铃又响了，是小郭。

"我在贝加尔湖边的小木屋里，沙门。你能通过电话吻我一下吗？这对我来说很重要。"

沙门对着话筒用力吻了他一下，发出很大的响声。

她忍不住又拿出笔记本翻到那一页，那上面有一句这样的话：

您听，奇怪的报时，收音机里说现在是榆县时间三点钟。

啊，这种句子多么美！从前她在山里砍柴时，不是侧耳倾听过这种报时吗？黎秀勾起了她生命中最珍贵的记忆，她里面有个声音在说："沙门，沙门，你怎么这么幸运？"楼下有人在叫她。

她刚走到楼梯转弯处就被张丹织抱住了。

"沙门啊，我觉得自己挺不下去了。"她小声说，"你狠狠地责备我吧。你不责备我的话，我从哪里去找到力量来抵抗他？"

"为什么要责备你呢？我不责备你。"沙门也小声说。

她俩在楼梯的地毯上并排坐下来，就像从前青年时代一样。

"他是个有激情的天才，他不像煤永老师那样克制……我真害怕——我怎么变成这样了？我们在一起有说不完的话，又因为是同行，就更加有共鸣。唉，我不喜欢这样。我是指我不喜欢老处在激情中，可我又难以抵挡他，要是煤永老师在就好了，当然我在说瞎话，煤永老师有爱人。沙门，你觉得他会爱上我吗？"

"恐怕已经爱上了。"沙门出神地说。

"胡说！他爱的是鸦。他只能爱她。"

"也许他两个都爱。他真倒霉。"

"你觉得我应该消失吗？"张丹织用出汗的手握住沙门的手。

"你还是顺其自然吧。为什么故意消失？那不符合文学的规律，而且读书会失去了你会是一大损失。丹织，我多么希望你得到幸福啊，因为我已经得到了这么多。"

"可能他对我有误判，只看到我的表面。我隐隐地觉得我并不是最适合他的人。可是他的魅力——我一回想他的笑容就要心跳加速。"

"那你就等一等吧。很多事情都是一等待就发生转折了。"

沙门感到自己在信口开河，完全没有把握，可她又能对自己的好朋友说些什么呢？她回想起了云伯对这件事的态度，于是镇静下来了。她总是凭直觉认为云伯不会错。此刻她心里对云伯充满了感激，也充满了爱。

"沙门，你是我的福星。你这样一说我的情绪稳定多了。我要回去工作了，我要拼命工作。"

  她们一块下楼了。沙门将她送到大门口，看着她消失在街灯的阴影中。她这位密友到底是幸运还是不幸？好多年以前，沙门去省体育馆看过她练花剑，那时她在沙门眼里像个年轻的女神。她现在也不老，沙门心疼她，这位朋友有一颗如同钻石一样晶莹的心。

  晚上的顾客比较多，有来喝咖啡的也有来读书的。沙门在音乐声中观察他们，看见空中浮动着一些故事。一对一对的情侣在压低了嗓门说话；一位老妇人看着面前的冰水发呆，她的相貌有点像文老师；一位下了班的出租车司机正在入神地读诗歌，口中念念有词。啊，五里渠小学的古平老师和他的夫人也来了，他们这一对是最美的，都穿着礼服。两人在阅览室取了一本介绍植物的画报，轻轻地坐下了。沙门远远地看见古平老师朝她走来了。

  "美丽的沙门小姐，我想求您一件事。"他羞怯地说。

  "您请说吧，不要客气。"

  "我知道煤永老师的夫人农加入了您的读书会。我恳求您在必要时帮助煤永老师，这也是校长的心愿。"

  "我？帮助他？怎么帮？怎么回事？"

  "我还不太清楚。我只是隐隐约约地觉得，说不定哪一天您能帮上他的忙。您不会拒绝吧？"

  "当然。不过我一点都不明白您的话。煤永老师是我见过的最坚强的人。他遇到情感方面的难题了吗？"

  "不不，千万别这么想。我刚才只是随便说说罢了。"

  "您，随便说说？您这位他的好友来对我随便说说他的隐私？究竟是怎么回事？古平老师，请您直说。"沙门沉下了脸。

  "没有什么隐私，真没有，请沙门小姐原谅。那么我告辞了，您能记住我的话吗？啊，这地板在倾斜，多么有趣。"

  "我什么都没听见，您什么都没对我说。让那多管闲事的校长见鬼去吧。这个不读书的人——"

"我们校长一直在读你们读书会经常讨论的那些书,他都入迷了。他现在已经学到了很多。"古平老师边说边走远了。

沙门脸上掠过迷惘的表情。久违了的煤永老师终于又现身了!那个时候,丹织被他迷得昏头昏脑。难道农来参加读书会这件事里头有什么蹊跷?她还没来参加过讨论呢。如果她来参加讨论会的话,丹织会同她成为朋友吗?丹织将她自己的生活弄得如此复杂了,为什么她不能像她沙门这样生活?她对感情方面的事如此放不下,这可是沙门没料到的,因为她从前并不是这样的。自从她到五里渠小学任教之后——该死的校长!——自从她成为教师之后,她简直变成另外一个人了。本来她希望丹织同洪鸣老师保持一种她同云伯这样的关系,可她没有,她如今对生活如此投入。那边的事还没扯清,这里又来了煤永老师。古平这家伙要捣什么鬼?沙门想着这些事,头都疼起来了。她同店里的领班交代了一下,就去找云伯去了。

公馆的大门前又没开灯,云伯像从地底下钻出来的一样,一边拥抱她一边说:"小鸟又飞来了。"

奇怪的是沙门在沙发上坐下之后却并没有说丹织的事。也许她一到云伯家就觉得丹织的情感问题不是难题了?她说的是黎秀一去不复返这件事。

"您真幸运,沙门。"云伯由衷地说。

"为什么您总是胸有成竹,而我,总是事后聪明?"

"因为您不是国王嘛。"

"唉,云伯云伯,为什么您不愿娶我?"

"娶你?那文老师怎么办?"

"对不起,我糊涂了,云伯。"

夜里走在熟悉的大街上,沙门的心中又变得敞亮了。她看见很多条弯弯曲曲的小路从她的书店延伸出去,一直通向远方。那些路有的交叉有的不交叉。

"老板,这是出租车司机送给您的。"

店员交给她一枚银质书签。

沙门一边惊叹着一边上楼去休息。

第十五章　煤永老师和农

农要去参加读书会的讨论了，煤永老师心里有点不安。

他是支持农读那些小说诗歌的，那也是他从青年时代延续下来的爱好。他心中的纠结在于读书会的那几位成员。煤永老师对沙门印象深刻，而且很喜爱她爽朗的性格，但一想起另外那两位，也就是张丹织老师和洪鸣老师，他不由得顾虑重重了。他并不知道那两位之间如今的关系，他的顾虑是，农是个极为敏感的人，万一张丹织在讨论作品的时候感情冲动，引起了农的怀疑，洪鸣老师会不会对他煤永产生看法。洪鸣老师同校长一样诡计多端，发生在读书会里的情感纠葛一般逃不过他的法眼。事情变得多么复杂！本来什么事也没有的……但真的什么事也没有发生过吗？至少，他没有同年轻的张丹织老师有进一步的交往。他们见过几次面，在一块谈论过一本书，这又算得了什么？当煤永老师这样自问时，在连小火的茶园度过的那个夜晚，还有他同张丹织一块谈论《地中海地区植物大全》时的情景就从脑海中浮现出来。他不得不承认那些有点奇怪的记忆铭刻在他的心底。他曾刻意埋葬过它们。

近来农的情绪不太稳定，以前也有过这种情形。她偶然从校长那里得知了沙门的读书会的事，突然就产生了很大的兴趣，下了决心要去参加。关于读书会，煤永老师也听到过一些神神秘秘的传言，觉得那是个有趣的组织，可是他的工作实在太忙，抽不出时间去参加。现在既然农有兴趣，去散散心也好，说不定会因此提高她对自己的自信呢。要是张丹织女士不在那里就好了。还有沙门女士，她也是知情人——一件从未发生过的事情的知情人。煤永老师叹了口气，他不知道事情怎么会发生这种转折，他深感忧虑。他听到农在卫生间吹头发。后来她就香喷喷地出来了，她看上去焕然一新。

"我会赶末班车回来。"她凑在煤永老师的耳边说。

农走了以后，煤永老师的心里忽然产生了一股虚无感。他看了看表，才下午两点钟。他想去看看他的学生谢密密。又是一年过去了，那失去母亲的孩子怎么样了？

他先来到谢密密家。那位父亲正坐在屋前分拣他的那些废旧物品，他看上去比以前苍老了许多。孩子们都上学去了。

"煤永老师，请您对我直说，我家密密到底有没有才能？他现在担起了养家糊口的重担，可他还不到十四岁，我于心不安啊！如果他真的有才能，这不是糟蹋了他吗？"他眼巴巴地盯着煤永老师的脸说。

"密密当然有才能。我现在还不能确定那是什么方面的才能，也许是诗人一类的？我能够确定的就是他现在的工作并不影响他成才，因为他工作之余还在努力学习。您不要过分担心，您有一个了不起的孩子。我这就去看他去。"

这位父亲将煤永老师送出老远，舍不得同他分手。他反反复复地同煤永老师说密密小时候的那些事。

煤永老师到达那个废品场时，看见铁皮屋周围的那几棵小桑树已经扎稳了根，绿油油的叶子舒展着。谢密密不在，那位破烂王正在屋里用三合土夯实地面。这是一间比原来大的铁皮屋，里面摆了两把椅子，两个轻便书架，书架上有一些历史书和文学书。而那张可以折叠的大床和一个柜子则摆在外面。

"老师您好！您请在外面坐吧。密密总在念叨您，念叨得多了，连我也崇拜起您来了。有文化真好,密密将来一定是个大学问家。您瞧,这都是由于您的培养。"矿叔笑眯眯地说。

"现在是您在培养密密。我看到有您在这里我就放心了。"

"您真是这样想?您不知道我们有多么喜爱您,我真想给您跪下来磕个头,我的天……"

他告诉煤永老师,密密参加社区的一个地下集会去了,那种集会不能中途退席,所以他要到很晚才回来。

"您没见过地下集会吧?他带我去过一次,但我说不清。总之那里面有很多信息,有些了不起的人在那里,啊,我说不清,我还是别说了。"他笑着摇摇头,"您听到笛子的声音了吗?那就是从地下集会传出来的。只有笛子声可以传出来,其他的喧闹都听不到。"

但是煤永老师并没有听到笛子声。他只听到矿叔在说,密密去参加集会一举两得,因为还可以收集到古铜钱。

煤永老师走出废品场时,看到有一位小伙子推着一车废旧物品回来了。小伙子停下车,警惕地盯着他。煤永老师朝他点点头,说:

"我是谢密密原来的老师,我来找他他不在,我同他师傅谈过话了。"

那青年将车子挪开一点让出路,煤永老师就过去了。

煤永老师刚一走出废品场就听到了笛子声。煤永老师追寻着那声音往前走,走到了水蜜桃家园小区的地下室门口。那张大门紧闭着,旁边有一位老者在打瞌睡。打瞌睡的正是针叔,煤永老师的到来惊醒了他。

"您到这里来找谁?"针叔问。

"请问有个小孩叫谢密密的——"

"您不能进去。我去把他叫出来。"

他进去后砰的一声将门关好,从里面锁上。煤永老师站在外面,心情有点激动。现在那里面非常安静了,是不是集会要散了?

煤永老师坐在那把椅子上等了好久,都快打瞌睡了,针叔才将锁住的大门打开出来了。但是只有他一个人。

275

"谢密密不肯出来，他正面临关键的测试。您是他老师吧？您瞧，这是他送给您的润喉丸，是小区一家工人家里的传家宝，他说您用得上。这孩子真懂事。"

煤永老师的眼眶湿润了。

回家的路上，他一直在想，那会是什么样的测试。

他一下公交车就看到暮色中站着谢密密的父亲。

"煤永老师，您没有见到他吧？"

"咦，您怎么知道的？"煤永老师吃了一惊。

"因为我也见不到他。我怕您见怪，就来这里等您。"

"不，我不见怪。我是没见到他，但他托人送给我润喉丸了。"

"他正是这样的，老是关心着别人。"

他俩默默地在黑暗的小路上走着。后来老谢忽然又开了口：

"我对不起密密的妈妈。我真无能，我在夜里因为羞愧而咬紧牙关。"

"啊，请不要这样想问题。您把密密教育得非常好，他在我的学生中是最优秀的。我要谢谢您！"

"煤永老师，我在流泪，真不好意思。再见，再见！"

老谢从那条岔路回家去了。煤永老师望着他的背影感慨万千。

煤永老师回到家里时，心中的虚无感已经消失了。他在台灯旁开始备课。他文思泉涌，一边写一边暗暗地为自己的灵感感到吃惊。这两三年，他一直觉得自己处于事业的黄金时代，工作起来得心应手，创新的方案一个接一个，甚至超过了那些年轻人。他沉浸在工作给他带来的幸福之中，不断地微笑着。

农没有回来，却打电话回来了。

"我今晚在沙门这里休息，我太激动了，舍不得走，刚才一看表才知道过了时间了。永，我回来再细细地告诉你。晚安！"

"农，我多么高兴听到你这样说！晚安。"

煤永老师放下话筒后愣了一下，接着又释然了。他站起来，不知不觉地往那扇窗户跟前走。

前方一片黑蒙蒙的，那盏马灯有多久没出现了？他好像都差点忘了这回事了。黑暗里有一男一女在小声地交谈，他们也许隔得不远，就在他的楼底下。在他听来那女子的声音有点像小蔓。当然，不可能是她，是她的话就上楼来了。小蔓同云医是多么般配啊！她终于找到了她的所爱。她在该恋爱的时候就恋爱了，这就叫"青出于蓝而胜于蓝"吧。她是个讨人喜欢的女孩，可她的这位父亲，一点都不讨女人喜欢。

煤永老师在窗前站了好久。后来，那对男女的谈话声渐渐远去了。他想，这窗户应是他的心灵之窗。一般来说，如果是阴天，望出去就是黑的，只有晴天才会清清楚楚地看见那些发蓝的树干。那些老树还是他年轻的时候种下的。那盏马灯也许是他心里的一个永久的谜？还有那些信号，会不会是他自己在给自己发信号？于是在多年有意识的遗忘之后，乐明老师的音容笑貌浮上他的脑海。

农是比较谨慎的，她悄悄地走进读书会，选了一个角落里的位子坐下了。尽管如此，她还是觉得有很多人在注意她，因而有点紧张。书友们都在辩论，将声音压得很低，农听不明白他们在说些什么。沙门坐在农的旁边照顾她，告诉她大家在讨论一本书名为《谁是最后的情人》的书，这本书说的是有两位女子，住在都市中，她俩找了很多情人，两人都想知道那些情人当中谁是最后的情人。

农没有读过这本书，坐在那里有点茫然。沙门安慰她说，也有几个人并不是在讨论这本书，他们只不过是在谈论文学，或谈论爱情。

"我想加入到他们的谈话中去，可以吗？"农谦逊地说。

"当然可以啊。那边那位女士和先生还是您的熟人呢。她的名字是张丹织，她旁边的先生是洪鸣老师。您觉得洪鸣老师是不是很英俊？我去叫他们过来。"

"等一等。张丹织女士是学校的体育老师，我竟然没有同她相识！我觉得她非常漂亮——可是，她会不会见怪？这两位看上去像是一对。"农犹豫不决。

"我这就去叫她来,他们只是好朋友而已。"

沙门走过去,农注意到张丹织显得有些吃惊。但她马上站起来往农这边走过来。

"珂农老师,我们终于相识了!"张丹织笑着说。

"叫我农吧。丹织,我早就听说了关于您的神奇的传说!"

她俩将椅子挪到靠墙,这样两人就隐没在黑暗里了。一开始农有点苦恼,因为她看不见张丹织的脸了,但她很快就习惯了。

"您喜欢这里的氛围吗?"张丹织轻声问农。

"太喜欢了。它让我想起初恋时的情景。我本应早些到这里来。我最近读的那本书有点晦涩,描写一个人爱上了异乡的一个小海湾,他几乎天天去那里面游泳。他要是不去的话海湾就会发怒。我还没有完全读懂,可我被这本书迷住了。"

"您读的是《阿崎的海湾》,一本美妙的书。"张丹织说,"情节有点恐怖,但仍然是令人振奋的书。"

"我有一个问题要问您,刚才沙门女士将您叫过来,是不是打断了您同洪鸣老师的谈话?我感到很惭愧。"

"啊,千万别这么想!是我自己要过来的,我听说了您来读书会的事,我马上激动起来了,我们是同行,又在一个学校,早就该相识了!在这个地方相识该有多么美好!不要管洪鸣老师,他是个辩论狂,他找人辩论去了。"

"他是一位美男子。我觉得这里的每个人都很漂亮。"

"我也和您有同样的感觉。刚才您说到海湾的故事,我也喜欢那种令人振奋的故事。不过我又想,我们有时在野外遇见的那种清澈的野井,看上去不深其实深不可测的那种,也能把人淹死。我想着这类事就有点伤感。悲剧到处发生,人却可以将悲剧变喜剧。"

"您说得太好了!"农提高了声音,"的确可以——只要有足够的耐心。您的见解特别新颖。"

"其实我是信口乱说,我说话从不思考。"

"因为您用不着思考！我后悔没有早些认识您。我坐在这里，觉得自己年轻了十岁。"

她俩所坐的黑暗的角落里突然亮起了一盏灯，于是两人都看见了对方神采奕奕的脸。张丹织说是洪鸣老师在捣鬼，农听了扑哧一笑。果然过了一会儿洪鸣老师就过来了。

"张丹织老师，您将美丽的珂农老师藏在这里啊！"他说。

"您同农说会儿话吧，我去楼上沙门的房里拿点东西。"

张丹织匆匆地上楼去了。

她刚走到楼梯拐弯那里就碰到了沙门。两位密友又像上次一样并肩坐在了地毯上。

"我突然感到有点伤感。"张丹织说。

"也许有什么人在呼唤你，可能是你爸爸？"

"你别开玩笑了。我有点不安，我想先走一步。"

"啊，丹织。这是你的包。我祝你好运。"

"再见，沙门，我爱你。"

张丹织上了那辆班车。她坐下来，掏出小镜子，看见自己的脸很苍白，嘴唇却特别红，红艳艳的，像鬼一样。她连忙收起镜子。

在咖啡厅里，洪鸣老师神情恍惚，他故意提高了嗓门掩饰自己。农好奇地看着他，她听到过一些关于他的传说。那些传说并不都是正面的，只除了她丈夫的评价。煤永老师只要一提起洪鸣老师就无条件地竖大拇指。他认为他是教育界的英雄，少有的天分极高的创新者。农此刻有种感觉，那就是张丹织走了之后，洪鸣老师的心也被带走了。可那只是一瞬间的感觉，因为洪鸣老师热情地向她说话了。

"珂农老师，您一定要向煤永老师转达我的敬意！"

"彼此彼此吧，他对您也是赞不绝口。我听说您在写书？"

"啊，怎么说呢？这都是些传说。可不知为什么，每次我来到这里，我就觉得自己真的成了某本书的作者，我脑海里通明透亮，种种情节层出不穷。"

可一离开读书会,幻觉就消失了。我将这事看作一个玩笑,一个大家对我开的善意的玩笑。"

"也不完全是玩笑吧。"农说,"您的才能大概属于那种隐形的。我设计园林时常碰到这种情况——我想说,张丹织老师同您看上去真像一对情侣。"

"您这样认为?可我已经有爱人了。"

洪鸣老师说着就从皮夹里抽出一张照片来给她看。农将那张照片在灯光下看了又看,口里不住地发出"啊,啊"的赞叹。

"她太漂亮了。"她将照片还给他,"可她今晚为什么不来?"

"她现在在乡下办一家书店,很快要有自己的读书会。我猜您最近在读《阿崎的海湾》这本书,对吗?"

"是啊,您真会猜!海湾为什么总要发怒?"

"我想是因为激情,因为爱吧。但也许可以不发怒,有一些别的方法来表达?人可以事后聪明,海湾却不能,对吗?"

"您真是名不虚传,我家小蔓对您崇拜得五体投地。不过她没告诉我她崇拜您的原因。我喜欢听您说话。这里就像、就像到处都能碰到知心朋友,每个人随时能敞开心扉。我还从未来过这种地方呢。沙门真了不起!"

"同沙门坐在一起的是云伯,大家叫他'定海神针',您觉得他像不像?"

"像极了!他是我所见过的老人里面最好看的!我真想将他读过的书全部读一遍。我要早点开始读文学书就好了,我现在有点明白我设计方面的弱点了。"农信赖地看着洪鸣老师这样说。

"您一点都不晚,请相信我。"

"我就是相信您,我觉得那本海湾的书是您写的。"

"哈,又一个!"洪鸣老师笑着说,"难道我的样子像一位作家?作家会像我这么健康吗?"

"作家就应该是很健康的,要不怎么能写出各式各样的感情?"

"嗯,有道理,也许某一天我忽然就朝这方面努力了。不过一走出读书会,我这些激情就都消失了。读书会的魅力就在这里。"

在离他俩较远的角落里，沙门正在小声对云伯说话。

"云伯啊，我觉得有一件事正在暗地里发生，可我又说不出那是什么事，我脑子里乱糟糟的。唉，丹织垂头丧气地走了，也不知她在想些什么。您觉得她的事会向好的方向转吗？"

"当然会。她多可爱。"

"可这并不是理由。"

"这就是理由。您刚才不是感到那种苗头了吗？"

沙门笑出了声，她恨不得狂笑一通，可她忍住了。她正在召开读书会，她得顾及影响。文老师今天没来，所以她满腹的心思没人可以诉说，这种心思又不宜向云伯诉说，因为是有点邪门的想法。

她抬起头来，看见那位出租车司机正在到处找她。奇怪的是他擦着她的裙边走过去好几次，却每次都没认出她。云伯微笑着，满怀兴趣地看着这一幕。

沙门接着又看见农和洪鸣老师一块站起来，走到外面去了。

"洪鸣老师见一位爱一位。"沙门对云伯说道。

"不要这样悲观，沙门。"云伯责备地说。

出租车司机小秦终于在云伯面前停下了。

"您在寻找一位女士，对吗？"云伯问他。

他点点头。

"可她今晚没来。您不要泄气。"云伯轻声说。

煤永老师令校长非常满意，因为他的教学创新不是表面的，他于不知不觉中让学生们扎扎实实地学会了一些生存的本领和开拓视野的方法。他现在教三个班，校长注意到他的学生们都比较沉着和机警，从未见到他们有过慌乱的时候。他们从走廊里匆匆走过，好像每个人都被前方的某种诱惑召唤着，生怕浪费了时光。工作时间越久，煤永老师对自己的工作的迷恋越深。他感到人心是个无底黑洞，虽然他认为自己的人生并不是特别成功，但他愿意他的学生们有更精彩的人生。为了这，他渴望将自己的经验通过特殊的方法注入他的教学中去。他最满意的学生是已退学的谢密密,但谢密密是个天才,是例外。他希望大多数普通学生能具有一种发自灵魂深处的朝气。他认为狭隘和保守是两大最可怕的敌人。每一位学生,将来不论选择什么职业,或被迫干什么工作,如果他们敢爱敢恨,就不负他今生的努力了。

煤永老师在密室里同校长谈过话之后,便心情明朗地回家了。近来农的情绪很好,比过去更积极了。煤永老师暗想,读书会果真能改变一个人!农也向他谈起了张丹织,说她老觉得洪鸣老师对她有种特殊的感情,一种微妙的感情,但张丹织浑然不觉,而洪鸣老师声称自己有爱人。

"是不是读书会让我变得神经质了?那里面的氛围确实难以形容,像我这种没主见的人在那里头好像只能随波逐流。"

农用自嘲的口气说出这些话,但煤永老师看出读书会给了她更大的生活的勇气,长期以来她对自己和对他的疑虑已被打消了。

"你这样一说,连我都想去读书会了。不过还是你一个人去吧,你一个人去显得更有魅力。你回来后讲给我听,就等于我也去了一样。"

"煤永,我觉得我现在更爱你了。一个人要是怀疑自己,就没法好好地爱别人了。这是我读书的感受。读书会里有一位奇人,他们称他为云伯,是八十多岁的美男子,我找不出词语来形容他。他是那种你一见之下终生难忘的人。"

"我真为你高兴,农。"煤永老师由衷地说。

"张丹织说野外自然形成的那种井看上去不深,也能淹死人。她说这种话是不是心里有什么创伤?我真佩服她对书籍的感受。"

"别去管她了。我们喝杯红酒庆祝一下吧。"

于是夫妻俩坐在桌旁对饮起来。

半夜里煤永老师醒来了,近来他常这样。他走到久违了的窗口那里,一下子就看见了那灯光信号。他被吸引住,站在窗前不动了。这时农没有醒,好像在说梦话。会不会是农的魂魄游到树林边去了?他隐隐地意识到农对自己的家庭生活有些不满。他的学校吸引着一些非同凡响、才华横溢的人,农是其中之一。这类人对感情的要求非常高,而且过于敏感。而煤永老师自认为不太懂得女人,所以他常徒生苦恼。

今夜的灯光分外清亮,煤永老师隐隐约约地看见了提灯的人,他觉得好像是一位女士。他眨一下眼,提灯人的形象更清晰了。他几乎要说出声来时,那灯光却熄灭了,四周一片黑暗。煤永老师努力回忆提灯人的模样,但一点都记不起来。当时他是想要说谁的名字?是农吗?还是小蔓?他惆怅地回到了床上。他渴望猜出农此刻正在做的那个梦,也渴望回想起他刚才看到的女士究竟是谁。但他的这两个愿望都不能实现,他坠入了单调的黑暗中。

早上醒来,农对他说:

"我同你边走边谈话,走了很远,可一点都不累。我一抬头,发现你的脸换了,是一个不像你的人,但我知道那是你。我们彼此有说不完的话,那么激动!"

煤永老师微笑地看着她。她到厨房里去了,她在做早餐,她在摆碟子和碗……煤永老师心里有点歉疚。他的妻子表达感情表达得多么好,而他自己一点都不善于表达,他过于深藏……内心的情感将他弄得有点老气横秋,除了校长和古平老师,就再没有谁看得透他。

"小蔓现在让我放心了。"他说。

"他俩真是天设地造的一对。也许今后常常会痛苦,但爱情就是这样。"农说话时眼里有一丝迷茫。

煤永老师却在想:"她在抱怨,可我无能为力。"

煤永老师下课后遇见了古平老师,古平老师正是来找他的。他兴奋地对煤永老师说起他在山里进行的教学革新。他说他同云医老师共同组织的虚拟探险队已经收获不小,很多学生对此入迷。

"什么叫虚拟探险?"煤永老师问。

"就是先每个学生自发地去读书,然后将读书过程中遇到的问题带到课堂上来,让大家讨论。如果谁的问题反响最热烈,持续讨论的时间最长,谁就最成功。我们在初中三年级的班级做这个实验,大家都乐此不疲。"

但是煤永老师觉得古平老师并不完全是要来向他讲他的实验，他心里肯定有件别的事要说。煤永老师在等待着，可是直到两人分手，古平老师还是什么都没说。煤永老师看着朋友的背影，有点羡慕这位朋友同妻子的关系。他觉得自己比起古平老师来差远了，简直有点麻木。难道是生活的磨难使他变成这样了？他又想，古平老师多半是为他担忧，他之所以为他担忧，就是由于他的麻木。

他在回家的半途上，天突然下大雨了。他正要奔跑，一把雨伞举在了他的上方。啊，居然是张丹织老师！

"您最近躲到哪里去了？我老见不到您！"他激动地说。

"我加入了一个读书会，就是您的夫人去的那里。"

"是吗？那太好了。"

"为什么？"

"我凭直觉感到你们会成为朋友。"

"我们已经是朋友了。您的夫人是位精彩的女人。"

他俩肩并肩地在雨中行走，张丹织老师勾着煤永老师的手臂，就好像他们没见面的这一年里头什么也没发生过一样。

一会儿张丹织老师就将煤永老师送到了家门口。

"谢谢您。常来家里玩玩吧，我们俩都喜欢您。"

煤永老师听到自己的心在胸膛里跳，他很快上楼去了。

他刚一到家里就走到窗口那里去看。

张丹织背对他站在雨中，他甚至听到了雨打在伞顶上发出的砰砰声。煤永老师连忙从窗口退了回来。一些记忆的碎片不由自主地又回来了。这真是一位古怪的女孩子，他很想知道她心里想些什么，那一定很有趣。煤永老师认为自己还不懂得她。也许虽然自己不懂她，她却懂得自己？那么，自己真的一点都不懂得她吗？刚才，她就像一束阳光照进了他的心田，他的整个人都被激活了。煤永老师立刻投入了工作，他感到自己精力旺盛。

他在思考天才学生和一般学生的相同和相异之处。他想，同谢密密这样的天才学生比起来，他煤永就是个普通人。普通人怎样学会同周围的人更好地沟通呢？有没有一些更为有效的方法让大多数封闭的心灵变得开放起来？古平老师的办法是很高超的，煤永老师还想另辟蹊径，进行一些同样有效的探索。这不光是为了学生们，也是为了他自己。比如张丹织女士吧，他能说自己对她一点都不了解吗？实际上他是有很多体验的，只是那些体验朦朦胧胧，似是而非。他不够专注。有些体验或许并不以人的专注或不专注为转移，它们产生过了，就在心灵的深处沉积下来了。他对农又究竟理解了多少？很可能只是冰山一角。他隐隐地感到农在压抑自己，这种压抑大概是为了迁就他，因为她害怕失去他。表面上看起来很独立的农，其实还并没有真正独立。他就这样将对身边这两位女性的感受用巧妙的方法写进了一份新的教学方案。他写呀写的，饭都忘了吃，因为没人帮他做饭，农今天去山里上课去了，要明天才能回来。

当他终于想起来去做饭时，已经很晚了。外面的雨也停了。

他就在厨房里吃面。他吃了一半，突然记起了什么，就端着碗往窗口那里走。

啊，信号灯。因为夜色特别浓，那灯就显得特别亮。但他看不见提灯的人。那灯应是挂在树上的，因为好长时间一动不动。在这种寂静的夜晚，点灯的人心里渴望什么样的沟通？煤永老师心中涌动的写作激情还没有平息下去，他突然记起家中还有一盏旧提灯，那是很久很久以前，他在缺电的日子里用过的。他奔向厨房，三口两口将面吃完，然后找出了那盏灯，又找了一节蜡烛头，点燃，固定好。

他在窗前将提灯高高举起。

他看到对面的信号灯也开始移动了，是在水平线上来回移动，造成一种迷人的、有点怀旧的氛围。煤永老师忽然意识到自己在干什么了，他连忙放下提灯，将它吹灭了。几乎是与此同时，对面的信号灯也黑了。他又等了一会儿，对面还是没有动静。

究竟是谁在向他发信号呢？当然不会是农，以前农在家里时，他不是也看到过那盏灯吗？如果他假设对面是张丹织女士的话，那不是显得他过于轻浮吗？也有可能是某个学生，比如一听来。

煤永老师在迷惑中上床休息了。

他刚睡着，就被一声凄厉的叫声惊醒了。他在黑暗中赤着脚跑到窗户那里，却什么也没发现。他听到了楼下和隔壁邻居关窗的声音，可见那叫声不是他的幻觉。他的情绪一下子跌到了冰点，他记起睡觉前他的情绪还是比较好的。那一声尖叫就像是发自灵魂，本应听不到，可他的邻居们听到了。

煤永老师想象着那种深不可测的野井，那水上漂浮的树叶。他沉下去，沉下去，直到全身冰冷。

农一早就赶回来了，身上散发出露水的气息，脸上红扑扑的，看得出她情绪很好。

"听到传言，说校园里有人受了重伤，我不放心，就赶回来了。你和小蔓都没事吧？"她说。

"我这不是好好的吗？不会是猎人告诉你的吧。"

"对，就是猎人说的。"农笑了笑，"猎人可以看见内伤。"

"真不可思议，的确有人夜里发出痛苦的尖叫。"

农看见丈夫有点不安。

"既然什么事都没有，我就回去了，学生们今天特别离不开我。"

她又匆匆地赶往山里去了。煤永老师从窗口感动地看着她的背影。学校给她加了课，她要等到明天下午才回来。

煤永老师下楼时老从也在下楼。

"煤老师啊，你该没做亏心事吧？"他说。

"应该没有吧，不过我不知道。"

"这就对了，不要说得那样肯定。"

因为昨天下过雨，空气格外清新。煤永老师畅快地呼吸了几下，记起了昨天的那把伞。这位同小蔓一般年纪的女孩，难道真的会对他感兴趣？昨天的邂逅（天知道是不是邂逅）对他来说有点像梦。当然那不是梦，是一种最愉快的相遇。同年轻人在一起感觉真好！大概因为自己正在进入老年？

煤永老师看见校长过来了，但校长躲着他，似乎在冷笑。每当校长对他的某个行为不以为然，就会有那种表情。那么，校长认为他又犯了虚伪的毛病吗？他对妻子农可是很专一的啊。但校长刚刚走过去却又叫他了。

"煤永老师，我本想像你一样成家，可是又吹了，对方说我不善于一心二用，能耐差。你给我算算命看，我适不适合成家？"

"啊，这事很难算，要看对方是什么样的。我感到，您还没有找到最适合自己的对象。"

"最适合？就像你同农这样？"他剜了煤永老师一眼。

煤永老师有点慌乱，他沉默了，校长就匆匆地走了。

他走进办公室，看见学生方喆已经来了，两眼茫然地坐在那里。是煤永老师要他来的。

"方喆同学，你对学校已经厌倦了吗？"

"是啊。"

"你打算去干什么呢？"

"还不知道。我想念谢密密。老师，您能告诉我他在哪里吗？"

"不能，我答应过他。"

"他一定是嫌弃我。"

"当然嫌弃你。因为你只会空想，没有任何实际行动，你在混日子，混了好长时间了。谢密密从不像你这样。"

"我明白了，老师。我要改，我要发奋。我受不了被谢密密嫌弃，因为他是我最好的朋友。"

他一溜烟似的跑掉了。

煤永老师陷入阴郁的沉思。

"我之所以看见园林的中缝线，看见那沉在阴影中的另一半园林，之所以有那么多的疑虑，都是因为我这么多年里头从未敞开心扉，我活得太拘谨了。"农一边下山一边这样想。

她没有直接回家,却忍不住又去了一趟沙门的书店。

沙门递给她一个精致的纸包,是书。

"这是《阿崎的海湾》第二卷,刚出版的,洪鸣老师托我送给您。他想让您先睹为快,还说下一次就可以同您讨论了。"

"洪鸣老师真好,我觉得他真像一位作家,他到底是不是在暗中写作?多么神秘!"农激动地说。

"也许是也许不是。在读书会里,很多事都难以判断。"

"啊,沙门,您太了不起了!"

"不是我,是读书会了不起。我属于读书会。"

"我感到我也要属于读书会了,就像恋爱。难怪我的学生们怂恿我来读书会,却原来——"她没有说下去。

"张丹织老师下个月也会来吗?我真想同她讨论一下!"农又说,"在我心目中,她是玫瑰,她的感情又深沉又热烈。"

"我也这样看。她一定会得到幸福。"沙门认真地说。

"那还用说!谁会不爱玫瑰?"

喝完咖啡,农就同沙门告辞了。她连忙往家中赶。

坐在公交车上,她忍不住将那纸包拆开了。

"海湾今夜很安静,但阿崎知道这是表面现象……"

读了第一句,农就激动地合上书本,闭上了眼睛。她想,是不是人一到了读书会就变得特别善解人意了呢?她希望张丹织下一次出现在读书会上,她设想当洪鸣老师、她、张丹织三人一块讨论时,她自己一定会变得又年轻又有激情。谁也不会责备这样的激情,因为排除了性的意味,因为是一种理想的追求!下一次,她一定要说服洪鸣老师将他的女友带来。

"啊,你回来了。今天有个人对我说,不与人沟通也是一种个性。你喜欢这种个性吗?"煤永老师笑着对农说。

"我猜是校长对你讲的这种意见。我不喜欢。并且一般来说那种人比较单调吧。既然要住在人群中，又不同任何人沟通，应该是种变态。但不管这个人如何隐瞒，他的想法迟早总会被人知道一些。不过我想校长说这话有另外的意思。"

"你肯定是校长说的？"

"我觉得应该是吧。如果不是，那是谁呢？"

"正是校长。你太敏锐了，农。"

他俩在厨房里做饭时，小蔓回来了。

"小蔓，你为什么不将你的那一位带来？我们见见面嘛。"农说。

"他害羞，不愿意来。啊，农姨，这本书真漂亮！"

"朋友送给我的。我要读完它，然后同人讨论。"

"我明天也去买一本。"

小蔓浑身透出一股成熟女人的气质，使得煤永老师不禁在心里赞叹：恋爱真好啊。他同农两人相视一笑。

"其实啊，我听张丹织老师说过这本书。"小蔓又回到这个话题，"这本书——她说这本书有点特别，虽然有杀戮的场面，情调却很温柔。我打算近期也来读这本书。"

吃饭时，小蔓问农：

"读书会里有人追求您吗？"

"追求？怎么回事？"

"我听朋友介绍说，读书会里的所有人都在你追求我，我追求你。我觉得那很有意思，也想去参加。"小蔓笑嘻嘻地说。

"有点你说的那种意味，不过远没到你们说的程度，暂时还没人追我。因为他们已配好对了，我一个人打单。"

农哈哈大笑，笑得眼泪都快出来了。煤永老师也在微笑，他责备小蔓乱说话。

"沙门女士应该是个恋爱方面的顾问，她非常可亲。"煤永老师回忆说，"我感觉她是那种在生活中绝不言败的女子。"

"正是这样！"农马上说，"她对我的帮助太大了。"

小蔓吃完饭就匆匆走了。煤永老师说她现在对自己的时间抓得非常紧。农说她也看出来了，真是感到欣慰啊，年轻人成长得真快，而她自己很快就要老了。她于一瞬间显出一点沮丧的表情，但很快又情绪高昂地谈到了文学与她的创作之间的关系。她说她想尝试一种仿古的园林，但又绝不是模仿古代式样，而是一种看似平淡无奇，却让人魂牵梦萦的设计。煤永老师鼓励她，说这一次她一定会成功。农问他为什么这样想，他沉思了一会儿，抬起头看着她，说：

"因为你就像它啊。"

"你和小蔓真是一对奇特的父女，要是同你们生活在一起还不能创造，那就只能怨自己了。"

那天夜里农做了好几个奇怪的梦，她甚至在梦里完成了她的设计。当然醒来后发现并没有完成，不过这发现一点也不让她感到沮丧，她感到自己正在进入创造的氛围。她不时地翻看那本新书，那个奇怪的故事确实给她带来了灵感。一想起送给她这本书的人，农的内心就掠过一片快乐的涟漪。啊，如今她的生活多么丰富啊。洪鸣老师确实是一位善解人意、不同凡响的男子，如果说张丹织对他产生了某种感情，她一点也不会觉得奇怪。海湾的故事里有一位被三种爱情同时折磨着的男子，农觉得那位男子有点像洪鸣老师。这本迷人的小说到底是不是他写的？为什么在读书会里头，她觉得男女之间的暧昧关系全是合理的，而一离开那里，又会有另外一种眼光？她至今记得她第一回去读书会时，洪鸣老师眼里闪烁的对张丹织的爱意。"唉，读书会！"她听见自己在说。她昨天对煤永说自己老了，那其实是夸大其词。她为什么要那样说？她并不觉得自己老了，尤其在去了读书会之后。那里面的特殊的激情使她恢复了青春和梦想，她还从来没有像现在这样跃跃欲试。她想，从前她揣测不到煤永老师的情感，于是心生埋怨，却原来问题主要在自己身上。她应该开拓自己的天地，而不是老去揣测自己的爱人。看来她的独立性还不够。

第十六章 猎人阿迅

阿迅住在陨石山半山腰的石屋里头。石屋是他自己多年前盖的，非常结实，只是窗户比较小，那是为了冬天保暖，所以房里比较黑。进到房里就会发现墙壁和天花板都是原木结构，还铺着地板，客厅里有个大壁炉。所以阿迅的日子还是过得很舒适的。客厅不小，靠墙全是书架和书柜，现在有一些是空空的，因为他将那些书都赠送给鸦新开的书店了。

阿迅是狩猎高手，这门家传的技艺使他过上了比较富裕的生活。七年前，他因为失恋一度消沉，决心远离人群，于是在好友的帮助下在陨石山修建了这个石屋，离开父母到这里独居。

陨石山上不生树木。这山的外形很像一整块巨大的陨石，几乎没有什么泥土，所以只是长着一丛一丛的杂草。当年他之所以能在这种地方盖房子，是因为意外地在山壁的一个凹口里发现了黄土。多么诡异，这凹口里居然蓄起了这么厚的黄土！

在漫长寒冷的冬夜，阿迅逐渐发展出了阅读小说和诗歌的爱好。他本是大地山林的宠儿，所以理解起文学来一点都不费力。起先他是从图书馆借书，后来干脆去书店买书，日积月累，十来个书柜书架都装满了。除了文学，他后来还读起哲学书来。因为读书，他的性格也在潜移默化地发生改变，他不再是那个血气方刚的易冲动的小伙子了，他一年比一年变得沉着、敏锐、有耐心。近两年来，阿迅已经不太想独居了，可是他也不愿妨碍父母已安排好的生活。他只是每个星期回家去帮老父母干些体力活。他暗暗地计划回到镇上盖房子，他是生活能力很强的年轻人。

"阿迅，最近在读什么书？"

母亲每次都这样问儿子。这位小个子母亲性情温柔，特别关心阿迅的灵魂生活，对他的生活计划之类则不闻不问。

每次回来阿迅都在家里睡一夜，母子俩在书房里小声讨论到深夜。他俩很少发生争执，母亲对儿子更多的是欣赏。她一直期望儿子成为一个心灵丰富的人，现在看来她正在实现自己的希望。

"那么，今年在爱情方面有什么收获吗？"母亲说。

"妈，我已经发现了我真正想去爱的人。可是她已经有爱人了，我的运气不好。不过这也没什么关系的。"

"是没有什么关系。你又能爱别人了，我真高兴。"

阿迅心里对母亲充满了感激。

当他在那间他从儿时到青年时代一直住着的房间里快要入睡时，他又看到了那只被他射杀的黑熊。那是一只年轻的黑熊，阿迅拿不准要不要射杀它，可是熊的数目越来越多，已经威胁到山下的居民了。黑熊应声倒地时，阿迅知道它立刻毙命了，他不忍心过去看，他头也不回地跑下了山。他托朋友将黑熊抬下山卖给了收购站。从那以后他不时会同它相遇。阿迅在半睡半醒中为自己含糊地作了辩护。他似乎谈到了环境，谈到了人的规则和兽的规则，还谈到了情感问题。后来他就在辩论中入睡了，而那辩论的对手一次也没有出现。

阿迅在小镇上不如在陨石山睡得好。他总是听到从前的某个熟人在近处说话。不过他很喜欢这种浑浑噩噩的氛围，山上太寂静了。

有一天半夜，他过去的女友来到院子里唤他，他出去了。

他俩站在温馨的月光里头，都很高兴。这时阿迅便知道，那段爱情早就死去了。当然女友也不是来同他重续旧情的,只不过是对他目前的生活感到好奇。他们握手告别,双方的心中都充满了温情和惬意。"阿迅变成另外一个人了啊。"女友说道。

阿迅对她的这个评价很满意。他想,有那么一天,他一定要将鸦请到他的石屋里去,让她坐在大壁炉前,他俩要像老朋友那样促膝长谈。这不是梦想,这是可能的,因为他并不打算要同她有比老朋友更进一步的关系。

不知为什么,阿迅希望早日下山,可一旦他设想某一天同鸦见面长谈,那地点又总是在半山的石屋里头。大概这个他在寂寞中住了七年的地方,已经成了他的心灵的居所。

他清晰地记得那次他给鸦去送书时的情景。鸦穿着一身工作服站在那间刚粉刷过的大房子里,看上去像小女孩一样。

鸦对他送去的书赞不绝口,欢喜得不断拍手。

"他们说您独自住在一座石头山上,是真的吗?"

"是真的。"阿迅说,"我真希望哪一天能请您去我家做客。我们可以面对面交流读书经验。"

"啊,我真想去啊,一想象那种情景就激动。您可不要改变主意啊。忙完这一阵我就去拜访您!我还从来没看见过建在山上的石屋,在那样的屋子里谈文学……我要晕倒了!"

从鸦那里回来,阿迅神魂颠倒,什么事也做不成。

他到后院劈了一会儿柴。虽然天气还不太冷,他还是要将木柴准备得很充足,怕万一鸦突然就来了。他设想的场面是壁炉里烧着熊熊的火,茶几上堆着他钟爱的书籍,有几个书柜敞开,以便谈话间随时取书。对了,还有那两只新买的鹦鹉,一定要训练它们说:"鸦,鸦,我们爱您!"他感到自己有使不完的劲!他决心将鹦鹉训练好了之后,就送给鸦的书店。阿迅越想越兴奋。

劈完柴之后他洗了个冷水澡,终于安静下来了。他做了简单的晚餐吃了,就开始读康德的哲学书。这已成了他最近的精神享受。每次阅读到了深夜,他就到外面去看天空中的星星——不管有没有星星。他太喜欢这位哲学老头了，因为他解开了他情感生活中的一个死结。

想到母亲对自己的支持，他今天夜里的阅读特别顺利。他在心里不停地同康德对话，甚至提出了疑问。

夜里十二点时发生了一件奇怪的事。他的一位同行，他称之为迟叔的猎人上门找他来了。阿迅记得他住在云雾山下，五十来岁，鳏居多年，有两个未成年的女儿。他俩多年没见面了。

"啊，您在读书吗？读书真好，可我总是下不了决心，家里事太多，女孩难管，一天忙忙碌碌地就过去了。我真后悔！我要是像您这样热爱读书，遇到问题就不会发愁了。唉！"

"那么，您遇到难题了吗？"阿迅一边问一边给他倒茶。

"愁死了。我告诉您一个信息吧：云雾山的幼蛇数量在减少。当然，这同没关系， 的数量很小。还有猫头鹰，现在几乎看不见它们的踪影了。"

"我听说了在山上办学的事，您认为是这个原因吗？"

"您还不知道吗？您是猎人啊。我责备自己好久了。唉！"

他垂下头坐在椅子上。阿迅不知要怎样安慰这位朋友。

阿迅沉思了一会儿，低声说道：

"将学校办在山上，对于孩子们来说是很好的，可是对山上那些原住民来说就未必是好事。这样吧，迟叔，明天我同您一块去找校长，将这事协调一下。"

"不，不！不能找校长！我同那些老师都是知心朋友。我一直想等他们自己觉悟，可我是急性子……唉！"

"明白了，迟叔。您先回去，我明天上午去找您。我们一起去参观一下学校，然后我们无意中谈起云雾山的生态问题——这样做如何？"

"好！好！太感谢阿迅了。我这就回去了，您别送我，明天我在家里等您。还是猎人的心相通啊。当年您射杀了那只熊，我还记得您痛苦的样子。校长说得对，这些大山不能没有猎人。没有猎人的山还算个什么山？"

迟叔离开后，阿迅的心中充满了感叹。就连他居住的这陨石山，也常有些不知名的细小的鸟儿飞来做客,更不要说土质肥沃的云雾山了。那里头居住着多少动物啊!那是它们的山,人可以去做客,但不应久留。阿迅想,他今天遇到的问题康德当年还没遇到。

第二天一早,阿迅还没走出院门,迟叔又来了。

"一切都解决了!我的养女阿闪告诉我,古平老师和云医老师正在带领他们搬家。她说他们这一回要搬到城里去,把地盘留给金环蛇。城里有一家倒闭的纺纱厂将厂房租给他们了。"

"纺纱厂?"阿迅忧虑地说。

"您不要担心,古平老师是一位大能人,他有办法让那几间空空荡荡的厂房活跃起来的!"

迟叔不肯进屋,来了又去了。阿迅看着他有些佝偻的背影,心里想,他没有接班人。如今的年轻人都不愿做猎人了,将来怎么办?他希望能同那位古平老师讨论一下这个问题。他既然能让纺纱厂变成学校,总有办法培养出猎人来,甚至培养出比他这种继承家业的猎人更优秀的猎人!那么,到了那个时候,他是不是也可以考虑去学校执教?阿迅想得入了迷。

阿迅在修理篱笆时看见他爹爹沿着小路爬上来了。

"爹爹,家里有事吗?"阿迅放下工具关切地问。

"没有事。我来看看我儿子生活得怎么样。"

"还是那样。有什么好看的呢?总的来说不错吧。"

他领爹爹进了屋,为他泡好茶。

老人将屋里屋外巡视了一圈,满意地捋着胡须说:

"很不错嘛。猎人应该是最会生活的。我看你快成大学问家了。我们家族的人天生看得远,所以就做了猎人。"

父子俩坐在客厅里喝茶,聊些不着边际的事。

"你每天夜里点煤油灯,已经习惯了吧?"爹爹说。

"早就习惯了。我在煤油灯下注意力更能集中。读那些深奥的小说和哲学书,煤油灯倒是很合适。"

"我年轻的时候太热衷于打猎了，要是从那时就开始读书，大概现在也有不小的成绩吧。这几年记忆力越来越不好了。"

"没关系的，活到老，学到老嘛。我看到爹爹您也买了不少书啊。"

"阿迅，我最近在想一个问题，猎人这个职业是历史最悠久的，猎人的眼界又最开阔，这两个有利的条件使得我们适合于读书，我们在书的世界里总是无师自通。你的看法同我一样吗？"

"完全一样，爹爹。"

爹爹喝了两口茶就站起来要走了。他说他要赶回去读书。

阿迅将他送到院子外面，老爹想起了什么，严肃地说：

"此地终究不是久留之地，你应该考虑回归人群了。"

"我会考虑的，爹爹。"

老爹粲然一笑，高兴地下山去了。

冬天到来之前，阿迅去了一趟五里渠小学的初中部，也就是古平老师担任分校校长的地方。

那些厂房焕然一新，天花板是新吊的顶，地上铺了瓷砖，每间厂房被隔成两间大教室，旁边还有教师休息室。

"久闻大名啊！"古平老师高兴地说，"您来得太及时了，您是我们的救星！"

在休息室里，古平老师热情地欢迎阿迅。

"有用得上我的地方吗？"阿迅问道。

"当然有！您听说过孤儿团的事吗？"

"听说过一点。好像是一些儿童，生活比较悲惨。他们的母亲从前都是这个纱厂的女工，在困难的时期患病早逝了。"

"正是这样。现在他们躲进贫民窟了，都是些小小冒险家。我想让他们来同您学习做猎人，您看如何？"

古平老师热切地看着阿迅，阿迅犹豫不决。

"您就别推辞了。您的情况我已经听洪鸣老师介绍过了，没有比您更合

296

适的教师了。再说这是您的义务嘛。"

"洪鸣老师——"

"就是鸦的爱人嘛！您这位人才还是他发现的呢。"

阿迅感到自己的心在胸腔里猛跳，他的脸也发烧了。

"他说您有高尚情操，古道热肠，修养极高。"

"原来是这样。古平老师，容我回去考虑一下，好吗？"

"好啊，您考虑吧。"

他还没有走进院门，就听到两只鹦鹉在声嘶力竭地喊：

"鸦，鸦，我们爱您！"

阿迅笑了起来。他心中的疑虑基本上消除了，他感到他必须去做这件事。这也是他愿意做的事，说不定鸦早就替他想到了。啊，一切都像是水到渠成，他的生活要发生翻天覆地的变化了。

他站在院子里，让清风吹拂他发烫的脸。他回想起那天上午，他在城里初次遇见迷路的鸦的情景。是鸦脸上那种类似山野的气息一下子吸引了他。按理说，鸦是个城市姑娘，怎么会周身缭绕着山林的气韵？她迷了路，但她并不惊慌。她在人行道上停留了很长时间，然后朝警察岗亭走去。如果鸦不去警察岗亭，阿迅就会过去同她说话了。神奇的命运啊！现在鸦来到乡下，阿迅的生活在某种程度上就要同她的生活发生接触了。一定是她让自己去学校，她想得多么周到！

"鸦，鸦！"阿迅听见自己在说。

"鸦快要来了！"鹦鹉在对面回答他。

阿迅点上油灯，开始写计划书。写着写着，他忽然听到院子里有响动。他拿着手电筒向外走，一会儿就看到许许多多细小的鸟儿停留在他种的那些草上面。莫非它们得知自己快要离开此地了，是来问候他的？它们也是此地的客人，这些年，它们一直将他当这里的主人，是不是因为主人要离开，它们感到慌乱？哈，又来了一些，怎么会有这么多？

阿迅在黑暗中站住不动，那些鸟儿也就沉默了。

过了好久，也许它们都睡着了，他才轻轻地溜回屋里。

由于有了刚才那个小插曲,他一下子就产生了好几个灵感。他写呀写的,仿佛回到了自己的学生时代,又仿佛自己正在给心爱的女人写情书。

阿迅起了个大早,带着几本他喜爱的文学书赶往鸦的家里。他又变得像从前很年轻的时候那样精神焕发了。

到鸦的住处要坐两个小时的长途汽车。坐在车上,阿迅无缘无故地红了脸。他的确有点紧张。虽然同鸦约好了,但万一洪鸣老师出现了呢?他听说洪鸣老师长得很帅,风度翩翩,他会不会觉得他阿迅很土气?阿迅不怕别人嫌他土气,他很自信,可这是鸦的爱人,万一同他谈不来可就麻烦了。可又一想,他不是对自己极为欣赏吗,古平老师绝对不会说假话,所以还是不要胡思乱想了。

"您就是猎人阿迅吧?"坐在阿迅旁边,衣裳破旧的老头问道。

"对,我就是。"

"我是老良,退休多年的老猎人。您不认识我,可您还是个小娃娃时来我家玩过,您的老爹带您来的。"

"啊,良伯伯,没想到,真没想到。"

"听说了您还在做猎人,我心里真感到欣慰。我们这个行业每况愈下,我对现状束手无策,每天喝酒,把积蓄全喝光了,成了您现在看到的乞丐一样的人。唉。"

"良伯伯,我们正在想办法。您一定要振作。我们正打算培养一批年轻的猎人,这是真的。"阿迅恳切地说。

"啊,这就像一声惊雷!我马上戒酒!你们那里需要我这样的老废物吗?"

"快不要这样说,我们当然需要您。这是我刚印的名片。"

老良哈哈大笑,笑得眼泪直流。

"十多年了啊,我生不如死……"

他竟呜呜地哭了起来。

"一名猎人,脱离了自己的工作,该怎么活?您说说看?我成了这个样子了。阿迅阿迅,您是我的救星!我可以今天晚上去您家里吗?我听说您住在陨石山，我早就想拜访您了。"

"可以啊，欢迎您，我下午就会回到家里。我可以送些书给您，您爱读书吗？"

"书？我二十年前读过不少。可是自从我堕落以来——"

"您不要说了。像您这样的老猎人是不可能堕落的！您不过是想换一种生活，当您改变之后，现在又想换回原来的生活，为什么呢？因为任何一种生活都不能像猎人生活那样满足您。您瞧，现在您的机会来了！"

"谢谢您，谢谢您！"良伯伯说着又老泪纵横。

阿迅看见那几间大瓦屋时，一下子就紧张起来了。

还好，洪鸣老师不在，只有鸦坐在那间厢房里整理图书，还有一位阿迅见过的女孩，叫小勤的，在帮鸦的忙。

"啊，您来了，我正要找您！"鸦欢快地说。

鸦领着阿迅离开她的书店，到她母亲的客厅里坐下。

"伯伯和伯母不在吗？"阿迅问。

"到茶场买茶叶去了。我问您，您都想好了吗？"

鸦说这话时站在他旁边，一只手放在他肩上，一脸严肃。

"我决定了。我昨天在家里写计划书。"

阿迅从对面墙上的大镜子里看见了自己苍白的脸。

"啊，阿迅！我太激动了！我要是早一些认识您，怎么会犯那样的错——不，我说错了，我一激动就胡说八道。我是想说，您做出了最最正确的决定！我真——阿迅！"

"我也是这样。我今天是来感谢您的，鸦！我给您带来了我最喜爱的几本小说。"阿迅用力抑制住声音的颤抖。

"太好了，阿迅。我一直在找这本，我听人说起过，可是它绝版了。唉，阿迅，您怎么早两年没出现？不过您现在出现了也正好，现在我的生活变得这么圆满。"

阿迅低头微笑着，他有点不好意思，但心里很幸福。

他们谈论了一会儿书店的事，阿迅给鸦出了几个主意，然后阿迅站起来说他还有急事，得马上离开。

"让我送一下您吧。"鸦说。

鸦同阿迅向外走时,小勤追了出来。

"鸦姐姐,这里有个顾客在捣蛋,我对付不了!"她喊道。

"不要紧,小勤,我知道你对付得了!"

鸦头也不回地走,小勤只好回去了。

"多么好的天气啊。我昨天快活得忘乎所以了——一下子来了三个顾客!阿迅,您是个预言家!"

"鸦,我在想,您该有多么幸福:爱人、事业、个人爱好,全都有了,形成了一个圈,还有支持您的父母。"

"您不也是一样吗?您只差一个爱人了,没关系,我们会给您介绍一个最好的。不,不用了,您马上要去学校,您在学校里就会碰见她的,我敢保证。"

"我的确很喜欢那些老师,没想到自己也有资格做老师了,您看我是不是合格?"

"太合格了,阿迅!您的学生们一定会像您一样勇敢、漂亮、博学。您就是我心目中的森林王子——哈,您的车来了。"

两个小时后阿迅又回到了家里。

尽管同鸦已经见过几次面了,他还是激动得什么也干不了。

他给自己做了晚饭,吃完,收拾好屋子,又洗了澡,穿上睡衣,便坐下来检查他写的计划书。他的字里行间不断出现鸦和她爱人洪鸣老师的脸。鸦的脸是很清晰的,洪鸣老师的脸则只有一个看不清的侧面,因为他从未见过他。他的最终的目标的确像鸦说的,就是要培养一些森林王子。他能否让孤儿团那些桀骜不驯的小英雄们走进山林?在外人看来猎人是孤独的,这其实是误会。猎人的生活里充满了各式各样的交流和沟通,所需的只是耐心和观察力。动物和山林的确比人的世界简单,但里面也有复杂的假象圈套,也有激情与残忍……啊,鸦!他多么感激她,一定是她对洪鸣老师说了那么多夸奖他的话,而且她为他做的考虑多么贴心啊。

他一直工作到深夜才将计划书修改完。这时他忽然听到有个人从山下朝他家走来了。这么晚了，会是谁呢？他站起来，拿了手电筒走到院子里去。外面刮着风，有一点冷，他回到屋里，加了件厚衣服，再出来时，那人已经到了院门外。阿迅快步走过去。

"是您，良伯伯！"

"我睡不着，就往您这里来了，夜里走路真愉快啊，就好像又回到了从前打猎的时光。这座陨石山来过老虎，阿迅知道吗？"

"我还不知道呢。"

"果然没有走漏消息。只有我和另外一位老猎人知道。好几年里头我一直在想，这里没有食物，虎来到这里必定另有所求。它当然不是来求偶的，因为它终日孤孤单单地蹲在那块石头上……"

他们说着就进了屋，良伯就不再说虎的事了。他欢呼着，凑近那些书柜去看那些书，口里"啧啧啧"地发出羡慕的感叹。

"我的天，您还有海德格尔的书，我年轻的时候迷死他了。我这是怎么了啊，我本该一直读书，结果却掉进了酒坛子……我这个老混蛋，没脸活在这世上了。"

"良伯伯，您是来同我商量如何培养小猎人的吧？"

"当然！我一路上都在想，我那个时候就看出来，阿迅将来会拯救我们的事业。我发誓要跟着您干！"

"不用发誓，您下个星期二早上到我这里来吧。"

"阿迅，您就像我的儿子——我其实没有儿女。我真羞愧……我刚才提到那只虎，因为我直到今天夜里，在我往您这里来的路上，我才真正理解了它。谢谢您，阿迅！我今夜太幸福了。"

他从一个脏兮兮的袋子里拿出一包茶叶来送给阿迅，然后就告辞了。那是一包上等的茶叶。

阿迅将良伯送到院门外。他返回时，小鸟们发出喧闹，有一大群停留在他的门口。阿迅蹲下身，它们就跳到他的肩膀上、头上，激动地啄他的头发。屋子里面，鹦鹉在大声说："鸦，是您吗？是您站在那里吗？"

天快亮的时候阿迅才睡着。他醒来时已是中午。他是被敲门声惊醒的。

起来一看,又是良伯。

"您工作得太辛苦了,我在厨房里帮您做了饭,同我一块去吃吧,免得凉了。"他笑嘻嘻地说。

"谢谢您,良伯伯,我收拾一下就去厨房。您这么快就来了,昨夜是睡在哪里?"

"就在山下的草棚里胡乱对付一夜了,这些年我总这样。本来我都不想活了,同您谈过话之后,我变成了另外一个人!"

良伯伯的饭菜做得很好,炖了一碗野兔,他其实非常能干。阿迅注意到他已经刮了脸,换了干净衣服。

"良伯伯,您就住在我这里吧,反正也住不了多久了,我俩都得搬到学校去住。"

"那怎么行!这是您的家。我吃完饭就要回去。不过我想把那本海德格尔的书借去读一读。我们猎人应该属于读书人一族的,我们天生适合读书。要不是——唉,还是不说了。"

分手时,阿迅将海德格尔的书送给良伯了,良伯高兴得跳了起来,说:"我做梦都想不到我这把老骨头还能派上用场!"

阿迅回到书桌边。他倾听着良伯欢快的步子,一直到他下了山,转了弯,渐渐消失。阿迅想,书是个好东西,这些年里他要是不读书的话,会变成良伯那样吗?他想起来了,对,就是这个,一定要将那些草莽小英雄引上读书之路!他奋笔疾书,又写了一页,写着写着,又为孤儿团的少年流了几滴泪。流泪之际,鸦的形象又在字里行间出现了。奇怪,从前他并不像现在这样容易伤感,应该是鸦影响了他。

他将小沙发挪到壁炉前,想象鸦来到这里时的情景。他比比画画的,将一个靠枕当作鸦,将一本小说递到她手中。

"我最喜欢的是那种不拘一格,又非常朴实的故事。如果我觉得作者不够朴素,我就不愿读他的书。"他对着空中说。

"我也是这样想的。"一只鹦鹉模仿想象中的鸦的口气说道。

"另外我还喜欢在小说中冒险,冒险的阅读才过瘾。我认为小说家应该是冒险家,当然是胸有成竹的那一类冒险家。如果他是一名不够老练的冒险家的话,他就不能带领我们跨越死亡的鸿沟。"

"我也爱死而后生的那种故事。"另一只鹦鹉接着模仿。

阿迅大吃一惊,它们从未见过鸦,怎么能模仿得如此惟妙惟肖!于是他问它们俩:

"你们在哪里听过鸦的声音?"

"当然是在阿迅说梦话时!"这回两只鸟一齐回答。

"可我发不出鸦小姐的声音啊!"

"我们揣摩出来的。"老一点的那只说。

阿迅红着脸,在沙发上坐了下来。可是他立刻又跳了起来,因为他看见鸦的笑脸出现在对面。他想,还是去劈柴吧,只有体力劳动可以征服这种激情。他脱掉外衣,只穿一件白衬衫走到院子里去了。

他干得满头大汗,脸上浮着青春的红晕。这时他才记起自己今天满三十岁了。他将柴火拢成一堆,往柴棚里搬。刚刚搬完,打算休息一会儿时,又听到有人上山来了。

进屋后洗完脸,换了衣裳,阿迅便走到院门那里去张望。

但是并没人上山来!也许那个人走了一半又下去了?听脚步声有点像良伯,很可能是他。老人是多么的迫不及待啊!是啊,生命如此短促,要是不抓紧,一眨眼就过去了。他从心底升起对那些前人深深的感激,要是没有他们写下的书籍,他阿迅也很可能会虚度年华。还有鸦,也是书籍挽救了她……他在心里发誓,一定要将自己的经验传授给周围的人。

阿迅不再激动了。他又回到书桌前写起来。有好几次,他听到山下的那个人上来了又下去了。他想,那人同他一样也是满腔热情。他一直写到天黑,然后点上煤油灯又写。

鸦送走了阿迅,回到大厢房改成的阅览室里。

小勤低着头在写卡片,一副心虚的样子。

"小勤为什么讨厌阿迅呢?他是心地善良的猎人啊。"

"鸦姐姐,我觉得他要偷走你的心。我——我很生气。"

小勤走到鸦面前,看着她的眼睛,轻轻地说:

"他那么英俊,又是单身一人,还那么爱你,你就一点都不爱他?"

"小勤不要乱说啊,阿迅知道我有爱人,他怎么会爱我?都是你在瞎猜。他是我的好朋友。"

"就算是这样吧,我不会再说了。我只是想提醒你一下罢了。其实我也知道阿迅是好人。我小的时候,他还帮我家修过篱笆。"

"原来你们是熟人,太妙了!你从前对他印象如何?"

"印象不深。他的女友那时是住在我们这里,后来她离开了他,他就剃了光头上山去了。这里所有的人全知道。"

小勤的信息使得鸦很吃惊。鸦的确很喜欢这位年轻的猎人,她同他一见如故,她觉得她同他的关系充满了温暖。也许她和他的祖先来自同一个地方?要不然她怎么会觉得他像她家里的兄弟?在阿迅面前,鸦感到彻底的放松,哪怕刚见面时也如此。这种情况在鸦身上很少出现。其实她一直想当面问他,从前在城里那一次,他是怎么会注意到她的,那时她在他眼中又是什么形象。但是她忍住了没问,她担心真的像小勤说的那样,将她同他的关系搞得复杂化。还有他的职业,鸦对猎人的工作所知甚少,但不知为什么,自从认识了阿迅,她觉得自己很容易想象他工作的场景了,她甚至买了两本有关狩猎的书来读。

阿迅这次来她家,事先托人告诉了她。她不感到意外,因为这和古平老师聘请他的事有关,而这个主意是她想出来,又告诉洪鸣老师的。见到他,鸦心花怒放。但他很拘谨,不肯在她家久留。鸦在心里暗暗下决心,近期一定要去一次他山上的那个家,同他深入地聊一下。

一家人坐在一块吃晚饭时,鸦告诉两位老人说猎人阿迅来过了。

"阿迅前程无量。"舒伯说。

这话鸦爱听,鸦高兴地往舒伯碗里夹菜。

"阿迅就像我儿子。"母亲说。

但他俩都不问阿迅这次来有没有事。鸦暗自惊叹：她的父母真敏感啊。但听得出来他们对阿迅的信赖是毫无保留的。一名猎人得到周围人毫无保留的信赖，当然是因为他人品好。

鸦整个晚上情绪非常好。她开始读阿迅送给她的那本《阿里山的猎人》。这真是一本美丽的书，她读了几页就被吸引住了，于是放下书，织了一会儿毛衣。这是她的习惯，当她读到特别喜爱的书时决不一口气读下去，她更喜欢预测后面的情节。

洪鸣老师来电话了，他告诉鸦学校里的一些事，鸦仔细地听着，帮他出主意。然后鸦又告诉他今天来了三位顾客，是附近的邻居的亲戚，特地慕名而来的。她们一来就坐在那里不动了，一人捧一本书入迷地读，真是些可爱的女子。离开时这三位都要申请加入鸦的读书会。放下电话后，鸦有了一种感觉，她觉得那电话好像是从遥远的地方打来的，还觉得洪鸣老师的声音有点沙哑——大概他太疲劳了。鸦不是那种喜欢回忆的人，她平时尽量不去想过去的事，她要埋葬自己的过去。也许这就是为什么她会觉得她所住过的教师宿舍已经离她那么遥远。想到这里，鸦不禁打了个寒战。但她马上振作起来，在心里大声对自己说："不，我不再是她了。"她说的"她"是以前的那个她。可是她心爱的人那么辛苦，又那么孤单，鸦感到惭愧已极。最近她一直在考虑这个问题：洪鸣老师会不会终于认识到同她鸦的相识是一场错误？他俩彼此相爱，可是彼此相爱的人就应该厮守一生吗？鸦在成长，终于成长到可以考虑这种问题的时候了。那些书籍拓宽了她的眼界，使她变得冷静了。尽管冷静，一想到洪鸣老师的孤单，她还是掉了几滴眼泪。要不是爱上她，洪鸣老师肯定会找到一位事业上的帮手，建立一个幸福的家庭，说不定现在已经有了孩子。

上床之前，她读一会儿《阿里山的猎人》，回忆着她和阿迅的纯洁的友谊，心情逐渐平静下来了。她正要上床睡觉，电话铃又响起来了，她意外地听到了徐姨在说话。

"鸦，你要睡了吧？我实在忍不住了，非给你打电话不可。我是来向你报喜的,我要结婚了!"

"啊,徐姨!多么好,祝贺你!他是谁?"

"是我那死鬼的同事。这事我总觉得不太好,我应该还要等得久一点才对。我那死鬼会不会生气?"

"伯伯在地下会非常高兴!人生苦短,徐姨您说是不是?一定要抓住机会。"

"鸦,你给了我勇气,你真是我的好女儿。"

由于徐姨的电话,往事又在鸦的脑海中复活了。她看到了巨大的、熟悉的阴影,她在床上翻来覆去。后来,她干脆起床,来到了院子里。虽然天还不太冷,但她怕感冒,穿上了那件棉睡衣,还拿了个棉垫放在木椅上。一会儿两只猫都来了,有一只偎在她怀里,另一只黑猫警惕地立在旁边,眼睛在黑暗中亮闪闪的。鸦惆怅地看了一眼厢房,那里面黑洞洞的。那些书籍也都睡着了吗?一阵凉风吹来,她心里那团黑雾更浓了。她听到院门那里吱呀一响。

是小勤,她慢慢地移过来。

"对不起,鸦姐姐。"她轻声说。

"为了什么呢?"

"为了白天的事。我一直在想这件事。鸦姐姐,您要是不生气,我就把我的想法告诉您。"

"我保证不生气。"

"好,我说。我错怪您了。我现在又想,既然姐夫不能老和您在一起,也许这位猎人更适合您。我今天对他不礼貌,是因为嫉妒。他是我儿时心中的王子呢。"

"小勤瞎说,你在做媒吗?怎么可以?"

"我不说了,您仔细考虑吧。"

她悄悄地走了。这时母亲房里的灯亮了。

"丫丫,你在干什么?"

"我透透气,马上回去睡。"

她回到床上,奇怪的是她平静地入睡了,睡得还不错。

第二天早上她对自己说:"我的病彻底好了。"

第十七章　云伯

沙门还记得在她的少女时期，听养父母谈论过云伯。云伯出身于富裕家庭，自己是大地研究所的研究员。年轻的时候他很有女人缘，但奉行独身主义。他在三十多岁时经历了一场惨烈的恋爱。当时外部阻力极大，以致两人下决心结婚。然而一波三折，女孩终于因为对云伯没有信心而结束了年轻的生命。父母谈论云伯时，沙门听得很入迷，所以印象特别深。沙门只在父母家见过云伯一次，那时云伯已经有些年纪了，但还是很有风度，令沙门这样的中学生神往。她觉得他的声音尤其好听。

沙门再次见到云伯时，他已经快退休了，但沙门一眼就认出了他，他太与众不同了。当时沙门陪云伯坐在街心花园的长椅上，倾听着云伯慢条斯理的讲述，激动得忘乎所以。城市在喧闹着，沙门青春的脸庞泛起红晕。却原来云伯同沙门的养父母从前是至交。

第二天云伯一下班就到沙门的书店来了。他不仅仅是来读书的，他还开了一个长长的书单交给沙门，告诉她应该购进哪些图书。他对沙门的经营很欣赏，说："你啊，天生是干这个的。"沙门则一边听云伯说话一边暗想：这就是他，有女孩愿意为他去死……

后来云伯就退休了。只要没有特殊情况，他隔一天就来一次书店。他不光读书，还介入书店的业务。当沙门提出想雇他为书店的策划时，却又被他坚决地拒绝了。他说他已经正式退休了，只能做些义务工作，书店事务是他的业余爱好。在后来的日子里沙门感到，她这家书店有半边是云伯撑起来的，难道世上还找得出比这更为优雅和深厚的友情吗？云伯虽然住在大公馆里，但生活朴素，对物质上的享受几乎没有欲念，只有无穷无尽的对书籍的好奇心。沙门在心里称他为父亲。有时沙门甚至这样想：她之所以那么多年里头没见到云伯，是因为云伯一直在等她长大。在这么多年里头，沙门多次在生活中遇到难题，每一次她都是去找云伯为她出主意。那些困难有的立刻就解决了，有的过了两三年才解决，但终究还是解决了。似乎是，没有什么事可以难得倒云伯。沙门的心中常为云伯掀起爱的波澜，但云伯总是云伯，沙门从未见过他有乱了阵脚的时候。沙门一次又一次地感到释然：正因为云伯总是云伯，她的生活才会如此丰富多彩啊。就比如出租车司机小秦吧，他对她的那种激情有很大成分是来自云伯啊，是云伯在书店制造了浪漫的氛围，他是这方面的高手。也是他提升了书友们为人的格调。

"云伯，我要为您庆祝生日。"沙门说。

"可是我正打算忘记我的年龄，这样更快乐。"

"那我就不为您庆生了。其实我也总忘了您的年龄。"

"好。我爱你，比任何人都爱。"

"我想哭——"

"哭吧，哭吧。"

现在她的书店的读书会已经有七八十位书友了，还在渐渐地增加。据员工说，每次聚会都会结出一两个爱情的果实。有的中途不了了之，有的还果真发展成了现实生活中的情侣。沙门对这种信息感到非常愉悦。时间越久，沙门越觉得世界上找不出比云伯更为多情的人，也找不出比他更懂得情感的奥妙的人。也许，是那些伟大的文学和哲学塑造了云伯的个性。

在书店的文书小鱼眼中，云伯是她暗夜里的明灯。

小鱼是高中生，来自贫苦的乡村，家中有患病的父母，还有一个弟弟。她参加工作不到一年就结交了一位家境富裕的男友。也许小鱼有点太急于改善自己的贫困状况，没有多久她就同那位男友双双坠入爱河。那位男子常到书店来找小鱼，云伯也见过他。他开一辆跑车，他把车停在外面，然后就进到书店，坐下来边喝咖啡边等小鱼。小鱼下班后就同男友出去，要等到第二天才回书店来上班。

小鱼希望尽快同男友结婚，但男友说还没有准备好，而且父母方面也有阻力，不能马上结婚。后来就发生了打胎的事。

小鱼一蹶不振，脸变得黄黄的，说话有气无力。那段时间小鱼的男友继续往书店跑，很可能给了她一些经济上的资助。他愁眉苦脸，大概想不出什么好办法来。小鱼感到自己的美梦破灭了。

有一天下午，云伯邀小鱼在店里喝咖啡，他俩谈了很久。云伯建议小鱼加入读书会，还给她介绍了几本文学书。没过多长时间，小鱼就慢慢地从困境中走出来了。小鱼是个重感情的女孩，她仍然爱她的男友，但自从加入了读书会，她就不那么依赖他了。最大的变化是，她不再同他一道外出，她说下班后她要读书，而且她自己对结婚的事也没想好，她打算多想想。她这样一说，男友就很吃惊，也很惭愧。

最近一段时间，由于受到云伯和老板沙门的保护，小鱼又恢复了活泼的天性，她对沙门说：

"要是没有云爷爷和您，我现在不知在哪个粪坑里挣扎呢。我真是个傻瓜。读书真好，我今后还要读好多好多书，我还要向您学习做策划。真奇怪，我过去怎么那么着急嫁人，真是昏了头！"

沙门扑哧一笑，说：

"你这个鬼丫头，我早就想培养你，可你心思不在业务上嘛。"

"沙门姐，您培养我吧。我跌了一跤，现在知道自己要什么了。"

她俩相约晚上去云伯家，同去的还有文老师。

在公馆门口，等候多时的云伯拥抱了她们三位。

"我的小孙女还是第一次来呢。我这里就是你读过的《晚霞》里面的云村啊。你看像不像？"云伯笑着说。

"像，像极了！难怪叫云村，这应该不是巧合！"小鱼说，"今天我才知道有这么好玩的地方。"

在客厅里，云伯拿出他收藏的《红楼梦》一书中大观园的全景图来欣赏。大家都吃惊得瞪大了眼睛。

"这是潇湘馆。"云伯指着图上的一处地方，"小鱼，我问你，你愿意成为这些女子中的哪一位？"

"都不愿意，也成不了她们。"小鱼坚决地说，"做哪一位都会觉得憋屈，时代不同了。"

"好！我们的小鱼进步得真快！"云伯很高兴。

小鱼看了看云伯说，她有点吃文老师的醋，因为文老师总是紧紧地挨着云爷爷坐在那里，把最好的位置全占了。她小鱼也想挨着云爷爷坐，可总轮不上她。文老师红着脸哧哧地笑，云伯就站起来，拉着小鱼的手让她坐到自己身边，另一只手则搂着文老师。云伯的侄儿看了哈哈大笑。

"我爱您，云爷爷！我多么幸运。我以前从不敢说这个'爱'字，我对小范（她的男友）都没说过，真的。"小鱼一边说一边将她的毛茸茸的栗子头靠着云伯的胳膊，迷醉地闭上了眼。

沙门坐在对面，心里掀起一阵阵波澜。

"云爷爷，云村刚才访问过我了。"小鱼闭着眼说。

"小鱼进来的时候没有抬头，所以她没看到蚊帐上的壁虎。"

说话的是文老师，她也闭着眼，她要充分享受这幸福的时光。

"女士们，我们来客人了！"云伯大声宣布。

三位女士都跳了起来。

进来的是风尘仆仆的登山运动员小郭。沙门扑上去同他拥抱，他将沙门抱起来转了一个圈。大家都在旁边拍手。

侄儿为每个人倒了一杯红酒。小郭喝酒后就流泪了。

"云伯,我也爱您呢。我在海拔五千米的山顶同您对话。我要说,登山虽好,读书会更好!"

"因为读书会有沙门。"文老师补充说。

"还有云伯和你们大家。"小郭进一步补充。

接着云伯又将他所收藏的红枫叶摆出来给大家欣赏。沙门一见枫叶就变得泪眼蒙　了,她连话都说不出来了。大家为这些火红的生命发出了一阵阵惊叹。小郭说这就叫在高潮中死去,这也是他的不变的梦想。

在大家的要求下,小郭讲了一个他登山时的"小插曲"。他讲得十分恐怖,以致小鱼捂住了耳朵偎在云爷爷怀里。小郭的双眼闪闪发光,充满了渴望。那是可怕的渴望。他平静地讲述,因为他知道听者都在向他的心灵靠近。

"那就是爱。"小郭用这句话来结束他的讲述。

"那就是爱……"沙门呻吟着回应,"人用不着天天去爱,一生中有两三回就够了。"

"可那就是我每天的生活,像《阿崎的海湾》一样。"小郭责备地反驳沙门。

"对不起,小郭。你说得有理,我没能跟上你的思路。"

他们一直待到深夜才回去——首先将文老师送到家中,然后三个人回店里。一路上,小鱼提高了嗓门说话,令沙门很惊奇,她还从未见过小鱼这么张扬呢。

洪鸣老师近来很高兴。虽然张丹织老师上个月没来读书会令他有点失落,但新人的加入又令他备感兴奋。这位新人就是煤永老师的夫人农。洪鸣老师很快就发现农具有一种隐藏的、惊人的美。或许是因为年龄相仿,各方面的才能也相当,洪鸣老师对农几乎是一见钟情。当然这个情并不是爱情,他的爱只属于鸦,这个情是激情,而这种激情又是读书会的特产。这一次洪鸣老师没有负疚感。其原因大概是由于云伯坐在附近。每次他将目光转向云伯,都会同云伯那既坦率又深邃的目光相遇。洪鸣老师知道这种相遇不是偶然的,云伯在关注着他和农,并且那目光里头有理解和鼓励。于是洪鸣老师暗想,他同农的关系发展得这么快,同云伯直接相关。"定海神针"究竟要将他带往何方?他感到困惑,也有点好奇,更多的是对云伯的感激。

"在读书会,我最喜欢的人不是您而是云伯。"农最近开始用这种轻俏的语气对洪鸣老师说话了,"您同我太相像了,属于不见面也能对话的那一种。可是说到云伯,谁猜得透他?有这种魅力的人极为稀少,相当于天才那一类吧。可他又多么随和,多么可亲!他是大家的梦中情人。"

"您说得太对了,我这种人大概要靠边站了?"

"为什么靠边站?因为有了云伯,我们才会彼此喜爱啊。"

"谢谢您!刚才我以为您要抛弃我了呢。"

尽管他俩没有坐在角落里的暗处,而是坐在亮堂堂的灯光下,却有一个念头隐隐地使洪鸣老师忧虑:要是鸦忽然进来了,看见他同农如此亲密,她会做何感想?云伯到底是怎样看待这件事的?他坚信一切全是正常的吗?他看见云伯已经转过身去了,正背对着他同那位出租车司机说话,大概是在说对一本书的看法。云伯旁边坐着的沙门,用点头来鼓励着司机小秦。洪鸣老师和农用目光扫视了一圈大厅,看到整个厅里的人都在说话。有的大声辩论,有的窃窃私语,有的在冥思中断断续续,还有的仅用目光来交流。有灵动的气流在大厅里回荡。农禁不住感叹道:"多么好啊!"她刚说了这一句,云伯就朝她和洪鸣老师走来了。于是两人都有点紧张。

但云伯微笑着坐下,什么都没说。

"云伯,我们两人在讨论我和洪鸣老师谁更爱您。"农说。

"也许是农?"云伯说。

"不对,"洪鸣老师说,"应该是我。她是后来的,不可能对您有我这么深的感情。云伯,我觉得您一直在给我生活的灵感,您将我的生活变成了——变成了——啊,我在说什么?"

"洪鸣老师在说关于美的梦想。"云伯平静地说,"不要感激我,是你们一直在给我灵感。你和珂农老师,你们是创造者,读书会——哈,我也忘了下面要说什么了。再见,你们好好聊吧。"

农和洪鸣老师你望着我,我望着你,一时说不出话来了。

过了好一会,农才梦醒一般问:

"这本书的最后一段留下的是什么样的悬念?"

"明天早上您一醒来就会猜出来。"洪鸣老师笑着说。

"有些谜,不,差不多所有的谜都不仅仅是让人去猜的,主要是让人去做的。您同意吗?"

"您的阅读能力在突飞猛进!"

他俩共同捧着那本书,着急地翻动,想要找到那段他们感受最深的描写。可是他们翻到前面又翻到后面,却怎么也找不到那段话。两人都有点失望。洪鸣老师背诵了描写的大部分,农听了之后精神有点恍惚,她忍不住问他:

"这本书是您写的吗?我觉得是您写的。您将您生活中即将发生的故事写下来了,所以云伯才会对您这么有信心。您瞧,他在向您致敬!啊,云伯,云伯!"

"我现在也有这样的感觉了,好像这本书是我同云伯共同创作的一样。可是这不好,我怎么能这么说?这不是剽窃吗?"

"嘘,小声点!这里不存在剽窃,您还没感觉到啊?"

他俩同时站了起来向外走去,因为当洪鸣老师说出"剽窃"这个词时,坐在旁边的人都转过脸来看着他俩了。

他俩站在人行道上时,才发现云伯也跟出来了。

"在读书的事情上不要有罪恶感。"云伯说,"最好的作品全都很相似,最高级的读者也很相似。洪鸣老师具有作家的潜质,当然,他这类人大部分一辈子都只当读者。但这不也是文学的幸事吗?"

"还有您,云伯,您也是只当读者,所以我们才这么需要您啊!您是一本很厚的、活的小说!"农少有地提高了嗓门。

"过奖了,过奖了。我们是在谈洪鸣老师嘛。再见。"

他俩在路灯下面面相觑,好像一时无话可说了。与此同时,两人的心贴得更紧了。洪鸣老师请求农原谅，因为他要回家备课了。农点了点头，说她也得提早回家了，免得煤永老师等她。

于是洪鸣老师将农送上了公交车。车一开走，洪鸣老师就对自己同农的关系感到了惊奇。他同这位女士的关系和同张丹织老师的关系迥异。从一开始，他们之间就建立起了一种坦率的、亲切自然的关系。他虽然一个月才见到她一次，也从未给她打过电话，但只要同她一见面，就好像昨天他俩还在一起谈过话似的，那么熟悉和随意。而且他深深地感到她是一位富有诗意的女子，只是她自己还不知道而已。洪鸣老师自己不写诗，但他一直为这类女子所吸引，比如鸦，比如农。她们是他的理想。

他走到了河边，在那石凳上歇一歇，舍不得斩断激情马上回去工作。有一条渔船在抛锚，那景象令他心中升起一股怀旧的忧伤。他同时想起了鸦和张丹织老师，多么奇怪的联想。张丹织老师正在远离他，曾经有过的激情很快就像烟花一般消失了，怎么会这样？他百思不得其解。而鸦，对他来说也有了不同的意义。现在他一想起鸦就焦虑，主要是担心会失去她。虽然农填补了他的精神上的空白，可是他心里清楚，他同鸦这种个性的爱人长期分居，对她心灵上的损伤是无可挽回的。他想不出办法，也看不到转机，有种黑沉沉的东西在威胁着他。要不是云伯和农在支撑他，他很可能就沉下去了。

"洪鸣老师，你在散步吗？"沙门在黑暗中说。

"云伯究竟对我是怎样一种看法？"

"他爱你，常提到你。"

"啊！"

两人挽着手臂，在沉默中走了很长一段路，也许各人在想各人的心事。轮船的汽笛响起时，洪鸣老师颤抖了一下。

"你怎么啦？"沙门小声说。

"我正在想，天无绝人之路。"

"那当然！阿崎的海湾是淹不死人的。"

沙门说完这句就吃了一惊：她怎么变得这么乐观了？就在前不久，有多少个日日夜夜，她在忧虑中为好友张丹织想出路。眼前的这一位也是她的挚友，她帮得了他吗？也许他根本不需要任何人的帮助，就如他说的，"天无绝人之路"？

"我要回店里去了。"

"谢谢你，沙门。我们认识有多久了？"洪鸣老师的嗓音嘶哑了。

"五年多了吧。"

"我觉得已经有一辈子了。"

她突然消失在黑暗中了。洪鸣老师打了个冷噤。洪鸣老师自认为不是个非常坚强的人，他觉得要是没有沙门的读书会，没有她和云伯给他的支持，他现在的状况可能十分糟糕。

文老师今年七十二岁，她的丈夫已去世多年。文老师有两个儿子，她同小儿子、儿媳，还有两个孙儿孙女住在一起。她的另一个儿子就住在街对面，他几乎每天都带着孩子回母亲这边来。所以文老师的家里总是很热闹。如今这种大家庭已不太多见了，大概是因为文老师的性格特别温和才维系了这种家庭关系吧。文老师从青年时代起就是贤妻良母，在邻里间口碑极好。

文老师退休后协助儿子儿媳带大了四个孙儿孙女，直到他们都进了幼儿园，她才闲了下来，有了自己的空余时间。一个偶然的机会使她加入了沙门的书店的读书会。文老师年轻的时候就爱读书，尤其是文学书。后来，即使是在家务最繁忙的时候，她也从未中断过每天一小时以上的阅读。然而加入读书会是她生活中最大的转折，她的阅读时间一下就增加到了每天四个小时。儿子和媳妇们都很高兴，说文老师"老有所为"。文老师的精神面貌因为这读书的爱好而发生了巨大的变化，这却是儿子儿媳们所不知道的。表面看，她仍是那位好脾气的老奶奶，但一切内在的变化都在暗地里隐藏着。文老师自己也早就观察到了一个现象，那就是读书给人带来的变化并不会破坏生活中的秩序，只会加强人的自立性和安排生活的能力。

从去读书会的第一次起，文老师同云伯之间的精神恋爱就使她变得思维敏捷，充满活力了。更重要的是，在读书会，大家都能在同她的交流中欣赏到她的魅力，而且这种魅力同年龄无关，有时年龄还成了一种优势，因为它里头蕴含了宝贵的经验和理想的纯度。比如云伯就是这样一位典范，不仅她从心底深爱他，读书会的每一位成员都爱他，认为他是从外表到内心最美的人。

当文老师在家中一个人沉思之际，也会产生小小的疑惑：或许云伯并不爱自己，或许她与他的关系只不过是她的单相思？不过这种疑惑并不持久，因为她的确在云伯眼里看到过温暖热情的爱的闪光，还有甜美的喜悦。再说，在读书会里，云伯既爱她又爱别人，这不是很好吗？每个人都能从他那里得到满足，而她文老师是离云伯最近的一位！

返老还童的文老师将读书和与书友交流当作了她的精神支柱，她感到自己的生活质量达到了自己一生中的最高点。她从前爱过她的丈夫，后来又爱过儿子、孙儿，可这都不能同她对云伯的爱相比。这是一种她以前不知道的另类的爱，一种深入到灵魂的激情。而且只要她不离开（当然不离开）读书会，这种爱就会一直持续下去。最重要的是，这种爱对任何人都无害，却给大家都带来欣喜。

她在家中也同儿子们谈起过云伯，不知为什么，她采用了异常严肃的语气。儿子们听了都肃然起敬。她说他是一位异常博学的老人，同时也是生活中的万事通。

"妈妈的晚年生活真丰富。"两个儿子异口同声地说。

文老师在读书会受到书友们的尊重，大家都认为她是那种最为"通灵"的人，就连刚来不久的衣也这样认为。

有时她忍不住对云伯说：

"云老师啊，我和您在五十年前相遇就好了。"

"可五十年前我还是个花花公子呢。"云伯说。

"世事真难预料啊。"

"是啊。"

当文老师回忆起这种对话时，总忍不住扑哧一下笑出来。她既责备自己不应该同云伯谈私情，又感到遗憾，为什么不同他继续深谈下去呢。可读书会的氛围就是这样，总在两可之间摇摆，令人沉醉于其间。

先前那位张丹织老师在这里时，总将她和云伯放在一块来说。

"您和云伯是读书会的母亲和父亲。我常在心里称呼您为母亲，在这里，没有谁比您更适合这个称号的了。"她说。

听到这样的话，文老师内心的欢乐无法描述。

张丹织老师突然消失后，文老师有些遗憾。不过后来的农取代了她，文老师又觉得欣慰。这两位来自同一所著名的学校，两人性格完全不同，但又同样出类拔萃，充满了活力和美。她俩先后与同一位男子有关，文老师完全赞成和理解这种关系，这不就是她和云伯，还有沙门的关系的翻版吗？她已从云伯这里学会了不去预测，也就是说，不做无谓的预测。她，还有这些书友，不是来预测生活的，他们要享受生活———一种严肃的享受。

在七十岁的那一年，文老师才第一次接触到哲学书。她是抱着一种"走着瞧"的态度进入哲学阅读的，而哲学，居然以一位老朋友的姿态迎接了她，这颇令她感到意外。

"女性最适合思考当代哲学的难题，"云伯对她说，"杰出的女性的大脑是专为解谜而设的，我辈望尘莫及。"

云伯这样一说，文老师就自豪地昂起了头。

"我还不太晚，对吗？"她问。

"当然不晚。您经验丰富，在生活中训练有素，做这种工作正当其时。您的才能会引导我们走出困惑。"

"您说'做这种工作'？您知道些什么？"

"您不是在写笔记吗？这就是工作！"云伯笑了起来。

"啊，您看透了我！我的确是想将我的哲学笔记拿出来同大家分享。但我有时又觉得这是一件私事……"

"不要这样想，在读书会里没有绝对的私事。您至少，可以为我写作吧？难道不能？"云伯的语气有点责备了。

317

"当然，当然，我就是为您写的，要不为谁？"文老师茫然了。

"那么，既然可以为我，就也可以是为大家写的。"

"啊，我被您冲昏了头脑！我不能太激动，我有高血压，我要冷静地想一想这件事。您真的觉得我行吗？"

"这种工作非您莫属。"

"我爱您，云老师，比任何人都爱。可我这样说出来总是有点害臊——我就不能闷在心里不说吗？"文老师的脸红了。

"干吗要闷在心里，我听了很高兴啊！您有超出常人的大才能，文老师！您一定要让我先睹为快，我感觉到您的这种才能不是一天两天了。并且我，一直认为当代哲学会是女性的事业。"

"谢谢您！我的确有不少想法，我一定先让您读它。"

这一天，他俩将椅子搬到了阴暗的角落，在那里小声地讨论黑格尔的著作，整整讨论了三个小时。直到读书会散场了，两人才有点吃惊地站了起来。

每次聚会后，云伯总是将文老师送到家门口，看着她走进那栋两层楼房，然后才回自己的家。他们两家住得不远。从书店出来时，时间已经不太早了，但文老师意犹未尽，提议去街心花园坐几分钟，说是那样有可能获得灵感，为他们刚才争论的哲学问题找到答案。

他们在长椅上坐下时，两人都听到了奇怪的、有点凄厉的叫声，一共叫了两声，不知道是人还是兽。他俩并不害怕，但尽管在回忆中努力分辨，还是辨不出是什么东西在叫。

"应该是幻觉。"文老师说，她心里有点高兴。

"两个人一同产生幻觉的概率有多大？"云伯说。

"几万分之一吧。这种事是有的。"文老师回答。

"多么浪漫。我们好像接近答案了？"

"太美了，这种夜晚。"

他俩一同站起来，慢慢走回家去。文老师的家一会儿就到了，她请云伯在街边站一站，说出心里的第一个念头。

"发生过的还会重复。"云伯说。

"谢谢您，云老师。为什么我同您在一块从不厌烦？"

"因为我们彼此都将自己最好的一面呈现给对方了。也要感谢那些写书的人啊。"

两人都接近了那个答案，可那是什么样的答案？那是他俩要留到入睡前去感悟（不是思考）的答案。在深沉的夜，一头扎进黑暗美景里头，那该有多么惬意啊。他们相互道了晚安。

云伯没有立刻离开，他站在阴影里，看见文老师卧室的灯亮了很久，窗户上人影晃动，好像她在同儿子说话。

云伯对自己说："一位睿智的女人就像美酒。"

的确是这样。文老师是他在哲学思想方面的唯一对手，她是那么轻松地就接近了他多年未曾解决的难题，而她一点都不觉得自己的才能有什么让人吃惊之处！"我一点都不愿死去。"云伯又说。他庆幸自己晚年命运的转折，希望自己再多活些年头。他就怀着这样的美好的念头回到了自己的公馆。

司机小秦是因为失恋而到书店的咖啡吧来寻找安慰的。小秦长得斯斯文文，平时很喜欢读通俗文学书。刚加入读书会的时候，他还有些不适应，因为这里讨论的那些书对他来说还有点深奥。也许是因为爱（他爱上了老板沙门），也许是因为从心里崇敬这些人，三四个月之后，小秦在阅读文学作品方面就取得了很大的进步。他已经读了好几部古典文学作品了，并且能清晰地说出自己的看法。他现在再也不读通俗文学了，只读严肃文学，他希望自己在一两年里头达到可以同沙门女士对话的水平。

"我以前一直在人造树林中游荡，"他对沙门说，"我被动地读书。现在我才明白，严肃文学书是原始森林。那森林在召唤我，我希望自己尽快地具备探险者的素质。"

"云伯说您具有诗人气质。功夫不负有心人。"沙门说。

"云伯真的说了这话？我要祝他长命百岁！最近我常梦见云伯，他在梦里对我讲话，声音时高时低，我想听明白他对我说的每一句话……这种梦有点吃力。"

小秦偷偷地闯到云伯家去了一次。那天云伯刚好去市立图书馆查资料去了，家里只有他那位五十多岁的侄儿。他招待小秦喝工夫茶。

"像我这样的，没有什么文化，云伯会嫌弃我吗？"小秦问。

"您别这么想，我碰巧听云伯谈起过您，他说您有诗人气质。"

"啊，丘先生！今天是我的节日，我，我说不出话来了……"

"喝茶喝茶。"

他俩默默相对。喝完一壶茶，丘先生又泡了一壶。

"我也是因为读书到我叔叔这里来住的。"丘先生终于告诉小秦，"我从来没遇到过比我叔叔更有趣、更能理解我的人。他是个神奇的人，当我同他在一块时，生活就变得有意思了。"

"正是这样！我并不想过多地麻烦老人家，我只想离他近一点。丘先生，您该有多么幸运。您带我去看一眼他的书房可以吗？"

那书房有点阴暗，老式的书桌不大，桌上放着几本词典和一些铅笔。是最普通的书房。小秦恭敬地站在门口没有进去。忽然从空中传来一声问候："欢迎光临，老朋友！"

小秦问丘先生是谁讲话。

"谁？没有谁！应该是您产生了幻觉。"他肯定地说。

小秦也觉得是自己产生了幻觉。他又朝房里张望了几下，发现那里面的景象更为朦胧了，连那张桌子都看不清了。

他向丘先生告辞，谢谢他的款待。

"谢什么呀，这里的大门敞开，您随时都可以来，哪怕半夜，只要您有心来就来。"侄儿说。

"真的吗？我不是在做梦吧？"

"当然不是。这是我叔叔亲口允诺的。'让小秦随时来我这里。他不是一般的客人，他是一位体力劳动者。'他就是这样说的。"

小秦晕头晕脑地将车开回了他的小院。小院的门口种了几盆花，开得正旺，那是他母亲种的。小秦和母亲在一起生活有好多年了，他父亲死得早。小秦的母亲是残疾人，只有一只眼睛有微弱的视力，她能摸索着做家务，把家里收拾得干干净净。母亲爱读古典文学，不过她读的是盲文。小秦的女朋友就是因为他要同母亲住在一起才同他分手的。小秦不怪她。她离开的那段日子，小秦感到天都要塌下来了。小秦决不离开母亲，即使母亲冲他大发脾气，命令他搬走，他也决不动摇。后来是读书会救了他。

"大宝回来了啊。"母亲说。

"妈，我今后要努力读书了。"

"我儿有了上进心，我真高兴啊。"

"云伯看上了我，让我随时去他家做客。"

"我儿真了不起，被云伯看上了。"

"因为我是体力劳动者，还这么愿意读书，大概他认为这十分可贵。我今天在云伯的书房门口产生了幻觉。啊，那种感觉好极了！就像有人在暗处催促我：'读书吧，读书吧。'"

母亲的手掌心里握着一点东西，她轻轻地搓着，弄出好听的响声，她侧着脸在倾听。

"妈妈，您手里是什么东西？"

"是普通的卵石，我天天摆弄它们，它们就成了玉石。我看到它们在暗处发光。你相信这种事吗？"母亲在微笑。

"岂止相信，这也是我的信念。"

小秦读书到深夜，他将每个句子都小声地读出来。

他上床后含笑进入了闪闪发亮的梦乡。

他很快就见到了云伯。云伯请他喝了一杯特殊风味的咖啡，笑眯眯地看着他。

"小秦非常有男子气概啊。"云伯由衷地叹道。

小秦羞红了脸，结结巴巴地说：

"云伯您，谢谢您！可我一直认为自己最没有男子气概，有时简直像个窝囊废……"

"不是那样的！"云伯断然说，"大丈夫能屈能伸，你就是我们这里最优秀的男子汉。"

小秦听了这话吃惊得合不拢嘴了。

有人将云伯叫走了。看着云伯的侧影，小秦的心在咚咚地跳，好久平息不下来。他于神情恍惚中看见文书小鱼过来了。

"您啊，您想独占云爷爷吗？我不允许！"

在他听来，小鱼似乎在屋子外面说话。她说着说着又走到他坐的桌旁来了。

"您成了云爷爷的掌上明珠了。"她冲着他的耳朵低语，"我注意到这种情况有好久了。所以我现在对您也有兴趣了。"

她在窃笑，小秦的脸像火一样发烧。

"您告诉我您最近在读哪本书好吗？我也想和您读一样的书，下次读书会我就可以同您讨论了。"

他像在梦中似的说出了书名。

第十八章　谢密密和孤儿团

那天一早就在下雨，矿叔和谢密密决定在家休息。矿叔现在总是命令谢密密在家休息——一个星期休息三天。他想让谢密密多读书，他说这是煤永老师的意见。

自从矿叔和谢密密住到一起之后，矿叔的个人生活发生了很大的改变。他现在是以密密为中心，他要下功夫培养密密，不辜负煤永老师的期望。他俩都减少了一些业务，为的是有更多的时间可以读书。矿叔自己也开始学着识字了，他说这是"求上进"。

每天夜里睡觉之前，他都要听密密读一段"工作日志"。

有时候，密密正在读，矿叔突然就感动起来，哭得稀里哗啦的。谢密密大为诧异。

"我不过记录了我的日常工作嘛，您为什么这么伤心？"

"傻孩子，这就是历史啊！你写下的每一句都那么鲜活，我听着就忍不住要哭，要是我也能写就好了。你写到'收到旧铜壶一把'，我立刻就听到了敲击那把壶的响声，我都快喘不过气来了……写作真幸福！"

"可这并不是写作，只不过是工作日志。"谢密密说。

"这就是写作！你的日志可以作为教材。你还记得你从前给我念的那篇擦皮鞋的课文吗？"

"嗯——我当然记得。矿叔，您的确是我的老师，煤老师一眼就看出来了。我要牢记您今天的话。"

他俩刚吃完早饭，一个客人就进来了。是古平老师。

古平老师问候了矿叔，又拥抱了很久不见的谢密密，夸奖他长得真结实。

"密密的大照片挂在学校的宣传栏里。"他说。

谢密密不好意思地低下了头。

古平老师说明来意。他是想请谢密密帮忙寻找孤儿团的成员，将他们请到学校去念书。

谢密密非常激动，他说：

"我同孤儿团的朋友们分手好长时间了，我想念他们。古老师，您就等着我的好消息吧，我哪怕钻地洞也要找到他们。"

"那就拜托你了。要注意安全啊。"古平老师感动地说。

"古老师放心吧，孤儿团总是在最安全的地方。"

古平老师离开后，矿叔问谢密密是否有把握。

"虽然没有把握，可一定会找到。"

"为什么呢？"矿叔不放心地问。

"因为心里有爱呀。"

矿叔沉默了。他开始帮谢密密准备行装。

谢密密首先找到了朱闪同学，他让朱闪领他去见迟叔。他说只有猎人才能发现这些神出鬼没的家伙的踪迹。朱闪告诉谢密密说迟叔进山去了，一般要两天才回家。不过她有办法。

朱闪领着谢密密，一会儿坐公交车，一会儿走路，快到下午三点时才来到了那座大山下面。

"这是猴子山。"她说。

他俩开始爬山，因为累，都不说话。爬了好久，汗水将衣服都湿透了，这才看见一个茅屋。门锁着，但朱闪一脚就将门踢开了，她说那锁是做样子的。

两人进到黑黑的屋内，朱闪熟练地找到油灯点上。

"这里有张床，你累了可以躺下休息，迟叔夜里会过来的。我得赶回学校，声乐老师今夜要来陪我练歌。祝你好运。"

她飞快地跑下山去了。

谢密密很饿，但是他又不愿在屋里找东西吃，那样的话显得很不礼貌。他按朱闪说的在铺着粗毛毡的床上躺下了。一躺下，眼睛就睁不开了。他闭着眼听朱闪在屋后的山上引吭高歌，那真是美极了的歌声。一会儿他就什么都不知道了。

他醒来时闻到了肉香，迟叔在灶边忙碌着，说要请他吃野鸡肉。谢密密问迟叔怎么会认识他。

"当然是朱闪带来的小客人啊。"他回答，一点都不大惊小怪，"昨天打了一头野猪，它们的数量实在是太多了。你来找我有事吧？我们先吃饭吧。"

吃饭时谢密密将来意告诉了迟叔。

"你算找对人了！"迟叔笑起来，"城里躲藏的那些阴谋家，没人逃得脱我的法眼。不过我今夜还有点任务，这样吧，你在我这里睡一觉，等我回来，我们一起去城里，怎么样？"

谢密密点了点头。迟叔收拾好桌子，就将油灯吹灭了。

谢密密听到迟叔锁门的声音，心里想，这回用的锁应该是真材实料的。他听说过这一带野猪袭击住宅的故事。

但是迟叔离开后，谢密密却怎么也睡不着了。躺在黑暗中很无聊，他就开始思考孤儿团的事。那位名叫穿山甲的男孩说过他同他"后会有期"，看来果然让他说中了。谢密密认为他们都比自己坚强，也比自己老成，自己怎么可能完成古平老师交给他的任务，劝说他们去学校学习。当时他一冲动就答应了古平老师，根本没去细想这个任务有多么艰巨。那么，古平老师又是如何估计这事的？他既然来找他谢密密，必定是认为这项工作适合他干。

他隐隐地激动着，干脆从床上下来了。当他摸到一把椅子坐下时，便听到外面像是有大型动物在撞门,不知道是不是野猪,他很害怕,盼着迟叔快回来。

不知为什么,对于孤儿团,他心里一点怨恨都没有,那些回忆充满了温情。就连那个逼他、弄痛他的大个子男孩,在他的想象中也成了性格刚烈正直的小英雄。忽然,他觉得自己对说服他们这事有了几分把握,但他还不清楚那是什么样的把握,只能等着瞧。

心里一产生信心,瞌睡就来了,于是他又回到床上去睡。

这一觉睡得真香,醒来时已是大白天。他看见迟叔精神焕发地坐在桌旁想心事。

"迟叔,我们这就去城里找他们吧。"

"你一个人去。我告诉你怎么走,我昨夜已经找到了他们。"

"迟叔,您对我真好!"谢密密感动地说。

"你去老城墙下面的贫民窟,看见黑洞就钻黑洞,看见灯火就扑上去,不要犹豫。那帮小强盗正急煎煎地盼着你去呢。"

"他们为什么急煎煎地盼我去?"

"无聊啊。你想,他们是打算出来当英雄的,可城里并没有他们要抓的那些强盗,他们只好整天偷鸡摸狗。我昨天是去给他们送野猪肉的,他们饿坏了。"

却原来迟叔早就同孤儿团有联系。谢密密想,世上的事物都是这样关联着的,多么有趣啊!

他背着迟叔托他送给孤儿团的野猪肉上了公交车。

他在老城墙那一站下了车。站在城墙下,谢密密被眼前拥挤不堪的一大片棚屋难住了:不论从哪里迈步,他总碰到断头路而被挡回来。当他尝试了五六次都没有成功时,忽然就想起了迟叔早上对他的嘱咐。于是他开始睁大眼睛找一个黑洞。但此地并无黑洞。难道黑洞就在这些紧闭的房门里头?

谢密密学着朱闪同学的派头一脚踢开一张上了锁的门。

"谁?"有一个沙哑的声音严厉地问。

"我是来找孤儿团的。"谢密密响亮地回答。

"原来是找那帮无赖的。"那人松了一口气。

谢密密没法看见那人。他往黑暗深处走，向前伸着双手往四周摸索。他口中嘀咕着："怎么会没有灯？怎么会没有灯？"他听到那人在他旁边回答："这就来了，你瞧，我在点灯。这野猪肉是带给我的吧？"但他根本没点灯，只是将他在点灯的话又说了一遍。

后来谢密密就摸到了一堵墙。"这是老城墙啊。"那人在旁边说。谢密密问他孤儿团的人在哪里，那人兴奋地回答说："在你心里啊，你心里马上会燃起一盏灯。"接着他就来扯那个装了野猪肉的袋子。谢密密护着袋子，说这些肉是要给孤儿团的人的。那人听了就轻轻地叹了口气，说："你这家伙还没听出我的声音来啊。"

"难道你是大个子？"谢密密吃了一惊。

"我的名字叫齐三坡，这是我自己给自己取的名字。我觉得我快玩完了。我带领大家，落到了做小偷的下场，你一定这样想吧？不过我们的境况并不像你想的那样。"

"能不能把灯点上？"谢密密说。

"我刚才说了，你心里马上会燃起一盏灯的。你用手摸摸你身后的地方吧，也许发现点什么。"

谢密密转身去摸，立刻摸到了一些书。那些书都放在沿墙摆放的书架上，有很多很多。"啊！啊！"他激动地发出吃惊的声音，一股一股的热浪从他心底升起。

"难道这里是个阅览室？"谢密密问。

"这是废弃的棚屋。我们做苦力赚钱买书，有时书瘾发作，钱又不够时，也去图书馆偷一些。"

"齐三哥，我们握手吧。我要感谢你那时教给我做人的道理。你们的生活真丰富啊，你们比我坚强。这就叫自学成材吧？多么了不起！我们握手吧！"

"不，我不同你握手。因为我还没决定是不是答应迟叔和你的要求。我和我的同伴们要去那所学校调查一下。"齐三坡说。

"调查吧，调查吧，你一定会非常喜欢的！因为是学习做猎人啊！这职业不错。"

"嗯，有道理。不过我们要亲眼看一看。"

谢密密想，齐三哥说得对，现在他的心里就像亮起了一盏灯。他因为激动想流泪了。他继续在黑暗中抚摸那些书，就像抚摸着一些老朋友一样。他把野猪肉放在了桌子上。

"你先回去吧。我们后会有期。"大个子那冷静的声音响起来。

谢密密听到那张门发出些细小的响声，然后有光线透了进来。他转身走向那张门，他到了外面，门又自动关上了。他回到城墙边，沿着城墙走，心中感慨万千。

"谢密密！"

随着一声喊，有人从棚屋的夹缝里朝他跑了过来，是穿山甲。穿山甲的脸上有了一些同他年龄不相称的皱纹。

"穿山甲，你过得很苦吗？"谢密密拉着他的手问他。

"你完全弄错了。你看我是不是比过去老成了？"他反问道。

"的确老成了不少。看来你很喜欢让自己显得老成。"

穿山甲哈哈大笑，笑完后又严肃地告诉谢密密说，他一直就想当一名猎人，他的名字是自己取的，与打猎有关。不过他原来的设想并不是去学校学习打猎知识，他一直在自学，还跟老猎人去山里实地考察过好几次了。他不排斥正规学校，他要去那里看一看才做决定。

谢密密突然想起一件事，他指着这些棚屋问穿山甲为什么棚屋之间没有路通到里头，他们平时是如何在这一大片房屋之间行走的。

"这就是打猎场嘛，你要随机应变才找得到路。"穿山甲说。

谢密密就问他，他刚才说的老猎人是不是迟叔，他已经成了迟叔的徒弟了吗。穿山甲点了点头，接着又说他还不是正式的徒弟，他只不过是远远地尾随迟叔进过几次山罢了。他知道迟叔发现了自己，但只要迟叔不赶走他，他就要将这尾随的戏演下去。

"你就不怕危险吗？"

"是很危险，但是我想，既然老猎人不赶我走，就说明我是死不了的。"

"你这么信任一位不认识的老猎人啊。"

"我崇拜他。"

他俩边说话边溜达,沿着这段城墙走了好几个来回。后来穿山甲提出来要做一种表演给谢密密看——他要徒手从城墙脚下走到上面去。他的话音一落就蹿上去了。他似乎比杂技演员还熟练,一眨眼工夫就在那上头叫谢密密的名字了。谢密密仰头看城墙上面时,突然感到一阵眩晕,站立不稳。幸亏有一双手扶住了他,他才没跌倒。

"你没有训练过,不能往那上头看。"大个子冷冷的声音响起。

但他看不见大个子。他沿城墙走,一会儿就出了棚屋区。

谢密密和矿叔照旧过着平静的小日子,两人都感到很满足。其间他的父亲来过一次,看了他的新盒子房,还有房里的那些书,于是比较放心了。

他在夜里睡觉时常想起孤儿团的孩子们,心里很为他们担忧。他最不愿看到的局面就是孤儿团不愿去学校,因为他知道他的学校是多么适合他们。谢密密觉得自己不善于传达心中的感受,还担心自己没能完成古平老师交给他的任务。他同矿叔讨论这事时,矿叔就讲了自己的意见。矿叔认为凭他多年的人生经验来判断,这些孩子不会同意去正规学校。因为他们在这十几年里头已经习惯了自由自在,现在突然要去一个建筑物里头按钟点安排生活,恐怕会受不了。

"那该怎么办?"谢密密愁闷地问。

"你要相信古平老师和那些猎人的智慧。猎人训练班应该一对一地训练,理论与实践相结合。"

"矿叔,您说起话来像文化人一样了。"

"还不是向你学的嘛,我很快要变成文化人了。"

过了些时候谢密密去学校找朱闪。

"有好消息了!"朱闪激动地说。

"他们都来学校学习了吗?"

"没有。但是迟叔带徒弟了,不止一个。还有别的猎人也带徒弟了,我所知道的有阿迅哥。听阿迅哥说,他们坐在他家就不肯离开了,因为他家有很多书。"

谢密密高兴地跳了几跳,拍着自己的大腿连声说:"妙,妙!"

"我感到他们思维活跃,看问题深刻,远远超过我。"朱闪说。

朱闪想起了一件事,要谢密密跟她去教室。到了教室里,她从自己的课桌的抽屉里拿出一本精装的古代诗歌集,说是孤儿团送给谢密密的。谢密密涨红了脸,他翻开书,看见扉页上写着一些龙飞凤舞的字:**送给贤友谢密密,后会有期!** 落款是孤儿团全体成员。

"密密,你的人缘真好啊,我羡慕你!"朱闪由衷地说。

谢密密揣着那本沉甸甸的诗歌集,告别朱闪回家了。刚走到校门口,他就听到了朱闪的歌声,那歌声饱含着激情,有点成年女子的味道了。谢密密想,朱闪真的长大了,她在用歌声鼓励他呢。

当他走近他和矿叔的铁皮屋时,便听到矿叔在大声朗读他写下的工作日志。"铜丝两卷,包装盒三个,旧书三册,老式铜镜框一副。地点:枫林小区。"

矿叔摆好碗筷,他俩坐下吃饭。

"矿叔您怎么又哭了啊?"

"没有办法,你写得太好了。我一读你的工作日志就忍不住掉泪。你爹爹真有福气啊。"他用手巾擦着眼泪说。

"今后您干脆搬到我家去吧,同我爹爹住一起。你们肯定合得来。到了放假时,我和弟弟妹妹们就带您和爹爹出去旅游。我真想到外面去看一看,走一走……"谢密密出神地说。

"密密在这几个小区里都很有名了,不光收废品,你还送出了那么多蚕宝宝,现在家家的小孩都在学习养蚕呢。针叔对我说,你在广场的活动马上要经历最后的考验了。那是怎么回事?"

"我要等到下个月才告诉您。我有点纳闷:孤儿团的成员会不会也到地下广场来了?我老觉得有些人讲话的神气像他们。"

吃完饭收拾好,他俩便去小区散步。

在水蜜桃家园小区那里,针叔在地下室的大门旁焦急地向他俩招手。

"有人闯进了地下废品城！一共三个人，都戴着黑面罩……当时我正在打瞌睡，他们就抢走了大门钥匙，开门进去了。他们到这种地方寻找什么？密密，你说说看？啊？"

针叔语无伦次了。

"针叔别急，"谢密密说，"我想，他们想要的东西应该同我找的东西是同一个东西。他们很有可能是我的朋友。"

"可是门钥匙——我的门钥匙啊！"针叔大哭起来。

"别哭别哭，针叔！不会有问题的，很可能他们是我的朋友。您看见他们进去了？又将门反锁了？呸！"

谢密密吼叫着用力一踢，那门就开了。但是站在地下室大门边的却是他的老同学一听来。

"啊，一听来也来了！你是来找乐子的吗？"谢密密很高兴。

"我同你找的东西是一样的。"

"原来你在偷听我说话！你怎么样，还好吗？校长身体还好吗？我在学校里栽的两棵桑树长得好吗？"

"都好都好。"一听来不耐烦地说，"我问你，这个广场，我怎么总找不到？奇怪的地方，我走了五次了，每次转一圈又回到这个大门口了。是欺生吧？"

"你中了魔圈。"谢密密笑着说，"这里的事总是这样的。只有你不去想那个地方时，那个地方就出现在你面前了。你是怎么知道这下面有个广场的？"

"全城的人都在说。我还知道孤儿团占据了广场的东北角。最近他们在夜里吵得厉害，老让我想着这事，我就来了。再见！"

一听来突然消失在过道里，但针叔并没随谢密密进来，那张门也不知被谁又从外面锁上了。长长的过道里开始还有两盏灯，拐了一个弯之后就全黑了。谢密密根据以往的经验往广场走去，但是今天，他觉得有些事让他走神，这是不好的兆头。那么，他还能不能走到广场上去呢？他努力镇定自己的情绪。但是糟了，他感到他的脚踩在泥浆里头，泥浆将他的裤腿都弄湿了。这会是什么地方？他想退出这个地方，可越退，泥浆反而越深，往前走泥浆反而浅一些。他于是往前走，

331

前面溜溜滑滑的很不好走。有人在他右边说话，似乎对他很不满，说他"老是临时改变主意，像个没教养的家伙"。谢密密就问他孤儿团的人在哪里。

"他们在建功立业。"那人冷冷地说，"你不可以再往前了。"

"为什么？"谢密密问。

"因为前面又是一个人的地盘。你现在在我的地盘上。"

"你想要我停住不动？"

"停住不动的话很快就会死。"

谢密密想，既然前面的泥浆浅一些，他还是往前走吧，管他是谁的地盘呢。他要是后退，很可能被泥浆水淹死。

于是他就向前迈步了。那人跟在后面气急败坏地喊：

"你这家伙不想活了啊！"

没多久他就走到了硬地上，还看见远处有星星点点的烛光。他想起迟叔对他说过"看见灯火就扑过去"，就用力往那边跑。

当他跑到一个小光那里时，已经喘不过气来了。但那不是烛光，是一个人在敲击鹅卵石弄出的火星。

"您在工作吗？"谢密密喘着气问他。

"闪开！我要照亮全世界！"

谢密密觉得那人的声音很耳熟。莫非是孤儿团的人？

由于那人是用石头撞击石头，所以产生的火花很小，连他的脸都照不见。他变得越来越急躁，就走开去找东西。一会儿他就回来了，手里拿着一个笨重的东西，应该是斧头。谢密密估计他举起了斧头，就连忙躲开。只听见他发出可怕的惨叫，好像是砍在脚上了。与此同时，一朵红色的火花从鹅卵石上跳跃到半空，然后像降落伞一样落下来熄灭了。

"金钱豹！金钱豹！"谢密密大喊。

金钱豹就是那一次在纱厂仓库里坐在穿山甲旁边的男孩。

"我砍在自己脚上了！"他说。

"让我摸一摸。"谢密密伸手摸到他，"咦，你的脚好好的嘛！一只，两只，都没受伤啊。"

"不可能！我没受伤的话，怎么会有血？"

"血？哪里有血？"谢密密问。

"血溅到空中，又落下了。"他沮丧地说。

"那是鹅卵石发出的火花！我的天，那么美丽！金钱豹，你告诉我，这里是孤儿团的地盘吗？"

"应该是吧。我们各干各的，谁也不会来帮我。你听到了吗？"

谢密密听到了。起先好像是两三处地方发出零散的响声，后来响声就越来越密集了，像放鞭炮一样。金钱豹说那都是敲击鹅卵石的声音。敲击鹅卵石怎么会发出鞭炮炸响的声音呢？谢密密抬头看上方，看到了升起的红色火花，也看到它们像降落伞一样落下来熄灭了。金钱豹告诉他说，昨天齐三坡去撞鹅卵石，结果将自己的脑袋撞得裂成两半，脑浆流了一地。谢密密说他太夸张了。他就反驳说，他才不喜欢夸张呢，他说的全是事实。他还凑到谢密密的脸颊旁逼问他说：

"你说说看，是脑袋硬，还是鹅卵石硬？啊？"

谢密密答不出，他心里在想，孤儿团的人多么要强、硬气，他们每个人都规定自己一定要在鹅卵石上敲出大朵的火花来，决不轻易放弃，这可不是一般人做得到的。

有人轻轻地拍他的肩头，他感觉到是一位年纪较大的人。

"你的声音很熟呀，"他说，"我听出来了，你是五里渠学校的学生谢密密嘛。我是迟叔的老朋友良伯伯，金钱豹现在成了我的徒弟了。我们在做狩猎方面的训练。你觉得金钱豹怎么样？"

"他前程无量！"谢密密冲口而出。

"你的判断太准确了！这小子天生是一名猎人。"他高兴地说。

"良伯伯，您能告诉我这里进行的是什么样的训练吗？"

"这其实不是训练，我刚才说错了。这叫什么训练啊，他们一来就各自躲起来了，黑咕隆咚的谁也看不见谁。这里到处是鹅卵石，大家自然而然地就敲打起来了,就因为沉闷嘛。各干各的,也不知他们用什么方法……你瞧!"

谢密密抬头一看,上面盛开了一朵巨大的金花,这朵花于一瞬间照见了几个人影,包括自己面前的这位老汉。但马上熄灭了。

"这是齐三坡!我看见他手持钢钎,是个不要命的家伙!"

良伯伯的语气里充满了赞赏。

"生活啊,生活啊,生活啊!"老汉一个劲地说。

"良伯伯,他们都在这里学打猎吗?"谢密密问。

"嗯。你说得对。狩猎这个职业有点微妙,可是啊,这是最为自然而然的工作。什么叫自然而然?比如小伙子们来到这里,每个人都不由自主地敲起鹅卵石来了,这就叫自然而然。"

谢密密突然记起自己已经出来很久了,先前他是同矿叔一块来到地下城的门口的,当时针叔被人抢走了钥匙。现在矿叔肯定在担心自己,他得赶紧回去。外面说不定已经是深夜了。于是他向良伯伯打听如何走才能回到地下室的门口。

"没有谁会有这种经验。顺其自然为最好。"良伯伯说。

这时谢密密看到前面有一团固定的亮光,他就快步朝那亮光走去。他一走动,周围就变得寂静了,上方也不再出现火花。他就像在一个巨大的深坑里面走,只是前方有小小的亮光。

他觉得自己已经走了很久,后来终于同那亮光接近了。

原来是一位老人,头上戴着一个不太亮的矿灯坐在那里。他好像是在修脚,但那灯光并没有照到他脚上。

"我伤着自己了。"他说,举起那团血迹斑斑的药棉给谢密密看。他好像有点苦恼。

他说他是老年性灰指甲,本来也可以不去管它,可他做不到,他是个完美主义者。尤其是考虑到孤儿团的小青年们就在这附近,他要给他们做出榜样。他可不愿意因为年纪老了就对个人的生活马马虎虎,那不是他的人生态度。

"那么,爷爷,我站在旁边给您举着这盏灯好吗?"谢密密说。

"你的心真好,可我还没到生活不能自理的年龄呢。你是想上去吧,你朝左边走，一拐弯就到了。"

谢密密高兴地告别了老人，匆匆地往左边走去。他又走了好一阵，还是黑乎乎的，也没碰到可以拐弯的地方。

正当他感到有点焦虑时，忽然就撞上了一个软东西。

"你瞧，你的养父还在这里等你。"针叔说。

当时天还没黑，谢密密看见矿叔在抹眼泪。

矿叔挽着谢密密一边向大门外走一边说：

"你进去后这扇门又自动锁上了，针叔说有人捣鬼，还说你这一去凶多吉少。我踢啊踢的，总踢不开。我就想，是不是我同密密的缘分还不够，所以他才离开我。这下好了，我们快回家吧，不要理这个老骗子了。他就是从前卖假铜壶给你的那一位吧？"

"密密，不要听他乱说！我说的全是真心话！"针叔一边追他们一边挥动着手臂辩解。

"针叔，您别跟我们走了！我相信您！永远相信！"

他俩走出了小区的大门。谢密密注意到有个人先前站在大门口，看见他和矿叔过来，那人一闪就不见了。他的轮廓很像穿山甲。也许正是他。那次在纱厂分手时，他对他说"后会有期"。大个子齐三哥也对他说过这几个字，看来这几个字是孤儿团的暗号。要不世界上怎么会有这么巧的事——他和孤儿团不约而同地选中了地下广场作为他们的训练场？谢密密同地下广场的因缘就像良伯伯说的，是自然而然的一件事。他去了一次之后就离不开那个地方了，究竟为什么也说不清，反正隔一星期就要往那黑乎乎的处所跑。他在心里对于广场的定位是"要什么便有什么"的地方。他试过许多许多次了，这个信念从未改变过。那么，他同孤儿团的朋友们大概是有着相同的信念？

回到家，矿叔吩咐密密将裤子脱下来，他要帮他洗干净。

"密密，你在淤泥里头滚过了吗？"

"是啊，真奇怪，怎么会有那种地方！"

"针叔说很少有人从那里面走得出来，所以我就哭开了。后来我是故意说他是

335

老骗子,同他开个玩笑。密密,你真是聪明过人啊。我看今后没什么事难得住你。"

"您错了,矿叔,我一点都不聪明,只不过是好奇心重。这样试一试,行不通,又那样试一试。孤儿团的成员才是真聪明呢。"

他俩吃过晚饭后不久,谢密密的父亲就来了。他的父亲走得满头大汗,心情非常好。

"总算见到密密了。你躲在那个不见天日的地方不出来,让我担心死了。我给你们带来了腊肉。"

他将蜡纸包着的腊肉放在桌上。

他告诉密密和矿叔,密密的弟弟,十二岁的兰,几天前跟孤儿团的人走了,说是去一边工作一边念书。"那是怎么回事?"这位父亲茫然地问密密。据他了解,孤儿团的那些男孩都是不务正业的家伙。兰同他们搅在一起会不会出事?谢密密先是一愣,然后哈哈大笑。他告诉父亲,他弟弟去了最应该去的地方,说不定几年后就有一位勇士回到家里了。"那里非常安全。"密密认真地说。父亲是很相信密密的,所以很快就放心了。

"我弟弟比我有出息!"密密对矿叔说,"我嘛,胆小,又怕见血,做不了猎人。不过我一直希望家里出一个猎人。这是爹爹带来的最好最好的消息!我们五里渠小学靠近大山,同猎人们有缘分。"

父亲要走了,矿叔让密密一个人去送他。

谢密密问爹爹孤儿团的那个人叫什么名字。爹爹说叫穿山甲。谢密密拍了一下手,说:"好极了,他是我的朋友!"

月光下,爹爹发现谢密密比他自己矮不了多少了。

"煤老师说你有成为一名诗人的资质,为什么?"爹爹问道。

"因为我妈妈就是诗人嘛。诗人不见得都要写诗。"

这位爹爹听了儿子的话肃然起敬。他的儿子一贯说话同一般人不太一样,可这就是学问啊。煤永老师看人绝对不会看走眼。诗人,多么受人尊敬的职业啊!他叹了一口气。

"爹爹,您在想念妈妈吧?我刚才听到妈妈的声音了,她每天夜里都对我说一两句话。"

"好孩子，我爱你。你瞧车站到了。"

"我也爱您，爹爹。我和矿叔赚足了钱就一起回家来！"

谢密密感到自己一生中最为激动人心的日子到来了。不论他是在工作，在读书，还是在休息，他总记得这件事：他所崇敬的孤儿团的成员们就在这附近，他随时可以去看望他们。现在他的弟弟兰也加入了他们，这世界已经变得多么温暖了啊！

当然他也不是想见他们就马上见得到，因为孤儿团的成员总是隐藏着，谢密密每次去见他们时都得下定决心，心里要想着非找到他们当中的一位不可。决心一下，就总是找得到。孤儿团就同那地下广场一样，他每次下去都要迷路，迷路之后他就挣扎、辨认，试探着东走西走，最后总能有所收获，并且找到返回的那条路。那下面有一些专门给人指路的老头，当他绝望之际就会有一位老头出现在附近，告诉他一条捷径。谢密密就用这种方法分别在地下广场看望了孤儿团的那些朋友，甚至还看望了弟弟兰。兰对密密说，现在他的生活充满了有意思的事，他已经发了誓，决不离开穿山甲和迟叔。谢密密问弟弟有没有见到他的同学一听来。兰回答说，一听来总在这黑地里转悠，想干一番大事，不过他并不想学打猎。

"你对谁发的誓？"密密努力粗声粗气地问兰。

"没有谁，我暗暗在心里发的誓。"

"你这家伙真长大了啊。"

"我再也没睡过懒觉了。我想打一头野猪。"

两兄弟是在水蜜桃家园小区里遇见一听来的。一听来脸上发灰，好像瘦了不少。他显然有事要求谢密密，可又忸忸怩怩地开不了口。

"你不说我就走了。"谢密密说。

一听来这才将背在背后的双手伸出来，他手里是一卷绳子。

"密密，我想请你帮个忙。是这样，孤儿团的那位齐三哥做惊险动作时，我总待在旁边。可每次只要最可怕的那几招快开始时，我就跑得比兔子还快。

我想看又不敢看,他们说他会砸开自己的脑袋。你们跟我下去,将我绑起来扔在那个地方,到夜里再来帮我松绑,可以吗?"

谢密密想了一想,同意了他的要求。一听来一路上唠唠叨叨,说自己因为羞愧饭也吃不下,觉也睡不着。兰在一旁哧哧地笑。

"笑什么啊,我不就是有一点胆怯吗?"一听来说。

后来三人很顺利地就走到了堆鹅卵石的地方。一听来要谢密密下死力捆紧他的手和脚。谢密密就捆得满头大汗。谢密密捆好他时,发现兰已经溜掉了。

"密密,你的弟弟几天里头已经成了个意志坚强的人。"

一听来说完这句话就大声哼哼起来,密密将他捆得一动也不能动了。一听来虽然难受,心里占上风的还是激情,他渴望看到英勇的场面。在黑暗中,他的眼睛睁得大大的,生怕错过机会。

"密密,你先回去吧,夜里再来救我。"

谢密密觉得这位老同学不愿同自己分享触及灵魂的感受,就摸索着离开了。他沿着一堵有点熟悉的水泥墙走,走了不一会儿,又看见了那盏矿灯和那个修脚的老头。那矿灯远不如上次亮了,只有一点点微弱的光线。老头的背佝偻得更厉害了,他差不多伏到了地上。

"你又来了,你这个不知足的小伙子啊。"

谢密密觉得他的反应非常灵敏。他挥舞着小剪刀要谢密密往右边走,马上走,说不然他就要用剪刀戳他了。谢密密往右边一闪,就摸到了针叔家那张破了一个洞的门。

"你瞧,我妻子的病好多了,她正在帮我煮饭,真是老天有眼啊。老天不会让善良的穷人走投无路,密密你说是吗?"针叔说。

"完全正确!"谢密密高声说,"祝二位早日康复!"

针叔凑到密密的脸面前,询问他有没有听到刚发生的血案。谢密密摇摇头,惊出了一身冷汗。接着针叔又安慰他说,血案在这里是家常便饭,并非都要死人,更多的例子是有惊无险。针叔说着说着脸上居然有了笑容,谢密密迷惑地望着他。

"这底下的事我见得多,到这里来练胆量的都是像你这样的好小伙子。

当然也有姑娘，以前来过的朱闪也算一个。"

谢密密回忆起那次朱闪在广场唱歌的事，一下子恍然大悟，连连在心里感叹着自己的迟钝。他惭愧地告别针叔回家了。他在回家的路上老是听到那种惨烈的哭叫，于是又思索起了"血案"。他希望可怕的事不要落到兰的身上，他曾在爹爹面前为兰担保过。

到了夜里，他告诉矿叔他要去地下广场救同学。矿叔正在读他写的工作日志，他从老花眼镜上面看着密密问：

"你的同学遭到了不幸吗？"

"不，他是搞苦肉计，他要享受猎奇的兴奋。"

"哈，我明白了。这种人可以自己救自己的。"

谢密密对矿叔的敏锐的洞察力感到十分诧异。他觉得自己刚来的时候，矿叔并不像现在这么敏锐。也许那个时候他在他面前掩饰自己，也许他现在越来越爱思索了。

"你快去快回！不过我估计已经没有需要你拯救的人了。"

谢密密还未到达水蜜桃家园大门，就看到一听来和齐三哥迎着他走过来了。

"我们今天去老城墙的书屋读书，我们要读个通宵！"

一听来说这话时，即使在昏暗的路灯下，谢密密也看得出他的脸涨得通红。齐三哥则将手臂随随便便地搭在他肩上。

"齐三哥，我替老同学谢谢你了！"谢密密说。

"哈，我还要谢谢他呢。"

他俩走了后，谢密密一直在想，齐三哥为什么要谢谢一听来？莫非他进行那种恐怖性活动时，是一听来给了他信心？一听来现在变得多么有活力了啊！孤儿团这一下就吸收了两名成员，谢密密估计他们还会吸引更多的人来加入他们，因为他们意志坚强，不同凡响。谢密密还从未见过比他们独立性更强的青少年。他努力地猜想今天在一听来与齐三哥之间发生的事，越想越兴奋。不知为什么，他觉得这两个人之间的关系有点类似他同矿叔的关系了。他悟出来：任何人进行灵魂的活动时，都是需要观众的，至少需要一位观众。

瞧，矿叔现在多么依恋他啊！即使是像齐三哥那么冷峻的青年，当一听来像兔子一般逃跑时，也会感到说不出的沮丧吧。世界上的人与人之间的关系多么有趣，同动物之间的关系又是多么不同！

"您说得对，矿叔，他用不着我去救他了。"他对矿叔说。

深夜里，谢密密在那张大床上醒来了。他听见矿叔在床的另一头呻吟，似乎很焦虑。

"矿叔，您不舒服吗？要不要去医院？"

"不用不用。密密啊，我刚才在想，你是未来的诗人，可我一点都帮不上你的忙，还扫你的兴，我真惭愧。"

"矿叔您不该这样想，您这样想是错误的。现在我还没有成为诗人，即算我将来成了诗人或什么别的，您不就成了诗人的老师吗？没有您的言传身教，我能进步得这么快吗？我怎么就遇上了您，我的运气真好啊！"

"密密你真是这样想的吗？"

"我怎么会对您说谎呢？"

"啊，我们睡吧。明天还要去收那家的旧杂志，他有整整一车。"

矿叔心满意足地发出了鼾声，密密却睡不着了。他脑子里出现一些很亮、很煽情的场景，一个又一个，越来越多。他似乎在狂奔，从这个场景跑到那个场景，喜悦胀满了他的胸膛。在脑海中演习了一番之后，他有点累了，睡意升起了。可是他又突然听到他的同学朱闪在远远的什么地方唱歌。那是一首悲歌，她的演唱风格完全变了，有点歇斯底里，但声音还是很熟悉。谢密密听得毛骨悚然，他想，深更半夜的，朱闪同学搞什么鬼？难道是像齐三哥他们一样在进行灵魂活动？又过了好一会那歌声才沉寂下去，谢密密绷紧的神经也松弛下来，他随着矿叔的鼾声进入到黑暗的梦乡。

第二天早上满天红光，是一个年轻的好日子。

2015 年 5 月 20 日
于密云保利花园